JULES CLARETIE

DE L'ACADÉMIE FRANÇAISE

LA VIE A PARIS

— 1898 —

PARIS

BIBLIOTHÈQUE-CHARPENTIER

EUGÈNE FASQUELLE, ÉDITEUR

11, RUE DE GRENELLE, 11

1899

LA VIE A PARIS

1898

EUGÈNE FASQUELLE, ÉDITEUR, 11, RUE DE GRENELLE

OUVRAGES DU MÊME AUTEUR

Dans la BIBLIOTHÈQUE-CHARPENTIER

à 3 fr. 50 le volume.

LA VIE A PARIS (1895)............................ 1 vol.

LA VIE A PARIS (1896)............................ 1 vol.

LA VIE A PARIS (1897)............................ 1 vol.

BRICHANTEAU, COMÉDIEN FRANÇAIS (roman parisien) 10e mille.................................. 1 vol.

JULES CLARETIE
de l'Académie Française

LA VIE A PARIS

1898

PARIS
BIBLIOTHÈQUE-CHARPENTIER
EUGÈNE FASQUELLE, ÉDITEUR
11, RUE DE GRENELLE, 11

1899

LA VIE A PARIS

I

Almanach nouveau. — Un mot de Henri Mürger. — Un bon parrain : le *Calendrier François Coppée*. — Conseils rimés. — « Saisissons l'heure ! » — La nouvelle pièce de monnaie. — La *médaille* de cinquante centimes. — O. Roty. — La mise aux enchères de la Cour des comptes. — Grilles et colonnes. — Les fresques de Th. Chassériau. — Un rêve. — Le Musée de la Comédie-Française. — Les fortifications de Paris. — Paris transformé. — Les boulevards. — Le café Riche et la *Librairie nouvelle*. — Cafés et brasseries. — *Chez Achille*. — Causeurs et causeries. — Un pessimiste. — Drapeaux neufs et pièces neuves. — Vive le nouveau calendrier !

6 janvier 1898.

Il est joli, il est mélancolique, il est touchant, il résume le talent même de l'esprit de son auteur, ce mot plus d'une fois cité du doux Henri Mürger, disant avec un triste sourire au facteur qui lui apporte l'almanach de la nouvelle année :

Est-il *bon*, au moins, celui-là? Vous savez, je n'ai pas été très content de votre dernier!

Je ne sais pas ce que nous réserve l'an nouveau; mais, du moins, aurai-je pour noter ses faits et gestes un almanach tout neuf dont le parrain me semble de bon augure, et après le vieil almanach de l'an passé :

> Le vieil almanach de l'année
> Où nous nous sommes tant *gourmés*,

tant insultés, tant calomniés, tant diffamés, voici, entouré de bleuets et attaché de faveurs roses, un almanach aux journées pleines de promesses et portant, en lettres d'or, ce titre fait pour donner confiance : *Calendrier François Coppée.* Ah! l'aimable parrain pour l'année qui commence! Le nom sympathique et heureusement choisi! Vous voilà donc notre porte-bonheur, mon cher Coppée, et autour de chaque mois nouveau nous pouvons lire, entourés de fleurs, quelques-uns de vos vers et même — ce qui ne vous fâchera guère — retrouver sous ce titre : *Calendrier François Coppée*, des vers de notre cher Sully Prudhomme!...

Ah! la bonne idée poétique et réconfortante! Au lieu de quelque éphéméride de bataille, de quelque date évoquant la mémoire d'une tuerie glorieusement inutile, — des vers, de bons conseils donnés par un poète et qui chantent parmi les bleuets :

> Jouissons du moment heureux, choisissons l'heure
> Sans en attendre une autre aussi bonne ou meilleure,
> Satisfaits d'admirer, sans vouloir le saisir,
> Ce frêle papillon de l'âme : le désir.

Et c'est de Suisse que nous vient ce *Calendrier*

François Coppée, poétique agenda de l'an qui débute: c'est un imprimeur de Zurich qui en a eu l'idée ; et nous entrons avec plus de confiance dans les mois de 1898 en regardant cet Almanach François Coppée qui s'ouvre et se termine par des vers, des chansons et des fleurs.

Vraiment oui, j'ai foi dans l'almanach nouveau, et je verrai, mon cher Coppée, si votre parrainage a porté chance à l'année qui n'a pas encore d'histoire. C'est à vous, l'an prochain, que je m'en prendrai si nous sommes déçus, comme Mürger s'en prenait au facteur ; mais, en attendant, je regarde le carton satiné, les rimes qui consolent, les strophes qui chantent, et votre nom en tête de ces mois encore enveloppés de langes, au-dessus de cette année presque au berceau.

Va pour l'Almanach François Coppée, et vive l'an nouveau baptisé par un poète ! Le calendrier sans tache sera meilleur sans doute que le vieil almanach maculé que nous avons brûlé l'autre jour et dont, en vérité, nous n'avions, comme l'auteur du *Manchon de Francine*, pas été « très contents ».

Avec l'an nouveau, on nous a donné une monnaie nouvelle. Les pièces de 50 centimes de Roty sont encore l'événement de l'heure actuelle. On a été, pendant quelques jours, une façon de personnage, quand on a pu sortir de son gousset une petite médaille d'argent mat, et dire triomphalement :

« Avez-vous vu les nouvelles pièces de monnaie ? »

A table, on les faisait circuler de main en main, comme on eût montré à des amateurs quelque précieuse médaille de Syracuse. Les pièces d'argent mat ont été rapidement trouées pour devenir breloques, ou montées en épingles pour orner les cravates. Elles sont déjà une curiosité. Et les discussions esthétiques aussitôt s'en sont mêlées. Les esprits inquiets ont trouvé que la figure de la petite pièce — cette République marchant dans le soleil levant et jetant le grain avec le *geste auguste du semeur* — n'avait pas des arêtes assez vives, et qu'elle s'userait vite par le frottement. « C'est joli, mais cela ne durera pas ! » Il faut bien que la critique trouve son compte en toutes choses. Ce qui est certain c'est que, grâce à Roty, la France est maintenant le pays qui a vraiment la plus artistique monnaie du monde. Elles vaudraient très cher ces petites pièces de dix sous si elles ne valaient pas tout uniment cinquante centimes et si, étant ce qu'elles sont — de pures et admirables médailles, — elles étaient recherchées pour les collections, au lieu d'être simplement la monnaie courante d'une nation qui met, ou pourrait du moins, par ses artistes, mettre du goût en toutes choses.

Il y aura, pour les Parisiens curieux de spectacle d'art, une journée intéressante, et précisément aujourd'hui même. On va vendre, on vend, on a vendu les ruines de la Cour des comptes ! On va tout débiter, on aura mis tout à l'encan, les fresques de Théodore Chassériau, les grilles à demi rongées, les rampes d'escaliers mordues par l'incendie, les statues lépreuses, les débris de sculptures, tout, jusqu'à ces arbres et arbustes qui avaient poussé là on ne sait comment, quelques-uns d'une essence exotique déroutant les explications des botanistes. On pourra, à volonté, transplanter ces arbres ou les scier sur place. Si quelque amateur audacieux croit parvenir à sauver les fresques quasi invisibles de Chassériau, il pourra emporter le pan de muraille sur un camion. Ce sera une « vue de Paris » qui ne manquera pas de pittoresque.

Et les terrassiers, démolisseurs, maçons, architectes, auront bientôt rasé ces ruines majestueuses qu'on avait souhaité, un moment, utiliser pour quelque admirable musée d'art décoratif et qui, devenues poussière, feront place avant peu à une gare. En regardant et lisant le catalogue des débris que disperseront aujourd'hui définitivement les enchères : « *Escalier du président... Statue à demi intacte... Balcons des fenêtres...* », il me semblait parcourir, dressé par quelque homme de loi, l'inventaire, après décès, d'un monument qui avait eu sa gloire. Et c'est fini. A l'encan, les fantômes de Chassériau et les spectres de souvenirs! Ici fut la Cour des comptes. *Etiamsi perierunt ruinæ !*

J'avoue que la destination nouvelle de l'emplacement où fut la Cour des comptes a coupé les ailes à un de mes espoirs. Il y eut une heure où l'on parla de loger dans le palais reconstruit, le Conseil d'État, installé au Palais-Royal, et qui eût été plus à l'aise dans ce *palazzo* nouveau. Alors l'ambition m'était venue de demander pour la Comédie, dont la Bibliothèque et le Musée sont fort à l'étroit, une partie du logis du Palais-Royal abandonné par le Conseil d'État, et d'y installer un véritable Musée, public, au besoin, à de certains jours, et où toutes les richesses artistiques de la Comédie eussent pu être exposées.

Les tableaux intéressants, les portraits, les curiosités historiques, sont mal à l'aise dans le bâtiment occupé par la Comédie. Plus d'une toile est reléguée dans quelque pièce des hauts étages, sans pouvoir être accrochée, et reste là, attendant la place voulue. Les corridors, que ne voit jamais le public, ont une décoration de tableaux d'un intérêt historique évident, alors même que leur valeur artistique n'en est pas supérieure. Tel portrait de *Talma* par Eugène Delacroix, d'une puissance rare, avec une toge d'un beau rouge, Talma enveloppé de la pourpre romaine, est demeuré longtemps comme exilé dans un angle obscur; et encore n'ai-je pu lui donner la place d'honneur que je rêve pour lui.

Il faut en prendre son parti et attendre. Le palais de la Cour des comptes et du Conseil d'État ne sera pas reconstruit. Aujourd'hui même, ce soir, ses miettes en auront été achetées par des collectionneurs divers, et *la Paix protectrice des arts*, *la Guerre*, *la Force et l'Ordre*, tout ce qui subsiste des fresques et des grisailles du peintre, les *Guerriers*, les *Vendangeurs*, l'*Océanide*, devront être emportés par les acquéreurs après entente avec l'entrepreneur qui découpera les pans de murs comme un fromage dont on enlèverait ensuite la croûte peinte. Le Louvre aura-t-il acquis, pour le conserver, quelque fragment de l'œuvre de Chassériau ?

L'année qui vient semble devoir transformer Paris. On va combler les fossés des fortifications, arracher les pierres des murailles, faire passer là des boulevards, bâtir des maisons. Les *fortifs*, chantées par Bruant, avec leur population de rôdeurs, de flâneurs et *d'outlaws*, vont faire place à des avenues où les petits hôtels des peintres montreront leurs façades fantaisistes. Et à l'heure où le boulevard parisien, j'entends le vrai boulevard des boulevardiers, prend un caractère inélégant et semble une succession de brasseries et une avenue de *Kneipen*, peut-être les boulevards futurs, les boulevards *surextérieurs*, auront-ils une grâce parisienne toute particulière, et les fortifications seront-elles le rendez-vous de la *haute vie*.

Notre pauvre boulevard, oui, le nôtre, celui où nous nous étions habitués jadis à voir déambuler, sans façon, causant et humant le frais, toutes les gloires parisiennes, il n'est plus qu'une sorte de passage, où les camelots hurlent les événements du jour, annoncent les huis clos, poussent les promeneurs qu'ils assourdissent, tandis que les tables des brasseries débordent sur le trottoir étranglé. Je me rappelle la stupéfaction de notre ami Bartholdi retrouvant, après un voyage, le café Riche revêtu de plaques de faïence, transformé en sorte de bar immense, multicolore, éclatant, tapageur, des décorations où seules les compositions de Forain formant frise mettaient à l'extérieur une note artistique.

« Mais ce n'est plus Paris ! C'est un bazar ! »

Et toute la différence des mœurs nouvelles entre les anciennes — le café faisant place à la brasserie, le café, où un Toussenel cause tout en dégustant sa tasse fumante, remplacé par la brasserie, où Boubouroche entasse les soucoupes des bocks avalés, — la différence éclate dans cette substitution du moka à la bière. C'est un autre monde, un autre boulevard, un autre Paris.

Ce grand bar polychrome est fermé, du reste, et des affiches manuscrites nous annoncent qu'il ne rouvrira qu'en 1898. Le soir, ce coin d'ordinaire lumineux du boulevard reste sombre, et ce noir fait trou parmi les boutiques. Pauvre boulevard d'autrefois ! Le café Riche fermé comme un théâtre sans habitués ! Tortoni (ô le perron de Tortoni, où j'ai vu Rossini saluer Meyerbeer !) devenu une cordonnerie ! Et la *Librairie nouvelle*, asile des causeurs, déménageant à son tour et quittant son coin familier du boulevard des Italiens !

Ce fut, cette Librairie nouvelle, pour la causerie parisienne de notre temps, un peu ce qu'était, pour les causeurs du dix-huitième siècle (ceux qui fuyaient les salons), le fameux *Arbre de Cracovie*. Quand on voulait rencontrer des *nouvellistes* (le nom semble fatidique), on entrait là ; il y avait toujours quelqu'un pour dire un bon mot ou donner un renseignement, tout en feuilletant le livre du jour.

A la Librairie nouvelle affluaient les flâneurs, les noctambules, plus fréquents qu'aujourd'hui parmi les gens de lettres ; on y jugeait les œuvres, on y répétait tout bas, et même tout haut, ce qu'on ne pouvait imprimer sous l'Empire, nouvelles à la main ou nouvelles à la dent. Le pauvre Aubryet y tenait ses assises de paradoxe. Gustave Claudin écoutait. Aurélien Scholl entrait, élégant, le monocle à l'œil, et *chamforisait* sans chercher ses mots. Paul de Saint-Victor y venait, en sortant de quelque petit théâtre où le vaudeville l'avait mis en colère, prendre un volume de Heine ou de Hugo pour calmer ses nerfs. Le rez-de-chaussée de la Librairie nouvelle, salon grand ouvert et tapissé de livres, était quelque chose comme le *caffé*, le redoutable *caffé* dont parle Beaumarchais et où l'on jugeait, jaugeait, exaltait ou strangulait les comédies sur lesquelles le rideau venait de tomber.

Et puis on allait, en prenant du chocolat à Tortoni, achever le *feuilleton parlé.*

La Librairie nouvelle s'en va un peu plus loin. Ce sera toujours la Librairie nouvelle ; mais les causeurs ne sont plus là. Ils ont traversé le boulevard, ils s'y rencontrent encore (ceux qui restent) chez Achille, qui fut aussi, un moment, le président du club de causeurs péripatéticiens de la Librairie nouvelle, et qui a ouvert son *causoir* personnel avec ce seul nom, bien connu des Parisiens, sur son enseigne: *Librairie Achille.*

Aller *chez Achille*, c'est un peu maintenant ce qu'entrer à la Librairie nouvelle était autrefois. Achille est un *un type* dans le Parisien et dans ce monde spécial de la librairie où le brave et laborieux et très artiste Léon Conquet, qui a laissé de si beaux livres aux bibliophiles, en était un autre. Achille est le guide de ses clients; aussi est-il une puissance.

— Qu'est-ce qu'il faut lire ?

— Prenez ça !

Et Achille tend un roman, ou un livre d'histoire, ou un volume de voyages, et le client prend *ça* de confiance, certain que le critique très sûr qu'est Achille, ne le trompe pas. Tel le lecteur de Francisque Sarcey qui sait d'avance qu'avec « notre oncle » il ne sera point volé.

La plupart des étrangers qui passent par Paris pour se rendre à Monte-Carlo ou à Nice, entrent « chez Achille », et les Parisiens qui veulent se renseigner sur quelque *actualité* poussent aussi la porte vitrée, se disant : « Il y aura bien toujours quelqu'un là, par aventure, M. Waldeck-Rousseau ou M. de Kératry, pour me donner, comme on dit à présent, un *tuyau* ! » J'ai vu chez Achille le général Türr et sir Charles Dilke ; et un soir, comme je regardais une dame en deuil, fort belle sous ses cheveux blancs, qui demandait ce qu'il y avait de nouveau parmi les ouvrages sérieux, je reconnus celle que j'avais vue présider en 1866, à Nancy, les fêtes de la réunion de la Lorraine à la France, et qui était celle qu'on appela l'impératrice Eugénie. Ce n'est pas seulement de l'*actualité* qu'on rencontre « chez Achille », c'est aussi, c'est avec toute sa mélancolie et sa philosophie, de l'histoire.

Ainsi tout se transforme, et lorsque tout semble disparaître, tout renaît pourtant. Paris change de costume, parfois même de logis, d'habitudes, et cependant reste Paris. Aurélien Scholl, un peu plus vieux (de par son extrait de naissance, non de par son esprit), va chez Achille comme il allait jadis à la Librairie nouvelle, et le légendaire Gustave Claudin, Parisien injecté de parisine, vint s'asseoir jusqu'à sa mort dans le rez-de-chaussée de la rue Laffitte. Il était si sûr d'y coudoyer les gloires nouvelles et d'y attraper au vol le *mot* (papillon ou mouche venimeuse), le mot du jour!

C'est un *nid d'inédit* que ces salons improvisés et auxquels les Parisiens, bien plus provinciaux qu'ils ne semblent le croire, s'acoquinent tout comme les habitués de l'*Orme du Mail*. Toute nouveauté s'épanouit là dans sa primeur, et je suis bien certain que la première pièce de cinquante centimes, la monnaie de Roty, a été apportée « chez Achille » par quelque habitué de la rue Laffitte.

Et si tel misanthrope spirituel que je connais s'est trouvé là, à ce moment précis, je suis bien certain qu'il n'a pas manqué de vaticiner sur cette monnaie vierge et ses destinées futures :

« Une pièce neuve, aura-t-il dit l'autre soir, c'est tout le contraire d'un drapeau neuf. Je vois d'avance tout ce qui s'abritera de dévouements et d'héroïsmes sous les plis tricolores de la soie neuve ; j'entrevois de même, et tout à l'opposé, ce que fera commettre d'infamies la petite pièce neuve, brillante, sans tache, qui sort de la frappe comme une médaille porte-bonheur. Où vous trouvez avec raison un chef-d'œuvre d'art, une pièce de collection, je suis ainsi fait que j'aperçois toutes les larmes et aussi tout le sang que fera verser la petite monnaie vierge, la monnaie neuve, la monnaie-joujou que 1897 vient de donner à 1898 pour ses étrennes. Et je ne suis pas si pessimiste et si maussade, puisque je vous dis que la pièce neuve est le contraire du drapeau neuf; que ceci me console de cela. »

Il y aurait à répondre à ce sombre prophète que la petite pièce blanche est le nerf de la guerre, dont l'étendard est l'honneur. Et il faut être bien tragique pour apercevoir tant de Vacher et de Carrara dans le minuscule miroir étincelant de la pièce neuve !

Le *Calendrier François Coppée* me paraît d'humeur moins sinistre. Je l'en remercie. Et c'est avec ce poétique parrain — baptisant aussi les roses — que j'ai commencé l'année nouvelle.

Mon cher Coppée, nous verrons dans douze mois si, comme disait Mürger, votre almanach était *bon*, et si votre nom aimé lui a porté chance heureuse !

II

Un Parisien de moins à Paris. — Le départ de M. de Mohrenheim. — Un ambassadeur russe. — L'ami de la France. — Excellences lettrées. — M. de Beust. — Le *Tableau de Paris* de Nguyen Trong Hiep, régent d'Annam et chevalier de la Légion d'honneur. — Ce qu'un fils d'Asie voit à Paris. — Les trente-six quatrains d'un ambassadeur annamite. — Les *Lettres persanes* et les impressions d'un habitant d'Hanoï. — Notre science, nos arts, nos monuments. — Le premier conscrit annamite. — Un bachelier tirant au sort. — Un brûle-parfums. — La raison. — Ville idéale. — La dompteuse de lions. — Souvenir du Cirque. — Paris à l'encre rose. — Il faut peut-être venir d'Asie !

12 janvier.

Notre Paris va perdre un Parisien, et ce Parisien est un Russe, le plus Français des Russes peut-être, le baron de Mohrenheim. Appelé à faire partie du conseil de l'empire, l'ambassadeur du Tsar va quitter cet hôtel de la rue de Grenelle où Nicolas II descendit parmi les acclamations de la foule, et où M. de Mohrenheim recevait avec une bonne grâce exquise, mettant à accueillir les Parisiens, ses hôtes, le charme caressant du Slave. La colonie russe l'a fêté avant son départ; nous lui devons aussi un adieu reconnaissant, car l'ambassadeur aima beaucoup Paris, et fut, toute sa vie, l'ami de notre France.

Il lui avait prouvé cette affection à une heure déjà lointaine, où il y avait quelque chevalerie à tendre la main à la blessée. Ce fut lui le premier, qui, à Londres, sourit et dit un mot devenu célèbre, lorsque les partis s'agitaient pour renverser la République. M. de Mohrenheim avait deviné l'avenir. Il ne demandait au gouvernement nouveau qu'un peu de suite dans ses idées, et moins de changements dans son personnel. C'était l'heure où il disait finement : « Il y a tant de ministres successifs des affaires étrangères, qu'il me semble jouer aux propos interrompus! » L'alliance russe n'eut pas de plus fervent artisan. M. de Mohrenheim aime la France comme l'aimait le prince Lobanof, pour son esprit, son art, sa littérature, tout ce qui est la vie même d'une nation, tout ce que notre patrie a donné au monde. Il l'aime dans ses poètes, et ce diplomate, parlant de Hugo ou de Musset, déployait en ses causeries une séduisante éloquence.

On le voyait toujours aux premiers rangs, dans les places du centre, les jours de séances académiques, et c'était pour l'orateur plaisir de suivre les impressions de ce visage maigre, aux longs favoris gris, figure élégante que plissait légèrement un monocle retenu dans l'arcade sourcilière droite. M. de Mohrenheim goûtait fort ces réunions de lettrés. Et l'ambassadeur, qui devait prendre pour gendre un officier distingué de notre armée, avait parmi ses aïeules une Française. Dans un salon de son hôtel, où la charité zélée de la baronne de Mohrenheim logea, plus d'une fois, la bienfaisance, en donnant des matinées pour les pauvres, il nous faisait l'honneur de nous montrer un buste de marbre, un délicieux portrait de jeune femme du dix-huitième siècle, et en nous apprenant que c'était l'image de cette *Jeune captive* qu'avait chantée André Chénier dans la prison de Saint-Lazare, M. de Mohrenheim ajoutait :

— C'était ma grand'mère !

Notre pays, l'âme même de notre pays, avait un délicat et affectueux connaisseur en M. de Mohrenheim avant que la nation eût une alliée dans la Russie. Je ne sais ce que l'avenir garde à la Patrie, et nous avons eu tant et tant de désillusions après tant de chimériques espoirs, qu'il est sage et bon de songer toujours aux mésaventures de l'héroïque don Quichotte ; mais le passé du moins est un fait acquis, et dans ce passé d'hier la figure spirituelle, aristocratique et mâle de M. de Mohrenheim m'apparaît comme en un cadre définitif qu'il faut accrocher parmi les plus chères images du logis reconstruit.

Il y a chez ce lettré une netteté sympathique, avec un fond de mélancolie souriante. Il évoque pour moi la vision d'un autre diplomate aimable et fin qui, au lendemain de 1870, fut aussi pour Paris un ami quelque peu attendri. M. de Beust, ambassadeur d'Autriche, assez attristé de Sadowa, moins étonné de Sedan, se consolait de ses déceptions en rimant de petits vers français malicieux. Il lui avait manqué tout simplement peut-être d'avoir un Moltke et un de Roon pour avoir raison de la brutalité de son rival M. de Bismarck. En attendant, la botte du cuirassier de Poméranie avait écrasé l'escarpin verni du diplomate saxon. Et M. de Beust promenait à Paris ses sourires et ses quatrains. C'était aussi un ami des lettres, mais qui oubliait les problèmes de la politique avec les complications des romans de Gaboriau.

M. de Mohrenheim préfère nos poètes à nos romans d'aventures. Il a le goût plus français et le tact littéraire d'un grain plus fin. Je ne sais pas trop pourquoi il allait avec tant d'empressement écouter nos littérateurs : c'est lui, s'il eût professé comme il causait, qu'on eût pris plaisir à entendre.

Et il part, emportant sans doute de Paris une impression attendrie ; nous laissant à nous un souvenir hier charmé, aujourd'hui mélancolique. Si jamais M. de Mohrenheim publie ses Mémoires d'ambassadeur, la grande ville dont il a fait, depuis tant d'années, partie intégrante, n'y sera point, j'en suis sûr, oubliée, et nous pourrons lire ces pages sans craindre que le miroir ne reflète trop durement nos verrues.

Il est de par le monde — fort loin de l'hôtel du Cherche-Midi et de la salle des conseils de guerre — un autre ambassadeur, point parisien comme M. de Mohrenheim, un fils de l'Asie, celui-là, un Annamite, qui, envoyé en mission à Paris, vient précisément de tracer de la grande ville un tableau moins réaliste que celui du vieux Sébastien Mercier, idéalisé au contraire, et qui, vraiment, nous ferait croire à nous-mêmes que nous habitons une cité des *Mille et une nuits*.

Rien de plus piquant que ces *vues de Paris*, ces *instantanées* prises par les étrangers et qui nous étonnent presque toujours, en nous calomniant le plus souvent. Paris jugé par les écrivains allemands ou par les Anglo-Américains est, en vérité, une sentine. La boue que lui reprochait Montaigne, comme il reprochait à Venise de sentir le *marais*, devient, sous la plume des justiciers anglo-germaniques, quelque chose d'affreusement délétère. Paris-Sodome, Paris-Vice, Paris-Cloaque, — c'est là le Paris de nos voisins!

L'ancien régent de l'empire d'Annam, le savant Nguyen Trong Hiep, actuellement en retraite à Hanoï, vient de faire paraître, en chinois, avec traduction française, un poème sur *Paris*, très différent de ces pamphlets, et M. Brunox a bien voulu me communiquer le seul exemplaire de ce curieux ouvrage qui soit encore en France. Ah! comme il nous venge des diatribes des chroniqueurs allemands, ce bon régent de l'Annam versifiant en l'honneur des Parisiens!

Ce ne sont plus les missives narquoises, les *Lettres persanes* qu'Usbek adresse à Rhédi ou Ibsen à Usbek. Ce sont les impressions sincères — et étrangement enthousiastes — qu'un Asiatique authentique publie pour révéler à ses compatriotes le pays de féerie vers lequel il a été officiellement envoyé en mission. Et cet éden, ce pays de rêve et de choix, c'est Paris. La régent a voulu élever un monument à la gloire d'une ville, monument de papier, comme les maisons japonaises.

Et le livre porte ce titre : *Paris, capitale de la France*, « recueil de vers composés par Nguyen Trong Hiep, dit Kien Giang Van Minh Diên Dai-Loc-sy, commandeur de la Légion d'honneur, et imprimé à Hanoï par F.-H. Schneider ».

Il est intéressant de voir l'impression profonde que Paris a faite sur ce fils d'Annam. Et tout d'abord, le régent envoyé chez nous en ambassade s'exprime ainsi : « La description géographique du *Dinh-hoan-ché-luoc* dit : « *La capitale de la France, bâtie sur les « bords de la Seine, est la plus belle ville de l'Europe* ». Pendant mon séjour dans cette ville, j'ai pu voir par moi-même sa prospérité, sa grandeur et sa beauté. J'ai facilement constaté que l'auteur chinois n'avait rien exagéré. J'aurais désiré vivement consacrer un long poème à l'illustre capitale; mais, occupé des travaux de la mission. Je n'ai pu me livrer au seul plaisir de faire de la poésie. Je me borne donc à reproduire en trente-six quatrains, les impressions que j'ai éprouvées au cours de mes promenades à travers Paris ».

Ils sont charmants les trente-six quatrains de Nguyen Trong Hiep, et ils composent, encore une fois, un *tableau de Paris* très peu comparable à celui de ce pauvre Mercier que M. Jules Lemaître vient de traiter si cruellement à propos de la *Brouette du vinaigrier*.

« Notre mission, dit le régent, est arrivée juste au printemps, quand l'air est précisément bien doux.

« Dès ma descente de voiture, je me suis fait un devoir de chanter l'illustre ville! »

Et, en effet, il *la chante*, et ses quatrains ne sont que d'hyperboliques louanges donnant la sensation de quelque admiration faite d'extase.

A tout prendre, voilà sa joie. L'ambassadeur, levé dès l'aube, regarde dans l'air léger monter la fumée bleue, et dans le brouhaha de son séjour à Paris, peut-être cette halte matinale est-elle son souvenir le plus doux.

Toute notre existence, qui lui semble se dérouler dans un décor féerique, lui paraît tendre à la domination de la férocité par la justice et même par la grâce, de la brutalité par la raison. Oh! que d'illusions dans les volutes et les hélices aériennes du brûle-parfums allumé au matin d'avril.

La veille, le régent avait vu, au Cirque, « une jeune fille de dix-huit ans, richement habillée, tenant à la main une cravache », et entrant dans la cage des fauves. Alors il avait écrit, frappé d'admiration :

Dans les montagnes, lorsque le tigre pousse des hurlements,
Les arbres frissonnent et les feuilles tombent comme en automne,
Et quant le lion rugit, tous les autres animaux tremblent de peur.
Qui croirait que l'innocence est capable de morigéner la brute,
Et qu'une jeune fille peut dompter ces bêtes fauves ?

On sent encore dans ce quatrain du bon Annamite la peur du lion, la terreur du tigre, et, candide, il symbolise l'innocence dompteuse des férocités dans cette jeune fille vêtue de soie pailletée. Ainsi son optimisme attendri emporte, de ce séjour parmi nous, une sensation délicieuse.

Paris est paradisiaque, Paris est constellé d'étoiles, Paris est rempli d'hommes droits comme le *sage* bambou. Et le bon régent, aujourd'hui retraité à Hanoï — rue du Pont-en-Bois, peut-être au bord du lac et près du cocotier, — conclut ses trente-six quatrains par ces réflexions suprêmes :

Pour gouverner un pays, il y a de tous temps certains principes immuables.
En parcourant l'histoire, on voit beaucoup de différence entre la manière de gouverner de l'Europe et celle de l'Asie,
Cependant, au fond, il n'y a qu'une raison dans ce monde,
Cette raison est la même pour tous les pays.

Et pour assurer la prospérité matérielle et morale du peuple, Nguyen Trong Hiep a trouvé, dit-il, le bon moyen ; il connaît la suprême raison du progrès et de la paix, et cette raison c'est tout simplement *la raison*.

Il paraît qu'elle règne à Paris, puisque le régent d'Annam, qui est un sage entre tous les sages, un bambou très droit entre tous les bambous humains, l'y a trouvée. Peut-être sommes-nous aveugles ou injustes, nous qui ne l'y voyons pas. Et le tableau charmeur de notre Paris, tracé par un Sébastien Mercier venu d'Asie, ce Paris en petites images, ce Paris en quatrains, ce Paris à l'encre de Chine, nous donne l'illusion d'une adorable ville où les eaux bleues, les fleurettes roses, les petites et les grandes dames, les passants, les cochers, les chevaux, les becs de gaz, les rues, les boulevards, les égouts, tout est exquis, parfait, digne d'être chanté par les mandarins qui tracent des poèmes immortels sur papier de riz, du bout de leurs pinceaux trempés dans les laques sacrées.

Et peut-être, pour nous trouver tant de qualités cachées, faut-il venir droit de la cité d'Hanoï, — comme on reviendrait de Pontoise. Des palais et des hôtels « reposent leurs superbes toitures dans la voûte azurée »; comme un ruban d'argent « un fleuve aux eaux lustrées » coule à travers la ville; toutes les nuits des milliers de lumières brillent entrent les vingt-quatre ponts » ; Nguyen Trong Hiep est ébloui.

La poussière des rues lui semblent irisée; les milliers de fontaines, rafraîchissant l'atmosphère, réjouissent son cœur et ses yeux; les becs de gaz ou les lampes électriques lui paraissent des astres lumineux du ciel. Toutes les maisons lui font l'effet d'avoir sept étages, et les sous-sols le comblent d'admiration.

Il est question, dans son pays, des trente-six jardins enchanteurs des immortels, « où l'on n'a jamais vu l'automne ni les feuilles tomber ». Ces paradis, il les trouve au *Jardin d'acclimatation* où, ébloui, il rencontre, en un pays glacial,

Notre *sage* qui reste droit et vert.

Ce *sage*, c'est le bambou, que le régent de l'empire d'Annam n'avait plus rencontré depuis l'Inde, — le bambou droit, vert, articulé avec une certaine mesure, qui est, pour les Chinois, l'emblème du *sage* ou de l'*homme droit* constant et mesuré dans ses actes et ses paroles.

Et le régent voit tout, admire tout, célèbre tout en ses trente-six quatrains poétiques. Le bois de Boulogne l'éblouit, le bois de Vincennes lui rappelle le mont Lupha, l'Olympe chinois, la montagne enchanteresse, séjour des bouddhas. Le *Louvre* et le *Bon Marché* lui font penser à ce *Marché de la Mer* de la légende chinoise... Lorsque les nuages de couleurs s'accumulent à la surface de la mer, on assure que ce sont les immortels qui viennent tenir leur marché (les nuages étant des étoffes ou des soieries), et l'on dit : « C'est le *Hai-Thi* ou *Marché de la Mer* ». Ce féerique marché, le régent le découvre dans nos docks de nouveautés.

Napoléon l'arrête devant l'Arc de Triomphe: « Il aurait voulu conquérir le monde entier ». Et le régent croit, en regardant la pierre sculptée, assister aux batailles passées. Il est, du reste, pacifique, comme tous ces lettrés du Pays jaune. Au Muséum d'histoire naturelle, il sourit devant les oiseaux rares, et frissonne devant les squelettes : « En les voyant on éprouve une sensation d'horreur, les cheveux se dressent sur la tête ».

Il est artiste. Le musée du Luxembourg lui plaît : « On croirait avoir devant soi des paysages véritables » ; — le Panthéon a des peintures « bien faites » ; mais il regrette que l'histoire de France ne soit pas assez courante pour qu'il puisse tout comprendre.

Parlez-lui des chemins souterrains rayonnant sous les boulevards ! Les égouts ! Il en comprend bien vite la beauté. Mieux encore, il y voit, surpris, « *les perles lumineuses du palais de Gia Gung* », ce palais du poisson Gia qui demeure au fond de la mer et parfois se montre aux humains sous la forme d'une jeune fille très belle qui vient sur terre pour faire des achats de soieries. En quittant ses vendeuses, le poisson Gia verse des larmes qui se transforment en perles fines. Et ce sont ces perles que voit le régent d'Annam dans les lampes électriques incandescentes de nos égouts.

On avouera que cet ambassadeur-poète n'envoie pas de dépêches diffamatoires à son gouvernement.

En vérité, ce poème de *Paris* chanté par un Annamite en mission est tout à fait curieux, et l'on ne saurait ranger le bon Nguyen Trong Hiep parmi nos calomniateurs. Son nom est trop compliqué pour que notre reconnaissance lui rende en renommée toutes ses politesses. Mais j'ai plaisir à lui rendre hommage, à feuilleter ces petites aquarelles annamites d'un ton si fin et d'un si indulgent esprit, ces tableautins de couleurs légères, ces kakémonos qui nous rendent un Paris candide et teinté de rose comme la fleur du pêcher.

Oh ! le doux régent de l'Annam, ce n'est pas lui qui appellerait Paris une ville *de boue et de fumée* !

Paris ? Le voici :

Les eaux sont bleues, les plantes roses ; l'aspect du soir est charmant.

On se promène. *Les grandes dames marchent ensemble, suivies de petites dames.*

Et c'est un plaisir pour le bon Annamite de trouver à ce Paris la réalisation du livre de poésies chinoises, sorte de trésor poétique d'anthologie asiatique, le *Nuc-Phu*.

Tout lui plaît, chez nous, encore un coup, et nous pouvons le suivre, jour par jour, quatrain par quatrain, à travers la Ville-Lumière.

L'Hôtel des télégraphes — le télégraphe, « secret inscrutable au monde profane et *que peu de personnes connaissent* » — où il n'a point, comme Li Hung Chang à New-York, le désagrément de s'approcher trop près d'une dynamo ; la Faculté des sciences, où la chimie permet, dit-il, d'étudier les corps plus petits que le moindre brin de fil ou de cheveu ; la Monnaie, les courses, où « des chevaux beaux comme des montures de génie », courant « avec la rapidité du vent et de l'éclair » devant plus de *sept cent mille spectateurs*, l'attirent, l'étonnent, le charment. La Banque de France lui rappelle que les dynasties de Tong et de Nguyen avaient mis des billets de banque en circulation — oui, dès l'an 960 de notre ère, — et il est moins surpris par le papier-monnaie que par le télégraphe. Il ne l'eût même pas été par les bicyclettes, puisque les Chinois prétendent les avoir inventées il y a deux mille ans.

J'admire d'ailleurs cet Asiatique qui, de Paris, étudie surtout les institutions les plus nobles, laissant aux *observateurs* européens le soin de nous juger sur le cabaret du Père Lunette ou le Moulin-Rouge.

Le Musée d'artillerie, l'hôpital du Val-de-Grâce « qui

devrait imposer silence aux cris de guerre dans les cinq parties du monde », l'Opéra « dont la beauté peut rivaliser avec celle des palais des rois », — voilà ce que le régent visite. « Son Excellence le président de la République avait invité la mission à assister à la représentation. » On entend des artistes qui chantent très bien, et l'on voit surtout de fort jolies danseuses semblables aux fées qui jouent la pièce de Nghé-Thuong dans le palais de Quan-Han, ce palais que l'empe-Ninh Hoang put voir dans la lune où il monta à l'aide d'un pont jeté jusque-là par un magicien habile, il y a plus de douze cents ans, — avant Cyrano de Bergerac.

Et toute notre civilisation, dont il interroge les secrets, plonge l'ambassadeur dans des extases qui se traduisent tour à tour en images de poète et en songeries de philosophe.

Il a de jolis petits coups de pinceau pour peindre les soirs de Paris, le défilé des fiacres : « Et lorsque le soleil darde ses rayons obliques, moment où souffle une légère brise, les cochers continuent le mouvement de leurs fouets ! »

Je vois qu'à la mairie du sixième arrondissement, un Parisien de l'Annam, déjà bachelier et élève de notre Institut agronomique, M. Bui Quang Chica, va tirer au sort dans quelques jours. Ce conscrit annamite, le premier qui entrera dans les rangs de l'armée française, a peut-être été séduit par les quatrains du régent de l'empire.

Le *parisianisme* du bon régent est forcené. Et tout, encore une fois, lui est motif à *philosopher*.

Les pompes et les avertisseurs d'incendie lui inspirent ces vers :

> Si toutes les affaires du gouvernement étaient ainsi prévues,
> La paix régnerait dans le monde entier.

Ne dites pas que le régent d'Annam publie là des réflexions de Joseph Prudhomme. L'honnête Prudhomme a parfois du bon. La tour Eiffel, « étrange et gigantesque toile d'araignée », lui fait mépriser Truong Qua, le génie qui savait, à l'époque de Duong, vers 715 ou 730 de notre ère, construire des bateaux en fer, grâce à un pouvoir surnaturel. « Je crois que le génie Truong Qua même ne possédait pas, dans les entrailles de la terre, une forge aussi bien outillée. » Notre Observatoire et ses instruments lui rappellent « l'appareil de perles et le tube de pierres précieuses inventés par les anciens pour observer le mouvement du soleil ». Et sa grande admiration de lettré pacifique va droit au Creusot, aux ouvriers extracteurs de houille, et au fondateur de cet établissement : « Dans aucun des livres que j'ai lus, je n'ai trouvé quelqu'un qui égale cet industriel ».

Cependant le régent d'Annam va visiter, « à l'orient de la ville, une prison qui est comme l'étoile *châp-phap* du ciel ». Cette étoile est celle de la justice. Elle surveille, au centre du ciel, toutes les autres constellations, — et notre Asiatique la trouve à Mazas, à

Mazas dont il rêve l'abolition, en poussant ce soupir idyllique :

> Oh ! que l'on nous rende enfin l'époque heureuse de l'âge d'or,
> Où la cour de justice vide de plaignants devenait un herbage verdoyant !

Le bon Nguyen Trong Hiep est un songe-creux, une sorte d'abbé de Saint-Pierre venu d'Hanoï et se heurtant, alors pensif, aux réalités de notre vie. Mais, entre deux visites, soit à Mazas, soit au Val-de-Grâce, il brûle un grain d'encens, et l'avril qui naît, l'avril parisien, lui inspire des vers attendris :

> Nous voici à l'équinoxe de printemps, les jours commencent à être longs.
> Dès trois heures du matin, l'aube vient éclairer les verres des fenêtres.
> Libre ce matin-là, sans aucune occupation officielle,
> J'ajoute une dose d'encens de plus dans le brûle-parfums.

III

Le brouillard. — Un symbole. — Le sourd-muet de Nancy. — Le coupable. — Un verbe officiel. — L'influenza. — Une date : 19 janvier ! — Il y a vingt-sept ans. — Autre brouillard. — Les généraux Saussier, Zurlinden, Metzinger. — Les morts de Buzenval. — Un fusillé. — Le dévouement et la haine. — L'espoir de Gavroche. — Une morte : le carnet de Mlle Mars.

20 janvier 1898.

Le brouillard qui, l'autre soir, a, de son linceul jaune, enveloppé Paris, me semble tout à fait symbolique. Il était épais, il était malsain, il empêchait les piétons et les cochers de fiacre de voir clair à dix pas en avant. C'est à peu près l'atmosphère morale que nous respirons. Et puisque le symbole est à la mode, j'en *treuve*, comme disait le bon La Fontaine, un autre assez piquant, de l'aventure de ce brave homme qu'on a arrêté à Nancy, en pleine bagarre, et mené droit au poste parce qu'on l'accusait — je cite la dépêche télégraphique — de « *gueuler* plus fort que les autres. »

Or, au poste de police, on s'est expliqué. Ou il a

peut-être été assez malaisé de s'expliquer. L'homme arrêté parce qu'il *gueulait* trop (Je demande pardon du mot qui est le mot de la dépêche), n'a pu qu'à grand'peine plaider sa cause, et par gestes. Le malheureux était sourd-muet !...

— Sourd-muet ?

Sourd-muet. Songez à l'ironie de la mésaventure, et méditez-en la philosophie. Que de sourds-muets, accusés de hurler, payent ainsi pour les braillards ! Ce sourd-muet, qu'on traîne au violon parce qu'il *gueule*, c'est un peu l'incarnation du spectateur d'opinion sincère qui regarde, voudrait savoir, voudrait entendre, ne dit rien puisqu'il ne sait rien, ne saurait parler et pour cause, et qu'on pousse par les épaules en lui criant : « Taisez-vous donc ! » Pris entre les partis divers, le sourd-muet, qui n'a rien fait, n'a commis d'autre faute que d'avoir voulu prendre l'air du soir et voir un peu ce qui se passe ; ce promeneur, ce passant, a senti brusquement s'abattre sur lui la main des agents et, n'ayant rien entendu de toutes ces clameurs, a cependant, par surcroît, subi ce narquois interrogatoire :

— Dans quel esprit preniez-vous part à la manifestation ?

Il a dû être fort surpris, le pauvre sourd-muet. Mais a-t-il même deviné la question posée ? Oui, ce sourd-muet est, dans la tragi-comédie actuelle, un personnage symbolique. Il me représente assez bien le chorège. Un chorège moins verbeux que ceux des tragédies antiques. Un chorège peu averti et assuré d'une seule chose, c'est qu'en temps d'émeutes et de colères, on peut être rapidement conduit au violon sans

3.

savoir pourquoi. Je penserai plus d'une fois, durant les heures tristes des polémiques sans pitié, à ce misérable sourd-muet recevant les coups sans pouvoir même y répondre par une protestation, et parmi les clameurs accusé, lui qui ne peut articuler un mot, de « *gueuler* plus fort que les autres ! »

Que si l'ironique anecdote pouvait nous rendre un peu raisonnables, il faudrait en remercier les agents de Nancy. Le sourd-muet serait sans doute le premier à le faire. Je ne sais pourquoi, je me le figure sous les traits d'un bourgeois lorrain souriant et rassis. Il est, à lui tout seul, une leçon vivante, leçon d'homme, ce qui vaut bien une leçon de choses. Non seulement il n'a pas *gueulé*, mais quelle joie le pauvre diable aurait eu à *gueuler* ! Cependant, il est roulé dans le flot d'orage ; et que lui sert même d'être sourd-muet ? Il pourrait aussi répondre comme le chanteur qui, dans la cour où il débite ses romances, ne voyant tomber aucun décime enveloppé de papier, s'écrie amèrement, en haussant les épaules :

— C'est bien la peine d'être orphelin !

Et — ce qui est la caractéristique de notre humeur actuelle — le sourd-muet de Nancy, arrêté et bousculé, fera sourire. Qu'allait-il faire dans cette galère ? On se moquera de lui. Pourquoi est-on sourd-muet en ce monde ? Ce temps-ci ne semble point pécher par l'attendrissement. Il y a dans l'air comme une *influenza* de violences. C'est un je ne sais quoi de trouble et de méchante humeur. Encore s'il s'agissait d'une atmosphère chargée d'électricité, d'un ciel traversé d'éclairs et des grondements du tonnerre. Mais le brouillard, l'affreux brouillard, le brouillard glacé qui va jusqu'aux os pour réveiller les rhumatismes !

Influenza! — J'ouvre mon vieux dictionnaire de Nysten, et j'y vois que dans cette sorte de catarrhes épidémiques, la fièvre est forte, l'invasion subite et la courbature extrême. Est-ce qu'il n'y a pas aussi des grippes de la raison et une inflammation de l'entendement? *Influenza!* Le nom, vague et inquiétant, comme s'il s'agissait de la morbide influence d'une nuée qui passe, d'une sorte d'insaisissable fléau, d'une maladie-fantôme, le mot italien est dans Littré, et depuis plus d'un hiver cette sorte de *malaria* particulière a pris rang dans la langue française, par droit de conquête, par droit de mort aussi.

Quel bon vent de santé et de force balayera donc cette grippe qui nous anémie? On ne rencontre que gens maussades. Paris s'ennuie et Paris tousse. La politique n'est pas seule en cause, l'*influenza*, dans cette mauvaise passe, a son rôle, et les visages des Parisiens ont ce masque grippé que la maladie courante afflige de sa griffe. La manifestation patriotique de dimanche avait donné à ces physionomies un peu de gaieté. Voir défiler de vieux soldats, regarder passer des fanions troués, acclamer des drapeaux au son des musiques jouant la poignante *Marche de Sambre-et-Meuse*, saluer, de loin, un bon soldat, superbe dans son uniforme, et tel que le général Saussier, c'était un cordial aussi, et qui remonte le moral d'une ville. On pourrait, si l'on voulait oublier un peu les douloureuses préoccupations de l'heure présente, jeter les yeux sur le calendrier, l'Almanach François Coppée : *19 janvier*!

Cela ne rappelle-t-il rien aux Parisiens de 1898?

19 janvier! Il y a vingt-sept ans, il faisait aussi un brouillard épais, un brouillard lugubre, et du haut du Mont-Valérien les généraux avaient peine à suivre les mouvements des bataillons de gardes nationaux allant se heurter, là-bas, contre cette ligne blanche à peine visible, cette sorte de liséré entrevu dans la brume : le mur de Buzenval. Il y a vingt-sept ans, nous enfoncions aussi dans la boue, mais elle se collait à nos talons, elle ne nous éclaboussait pas jusqu'au visage. Cette sombre journée du 19 janvier, voilà qu'elle nous apparaît maintenant, à distance, comme une amère, lugubre, mais glorieuse épreuve. On se battait avec ardeur, mais contre l'ennemi. Le vieux marquis de Coriolis tombait fraternellement aux côtés de l'ancien faucheur polonais Rochebrune. On était allé à l'assaut un refrain aux lèvres, et M. de Bismarck allait dire quelques jours après à Jules Favre :

— Vos gardes nationaux !... Ils étaient si contents de jouer aux soldats, que nous les entendions chanter dans la nuit avant de les voir!

Depuis les Champs-Élysées, ils chantaient. Ils ne *jouaient pas aux soldats*, comme disait l'ironiste cuirassé; ils faisaient leur devoir. Ils le faisaient gaiement, croyant trouver la victoire, la délivrance, faire *la trouée*, derrière le brouillard jaune, derrière ce long mur blanc... Leurs illusions donnaient l'alacrité joyeuse, jusqu'en cette boue qui ralentissait leur marche. Je regrette ces heures d'épreuves. Elle nous laissaient, même sanglantes, une colère qui n'allait pas à des Français, une espérance qui tendait les bras, bras meurtris, non lassés, à l'avenir.

19 janvier! Celui qui gouverne aujourd'hui Paris après le général Saussier, n'était encore qu'un jeune officier, et ce nom de Zurlinden avait été cité, comme celui du capitaine Metzinger, du 35e de ligne, à l'ordre du jour. Le capitaine Metzinger, qui, à Chevilly, enlevait avec sa compagnie une barricade prussienne! Il y a loin de Chevilly à Tananarive. Il y a loin aussi du siège de Paris au gouvernement de Paris.

Le général Zurlinden aussi, sans doute, comme nous tous, a dû faire des réflexions sérieuses en voyant cette date sur l'almanach d'aujourd'hui : *19 janvier*.

On va mettre en vente, paraît-il, les bâtiments de la Fouilleuse, dont Napoléon III avait voulu faire une ferme modèle, et qui était encore hier une maison de correction. A la Fouilleuse on avait apporté, étendu, les morts de la bataille, petits paysans en pantalons rouges, mobiles de province, Parisiens revêtus des capotes multicolores des gardes nationaux. Je n'oublierai jamais, parmi ces cadavres, le corps en quelque sorte tordu et encore révolté dans son immobilité, d'un soldat de la ligne qui, la corde aux mains, ficelé, ligotté, avait été fusillé contre les murs de la Fouilleuse pour avoir, brusquement, follement, pris de rage, déchargé, au moment de l'action, son fusil sur son capitaine.

Le fusillé gisait, la face encore menaçante, la bouche tordue comme par une dernière insulte crachée, les yeux terribles et fixes, et toute cette face figée par la mort, ce corps qui, avant de prendre cette immobilité du foudroiement qui donne aux membres parfois l'aspect sculptural — ou caricatural — de la vie, tout cet être, arrêté net en pleine vie violente, gardait une férocité sinistre, une brutalité de meurtre. Et ce qui me frappait, c'était — devant les murs nus de la ferme modèle devenue ambulance — le calme, la beauté, l'espèce de rayonnement, le sourire en quelque sorte extatique des autres morts, des cadavres de vaincus tombés pour la Patrie, étendus, allongés côte à côte, — troupiers ou moblots, soldats improvisés de la garde nationale où, à travers les capotes, apparaissaient, sur les torses sanglants, la chemise de toile écrue des ouvriers, la chemise à petits plis des bourgeois où des artistes...

Le mort dont le cri avait été un juron de haine, différait tellement de ces morts dont la dernière pensée avait été pour le devoir rempli!...

Et ne dites pas que ce beau sourire de patriotique extase n'existe pas : les photographies de ces pauvres morts sont là, visibles encore, quoique à demi effacées et jaunies, après vingt-sept années. Et n'ajoutez pas que ce rictus, où semble passer la joie du soldat mort pour la Patrie, n'est qu'une sorte de mouvement physiologique, de contraction réflexe. Non, ces beaux sourires de martyrs, laissez-nous croire qu'ils étaient conscients, et que ces morts du 19 janvier expiraient en se disant : « J'ai fait mon devoir! »

Vingt-sept ans! Et nous en sommes là! Et je revois sur les visages les crispations de colère du révolté de la Fouilleuse. Le général Carrey de Bellemare ne doit pas l'avoir oublié, ce soldat. Vingt-sept ans, et le brouillard est le même. Mais au lieu de glacer les capotes de concitoyens grimpant, coude à coude, vers les bois noirs d'Allemands, il pénètre, il enveloppe des Français se combattant et se dénonçant les uns les autres. Qu'il est bon parfois de ne point vieillir! Henri Regnault, rue Richelieu, au coin même du Théâtre-Français, me disait, râblé, résolu, plein d'espoir, dix ou douze jours avant ce 19 janvier :

— Ah! en supposant que nous soyons battus maintenant, on verra *dans cinq ans*!

L'heure était bien sinistre, alors. Nous avions des soirs atroces où nous nous demandions, dans le noir et le froid de la retraite, si le soleil se lèverait le lendemain, si la vie reprendrait, s'il valait même la peine de vivre. Eh bien, ces crépuscules atroces, ces nuits glacées, ces heures sombres où le canon des forts semblait la respiration rauque de Paris agonisant, je les regrette! Elles avaient leur grandeur, leurs illusions, leurs minutes insensées de nobles confiances, de chères illusions, de belles folies!

« Dans cinq ans! » — Il y en a vingt-sept à présent, et je revis, aujourd'hui, minute par minute, la longue journée du martyre des bataillons mobilisés. Mais gardons l'espoir! Tous les brouillards s'envolent. Ce même jour, j'entends encore un gamin de quinze à seize ans, un petit garde national imberbe du bataillon de Rochebrune — qui venait de tomber, — me dire, en me montrant son fusil dont une balle allemande avait brisé la crosse :

— C'est moi *qu'a pas de chance!* Pour ma première bataille, je perds mon colonel, mon capitaine et mon chassepot! Bah! tout ça se remplace!

Et Gavroche avait raison. Gavroche qui toujours, à toute heure, espère contre tout espoir.

Ce qui ne se remplace pas toujours, ce sont les actrices de génie. Une très généreuse intervention de Mme la princesse Mathilde a ramené l'attention sur la tombe de Mlle Mars, que les héritiers de la comédienne laissent abandonnée au Père-Lachaise (1).

Le nom de Mlle Mars est de ceux qu'on n'oublie pas, bien que l'on ne sache pas toujours exactement quels souvenirs il évoque. Par exemple, comme je demandais au bureau des renseignements du cimetière l'emplacement de son tombeau, un employé me posa cette question : — C'est bien Mlle Mars la *tragédienne*, que vous voulez?

Après tout, Célimène a joué Doña Sol, et le *Misanthrope* est aussi une tragédie humaine. Ce fut une des fées du théâtre que cette femme née avec tous les dons des fées.

— Que veux-tu que je te dise? s'écriait Monval en l'écoutant. Tu n'as pas besoin d'avis, tu fais bien; laisse-toi aller à ton instinct, il te conduira mieux que toutes mes leçons.

Elle prit des leçons cependant, et on connaît cette très curieuse anecdote: Mlle Contat attachait, un jour, une ficelle aux bras d'une fillette, son élève,

(1) Voir la *Vie à Paris* de 1897, pages 363 et 364.

et pendant la leçon, la jeune fille faisant instinctivement un geste, le fil cassa. Alors, souriante :

— Voilà, ma chère enfant, le fin mot de la comédie, fit Mlle Contat. Il faut ne gesticuler et ne casser le fil qu'au moment voulu.

Cette enfant était Mlle Mars.

Elle ne faisait, paraît-il, suivant en cela le bon avis de Mlle Contat, des gestes qu'au bon moment. Elle ne *cassait le fil* que lorsqu'il le fallait. Elle était variée dans son jeu de grande coquette, et comme Talma disait : « De toutes les monotonies, celle de la force est la plus insupportable », elle eût pu affirmer que la monotomie de l'afféterie est plus irritante encore.

Nous n'avons sur Mlle Mars que des traditions. Qu'est-ce que cet art fugitif du théâtre? un charme qui s'évaporerait comme un parfum. Mais M. Ernest Legouvé, qui a vu la « comédienne des comédiennes », nous disait sa puissance de séduction, son art parfait. Et mistress Trollope, dans un livre intitulé *Paris et les Parisiens en 1835*, dit à propos de cette Mlle Mars, — qui avait alors cinquante-six ans, notez bien :

« Il y a réellement encore une séduction, une grâce, dans chacun des moindres mouvements de Mlle Mars, qui captive les yeux et ne permet d'errer vers aucun autre objet, fût-il incomparablement plus jeune et plus aimable. Comment se fait-il qu'aucune de toutes ces jeunes têtes ne peut apprendre à se tourner comme la sienne? qu'aucun de ces bras ne peut s'accorder avec cette noble aisance? Les doigts même, et gantés encore, semblent ajouter à l'expression de son jeu; et l'actrice la plus tranquille, celle qui étudie le moins ses poses, trouve moyen d'augmenter l'effet de son rôle par les mouvements les plus ordinaires et les plus insignifiants ». Mistress Trollope ajoute, enthousiaste de Mlle Mars comme elle le sera de Lamartine : « Je consentirais volontiers à mourir pour quelques heures, si par ce moyen je pouvais rappeler Molière au monde et lui faire voir Mlle Mars jouer dans un de ses chefs-d'œuvre ».

Ce qui fut incomparable, disent tous ceux qui ont entendu Mlle Mars, c'est sa voix, la plus délicieuse, la plus fraîche, la plus jeune des voix féminines. Le professeur Ricourt affirmait à M. Monval que Mars conservait cette voix caressante en buvant chaque jour — faut-il le dire? — du bouillon d'ail. Ce qui est certain, c'est que jusqu'à la fin elle eut la voix de ses seize ans.

« Quinze jours avant sa mort, écrit un témoin envoyant à M. de Kératry des notes pour le discours funèbre, quinze jours avant cette mort, arrivée le samedi 20 mars 1847, à neuf heures du soir, sa voix avait conservé son timbre enchanteur, et à entendre du salon voisin de sa chambre à coucher le peu de mots qu'elle pouvait prononcer, personne n'eût pu se douter que c'était là l'organe d'une malade » (1).

Que reste-t-il de tout cela, encore une fois? Une sorte de fantôme. Un nom. Mais un grand nom.

J'ai là, dans un sachet de vieille soie couleur puce, un petit carnet que j'ai acheté autrefois, un carnet offert à Mlle Mars avec ce mot tracé en petites perles

(1) Archives de la Comédie-Française.

d'acier sur le cuir rouge : *Souvenir*. Le petit carnet, doublé de satin blanc, dort, depuis des années, dans sa couverture soyeuse qui ressemble à une douillette du temps jadis. Une main amie a brodé en soie couleur bleu de ciel ce nom acclamé : *Mars*, tracé là en lettres gothiques au-dessus d'une pensée encadrée de lauriers (toujours brodés de soie). Qui a donné, quel mort ou quelle morte, ce petit carnet rouge à Hippolyte Mars?

Et ce qu'il contient est un peu ironique lorsqu'on se dit que c'est là le carnet de Silvia, le carnet de Célimène. Des comptes, des additions, des chiffres : « Reçu 50 fr. le 1er septembre. — 20 fr. qui m'étaient dus. — Dépense du mois de septembre : Aucune. — Dépense du mois d'octobre : 12 fr. pour des galons, 20 fr. pour un pouf, 13 fr. pour un tapis, 7 fr. de menues dépenses... » Puis, en recette : « Caisse d'épargne, recette 85 fr. ». Elle est ordonnée, Célimène. Cependant, deux sujets éternels, qui tiennent au cœur des femmes, ont leur place sur les petits feuillets, écrits au crayon, du carnet. Et je peux déchiffrer avec peine ces lignes écrites par Mlle Mars :

« Lundi, j'aimerai sa pensée,
Mardi, tout son orgueil fléchira sous ma loi,
Mercredi, son amour revolera vers moi,
Jeudi, je punirai son ardeur insensée,
Vendredi, tous les maux naîtront d'un fol espoir,
Samedi, son bonheur sera (*illisible*)
Dimanche, j'en serai justement admirée,
Et de son cœur ainsi tous les jours adorée. »

Elle avait copié, les trouvant exquis, hélas! ces verselets ; elle les avait admirés sans doute, elle, Mlle Mars, qui trouvait *excessifs* les vers de Hugo!...

J'aime mieux cette note du petit carnet rouge : « Mon crêpe rose... Une écharpe ou une couronne... Des souliers... Des roses blanches au bonnet de mariée... La robe de dentelle... Le voile de Suzanne... Mlle Lejeune... » Ce sont des *memoranda* de femme ou de comédienne, des indications de costumes qui dorment là, sous la reliure du petit carnet où s'entrelacent les initiales de l'artiste : H. M. (Hippolyte Mars) sous une couronne de marguerites en petites perles d'acier. Et il me semble que ces notes, ces souvenirs, sont aussi des inscriptions funéraires, et ce petit carnet, aux ornements abolis, me fait songer à l'urne de marbre que recouvre tristement la poussière dans le mausolée abandonné de Mlle Mars.

Mélancolie du passé !

Rien ne reste de nous, rien ne reste d'elle, pas même l'écho de la voix séduisante qu'avait encore la charmeuse à l'heure de mourir !

IV

Un peu de rose ! — Rencontre de quelques dominos. — Paris danse. — Le tambour-major d'Édouard Thierry. — Au bal de l'Opéra. — Une vieille légende. — La femme du monde au Foyer. — Ce que cherchait J.-J. Weiss. — Une bienfaitrice des animaux. — Le legs de Mme Chassegros. — Et les hommes ? — Chevaux de trait. — Dures montées. — Les écrivains et les journalistes. — Une comparaison d'Edmond About : chevaux de fiacre et chevaux d'omnibus. — Les rois de l'opinion. — L'enquête de la *Revue bleue*. — Une page de Wilkie Collins. — Que les journaux ont fait la guerre. — De l'influence des gazettes. — M. de Bismarck et les *reptiles*. — Deux hommes du siècle : Bismarck et M. Gladstone. — Une image anglaise. — M. G. d'Annunzio à Paris. — Les tapages parlementaires. — Tout penche ! — Et tout est éternel.

29 janvier 1898.

J'ai eu, l'autre soir, en sortant du théâtre, une agréable surprise. Dans l'atmosphère sombre et la nuit humide, j'ai rencontré, place de l'Opéra, des dominos attendant, pour traverser la chaussée, qu'un détachement de cuirassiers, parcourant lentement le boulevard, eût laissé le passage libre. Des dominos, quel étonnement! Les cuirassiers, magnifiques sur leurs montures, m'avaient fait songer ; les dominos, tout à coup, m'ont charmé. Je ne les attendais point. Je ne croyais pas qu'on pût encore danser à l'Opéra. Des bals masqués en ce temps de méchante humeur? Parfaitement. J'en étais surpris. D'où pouvaient bien venir ces masques? Je n'en sais rien ; mais ils se rendaient à l'Opéra, impatients de plaisir, leurs talons battant nerveusement l'asphalte. Les dominos se souciaient visiblement fort peu de la ronde des cuirassiers, et, les cavaliers partis, ils traversèrent lestement le boulevard et, de leurs petits pieds chaussés de satin, gravirent, en deux temps, les marches de pierre.

Ils étaient roses, ils étaient bleu de ciel.

Les bleuets sont bleus, les roses sont roses!

Ils mettaient dans le demi-brouillard de minuit une petite note claire, et corrigeaient élégamment nos préoccupations maussades, avec une touche de Watteau. Ce n'était rien, ce peu de rose dans la nuit frileuse, mais c'était *autre chose*, un léger sourire, un rayon furtif, un coup de pinceau clair et gai. Il y avait donc encore des gens pour danser des quadrilles, et de jeunes visages pour sourire sous les dentelles des capuchons?

Je me rappelais M. Édouard Thierry me disant, pendant les sombres jours du siège :

— Vous ne savez pas?... Je viens de retrouver un peu d'espoir! J'ai rencontré tout à l'heure, devinez quoi?... Un tambour-major. Ah! cet uniforme doré, cette canne, ce plumet, ce beau plumet tricolore parmi nos tuniques salies et nos pantalons boueux, j'en ai éprouvé une joie! Il me semblait que c'était à la fois le souvenir de notre vieille armée et l'espérance de l'armée nouvelle qui palpitaient avec les plumes de ce plumet! Que de choses, de bonnes et fières choses, dans le plumet d'un tambour-major!

Les dominos roses de l'autre soir, et les dominos bleu tendre, c'était pour moi ce que fut pour Édouard Thierry le tambour-major du temps du siège : une note heureuse dans les jours d'ennui. Paris avait encore des Parisiens et des Parisiennes qui ont vingt ans, qui croient toujours au bal de l'Opéra et se mettent de petits loups de velours sur le nez comme des Vénitiens de Guardi! Voilà des intrépides! On a cependant tout fait et tout dit pour leur prouver que le bal de l'Opéra n'est plus qu'un préjugé, et que la dernière aventure aura été celle de Francillon demandant à Pinguet, le clerc de notaire, de lui « offrir son bras ». Tant de fois et sur tous les tons, on a répété aux provinciaux et aux étrangers que le bal de l'Opéra est une distraction abolie, un plaisir caduc, une joie d'un autre temps! Je m'étonne qu'il se rencontre encore des gens pour se cravater de blanc ou se vêtir de rose à l'heure de minuit. Mais il s'en trouve.

Rien n'est plus difficile à déraciner qu'une légende. Tant qu'il y aura des échappés de collège rêvant de grandes dames de Balzac se rendant au bal sous le masque, et des don Juan de sous-préfecture croyant aux travestis de Gavarni, ou encore des jeunes mariées, secouées du désir de jouer avec le feu et avides d'une escapade au Foyer, une nuit de bal; tant qu'il y aura des crédulités et des curiosités, le bal de l'Opéra subsistera, comme une vieille institution, jadis plus raffinée peut-être, démocratisée maintenant et devenue cohue, mais — comme tant d'autres institutions moins séduisantes — vivant des souvenirs d'autrefois. Et ce ne sont pas seulement les naïfs et les débutants qui croient aux légendes romanesques, aux aventures improbables, aux rencontres extraordinaires. L'exquis J.-J. Weiss, qui n'était pas un gobe-mouches, prétendait que, même dans cette décadence du bal de l'Opéra, il y avait encore place pour l'inattendu, le piquant des romans d'une heure.

Weiss ne disait pas, comme Gavarni, en voyant s'agiter toutes ces filles folles, aux gestes hystériques : « Quand on pense que tout ça mangera demain ; c'est ça qui donne une crâne idée de l'homme ! » Non, il assurait que, dans le défilé des dominos sous le masque de satin ou le manteau de soie, il se trouvait certainement, inévitablement, *une* femme du monde attirée par l'inconnu, poussée par le désœuvrement, tentée par le mystère, l'occasion, la tendre aventure, le *Caprice* de Musset pouvant coexister avec le déhanchement de Clodoche.

— Oui, oui, il y en a *une*, il y en a toujours *une*. Seulement — ajoutait Weiss — il s'agit de la deviner !..

J'ignore s'il la trouva jamais. On a publié de lui, naguère, des lettres d'un charme spécial qui font souhaiter un volume, tout un volume de *Correspondance de J.-J. Weiss*. Je doute que ce soit à quelque « belle et honneste dame » rencontrée au foyer de l'Opéra, qu'il les ait écrites, ces lettres de choix ; mais, ce qui est certain, c'est qu'il chercha toujours la perle rare, roulée, disait-il, dans le torrent, et même dans le ruisseau du bal masqué.

Donc Paris a revu du rose, du bleu, des paillons, des pompons, des costumes, Paris se travestit, Paris danse! Il a dansé au son de la musette des sonneurs berrichons amenés ici par le sculpteur Jean Baffier. Il dansera bientôt à l'Hôtel de Ville, puis à l'Élysée. Il n'aura point, sans doute, sa cavalcade du Bœuf gras, cette année; mais il trouvera bien le moyen de se divertir tout de même. Et les pauvres gens n'y perdront rien; au contraire.

Il est de charitables âmes qui s'occupent d'eux, tout comme Mme Chassegros, la donatrice, se préoccupait des animaux. Cette dame fort sensible et qui a légué deux millions à la Société protectrice des animaux, s'est surtout émue, durant sa vie, des souffrances des chats, des chiens et des chevaux, et elle a voulu calmer, après sa mort, les maux de *nos frères inférieurs*. Elle pouvait s'attendrir sur ceux des pauvres humains qui font, comme on dit, un métier de chien, un métier de cheval. Mais non; c'est aux bêtes qu'est allée tout droit sa pitié. On fait de sa bonté l'usage que l'on veut.

Mme Chassegros a songé aux caniches conduits à la fourrière, et aux chevaux d'omnibus qui montent la côte de la rue Monge et le *raidillon* de la rue Notre-Dame-de-Lorette. Elle entend qu'on dresse la liste quotidienne des chiens *arrêtés*, qu'on avertisse en temps utile, de cette *mise au violon*, les propriétaires — j'allais dire *la famille*, — et qu'on donne des chevaux de renfort aux voitures grimpant péniblement les montées. Mme Chassegros a dû assister souvent à ce spectacle, parfois dramatique : de pauvres chevaux, suant et tendant désespérément les jarrets, pour *enlever* vers Montmartre le lourd omnibus qu'ils tirent avec peine. Le cocher frappe, le conducteur tire ; les fers, en frappant le pavé, allument des étincelles ; une buée chaude sort des croupes fumantes, la foule s'amasse ; et Géricault eût trouvé pittoresque cette scène lamentable : l'effort impuissant de la bête sous la poussée des employés et les ricanements des spectateurs.

— Cela n'arrivera plus, s'est dit Mme Chassegros, et mes millions serviront à payer des postes de renfort !

Soit ! L'idée est généreuse. Mais que de pauvres gens tirent le licol, halettent sur le pavé, glissent et tombent, qui auraient grand besoin du renfort de quelques compagnons, et du réconfort de quelques legs. Ces chevaux d'omnibus, suant aux montées dures, me rappellent, sans aller bien loin, une comparaison très frappante, que faisait Edmond About, entre les gens de lettres et les journalistes, bêtes de somme spéciales, dont sans doute Mme Chassegros ne se souciait guère :

« Les gens de lettres, disait About, sont tous des chevaux de trait ; mais les écrivains sont des chevaux de fiacre, et les journalistes des chevaux d'omnibus ! Ceux-ci usés plus vite que ceux-là, parce que le cheval de fiacre sait où il va, accomplit d'un trait sa course, tandis qu'à tout instant, à tout propos, à tout coin de rue, le cheval d'omnibus est, de par les besoins du voyageur, arrêté dans son chemin, forcé de stationner, coupé, dans son envie d'arriver au but, par un : *halte* ! soudain et brutal ! Et de là, la différence des destinées : l'homme de lettres, le romancier, le conteur, l'auteur dramatique, faisant sa route à sa guise, préoccupé seulement de sa course, — cheval de fiacre ; le journaliste, au contraire, cahoté par l'actualité, tiré par la bride, condamné à l'inattendu, aux efforts soudains, aux montées rapides, — cheval d'omnibus, cheval de trait plus tôt fourbu que l'autre, et plus promptement que l'autre, avant l'heure, avant l'âge, condamné au rebut, et promis à l'abattoir. »

Ainsi divisait en deux catégories le grand haras des gens de lettres, cet Edmond About qui fut, lui, un fin, rapide et victorieux cheval de course. Mme Chassegros ne s'est pas du tout préoccupée de ces catégories d'animaux-là, pas plus que de ces autres bêtes farouches à face humaine qui vivent d'une vie plus pénible et plus incertaine encore que les journalistes, chevaux d'omnibus arrivant à tirer parfois le char de l'État, chevaux de trait souvent *couronnés*, — j'entends tout-puissants et souverains en leur genre et à leur heure.

Et quels imprudents souverains ! Sortes de monarques irresponsables ayant, de par leur imprudence, le droit de guerre et de paix qu'on refuse à d'autres rois. La *Revue bleue* ne vient-elle pas d'ouvrir toute une enquête sur le rôle, l'influence, le péril, les bienfaits, les méfaits des journaux ? Ces chevaux d'omnibus ont souvent écrasé bien des gens. Ils transportent des milliers de voyageurs ; mais ils ne s'inquiètent pas assez des piétons.

Et quel pouvoir ils ont, ces forçats de l'actualité!

Je sais un roman de Wilkie Collins — un simple roman d'aventures, *the New Magdalen,* traduit en français sous le titre de *la Morte vivante* — où se trouve une page à méditer, une bien jolie causerie de vieille lady, ironiquement vraie sous un ton de paradoxe, et qui tend à prouver que les seuls journaux sont responsables du sang répandu dans la guerre entre l'Allemagne et la France.

C'est une vénérable et grande dame anglaise, très spirituelle, lady Janet Roy, qui parle et s'adresse à un certain Horace Holmcroft, correspondant militaire d'un journal anglais.

— Comment pouvez-vous raisonnablement penser, demande Horace, que ce soit les journaux qui aient causé la guerre?

Mais la vieille dame parle très sérieusement :

— Ils en sont tout à fait responsables, répond lady Janet. Quoi!... vous ne comprenez donc pas le siècle dans lequel vous vivez! Est-ce que personne fait quelque chose, aujourd'hui, y compris la guerre, sans désirer que les journaux en parlent? Mais tout cela se conjugue: *je* souscris à une œuvre de charité, *tu* donnes une consultation, *il* prononce un discours, *nous* souffrons d'une douleur, *vous* faites une découverte, *ils* vont à l'église et s'y marient. Eh bien, *je*, *tu*, *il*, *nous*, *vous*, *ils*, tous ne veulent qu'une seule et même chose: qu'on s'occupe d'eux dans les journaux. Rois, soldats, diplomates, font-ils exception à la règle générale de l'humanité? Pas le moins du monde! Je vous le dis sérieusement, si les journaux d'Europe avaient les uns et les autres résolu de ne pas faire la plus petite allusion imprimée à la guerre entre la France et l'Allemagne, c'est ma ferme conviction que la guerre aurait pris fin depuis longtemps déjà faute d'encouragement. Que la plume cesse de faire des réclames au sabre, et le sabre se remettra au fourreau. Pas de comptes rendus, plus de combats! »

C'est en pleine guerre de 1870 que Collins, plaçant l'action de son roman à l'armée de la Loire, écrivait ces lignes. Et l'auteur de la *Femme en blanc* ne connaissait pas encore — pas plus que l'Europe — les aveux de M. de Bismarck et la façon dont le Chancelier de fer avait, en maquillant les dépêches, joué prestement des journaux. Mais Wilkie Collins avait raison d'attribuer aux gazetiers — ces pauvres petits sires du temps jadis — une influence prépondérante sur les destinées actuelles des nations. On ne saura jamais la puissance d'un entrefilet, et ce que peut un fait divers lancé au bon moment, comme une fusée incendiaire sur un dépôt de poudre.

Oui, tout le monde aujourd'hui, depuis le souverain qui prononce un discours jusqu'au mondain qui donne une fête, jusqu'au bourgeois qui marie sa fille, vit pour la galerie, c'est-à-dire pour la Presse. La réclame est un besoin universel, et, avec la Presse, les malins façonnent l'opinion, comme on pétrit une boulette de mie de pain. Bismarck enveloppait de ses *reptiles* cette pauvre opinion publique aussi ligottée soudain que Laocoon par les serpents. Et aujourd'hui

5

encore, tout en tenant les reporters à distance, il en redoute fort le pouvoir, et saurait, au besoin, enseigner encore — et pratiquer — l'art de s'en servir.

M. de Bismarck! Ce siècle qui finit verra peut-être survivre à ses dernières journées, deux hommes formant pour l'historien l'antithèse la plus frappante et la plus complète : Bismarck et Gladstone, l'homme de la conquête farouche, et l'homme du droit et de la liberté! Chaque jour, on nous donne des nouvelles de ces deux vieillards que la mort épargne comme frappée de crainte ou de respect. Il semble qu'à eux deux ils incarnent, l'un le passé avec toute sa brutalité, l'autre l'avenir avec toute sa lumière. Ils ont su utiliser les journaux l'un et l'autre, Bismarck pour asservir, Gladstone pour enseigner. Et le *great old man* et le diplomate, botté et casqué, contemplent l'œuvre faite à cette heure, l'œuvre que chacun d'eux léguera au siècle qui va venir : et Bismarck est plein de doutes, Gladstone est plein d'espoir.

Tous deux semblent vaincus. L'Allemagne admire le Chancelier comme un rude débris d'un autre âge, un ancêtre cadenassé dans son burg. L'Irlande répète avec reconnaissance le nom du grand vieillard qui l'a voulue libre. Le Chancelier vieilli regarde, au coin du feu, son chien, le molosse, se chauffer à la flamme, et, dans les tisons qui se consument, revoyant le foyer des incendies et le rouge des champs de bataille, se demande si ce qu'il a édifié ne s'en ira pas en fumée, un jour, comme les bûches de ses forêts. Quand on le ramène à la réalité des événements courants, il hausse les épaules. Parlant des Arméniens massacrés, il dira durement : « Ils m'intéressent moins que les taupes qui ravagent mes plates-bandes ! »

M. Gladstone, lui, inquiet des nuages de l'horizon, hoche la tête et demande au sort de ne pas vivre assez pour revoir ce qu'il hait le plus au monde : la Guerre. Une gravure, devenue populaire de l'autre côté du détroit, nous le montre grimpant, le dimanche matin, le petit escalier qui mène à la chapelle de Hawarden. Coiffé d'un feutre mou d'où s'échappent ses longs cheveux blancs, enveloppé d'un long vêtement flottant, il gravit, en s'appuyant sur son parapluie, les marches de pierre, et tourne son profil d'aigle vers une dame en noir qui le suit, sa compagne de toujours. A l'horizon apparaissent, dans l'encadrement d'une lourde porte garnie de clous, les tombes, les pierres grises, les croix garnies de couronnes d'un petit cimetière où les branchettes des arbres ont encore, çà et là, des feuilles rebelles. C'est vers cet horizon de paix, que va, que monte doucement M. Gladstone, et il y a, dans la sérénité du *great old man*, du vieux grand homme, une résignation, un apaisement, une certitude, qui sont une consolation et un exemple.

— Nous vous avons donné un singulier modèle de tapage, disait, l'autre soir, à M. Gabriel d'Annunzio, un de nos députés qui est en même temps un de nos académiciens.

C'était sur la scène de la Comédie-Française, où l'auteur de la *Ville morte* venait pendant un entr'acte. Et aussitôt, très entouré, questionné, salué, il causait avec beaucoup de bonne grâce, moins surpris de la curiosité qu'il excitait, que touché des félicitations exprimées. Petit et de taille bien prise, physionomie fine et d'expression vibrante, la barbe en pointe, l'aspect rappelant un de ces batailleurs du temps des Valois qui descendaient volontiers sur le Pré-aux-Clercs, élégant et souriant, il répondait qu'en tous pays les assemblées sont tumultueuses et, comme les hommes, ont leurs fièvres à leurs heures.

— Oh! j'ai déjà vu cela en Italie!

— Et le comte Badeni l'a également vu en Autriche!

On n'avait pas encore les nouvelles des tapages du Parlement de Bruxelles et de cette autre contrefaçon belge.

Comme quelqu'un disait à M. d'Annunzio que, d'après ses portraits photographiques, il l'aurait cru brun :

— Oh! tous les Italiens ne sont pas bruns! fit-il. César Borgia était blond!

Il a beaucoup plu, l'auteur des *Vierges aux Rochers*, et pendant la quinzaine qu'il va passer encore à Paris il ne manquera pas de réunir les éléments de quelques-unes de ces descriptions pénétrantes, aiguës et savoureuses, qui sont le charme de ses livres. Le Boulevard le séduira peut-être après le Monte Pincio, s'il existe encore, à dire vrai, un *Boulevard*. Mais, depuis ma rencontre inattendue avec les dominos et les manteaux vénitiens de l'autre soir, je croirais volontiers que tout existe et existera toujours. Transformations, modifications, évolutions, soit. Rien ne détruit rien, et puisque le bal de l'Opéra subsiste, je ne vois pas de raison pour que tout ne soit pas décidément éternel.

Nous disions devant M. Henri Lavedan, l'autre jour :

— Les ingénieurs viennent de découvrir que la tour Eiffel penche....

— Comme tout le reste !... fit l'auteur de *Catherine*.

Eh bien, elle est solide, la tour Eiffel, et des générations et des générations de journalistes — chevaux d'omnibus fourbus et abattus — auront disparu, qu'elle dressera encore son squelette géant au-dessus de ce Paris où il y aura toujours des dominos bleus et des dominos roses...

V

Trois disparus : le docteur Péan, Emile Richebourg, le comédien Taillade. — Un romancier populaire. — Comment on cultive la vertu. — La maison de M. Joramie ! — Un moraliste du feuilleton. — L'acteur. — Taillade et Victor Hugo. — Comment Taillade trouva le moyen de réciter le monologue de Charles-Quint. — Paulin Ménier et Triboulet. — *Charles XII* au théâtre du Cirque. — Talma et le romantisme. — Victor Hugo en Sorbonne. — Le cours de M. Gaston Deschamps. — *Cromwell.* — Une représentation orageuse. — Les destinées. — Le comédien regrettait-il le professorat ?

3 février 1898.

A suivre le cours des événements, on ne parlerait que de funérailles. Le docteur Péan, Émile Richebourg, le comédien Taillade. La vie à Paris semble limitée d'un côté par les scandales, de l'autre par les cimetières. Et c'est parce que ces réalités sont lugubres, que le moindre vent qui, d'aventure, agite le panache d'un *Cyrano*, la moindre brise qui passe à travers la mansarde de *Catherine*, nous font plaisir aussitôt, et, très étonnés, nous écrier, tout à coup :

— Tiens, on respire !

On a besoin de respirer. Le cauchemar ne peut durer toujours. N'a-t-on point raconté que Péan, se rendant compte de son état fébrile, aurait dit : « A ce degré-là, on ne survit pas. Dans une heure, je ne serai plus là ! » Trousseau, mourant, avait, dans un dîner intime, laissé jadis tomber cette parole : « J'en ai exactement pour un mois ». Si la société pouvait avoir le coup d'œil médical de ces maîtres, elle se dirait que l'état de fièvre qui la consume ne saurait se prolonger. Il faut couper net les accès, ou voir la crise tourner au pire. En attendant, un romancier qui disparaît, un acteur qu'on accompagne au Père-Lachaise, un grand chirurgien qui succombe, deviennent comme les intermèdes attendris et les repos de la bataille.

Depuis quelques jours, tous les chroniqueurs, tous les moralistes cursifs, les spectateurs de la vie quotidienne, ont fait *leur article* sur Richebourg et sur Taillade, sur le bon Richebourg qui cultiva le pot de réséda des grisettes, et sur Taillade qui défendit, pied à pied, le drame d'autrefois. Le hasard, en accolant ces deux noms l'un à l'autre, en frappant à la fois l'acteur du boulevard et le romancier populaire, semblait dicter un de ces parallèles qui font la joie ou l'ennui des élèves de rhétorique. Le conteur et l'acteur avaient également ému le peuple, Richebourg par des moyens plus naïfs, Taillade par des accents supérieurs. Émile Richebourg travailla plus volontiers *dans la vertu*, et Taillade, *dans le crime*. Le tragédien fut tour à tour Richard d'Arlington, Ali Tebelen pacha de Janina, Tibère à Caprée, Charles IX au Louvre.

Le romancier à l'âme ingénue se contentait d'être un inventeur de longs romans attendrissants qui faisaient verser des larmes tièdes dans les mansardes.

Nous n'avons pas l'idée du succès qu'eurent les *Deux Berceaux* sur le grand public, très sensible. Quand ses romans avaient réussi en feuilletons, Richebourg les publiait en livraisons, et la vogue en était la même. Un jour, un de nos amis entre chez l'excellent Richebourg, qui était bien le meilleur et le plus obligeant des hommes. Il le trouve fort occupé, en train de coller en famille des bouts de papier imprimé, sur de larges feuilles toutes blanches.

— C'est une collection d'articles écrits sur vous?

— Point ! répond Émile Richebourg. Je me soucie fort peu de ce qu'on écrit sur moi. Non. C'est un de mes romans que je découpe pour l'allonger et faire, sur la demande de l'éditeur, cinquante livraisons de plus. Je laisse des blancs pour écrire *du dialogue* en marge.

Les romans de Richebourg pouvaient ainsi grossir à volonté et, attachants et élastiques, durer tant que le public ne s'en fatiguait pas. Le public ne s'en lassa jamais. L'honnêteté à jet continu de l'auteur d'*Andréa la Charmeuse* avait à jamais séduit la foule. On ne s'imagine pas le fonds inépuisable de vertu que recèle l'espèce humaine. Les pires ont besoin de se retremper parmi les meilleurs. Henri Meilhac disait : « Si l'on jouait à la Nouvelle-Calédonie un mélodrame judiciaire devant des forçats condamnés pour meurtre, les forçats hueraient l'assassin ! » Et c'est vrai. La *petite fleur bleue* n'est jamais fanée au cœur des hommes. Lorsqu'on arrêta Lebiez, il venait, les mains à peine lavées du sang de sa victime, de cueillir des lilas dans le bois de Meudon.

Ces lilas, cette fleur bleue et ces gobœas des petites ouvrières parisiennes, Richebourg les cultiva avec un soin jaloux. « On veut faire du roman vertueux, depuis moi, disait-il ; mais la vertu, c'est mon affaire! » Je crois bien qu'il ajoutait, étant moderne aussi, à ses heures : « J'en *détiens le record.* » Point vaniteux, le brave conteur avait cependant conscience de sa force. Un homme qui fait monter les journaux — comme un énorme seau plein d'eau claire au bout d'une corde — est bien autorisé à se croire un personnage.

Nous gravissions, un jour, en sortant de la Société des gens de lettres, avec ce grand, solide, simple et cordial Richebourg, la rue Notre-Dame-de-Lorette, lorsque, tout à coup, en arrivant dans la rue Pigalle, près de la petite maison qu'avait, un moment, habitée Félicien David, le romancier nous dit, avec un bon sourire et de l'air le plus naturel du monde :

— C'est là, tenez, qu'habitait M. Joramie!

M. Joramie?... J'avoue que j'ignorais que la commission des inscriptions parisiennes pût être jamais tentée de faire incruster une plaque sur la demeure de M. Joramie. Et qu'était-ce donc que M. Joramie?

— M. Joramie, vous savez bien, ajouta le bon Richebourg, M. Joramie, le millionnaire, M. Joramie, le héros des *Millions de M. Joramie !*

Je ne savais pas ; mais je compris. Richebourg me rappelait, ce jour-là, le vaudevilliste qui, après le succès d'une opérette aux Folies-Dramatiques, disait à ses amis un peu surpris : « Ah ! que je suis content ! Il faut que je vous montre la maison où je suis né !... » On édite en ce moment à Londres un ouvrage spécial où sont décrits les moindres coins ayant servi de décors à Charles Dickens pour ses adorables romans, depuis les refuges d'Olivier Twist jusqu'aux baraques des fumeurs d'opium, en son dernier livre. Cela s'appelle le *Londres de Dickens*. On pourrait, chez nous, publier de même le *Paris de Balzac*, le *Paris de Daudet*, le *Paris de Zola*. Émile Richebourg, en me montrant la demeure où avait vécu un de ses personnages, était d'avis qu'on eût pu, en toute justice, y joindre le *Paris de Richebourg*.

Et ce n'était pas vanité démesurée. L'homme, heureux de son destin, était confiant, il était sincère. Il vivait de la vie sentimentale de ses héros, il les aimait, et c'était peut-être bien pour vivre avec eux un peu plus longtemps qu'il *allongeait* leur existence en collant ses romans sur les feuilles blanches.

Taillade fut populaire aussi ; mais il avait d'autres rêves que le bon Richebourg. Né pour Shakespeare, il se débattit dans le mélodrame, et marquant ses rôles d'une originalité puissante, il songeait à Hugo tout en jouant Anicet Bourgeois. On l'a conduit hier à cette vieille petite église de Saint-Laurent où Victor Hugo, justement, accompagna Frédérick Lemaître.

Derrière le convoi de Frédérick, le poète rencontra le

baron Taylor qu'il n'avait pas vu depuis tant d'années.

— Taylor, lui dit-il, c'est peut-être à vous que je dois ce que je suis au théâtre !

Et comme le vieux baron protestait, secouant sa chevelure blanche et levant les bras :

— C'est vous, Taylor, qui avez reçu *Hernani*. Supposez *Hernani* représenté à l'Ambigu pour la première fois, c'était un drame comme les autres, oublié comme les autres...

— Oh ! oh ! Et vos vers, mon ami ?

— Malgré mes vers ! Le cadre est quelque chose, Taylor, pour un tableau et la place où on l'accroche. Vous m'avez donné le cadre et le musée.

Taillade, dont la destinée intime fut celle d'une sorte d'Antony — dès son enfance il en avait connu la tristesse, — Taillade pouvait avoir le cadre comme *Hernani*. Le 3 juillet 1847, il débutait à la Comédie-Française. On n'a pas de traces de l'impression faite par le jeune tragédien. Que se passa-t-il en lui et autour de lui ? Indépendant, attiré par les rôles que son masque, son profil de « Corse aux chevaux plats », semblaient lui imposer, il laissa là le répertoire, courut les fiévreuses chances des soirées populaires. Il fut, à la porte Saint-Martin, le porte-paroles d'un Dumas. Je ne l'oublierai jamais dans ce *Richard Darlington* qu'avait créé Frédérick Lemaître. Ce n'est à pas lui que l'auteur de *Toute la lyre* adressait ces vers « *à un grand comédien* », mais Taillade eût pu, en les lisant, les prendre pour lui :

Va, sois le messager des poètes sublimes !
Emporte l'âme humaine à leurs augustes cimes.

Marche comme celui qui vient du Cithéron.
Fais éclater leurs voix sur la foule pressée,
Prends leur pensée
Comme un clairon.

Sois Othello, Macbeth, Titan, Oreste, Achille! Sois l'apparition de Shakespeare et d'Eschyle!

Et pour résumer la pièce même de Hugo, Taillade fut de ceux à qui le poète put dire : *Invente en traduisant.* C'est là toute la destinée, tout le rôle du comédien. Il n'est pas seulement, entre les doigts de l'auteur dramatique, un instrument, il est le collaborateur et le traducteur du dramaturge. Pourquoi dit-on de lui : il a *créé* tel personnage? C'est qu'il y a en vérité une part de création dans cette transposition, dans cette vivification d'une œuvre.

Taillade avait eu, du reste, sa part d'invention absolue. On me disait hier que le comédien ne faisait point partie (j'ignore pour quelle raison) de la Société des artistes dramatiques; mais depuis longtemps il avait pris place dans la Société des auteurs. Fort lettré, aux débuts de sa vie il avait commencé par le professorat, — pour vivre. Dans un catalogue d'autographes de Charavay, naguère, je trouvai l'indication d'une lettre de Taillade rappelant — en décembre 1845 — ses débuts comme répétiteur de quatrième et de cinquième dans un pensionnat de Paris. Répétiteur ou maître d'études, *pion*, au besoin, Taillade vivait pauvrement et songeait à « enseigner la grammaire aux enfants » :

« *Mais*, écrit-il, *l'instruction, surtout secondaire, n'est pas, vous le savez bien, très compatible avec le théâtre, et je fus obligé de quitter cette place.* »

Devenu comédien, l'ancien professeur eut aussi l'ambition d'être homme de lettres, et j'ai, jadis, applaudi plus d'un de ses drames. Dans ses œuvres, la plupart représentées au boulevard du Temple, il avait, comme en ses rôles, le don de vie, l'énergie, la rapidité dans le dialogue et dans les faits. Et puis, acteur-auteur, il donnait la libre volée à ses rêves!

Certainement, l'ancien débutant de 1847 qui, après avoir joué quatre rôles à la Comédie: Clinias de la *Ciguë*, Séide de *Mahomet*, Égiste de *Mérope*, et Valère de *Tartufe*, quittait le Théâtre-Français par humeur d'indépendance, regrettait de devoir ses grands succès à des mélodrames tels que le *Masque de poix* ou le *Sanglier des Ardennes*. Il rêvait des triomphes en des rôles dignes de son intelligence, de sa nature ardente et tourmentée.

— Ah! devait-il se dire plus d'une fois, réciter le monologue de don Carlos devant le tombeau de Charles-Quint!

Ne pouvant le faire, il écrivit un drame militaire pour le théâtre du Cirque, un *Charles XII* qu'il interpréta lui-même, qu'il joua magnifiquement, et dans lequel il glissa un *morceau de bravoure* — en prose, — un « monologue de Charles XII devant le tombeau de Gustave-Adolphe », dans la plaine de Lutzen:

— C'est là !... Salut, tombeau du grand Gustave, héros de la Suède, gloire de mon pays, salut!... Voilà ton lit de repos, noble et vieux soldat!... Oh! si tu pouvais me parler ! Conseille-moi, Gustave-Adolphe!

L'excellent Paulin Ménier qui, très âgé, mais toujours solide, ferait encore recette demain en jouant le *Courrier de Lyon*, eut, comme Taillade, la tentation aussi d'interpréter du Hugo, non pas *Hernani*, mais le *Roi s'amuse*. Il alla, si je ne me trompe, demander au poète de lui faire jouer Triboulet. C'était sous l'Empire. Le théâtre de Victor Hugo n'était autorisé qu'à petites doses. Ou plutôt *Hernani* était seul autorisé. Ne pouvant jouer Triboulet dans le *Roi s'amuse*, Paulin Ménier pria Théodore Barrière de lui faire un rôle de bouffon bossu, terrible et doux, et incarna à la Gaîté un Triboulet anglais, un Triboulet du temps de la guerre des Deux-Roses, dans un drame intitulé *les Enfants de la Louve*.

Rien de plus naturel, pour des acteurs, que cette tentation de se mesurer avec des personnages qui, depuis leur jeunesse, les hantent, les tentent. La jeune femme veut, à tout prix, être Célimène, le comique Figaro, le tragique Hamlet. Jouer Triboulet ! Jouer don Carlos ! Paulin Ménier demandait ce Triboulet ou ce succédané, ce fantôme de Triboulet, à un ami. Taillade se taillait à lui-même un pourpoint dans le manteau de roi de Charles-Quint.

Comme le temps passe ! Je l'ai vu, ce *Charles XII* — j'étais collégien, — et je m'en souviens comme si la représentation datait d'hier. Je revois Taillade en habit de campagne, botté de cuir, ganté de buffle, et je l'entends interroger le « grand Gustave-Adolphe » :

— Parle, ombre du grand Gustave ! Que dois-je faire quand je tiens entre mes mains les destinées de l'Europe ? Dis ?... La paix ou la guerre ?

Il y a quarante ans de cela, et, comme en un kaléidoscope, je vois passer et repasser les personnages, les marionnettes de ce *Charles XII*, né pour Taillade d'une lecture enthousiaste de Voltaire : Pierre le Grand, que représente en ce moment Henri Irving au Lyceum Theatre ; Marlborough, la Grande Catherine, Mazzeppa — que sais-je ? — et je revois encore Charles XII agenouillé à Narva, faisant la prière au milieu des blessés et des morts.

— Dieu et la Suède ! criait-il au milieu des Turcs, à Bender.

On nous donnait alors, en ce vieux théâtre du Cirque, de pittoresques mises en scène militaires : Charles XII à Pultawa, porté sur un brancard et électrisant encore ses soldats vaincus ; Charles, porté par ces drabans dont j'ai retrouvé le costume, les sabres lourds et les glorieux uniformes, au palais de Drottningham, le jour de l'inoubliable hospitalité du roi Oscar II.

Taillade avait dit le monologue de Charles-Quint sous le pseudonyme de Charles XII. Il allait bientôt jouer Macbeth, un de ses autres rêves. Il ambitionnait de jouer *Cromwell*. Toujours Hugo !

Lui, toujours lui, partout...

Je comprends la fascination qu'exerçait sur un tragédien de la valeur de Taillade, un répertoire dramatique tel que celui de Hugo. Lorsque M. Gaston Deschamps en arrivera, dans son cours en Sorbonne, au théâtre de Victor Hugo, qu'il n'oublie pas de constater qu'en voyant apparaître la nouvelle école poétique, Talma mourant regrettait (je tiens le fait de Hugo lui-même) de ne pouvoir mettre ses forces suprêmes au service de la génération qui montait.

Victor Hugo en Sorbonne! Il y a là une nouveauté et comme un admirable paradoxe. Hugo n'a-t-il pas dit :

A quoi rêvait Sorbon, lorsqu'il bâtit ce cloître
Où l'on voit mourir l'aube, et les ténèbres croître?

Le poète serait fort étonné — et charmé — d'y voir naître l'aube et d'entendre là ses vers, son labeur, son génie étudiés, loués, célébrés avec le bonheur le plus rare et l'éloquence la plus convaincante, par un critique qui a voué dès longtemps au grand poète l'admiration la plus vive.

J'irai, quelque jour, écouter ce cours attirant de M. Gaston Deschamps, comme aussi les hautes leçons de M. Henry Michel. C'est aussi là de « la vie à Paris ». Pour en revenir à Taillade, il voulait donc jouer *Cromwell.* Un jeune auteur, mort aujourd'hui, Maurice Drack, et un vieux routier du mélodrame, grand admirateur et quasi traducteur de Shakespeare, Victor Séjour, lui en apportèrent un qui n'était pas plus le *Cromwell* de Victor Hugo, que le monologue de Charles XII n'avait été le monologue de Charles-Quint, mais qui, du moins, de pied en cap, présentait au public, avec le chapeau de feutre et le pourpoint de peau, Olivier le Protecteur. Et Taillade le joua ce *Cromwell.* Peu. Le premier soir, Taillade oublia qu'il n'était là qu'un interprète. L'auteur dramatique endormi se réveilla en lui. Il avait à maudire les royalistes. Il ajouta une épithète au mot, et, le poing crispé, avec ce geste en coup de marteau qu'il avait pour accentuer ses phrases : « Ah! ces *misérables* royalistes! » cria-t-il.

Il y eut presque bataille. Tout le reste du drame parut fade, comparé à ce monologue (c'était encore un monologue) déchaînant la tempête. Le maréchal de Mac-Mahon gouvernait alors la République. Le lendemain *Cromwell* était interdit, et le Châtelet n'ayant rien à jouer, le théâtre fermé. Que d'encre fit verser l'épithète de Taillade!

— Nous n'avions pas écrit cela, disait Maurice Drack.

— Le mouvement de la scène m'a emporté, expliquait Taillade.

Cromwell, lorsqu'il reparut sur la scène, trois semaines après ce soir d'orage, sembla atténué et comme négligeable, puisque Taillade ne fulminait plus, le poing levé. Un adjectif ajouté, un adjectif enlevé, il n'en faut pas plus pour qu'un drame paraisse tour à tour ou trop épicé ou trop fade.

Ainsi, Taillade rêva toujours de ces personnages pittoresques qui donnent au comédien la joie de vivre, de faire vivre, de *créer*. Cette joie, il la connut du moins, et en toute sa carrière. Une destinée plus unie ne lui eût point donné peut-être les mêmes satisfactions d'art. On a eu raison de le plaindre, car la fin fut sombre. Je sais des artistes qui l'envient. Ainsi, chacun est mécontent des nécessités du sort : au coin du feu, tel combine, appelle, regrette les grandes aventures ; battu de l'orage, tel autre, au contraire, songe de loin aux douceurs du logis calme et clos. Et, tout compte fait, l'heure venue, la grande égalitaire passe, frappe à la porte de celui-ci, emporte avec tout l'équipage la coquille de noix de celui-là. Et ceux-là sont les favorisés, en dépit même de leurs dures épreuves, qui, d'une façon ou d'une autre, peu ou prou, par miettes et par hasard, ont effleuré le bout de l'aile de leur rêve.

Qu'eût répondu Taillade, si on lui eût dit de revenir en arrière et de choisir encore entre la destinée — eût-elle été sûre et tranquille? — du petit professeur dans son pensionnat du quartier Poissonnière, et la vie de hasard, de tourments, de cahots, d'illusions, de déceptions, de labeur, de misère au besoin, de l'artiste qui, jusqu'au bout, suit son étoile ?

— Vive le *Roman tragique* ! Et, si l'on en meurt, on a du moins vécu !

VI

Paris a ses nerfs. — De la difficulté de dîner en ville. — « On ne parlera pas de Dreyfus ! » — La question du jour en famille. — La politique à la Chambre. — Le duel de M. Maurice Bernhardt et de M. Champsaur. — Le procès d'aujourd'hui. — Paris modifié. — Comment on gâche un paysage parisien. — Ludovic Halévy et Pierre Loti. — Une annonce. — L'affreuse annonce. — *Liebig !* — Le vieux Paris. — A propos de duel. — Une idée de M. Letainturier-Fradin : *l'Honneur et le Duel.* — Tout-Paris au Palais. — Impression d'un spectateur. — Actualités. — A propos de la *Paméla* de Sardou : la question Louis XVII. — Les derniers Bourbons. — Un mariage princier à Lunel. — Les héritiers des Capétiens-marchands de vin. — Légitimité ou œnophilie. — Tout arrive !

10 février 1898.

Ainsi donc, avant peu, on pourra dîner en ville sans craindre de braver des discussions aussi orageuses que les réunions publiques, et les maîtresses de maison, anxieuses de bien appareiller leurs invités (groupes sympathiques), ne se demanderont plus : « Celui-ci penche-t-il du côté de M. Zola ? Quelle est l'opinion de celui-là dans le procès Dreyfus ? »

Au potage, la plus simple prudence de la part de l'amphitryon consistait à dire, avec un sourire calmant :

— Avant tout, n'est-ce pas ? il est bien entendu qu'on ne parlera point de l'affaire Dreyfus.

Et cinq minutes après, on ne parlait que de cela. Tout dîner prié menaçait de devenir un champ clos. Ce Paris très policé, un peu sceptique, et souvent trop enclin au laisser-dire et au laisser-faire, était nettement divisé en deux camps, et jusqu'à la table familiale on se disputait sur la question Zola. Ce sera, dans dix ans, une lecture singulièrement philosophique, et d'une ironie singulière, attristante, que celle des journaux d'à présent; leurs adjectifs féroces donnent exactement le ton des conversations courantes. Je sais des logis où l'on a, sauf le dénouement, interprété de petits drames intimes et violents du genre de *la Famille au temps de Luther*. Le bon Casimir Delavigne n'eût certainement point prévu cette renaissance des colères de coin du feu.

Paris a ses nerfs.

Nous avons trouvé une période d'angoisse et de cauchemar. Tout a paru fade et de peu d'importance, comparé à l'affaire en suspens : à la tribune, l'explication de notre politique étrangère ; dans la vie parisienne la rencontre de M. Maurice Bernhardt et de M. F. Champsaur, tout a disparu devant l'attrait compliqué de mystères de ce procès Zola qui met sur les dents la presse judiciaire. D'ordinaire, un duel intéresse, et je dirai même que les duels intéressent beaucoup trop le public ; mais, pour le moment, la galerie ne se passionne que pour cet autre duel spécial engagé entre l'avocat général et les avocats.

Et vous verrez qu'en sortant de l'audience plus d'un spectateur de la Cour d'assises ira tout naturellement sur le pré. Tant de passions contradictoires s'agitent, grondent, dans ce public massé sous le Christ farouche de Bonnat ! Les stagiaires se coudoient, si près les uns des autres que leurs robes craquent et se déchirent au moindre mouvement ; ils échangent leurs impressions, ils vibrent à la moindre réplique. C'est un public juvénile et ardent assistant à un drame vrai. On a déjà vu, ces jours derniers, la salle des Pas-Perdus devenir l'antichambre de la salle d'escrime. Voilà l'aimable et doux Paris que nous ont fait les polémiques. On nous le gâte, notre cher Paris ! On nous l'abîme de toutes les façons. On en fait une ville maussade et tumultueuse. Laissons la question morale, et ne parlons que du paysage. Le paysage parisien, mais c'est un des charmes, une des grâces de Paris ! C'est Paris lui-même, à dire vrai. Un jour que nous sortions de l'Académie, en compagnie de Ludovic Halévy et de Pierre Loti, le délicat Parisien qu'est Halévy dit à l'auteur de *Ramuntcho*, en lui montrant la perspective délicieuse de l'île de la Cité s'avançant comme un gigantesque navire sur la Seine, avec la flèche de la Sainte-Chapelle pour grand mât :

— Vous qui avez vu tant de terres pittoresques — rives de Tahiti, villages du Japon, mers de Chine, — avez-vous jamais vu paysage plus exquis vraiment que celui-là ?

Pierre Loti hocha la tête. Peut-être n'était-il pas

très convaincu de la supériorité du paysage parisien sur les paysages exotiques. La vérité est que rien au monde n'est plus complet et plus parfait que ce coin de Paris, cet horizon d'une pénétrante harmonie. Quand je dis : *rien* n'est plus complet, je devrais dire : rien *n'était*. Avez-vous traversé les ponts, depuis peu? Quel sacrilège ! On a commis sur notre Paris un crime de lèse-beauté. Ce paysage qui, moins grandiose que l'énorme Londres aperçu du haut de London Bridge, a cependant plus de séduction et de grâce, ce merveilleux paysage — joie des yeux, gloire de Paris — une horrible annonce, une pancarte qui domine de toute sa hideur les maisons de la Cité, la défigure et l'enlaidit comme une dartre vive dévorerait un beau visage.

Au loin apparaissent, sur la gauche, derrière la silhouette du théâtre du Châtelet, la masse élégante et les toits de l'Hôtel de Ville, — et, leur faisant face, les tourelles, les toits en poivrière du Palais de Justice, puis la dentelle de la Sainte-Chapelle, enfin plus à droite et plus au loin les hautes tours de la Cathédrale, ces deux tours dont Auguste Vacquerie disait en parlant de Hugo, — dont tout vandalisme et toute iniquité soulevaient le courroux :

Les tours de Notre-Dame étaient l'H de son nom.

Et ce paysage, doucement fondu dans une brume d'un gris tendre, nous apparaissait, l'autre jour, aussi poétiquement argenté qu'une de ces vues de Rome de la jeunesse de Corot ; et nous en aurions comme jadis savouré la couleur, la forme, tout ce qui en fait (tout ce qui en faisait) quelque chose d'unique au monde, si — dominant tout, effaçant tout, écrasant tout — une affreuse et gigantesque affiche d'un jaune cru n'eût sauté à nos yeux, n'eût surmonté ce pâté de maisons, ces découpures élégantes des tourelles, ces toits des logis de style Louis XIII, tout ce qui reste là, respecté et victorieux, du vieux Paris pittoresque d'autrefois, de ce vieux Paris adoré des artistes, et brutalement souffleté par cette affiche géante, hissée là-haut, se détachant sur le ciel, absorbant le regard, avalant, rongeant tout l'horizon et portant, sur fond de chrome, en hautes lettres noires, ce nom triomphal: *Liebig*.

Eh bien oui, *Liebig* ! Je reconnais toute la vertu nutritive du *Liebig*. Qu'on m'en serve tant qu'on voudra, de cet extrait, dans mon potage! Mais qu'on n'abîme pas atrocement Paris, un paysage de Paris — le plus beau paysage du monde, — par cette enseigne énorme, faisant tache, formant taie, pesant de tout son poids et de toute sa laideur sur l'horizon parisien, comme le fait brutal, comme la force, comme le lourd talon d'un rustre sur ce je ne sais quoi qui est la richesse du passant, le patrimoine de tous, puisque cela est la grâce même et la poésie d'une ville! (1).

Et j'aurais compris vraiment qu'on se battît pour ou contre cette tache jaune de chrome et ces six majus-

(1) Je dois dire que la publication de ces lignes eut un avantage: l'affiche disparut quelques jours après cette protestation.

cules : *LIEBIG*. J'ignore, en revanche, le motif qui a amené M. Bernhardt et M. Champsaur à échanger deux balles de pistolet. J'aurais regretté toute autre issue que celle que nous connaissons. Rien de plus odieux qu'un duel tragique. Il y a eu trop de victimes, en ces derniers temps, au bout de ces rencontres.

L'empereur François-Joseph disait au comte Badeni, à la suite du duel où l'éloquent et courageux homme d'État avait failli avoir le bras cassé :

— J'ai étudié de près, en militaire, la façon dont votre duel s'est passé : eh bien, on voulait très nettement vous tuer.

C'est, à bien prendre, le but suprême de tout combat quand la rencontre n'est pas simplement une promenade hygiénique, et l'on avouera qu'il faut des motifs bien graves, pour qu'un homme soit tenté d'arracher la vie à un autre. La mort de M. Lahovary naguère, amenait les sages réflexions de plus d'un publiciste, et l'on a cherché les moyens ou le moyen d'en finir avec ces rencontres fréquentes, inutiles ou douloureuses.

Il faut précisément, dans une excellente étude sur *l'Honneur et le Duel*, lire, consulter un écrivain qui sait tenir la plume et manier l'épée, M. Letainturier-Fradin, pour apprendre comment on peut, par la composition et la formation d'un « jury d'honneur », canaliser en quelque sorte, atténuer ce baccarat du duel où se joue la vie humaine.

Quand on se bat par haine absolue, par désir éperdu de vengeance, tous les jurys du monde n'ont rien à dire. Mais quand on dégaine l'épée, ou quand on arme un pistolet par une sorte de condescendance à l'opinion, c'est là que l'intervention du jury souhaité par M. Letainturier-Fradin serait utile.

« Nommer l'opinion, c'est nommer l'ennemi le plus redoutable de l'honneur, » écrivait, en 1752, M. de Champdevaux, qui est un des classiques du duel.

L'Opinion, c'est la Galerie, dont les sentiments, les engouements et les colères sont essentiellement variables. Et l'opinion étant femme, dans le sens fragile que lui donne Shakespeare, lui sacrifier ce quelque chose de sacré qu'est l'existence d'un honnête homme, c'est faire un jouet, bientôt brisé, d'un joyau précieux. L'auteur de *l'Honneur et le Duel* a bien voulu me dédier son livre. C'est l'œuvre d'un moraliste convaincu et une sorte de protestation qui arrive à son heure. L'autorité d'une intervention pareille se double de la qualité de l'écrivain : M. Letainturier est fonctionnaire, sous-préfet, et je me demande quel eût été son rôle si, dans le ressort de son pouvoir, une provocation quelconque fût née des polémiques actuelles. Cette supposition n'a rien d'impossible. On a déjà tiré l'épée pour et contre Zola du côté de Cherbourg. Nous vivons, en ce qui concerne les esprits, dans un véritable état de guerre civile, et l'énervement est à son comble. On réclame un peu de bromure.

Tout homme qui travaille à l'apaisement, fait œuvre de bon citoyen.

Mais comment y parvenir? Ce procès Zola a mis en ébullition tous les éléments. Le *Figaro*, ce matin, a un joli mot: « Au café: — Garçon, donnez-moi le *Tout-Paris* ! — Monsieur, il est à la Cour d'assises ! » Et c'est très vrai. On trouverait facilement dans la foule qui assiège le Palais de Justice et bourdonne dans la galerie des Pas-Perdus des exemplaires de toutes les classes de la société, et depuis un ancien président de la République, honoré et acclamé, jusqu'aux curieux et aux curieuses de tous les étages, on rencontrerait là, en cette cohue passionnée, tout ce qui constitue notre existence même, tout ce qui est notre sang, notre chyle, — et moins encore. Ce jeune homme qui passe et qu'on salue, avec la rosette à la boutonnière, c'est un des chefs de notre armée ; celui-là est un académicien aimé, cet autre un polémiste célèbre ; voici un sénateur qui fend la foule, un ancien ministre qu'un agent prie de *circuler*, un reporter qui profite de la cohue pour *prendre une interview* à un personnage illustre, comme un touriste prendrait une *instantanée* du haut d'un wagon en marche. Les adversaires se coudoient, les regards se croisent chargés de rancunes.

— De mémoire d'habitué du Palais, nous disait hier un des maîtres de l'éloquence de ce temps, nous n'avons vu une foule aussi compacte, turbulente et passionnée, avec des éléments aussi divers. C'est un public tout à fait inconnu, où l'on aperçoit, noyant en quelque sorte les personnalités signalées au passage, des figures inattendues qu'un vieux Parisien ne rencontra nulle part, ni dans un salon, ni au théâtre, ni même, semble-t-il, dans la rue.

J'aurais voulu fixer ce spectacle, étudier ces physionomies. Mais il faut bien qu'il y ait un coin dans la gazette où l'on ne parle point de ce dont tout le monde s'entretient à côté. « *Sonate, que me veux-tu?* » Il est des sujets de conservation tout autres que l'affaire Dreyfus : l'exposition des œuvres du peintre Français ; les *petits salons* des cercles ; la vente future de cette collection Decloux qui, avec ses Bailly, ses Eisen, ses Carmontelle et ses Debucourt, semblera comme un post-scriptum de la vente Goncourt ; la décoration d'Henriot, le dessinateur alerte, faiseur de satires au crayon dans le genre de Cham, et qui, hier encore, illustrait si spirituellement les *Souvenirs de cinquante années* de Philibert Audebrand, — ce vivant et très vivant *Dictionnaire des contemporains décédés;* le *Nouveau Jeu* aux Variétés et le jeu de Louis XVII, un peu aboli mais dont Victorien Sardou, avec sa baguette de magicien, va refaire une nouveauté, une actualité, en nous montrant, dans *Paméla*, le petit Dauphin, mort au Temple.

Et précisément, à cette heure même, je recevais de Lunel (Hérault), patrie de M. de Bornier, une brochurette à couverture blanche portant trois fleurs de lis d'or et arborant ce titre : *La Fleur de lys, revue trimestrielle de la question Louis XVII.* Ce n'est pas la première fois qu'une publication est consacrée à cette question spéciale. Naguère encore, il en paraissait une, par fascicules, et qui dura deux ans.

Cette revue nouvelle proclame la légitimité non prescrite encore de Charles XI, représentant actuel des Naundorff qui descendent directement des Capétiens. N'ai-je point lu hier l'annonce du mariage du prince Auguste de Bourbon épousant, devant le maire de

Lunel, Mlle Madeleine Cuille, et les journaux ne nous disent-ils point que l'état civil de l'aîné des petits-fils de Naundorff porte : « *de Bourbon* (Auguste-Jean-Charles-Emmanuel), fils légitime de défunt Bourbon (Charles-Edmond) » ?

La brochure blanche à fleurs de lis d'or nous donne le portrait de S. A. S. Mgr le prince Auguste-Jean, né à Maestricht le 6 novembre 1872, et, dit la notice, le plus proche héritier éventuel du roi. C'est un joli garçon de vingt-cinq ans, au visage agréable et franc. On nous présente aussi le portrait de son père défunt, le prince Emmanuel de Bourbon, mort en 1878, à trente-cinq ans. Louis XVII, à en croire la brochure, eut neuf enfants, dont cinq fils et quatre filles. Il est enterré à Delft, où il décéda le 10 août 1845, et depuis sa mort sa postérité a réclamé ses droits devant les tribunaux. En 1851, devant le tribunal de la Seine, procès perdu. Devant la Cour d'appel de Paris, en 1874, même échec. « Le comte de Chambord, dit la *Fleur de lys*, a gardé tout l'héritage... » Mais Charles-Edmond se réservait de lutter encore. Sa veuve a eu soin, tous les trois ans, de renouveler l'assignation au nom de ses enfants, si bien que, si la revue nouvelle est trimestrielle, le procès peut être triennal, et qu'aujourd'hui, déclare le *roi Charles XI*, demeurant à Teteringen, par Breda (Pays-Bas), veuf et sans enfants, il n'y a pas *chose jugée*. L'affaire n'a été ni prescrite ni périmée. Elle viendra à son heure devant la Cour d'appel de Paris, et la *Paméla* de Sardou est bien capable de faire renaître cette romanesque cause célèbre !

En attendant, le prince Auguste, héritier de

Charles XI et son frère le prince Charles, tous deux d'aspect sympathique, lancent, non pas des protestations devant les chancelleries européennes, mais des prospectus beaucoup plus pratiques. O mânes de Louis XVI ! Les descendants du roi de France se sont faits — ils ne s'en cachent point — négociants en vins.

— Eh bien oui, disent-ils, dans la brochurette, les petits-fils de l'infortuné Louis XVII, les descendants du roi-martyr, de Louis XVI, de Henri IV et de saint Louis se sont mis dans le négoce, et ne songent pas à en rougir !

Ils ont raison. Leur nom, disent-ils, leur ferme toutes les carrières. Une seule voie leur reste ouverte, c'est le commerce. « Nous sommes dans le Midi : dans le Midi, il n'y a guère aujourd'hui qu'un seul commerce prospère, c'est le commerce des vins ; nous allons nous y livrer ! »

Le bon saint Louis n'en dira rien, François Ier fermera les yeux, et nous pourrons déguster du vin muscat et boire des vins de table de la cave des héritiers directs de Philippe Auguste ! Suit le prospectus, les prix de la barrique, fût perdu, établis *sur gare* de Lunel. Vous pourrez, en lisant la *Fleur de lys*, connaître à la fois le prix des vins royaux, premier choix ou supérieurs, et savoir pourquoi Louvel a assassiné le duc de Berry et pourquoi encore le comte de Chambord n'a pas voulu régner. Œnophilie et érudition mêlées.

Ces Bourbons marchands de vin sont d'ailleurs généreux, — comme leur rouge de table, genre Bourgogne : « *Si, à l'arrivée, nos vins ne plaisaient pas, ils seraient repris, fussent-ils retirés de gare* ». Voilà qui est bien.

Et que m'importe, à tout prendre, la légitimité des Bourbons de Lunel, pourvu que le vin de leur tonneau soit, comme on dit, *légitime*?

Mais, en toute sincérité, on ne s'attendait guère — M. Sardou l'avouera — à voir la *question Louis XVII* finir par un prospectus vinicole. Bien naïf aujourd'hui serait celui qui s'étonnerait de rien ou de quelque chose !

VII

Un dimanche parisien. — La trêve de Dieu. — 1041 en 1898. — Un moment triste. — La destinée de Ferdinand Fabre. — Un candidat qui meurt au port. — Les discours de deux académiciens. — Le premier ouvrage de l'auteur des *Courbezon*. — Volume de vers. — *Feuilles de lierre*. — Un Cévenol. — L'esprit de Paris. — Être Parisien ! — La *parisine*. — Jean-Jacques Rousseau, les Parisiens et les Parisiennes. — Une *lettre à Julie*. — Le procès Zola. — Croquis de Cour d'assises. — Un coin de Paris. — De la difficulté de faire adopter une nouveauté. — Pourquoi la vérité est nue.

16 février 1898.

Tout le monde l'a constaté : dimanche, il faisait un un temps superbe, et les Parisiens, gantés de frais, prenaient gaiement l'air et le soleil.

Quel soulagement ! Pour un jour, on ne parlait plus de l'affaire Zola. On était certain, puisque la Cour d'assises ne siégeait pas, que les journaux du soir ne contiendraient point d'incident dramatique et navrant, officiers à la barre, uniforme bleu de ciel coudoyant là l'uniforme bleu sombre. On respirait un peu, pour quelques heures, et quelqu'un disait avec joie :

— C'est la *trêve de Dieu*!

Ce simple mot « la trêve de Dieu, » peint, mieux que tout autre, l'état d'esprit où nous en sommes arrivés. Nous avons été fort heureux de retrouver, en 1898, cette sorte de halte dans la bataille que le onzième siècle proclamait comme nécessaire, et le Paris du *Nouveau Jeu*, le Paris aussi de l'Institut Pasteur, en est, hélas! arrivé à bénir l'entr'acte que les conciles de 1041 imposaient aux « polémistes » de leurs temps. Trêve et paix de Dieu! Par les canons du concile de Toulouges, diocèse d'Elne en Roussillon, il était ordonné que « pour rendre au dimanche l'honneur convenable », nul n'attaquerait son ennemi depuis l'heure de nones du samedi jusqu'au lundi à l'heure de prime. On pouvait, moine ou clerc, ou homme faisant route avec des femmes, circuler librement et se rendre à l'église ou rentrer au logis, de neuf heures du soir à une heure du matin, — *du samedi au lundi*, comme on prend aujourd'hui un ticket pour les bains de mer, aller et retour. Et les pauvres gens, menacés d'être lapidés, assommés ou dagués, goûtaient quelque repos durant ces dimanches pacifiés.

On nous eût fort surpris en nous annonçant il y a quelque trente ou quarante ans, qu'un jour viendrait où Paris respirerait à l'aise en se disant :

— Enfin, aujourd'hui nous avons devant nous toute une journée où l'on ne nous annoncera point, en grosses majuscules, un nouveau tapage, où les camelots ne crieront pas le dernier scandale, et où, enchanté d'en revenir à l'an mil, Paris jouira délicieusement de la *trêve de Dieu* !

Je parlais, l'autre jour, de la difficulté qu'avaient les maîtresses de maison à composer des dîners ou plutôt des groupes de dîneurs qui ne fussent point capables, avant le dessert, de se jeter leurs assiettes à la tête.

— J'ai trouvé un moyen, m'a répondu une aimable Parisienne. Je demande préalablement à mes invités leur opinion sur le *bordereau*, et en les appareillant je les fais dîner ensuite par *petites tables*.

Les *petites tables* sont en effet un moyen d'apaisement, à la condition qu'on ne se renvoie pas, comme sur une raquette, d'une table à l'autre, ces volants chargés de picrate : les noms de Dreyfus et d'Esterhazy.

On ne les peut éviter, quoi qu'on fasse, et le pauvre Ferdinand Fabre, dont la renommée n'égale point le rare et puissant talent, a cette ironique destinée encore de mourir durant le fracas du procès Zola. Il disparaît aussi — et ceux qui l'aimaient en sont désolés — quelques semaines avant l'heure où l'Académie, qui depuis longtemps aurait dû l'appeler à elle, allait le nommer enfin. L'auteur de *Lucifer* touchait à son rêve. Supposez les réceptions des derniers élus faites un peu plus tôt et les prochaines élections avancées, Ferdinand Fabre mourait académicien.

Lorsqu'on discuta les dernières candidatures, ce fut M. Jules Lemaître qui se chargea de présenter à la compagnie les titres de ce « *Balzac du clergé et des paysans* ». Il le fit avec un art exquis, une conviction douce, disant avec une finesse un peu mélancolique et ironique à la fois, que tout ce qu'on pouvait reprocher à la candidature de Ferdinand Fabre, c'était de n'être pas « *chronologiquement* arrivée à son moment ». Et, en effet, depuis des années, l'auteur des *Courbezon* avait le droit de compter sur les suffrages de l'Académie. On se demandait s'il fallait l'élire, parce qu'on ne l'avait pas élu assez tôt.

Après cette séance, fort intéressante, où les titres des candidats avaient été éloquemment présentés de part et d'autre, nous allâmes, Henry Houssaye, Jules Lemaître et moi, faire visite à Ferdinand Fabre et lui donner de l'espoir. Il nous reçut dans ce salon de l'Institut qui fut tour à tour celui d'Horace Vernet, d'Ingres et de Jules Sandeau, et d'où l'on aperçoit la façade du monument et la perspective des quais, là-bas. Assis sur son canapé, un plaid de laine couvrant ses épaules, vieilli, blanchi, mais toujours souriant, Fabre, souffrant depuis des années d'une névrite rhumatismale, essaya avec peine de se lever pour nous faire accueil :

— Je ne peux pas et je le regrette, fit-il doucement narquois, car on m'a bien dit : « Si des académiciens viennent vous voir, reconduisez-les ! »

Alors il comptait les voix promises. Il en avait beaucoup. Ses yeux brillaient, confiants, tandis que sa voix, timbrée de l'accent du pays, restait pourtant mélancolique.

Et je revoyais tel que je l'avais rencontré pour la première fois, Ferdinand Fabre, jeune, brun, solide, trapu, déjà gras, dans un portrait de son vieil ami Jean-Paul Laurens, solide peinture accrochée là, au-dessus du canapé où l'écrivain restait comme immobilisé par la maladie.

Nous ne nous doutions pas alors que les paroles prononcées tout à l'heure par M. Jules Lemaître en faveur de l'abbé Tigrane deviendraient, un jour, dans une allée du cimetière Montparnasse devant un cercueil chargé de couronnes, l'hommage funèbre rendu au maître écrivain. C'est pourtant ce même discours, dit, cette fois, non plus d'un ton insinuant et aimable, mais d'une voix un peu amère et comme chargée de reproches, que M. Lemaître a prononcé aux funérailles de Ferdinand Fabre devant les vieux amis du romancier disparu. Le portrait littéraire était resté le même, mais le peintre avait ajouté, çà et là, une touche plus forte, appuyée, et, si l'Académie n'a pas nommé Ferdinand Fabre, elle a, par la voix de Henry Houssaye et de Lemaître, constaté ce qu'il y avait d'inévitable et de certain dans cette élection.

— Vous savez l'admirable cri de douleur de Mme Ferdinand Fabre ? me disait Jean-Paul Laurens derrière ce char funèbre dont les cahots effeuillaient les fleurs : « *Il ne m'appellera plus! Je ne pourrai plus le soigner!* »

L'austère homme de lettres, à qui le destin n'a point payé tout le prix de son labeur, avait du moins trouvé la compagne idéale qui lui allégeait les amertumes des déceptions et le poids de la vie. Mme Fabre fut, avec une discrétion parfaite, la collaboratrice de son mari dans ces dernières campagnes qui se fussent avant peu terminées par une victoire. Quand on rencontre de telles affections, on n'a pas à se plaindre. Et, du reste, Ferdinand Fabre ne se plaignait pas. — Il contait, avec cette verve méridionale — d'un Midi robuste et tenace — qu'il mettait à *parler*, à mimer ses romans avant de les écrire, comment à vingt ans il quittait le pays pour venir à Paris, son volume de vers en poche, lisant et relisant en chemin ses juvéniles poèmes, et les trouvant à chaque tour de roue qui le rapprochait de la Grande Ville, moins présentables à ces terribles Parisiens.

C'était en 1852 et Ferdinand Fabre allait droit au journal qui, presque seul entre tous alors, accueillait les poètes : il frappait aux portes de l'*Artiste*. Et le bon Arsène Houssaye, lisant les odes de Fabre, lui disait : « Renoncez aux vers! La prose est un bon outil ». Mais je serais bien étonné qu'il n'eût pas, si accueillant, imprimé dans l'*Artiste* les premiers vers de Ferdinand Fabre.

Toujours est-il que le futur maître prosateur réunit ses « péchés de jeunesse » en un in-18, et publia chez Charpentier un volume de vers qu'il baptisa *Feuilles de lierre*, avec une préface qu'il appela « Coup de chapeau ». Les feuilles de lierre c'était, à son avis, ce qui grimpe modestement autour de ces chênes robustes : les Hugo, les Musset, les Lamartine, les Vigny.

Ferdinand Fabre nommait aussi les Béranger et, en vérité, ce premier volume avec ses imitations de Gilbert et de Chénier, des *Odes et Ballades* de Hugo ou des vers de Musset, méritait qu'on lui fît accueil. J'ignore ce qu'en pensa la critique, ce qu'elle en dit, et même si elle en parla. Ferdinand Fabre avait prévu jusqu'au silence, et bravé par avance la vieille armoire où le bouquin pourrit :

Loin du monde,
Proie immonde
Des souris.

Il ajoutait, en tirant sa « révérence » au lecteur hypothétique :

Chose étrange,
Moi j'en ris,
Ça m'arrange.
Je le dis
Sans ambage :
Du suffrage
Des humains,
Que je brave,
Je me lave
Les deux mains.

M. Ferdinand Fabre était d'ailleurs décidé à suivre le conseil d'Arsène Houssaye, à laisser là les vers pour la prose. Il annonçait déjà, sur la couverture jaune des *Feuilles de lierre*, un volume de nouvelles : *Bonjour lunettes, adieu fillettes*, et, avec un autre poème, *Paola*, un premier roman, *Maucreux*. Je ne crois pas qu'il ait jamais publié aucun de ces livres. Quelques années après, il était l'auteur des *Courbezon* et « ce fort élève de Balzac » dont Sainte-Beuve parlait. Mais *Maucreux* portait le nom d'un vieux château de son pays, et l'auteur se jurait de demeurer fidèle au souvenir de sa terre natale.

« Mes yeux, en s'ouvrant au jour, écrivait-il naguère à un ami, rencontrèrent Tantajo, le Roc Rouge, le mont Caroux, et les prirent. Mes yeux les garderont à jamais, c'est la fascination du berceau. »

Cette fascination est non seulement explicable, elle est sacrée. Le malheur c'est que le « déraciné » de Bédarieux ne devint peut-être pas tout à fait assez parisien pour la gloire spéciale que procure la mode. Il se cloîtra dans ses sujets, vécut — heureux du moins — avec ses montagnards et ses prêtres. Paris a l'humeur de Narcisse : il adore sa propre image. La province a ses gloires de clocher ; il a, lui, ses renommées du boulevard. Il faut être, pour lui plaire, parisien, « essentiellement parisien », comme on dit, quitte à n'avoir qu'une espèce d'esprit difficile à saisir en dehors des fortifications.

L'esprit parisien, la *parisine*, Fabre, qui avait beaucoup d'esprit, ne les goûtait point. Il causait comme personne ; mais où un Parisien disait le *mot*, Fabre contait, et la causerie devenait récit, — souvent délicieux.

Il y a, du reste, on l'a dit souvent, plusieurs sortes d'esprit, et l'humour du Yankee ne ressemble pas du tout à la verve du Gascon. Sterne est un homme d'esprit, et Voltaire en est un autre; rien plus différent cependant que la *larme à l'œil* du premier et le sarcasme du second. Ferdinand Fabre avait, avec le plus robuste des talents, l'esprit le plus délié et le plus fin. S'il l'eût voulu, il eût été aussi *parisien* qu'un autre, aussi parisien que le Marseillais Méry, le plus éblouissant des causeurs d'autrefois, aussi parisien qu'Alphonse Daudet. Il se contenait d'être « parisien » par le coin de bibliothèque où ses trois ou quatre chefs-d'œuvre doivent nécessairement trouver place.

Mais parce que cet homme de lettres que deux académiciens viennent de *recevoir* à l'Académie française, tout près d'une fosse ouverte, dédaigna le *parisianisme* qui donne l'irrésistible renommée — car être *parisien*, c'est à tout prendre, être *européen*, — il n'en faudrait pas conclure que l'esprit parisien est un esprit de qualité inférieure et frelatée. La *parisine*, au contraire, est une essence d'une valeur rare. Elle a je ne sais quoi de subtil à la fois et d'exquis : une bulle de savon qui, après les séductions irisées, crèverait en laissant une odeur parfumée.

On peut « être d'un *pays* », comme disait naguère M. Paul Bourget à propos de Theuriet, et être aussi « de Paris ». Qui s'aviserait, par exemple, de classer parmi les partisans du *parisianisme* Jean-Jacques Rousseau, le Genevois, le rustaud et le sauvage, ennemi de l'esprit parisien ou plutôt de la sottise de Paris, dans l'*Émile*, mais tout à fait séduit, dans la *Nouvelle Héloïse*, par la grâce des Parisiennes, ces messagères de *parisine* ?

Oh ! Jean-Jacques dira leur fait aux Parisiens de son temps ! Il n'est pas homme à reculer devant la vérité. « Un Parisien — ceci est emprunté au livre V de l'*Émile*, — un Parisien croit connaître les hommes et ne connaît que les Français ; dans sa ville, toujours pleine d'étrangers, il regarde chaque étranger comme un phénomène extraordinaire... Il faut avoir vu de près les bourgeois de cette grande ville, il faut avoir vécu chez eux, pour croire qu'avec tant d'esprit on puisse être aussi stupide. »

Pour Rousseau, ce qui sauve les Parisiens, ce sont les Parisiennes. Le grand *féministe* ou féminin, comme on voudra, n'avait pas tort. C'est chez la Parisienne, à son avis, que se réfugie tout l'esprit et le cœur de Paris. « Elles sont de toutes femmes les moins asservies à leurs propres modes. La mode domine les provinciales, mais les Parisiennes dominent la mode! »

Il faut lire, dans la *Nouvelle Héloïse*, tout ce portrait des Parisiennes fait par « l'amant de Julie », — Parisiennes d'autrefois très semblables aux Parisiennes d'aujourd'hui et qui, le fard devenant en horreur, le remplacent (éternelle histoire) par le rouge, si bien que les mots changent, et que les choses restent.

Jean-Jacques eût pour lui les femmes, ce qui lui permit d'être ou de n'être point *parisien*, tout à son gré. Voilà, en dépit des charmantes figures féminines ce qui — pour revenir à Ferdinand Fabre — manqua à l'auteur de *Barnabé*. Il dédaigna d'être un féminin. Il fut de son foyer, non d'un salon. Il passa, aux yeux des mondaines, pour un auteur purement sacerdotal. On ignora ses idylles, toutes odorantes du thym de ses montagnes, et on crut qu'il n'était qu'un magistral et sévère auteur de romans de sacristie. Rousseau, avec les *âcres baisers de Julie*, attirait à lui toute la clientèle féminine de son siècle. Fabre, ce brave et loyal Fabre, laissa à d'autres l'eau de Lubin, et puisa simplement à la source fraîche filtrant à travers ses durs rochers cévenols.

Et, je le répète, il s'en va, par une ironie dernière, en ces jours où toute l'attention publique se tourne vers la Cour d'assises comme vers un roman mystérieux dépassant les combinaisons d'un Ponson du Terrail et d'un Eugène Sue.

Je suis entré dans cette salle tumultueuse, agitée de passions ardentes, et j'en ai, l'autre jour, emporté une sensation de réunion publique. Dans le demi-jour tombant qui, gris et déjà terne, entrait par les larges fenêtres ouvertes, une foule entassée, des spectateurs debout — envahissant la salle, débordant partout, — semblait comme creusée de remous soudains dans une atmosphère d'étuve traversée de secousses électriques. La nuit venant, des bougies çà et là s'allumaient, sur les bancs de la Presse, les lumignons des reporters piquant l'ombre grandissante. Je n'apercevais, parmi ce public étrangement contrasté où les robes noires des avocats, les galons d'or des officiers, les aigrettes multicolores des chapeaux des mondaines, les plaques de cuivre et les pompons rouges des shakos des gardes municipaux se mêlaient dans une promiscuité bizarre, je ne voyais plus que les robes des juges, mettant, là-bas, sous les abat-jour verts des lampes, leurs vives notes rouges. A peine, dans la chaude buée de la salle étouffante, à travers des têtes penchées, congestionnées et attentives, pouvais-je deviner la silhouette de quelque témoin debout près de la barre et dont la voix m'arrivait comme lointaine et couverte par les *mouvements divers*. Les huissiers se dressaient, au-dessus de la foule, accompagnant d'un geste qui donnait des allures d'aile noire à la lustrine de leur manche, le *chut!* énergique lancé à l'auditoire comme un *quos ego* incapable de calmer la tempête. Et des clameurs, des poussées de colère, des cris de haine, je ne sais quoi de farouche et d'impulsif, d'atrocement navrant. Je suis sorti de là avec le cercle de la migraine autour du front et l'angoisse dans la poitrine. Comme, au dehors, la nuit, tombant déjà sur Paris, était calme, et qu'il eût été doux de bouquiner, le long des quais, parmi les boîtes à dix sous que les libraires en plein vent fermaient déjà, sur les parapets, de leurs serrures rouillées !

Quand et comment nous remettrons-nous d'une telle secousse, et en quel état d'esprit entrerons-nous dans la période des élections prochaines? Ceci est affaire aux militants. Le spectateur regarde et passe. Il ne peut que se sentir assez mélancolique devant le déchaînement des brutalités ; et la niaiserie des uns ne le console pas de la violence des autres. Avouons cependant qu'il est, en ce siècle si vain de ses découvertes, des bêtises enracinées et très profondes.

J'entre hier dans un bureau de tabacs du boulevard des Italiens pour acheter un timbre-poste. Je donne à la marchande une pièce nouvelle, les artistiques « cinquante centimes » de Roty. Elle la regarde et me la rend :

— Monsieur, cette pièce est trop *neuve*. Elle est *démonétisée* !

Quelle étrange association d'idées pouvait bien amener cette femme à déclarer une pièce d'argent démonétisée parce qu'elle était trop brillante? Quelle peur instinctive de toute nouveauté y a-t-il donc dans certaines cervelles? Et qu'on puisse rencontrer une telle objection, se heurter à une semblable méfiance, non pas à Landivisiau ou dans quelque coin perdu des montagnes de l'Ariège, mais à Paris, fabrique de *parisine*, mais sur le boulevard, ce fameux boulevard si orgueilleux de son esprit... c'est ce qui m'a, je l'avoue, comblé de stupéfaction.

Nous avons décidément beaucoup à travailler pour que le règne de l'intelligence (rêve de tout bon optimiste) arrive, et les affreux spectacles quotidiens me semblent bien faits pour nous rendre à la fois pensifs et modestes. Où lisais-je, l'autre jour, cette boutade : « La vérité est nue pour qu'elle ait le droit de répondre, quand on veut lui rendre visite : — Madame n'est pas *chez elle !...* »

VIII

Carnaval mouillé. — Les giboulées de février. — Paysage parisien par un temps de pluie. — Les confetti, le Palais de Justice et le Niger. — De quoi va-t-on parler ? — Un soldat dont on n'a rien dit. — Ladmirault. — A Metz. — M. Ranc, M. Sarcey et le 24 février 1848. — De quelques modifications du caractère français. — Un demi-siècle. — Les chansons de Pierre Dupont. — Les *peuples frères*. — Vieux refrains, vieux souvenirs. — L'ironie des lendemains. — Ce qu'entend un enfant. — Les naïfs d'autrefois. — Un mot de Barbès. — Les *vieilles barbes*.

4 février 1898.

— Il pleuvra demain, il n'y aura rien! disait Pétion la veille d'une émeute. Et le maréchal Lobau, qui, aussi bien que le maire de Paris, connaissait les Parisiens, appelait plus tard à son aide une averse factice, les arrosoirs des pompiers! On pouvait craindre que ce Carnaval fût dramatique. La foule a des remous inattendus. Il a plu aussi sur elle, mais il a plu des confetti. Et, malgré les giboulées, l'eau et la grêle, les Parisiens de 1898, plus braves que ceux du temps de Pétion et de Lobau, ont essayé de s'amuser, lancé des serpentins et pataugé dans la boue rose. L'élasticité de ce peuple fait peut-être sa force. Il déconcerte par sa légèreté, il rassure par sa gaieté. On disait : « Tant de monde par les rues! Que peut-il arriver ? »

Rien. Pour faire pendant à l'*Amour mouillé*, nous avons eu le *Carnaval mouillé*, qui n'eût point tenté Anacréon mais Bruant, et tout s'est passé le mieux du monde sous l'ondée. Ce n'était pas beau, le soleil manquait et la mascarade semblait médiocre. Mais le besoin de se divertir secouait cette foule quand même, et les croquis étaient bons à prendre encore pour les peintres de la vie parisienne.

Curieuse aquarelle : la chaussée du boulevard, transformée en une sorte de lac de confiture, où quelques masques clairsemés, des pierrots tout blancs, semblaient de gros morceaux de sucre tombés dans une immense tarte à la groseille. Et partout les petites rondelles polychromes; un paysage parisien traité par un *pointilliste*; les promeneurs et les promeneuses protégeant de leurs parapluies ruisselants ces sacs de *confetti* mouillés qui, tout à l'heure, appendus à la devanture des vendeurs, ressemblaient à des jambons étalés devant la boutique d'un charcutier.

Ce n'était pas précisément élégant, et les peintres des fêtes galantes n'eussent pas choisi ces scènes réalistes de carnaval crotté. Watteau a manqué. Mais l'envie de s'amuser persistait, évidente, jusque sous les grêlons et dans les flaques d'eau, L'appétit d'un oubli quelconque, le besoin de protester par un gros rire contre le temps maussade et les atroces soucis du jour.

Assurément cette cohue ne songeait plus au Palais de Justice et ne doutait même pas de ce qu'est la question du Niger. Elle s'enrhumait consciencieusement et aussi gaiement que possible, et se bombardait entre deux rafales. Voilà qui est fini, et nous entrons dans le carême.

Peut-être allons-nous en profiter pour nous recueillir. La fièvre de ces heures dernières ne saurait durer. Paris va se ruer évidemment sur quelque nouveau sujet de conversation. L'*Affaire*, qui absorbait tout, ne sera plus demain que de l'histoire. On va revenir à quelque sujet moins angoissant. Tout disparaissait devant ce drame, et les nouvelles de Mme Sarah Bernhadt, le programme de la représentation de retraite de Mlle Reichenberg — ce qui, pour les Parisiens, d'habitude, constitue le pain de vie — semblaient fades. Même, on a laissé partir, en lui donnant à peine quelques lignes de regrets — une courte biographie dans un coin de journal, — le vieux Ladmirault, qui fut un soldat sans faiblesse, et un moment, au siège de Metz, avait, pour l'armée qui se sentait glisser vers la capitulation, incarné l'idée de résistance, de lutte à outrance et d'effort suprême.

— Ah! si Ladmirault avait commandé!

Le gouvernement de Tours allait envoyer au maréchal Bazaine l'ordre de remettre au général Ladmirault le commandement de l'armée. Le brave Alsacien qui, portant le décret, s'engageait à traverser les lignes allemandes, était trouvé, lorsque brusquement la nouvelle sinistre arriva à Gambetta : la cité de Metz était rendue!

Quelques jours encore, peut-être, et Ladmirault, chef de l'armée livrée à l'ennemi, tentait une dernière trouée, essayait de sauver les drapeaux. Et nommé un mois auparavant, qui sait encore s'il n'eût point, d'une poussée formidable, fait craquer autour de Metz le cercle de fer? Voilà l'homme qui, en une tragique minute de notre histoire, fut pour la Patrie un espoir vivant. Un de ceux qui devaient, certes, de par leur destinée, trouver aux bords du Rhin leur bâton de maréchal. Il a disparu, et on s'est moins occupé de lui que d'un acteur qui fait ses adieux ou d'un auteurde revues qui fait chanter quelque couplet nouveau à la Bodinière.

M. Ranc sait ce qu'espéra du vieux Ladmirault la Délégation de Tours. Il pourrait conter ces souvenirs de 1870 comme il vient d'évoquer ceux de 1848, donnant la note à Francisque Sarcey qui, à son tour, se reporte à cinquante ans en arrière en regardant cette date sur l'almanach :

— 24 février!

Moi aussi, bien que moins âgé qu'eux, j'ai dans la mémoire — comme Ranc — la vue de la diligence de Paris arrivant à Limoges, dans la cour de Paris, avec le conducteur criant du haut de l'impériale (nom fatidique) :

— La République est proclamée à Paris!

J'étais trop petit pour savoir ce que le mot signifiait, mais je sentais que ce devait être quelque chose de mystérieux et de grand, cette République qui faisait trembler les uns et exaltait les autres. Je revois encore, sur le boulevard de la Pyramide, passer un grand beau garçon, à longue barbe, qui criait à la foule :

— Enfin, nous la tenons !

Je ne savais pas le nom de cet homme qui « tenait » cette chose inconnue. J'entendais dire : — C'est Dussoubs !

C'était Gaston Dussoubs, qui tomba foudroyé, une écharpe tricolore au flanc, sur une barricade du Deux-Décembre.

24 février !

Il y aura demain cinquante ans que la République fut proclamée à Paris. Un demi-siècle. L'occasion était peut-être bonne, pour la troisième République, de célébrer l'avènement de la deuxième ; mais peut-être aussi le moment était-il mal choisi. Les centenaires et demi-centenaires ont cela d'utile ou de défectueux qu'ils poussent inévitablement à des comparaisons, et portent les gens et les peuples à établir le bilan de leurs profits et pertes. La République de 1848 eut le pire des défauts, qui fut celui de ne point réussir. Elle sombra. *Malheur aux vaincus !* Mais elle avait eu l'aube la plus souriante, et s'était levée dans un beau rêve. Ses fameux lampions n'étaient pas seuls à l'illuminer : elle avait aussi une étoile.

Tous l'acclamaient, les princes de famille impériale et les évêques. Les républicains et les curés de village se réclamaient à la fois du livre qui nous divise le moins, l'Évangile. C'est une vérité historique constatée par M. R. Debidour dans son *Histoire des rapports de l'Église et de l'État en France* : « Au lendemain du 24 Février, l'Évangile, en France, fut à l'ordre du jour » George Sand évangélisait comme Lamennais. Arnaud de l'Ariège et Buchez se réclamaient du Christ, comme le Pape. Les prêtres arrosaient de l'eau bénite des fonts baptismaux ces arbres de la Liberté qu'on nous propose aujourd'hui d'arroser du sang des juifs. Il y avait alors un élan éperdu vers toute idée généreuse, vers la fraternité, l'affranchissement, la pitié, et le premier refrain qu'entendirent nos oreilles d'enfant est une vieille chanson abolie qui paraîtrait aujourd'hui une romance de dupes :

Les peuples sont pour nous des frères !

Il y en avait un autre aussi, du même auteur, et que Charles Baudelaire appelle quelque part « *un refrain sauveur* » ; il y en avait un qu'on redisait, répétait, chantait à tue-tête :

Aimons-nous !

le *Chant des Ouvriers* buvant

A l'indépendance du monde !

Je ne les ai pas oubliés, ces refrains d'autrefois devenus tristement ironiques depuis des années. La génération née de 1848 fut la fille de l'Illusion, comme la génération née de 1870 fut celle du Désespoir. Nous avons grandi avec notre rêve de Liberté, comme au lendemain de Sedan et de la capitulation de Paris nous avons vieilli avec notre rêve de Revanche. Et d'autres depuis sont venus pour qui le 24 février et ses songeries évangéliques, durement bafoués par la réalité, ne sont que de l'archéologie, et pour qui la guerre de 1870-71 n'est que de l'histoire, — quelque chose de légendaire comme le fut pour nous le dernier carré de Waterloo.

Il me semble que les *vieilles barbes* de 48, que j'ai connues à peine grisonnantes, ces don Quichotte de l'Idée qui couraient après les nuées, honnêtes gens qui mouraient pauvres comme Marrast, misérables comme Flocon, qui vouaient leur vieillesse au labeur comme Lamartine, qui, tombés, se nourrissaient des légumes de leur jardin comme Barthélemy Saint-Hilaire, étaient à la fois plus naïfs et plus généreux que leurs descendants. Je ne sais quel vent de tristesse a soufflé, durcissant les âmes, courbant les peupliers — arbres du peuple — qu'il n'a pas déracinés.

Je me rappelle le hochement de tête désolé du vieux Schœlcher voyant passer, sous les fenêtres d'un monument où nous étions réunis pour juger un concours d'opéra, toute une foule acclamant et hurlant le nom de Boulanger. Il regardait ce flot roulant tant d'éléments contraires, ce mascaret qui menaçait alors de tout emporter :

— Allons, dit-il, avec un soupir, faisons de la musique !

Et, par tempérament et par caractère, Schœlcher était l'opposé d'un désespéré. Il avait, comme tous ceux de son temps, rêvé la délivrance universelle, réclamé, proclamé l'abolition de l'esclavage, de tous les esclavages. En arrivait-il à douter de son œuvre? Non. Mais sans doute ne retrouvait-il pas, dans les sentiments des nouveaux, ce grain de duperie généreuse qui fut et le défaut et la séduction, et — lorsqu'elle le voulut bien — la force même de la France.

Quand on écrira l'histoire des idées de ce temps-ci, il faudra montrer quel trouble traumatique profond le terrible coup de 1870 a laissé dans les cerveaux, — trouble des pères, dont ont hérité ceux que la science a appelés, ceux que M. Michel Corday a baptisés après nous « *les enfants du Siège* ». Un peuple habitué à la victoire, nourri de ce pain creux mais savoureux — la Gloire, ne se résigne pas facilement au pain noir de la défaite, bien que Machiavel prétende que « ce peuple léger n'a foi qu'au vainqueur ». Non, non. Il s'est relevé, ce peuple de France; par son travail de chaque jour, par son activité son vouloir, son économie, sa résistance admirable; mais il n'a point — constatée, affirmée par un fait tangible — la conscience de sa force. Il lui reste devant les yeux le fantôme de la capitulation, remplaçant depuis des années l'éblouissement de l'antique gloire. Ce spectre détesté l'hypnotise. Alors, tour à tour, il se laisse ou égarer par les patriotes exaltés, ou démonter par un sentiment que j'appellerais la peur si le mot était français. Il croit à tout, il redoute tout. Ses aïeux ne redoutaient rien, eux, sinon la chute du ciel, et le ciel de France où pointe toujours, par-dessus les blés murs, l'alouette gauloise, le ciel de la Patrie, ne tombe pas comme un ciel de théâtre.

Quelle belle occasion pour le cinquantenaire de Février, de reprendre la tradition de fraternité et de patriotisme qui anima les braves gens de 1848 ! A lire leurs discours, leurs proclamations, leurs lettres, leurs chansons, on se sent peut-être en pays d'Utopie, jamais du moins en pays de peur ou de haine. Pierre Dupont, le chansonnier de Février, comme Béranger fut celui de la veille de Juillet, met en vers l'*Evangile* d'Alphonse Esquiros, et son *Chant des étudiants*, d'un socialisme point menaçant et tout fraternel, unit la pensée et les aspirations des

Enfants des écoles de France,
Gais volontaires du progrès,

à celles des ouvriers que, dès le matin, réveille le clairon du coq.

Par eux, l'épouvantable idée de la guerre n'est point redoutée ; on ferait la guerre avec vaillance, s'il le fallait ; mais elle est honnie, la guerre. Le *Chant des nations* nous montre dans une apothéose aujourd'hui terriblement ironique une Europe où

Les bannières vont se mêlant,

où

Les nations n'en font plus qu'une,
Sous le drapeau bleu, rouge et blanc !

Et le refrain reprend, le refrain consolant, le refrain ardent qui passe :

Le jour des grands destins se lève
Au son du cuivre et du tambour.
O guerre ! c'est ton dernier jour !...
Le glaive brisera le glaive,
Et du combat naîtra l'amour !

Je comprends qu'on n'ait pas été poussé à célébrer le cinquantenaire de ces chansons envolées. Il y a du déchet dans nos espérances. Pierre Dupont rêvait une Europe fraternelle. Son gigantesque banquet idéal est devenu un camp immense. La guerre a connu d'autres jours sinistres que ce *dernier jour* prédit par le chansonnier, et plus que jamais on la craint. On le laisse trop voir. Les généraux eux-mêmes évoquent son spectre rouge. C'est, en effet, une horrible mégère aux bras implacables et sanglants. Mais pour la rendre moins redoutable, peut-être la faut-il regarder en face et ne pas sembler la redouter. L'ogresse a peur de ceux qui n'ont pas peur.

24 février ! Lendemain de rêve ! Que de débris depuis les « *hymnes de paroles* » du pauvre et grand Lamartine ! Oui, la célébration du cinquantenaire eût trop souligné le total de ce que — pour avoir voulu désormais n'être plus dupes des grands mots et des belles folies — nous avons perdu de nos vertus de pitié et de bonté. Et quelque observateur mécontent (injuste aussi — qui sait ?) eût-il peut-être montré la différence qui existe entre les colères d'aujourd'hui et celles que Mgr Affre apaisait en donnant son sang, en tombant sur les pavés de la barricade, un rameau d'olivier à la main.

Mais quoi ! en y regardant bien, sous le drapeau tricolore que Pierre Dupont croyait devoir flotter partout en Europe, la France est demeurée la même, avec ses qualités, son humeur confiante, son réservoir inépuisable de généreux imprévu. « Avec vous, disait un officier supérieur allemand parlant avec étonne-

9.

ment de la défense nationale improvisée, on ne sait jamais ce qui peut arriver. » Oui, la France, en dépit de ses éruptions toutes cutanées, mais passagères, est telle que jadis, quand on la sacrait la *France des peuples*. On le verra bien dans quelques mois, lorsque nous célébrerons le centenaire d'un homme qui incarne la France parce que mieux que personne il en comprit l'âme en écrivant son histoire. Nous saluerons Michelet, le Michelet de notre sol, le Michelet de notre armée — cette France en marche — le Michelet des nationalités, comme nous saluerons Victor Hugo en 1902.

Et, en les saluant, l'un et l'autre, nous rendrons hommage à la tradition de générosité ardente, de sympathie et d'expansion fraternelle, que représentent ces grands noms : l'auteur des odes aux soldats de l'an II, aux grenadiers de Waterloo et aux combattants de *l'Année terrible*, et l'auteur de l'épopée en prose de la chère, de l'immortelle France !

On me pardonnera d'avoir un peu assombri le ton habituel de la causerie. La date m'y conviait ; on ne m'y reprendra de longtemps. Les cinquantenaires n'arrivent que tous les cinquante ans, dirait M. de la Palice, et je n'aurai plus à parler des *vieilles barbes* disparues.

Mais pourquoi les vieilles chansons de ce temps passé, ces airs et ces paroles qui se gravent si profondément dans les têtes d'enfant, me reviennent-elles comme une obsession ? Une date rencontrée sur un calendrier suffit pour évoquer toute une série d'images, tout un monde de souvenirs !

J'entends passer, à travers les arbres du Champ de Juillet, un refrain dont j'ignore l'auteur, un refrain que personne ne sait plus sans doute aujourd'hui :

> Représentants, fondez la paix du monde
> Sous le regard et du peuple et de Dieu !

Ah ! les couplets railleurs, les refrains souffletés par l'avenir ! La paix du monde ! La paix fondée sous le regard de Dieu ! Il y a eu quelques tueries sur la terre, depuis que ces pauvres vers battaient des ailes au-dessus de nos fronts de tout petits, tout petits écoliers !

J'entendais alors — sans comprendre — qu'on parlait de secourir la Hongrie, de délivrer l'Italie, d'affranchir la Pologne. Un soir, sous la lampe, quelqu'un dit un nom qui me frappa : *Robert Blum*, et ajouta, sans que les mots me représentassent autre chose qu'une vague idée de bataille dans le genre de mes soldats de plomb, qui m'amusaient si fort : « Berlin soulevé !... *Nos frères allemands !...* »

Quand je me rappelle ces lointaines journées perdues dans la brume, il me semble que je rêve. Ces chansons envolées, ces spectres d'illusions, ces fantômes de chimères, tout ce que je ne comprenais pas alors et ce qui est entré si cruellement aujourd'hui dans notre entendement, dans notre être, il me semble que cela n'a pas existé, que c'est plus éloigné, cent fois plus distant que la Révolution et l'Empire.

Et la France d'avant 1870, la France ardente et

croyante, crédule aussi, comme elle nous paraît lointaine aussi ! Toutes ces années ont été des siècles. Toutes auraient terriblement modifié notre tempérament national, si le fond même du caractère français n'était fait de vaillance et de foi. C'est très souvent par ses qualités mêmes qu'on l'égare. Il n'est jamais long à se ressaisir. Il en a tant vu, tant vu, ce peuple de France, depuis ce demi-siècle où il chantait les refrains pacifiques de Pierre Dupont, et déclarait que les nations étaient ses sœurs !... L'avenir a donné un démenti aux couplets du chansonnier, et le poète a vécu assez longtemps pour songer à quelque variante de sa vieille chanson :

> Les peuples sont pour nous des frères,
> Des frères, des frères...
> Oui, mais des frères ennemis !

Eh bien non, Pierre Dupont a dû rester le même jusqu'au dernier jour. Ces naïfs de 1848 n'ont point changé :

— Nous étions des *gobeurs* ! me disait Armand Barbès, que le roi de Hollande saluait le premier, quand il rencontrait l'exilé par les rues de la Haye ; que voulez-vous ? J'aime mieux les *gobeurs* que les *gobeloteurs* !

On me pardonnera d'avoir, aujourd'hui, donné un souvenir aux vieilles barbes, — à la barbe du « nouveau jeu ».

IX

Le *Gros Lot.* — Les malheurs d'un homme heureux. — Les frelons du bonheur. — La dîme de la chance. — La fortune. — Giot et Giot. — Auffray et Auffray. — Un vaudeville et un drame. — Mlle Reichenberg. — Les prochaines réceptions académiques. — Une réception au *Dîner Bixio.* — M. Raymond Poincaré. — Le dîner Bixio en 1856 et en 1898. — Le *Dîner du vendredi.* — Morts et vivants. — Convives disparus. — Emile Perrin. — L'esprit de Labiche. — Auguste Villemot. — Alexandre Dumas fils. — Bixio et le *Grand-Seize.*

3 mars 1898.

Je ne sais pas beaucoup de comédies plus jolies que l'aventure de M. Emile Giot, l'*heureux* gagnant de 500 000 francs au dernier tirage des bons de l'Exposition. L'anecdote est bien faite pour donner à tous une leçon de résignation, enseigner, à la façon de Sénèque, le parfait mépris des richesses, et on la pourrait conter sous ce titre tout d'abord attirant et bientôt ironique : *Le Gros Lot.*

Ce que contient de petites misères, de déceptions et de tristesses cette belle chimère rayonnante : le

Gros Lot !... M. Emile Giot est entrepreneur de peinture à Ivry. Il a, dans un tiroir, quelques bons de l'Exposition.

Il se dit, en les contemplant : « Je pourrai, en 1900, entrer comme je l'entendrai dans les palais que M. Picard est en train de bâtir ». Mais en vérité il n'ose penser qu'un de ces bouts de papier vaudra bientôt un demi-million, et il continue à faire de la peinture pour les particuliers. Un beau jour, en consultant la liste des numéros gagnants, M. Giot pousse un cri de stupéfaction et de joie :

— Le *Gros Lot*! J'ai gagné le *Gros Lot* ! Le bon de l'Exposition qui vaut aujourd'hui cinq cent mille francs, c'est moi qui l'ai !

Et voilà un homme heureux, — l'homme heureux que cherchait le Sultan désolé. Brisera-t-il ses pinceaux qui n'ont plus de persiennes à peindre, et vivra-t-il désormais, ce fortuné gagnant, des rentes que vient de lui assurer ce grand magicien et ironique escamoteur : le Sort ? M. Giot a le droit de faire de ses cinq cent mille francs ce qu'il veut, et désormais de respirer à l'aise, tranquille et reposé. Ah bien oui ! Le gagnant d'un gros lot devient tout aussitôt un personnage, une *actualité vivante*, et les journaux chantent sa gloire et trompettent sa fortune. L'univers entier sait son nom. Personne n'ignore son adresse. Les lettres, télégrammes, requêtes, suppliques, offres de services, pleuvent comme grêle dans l'atelier de peinture d'Ivry, et le demi-millionnaire, très étonné, se demande d'où lui sortent tant de correspondants à la fois, tant de malheureux qui vantent sa bonté « bien connue », et tant d'amis dont il ignorait l'existence.

Tout homme à qui arrive quelque bonne fortune ou qui enlève de haute lutte quelque grand succès doit aussitôt payer comme une dîme à l'avidité humaine. Il est, de par le monde, toute une race de gens qui ont pour habitude de prélever un escompte sur le bonheur ou le travail d'autrui. Lorsque Victor Hugo publia les *Misérables*, les journaux firent connaître le prix considérable dont les éditeurs payèrent le roman. Et brusquement, du jour au lendemain, une nuée de quémandeurs s'abattit sur le logis de Guernesey, comme une pluie de sauterelles.

— En trois mois, nous disait Victor Hugo, le total des demandes d'argent qui me furent adressées dépassa du double la somme que j'avais touchée.

Pareille aventure, plus amère, advint à Virginie Déjazet, lorsque, un matin, n'ayant rien de mieux à annoncer, les journaux lancèrent cette nouvelle : un héritage de 400 000 francs arrivait par delà l'Atlantique à celle qui avait été Frétillon et la Lisette de Béranger et qu'enrichissait, par un hommage posthume, un de ses admirateurs d'Amérique. La pauvre femme était vieille et battait alors la province pour gagner quelques sous avec un répertoire épuisé. Tous les mendiants de la terre la vinrent subitement trouver, réclamant, par bribes, une part de ce gâteau tombé du ciel des États-Unis. Et il fallut que, par une lettre publique, la comédienne démentît la nouvelle et vînt dire : « Comme, après tout, parmi ces suppliques, il en est qui m'attendrissent, moi, besoigneuse, tout ce prétendu héritage consiste à me rendre un peu plus pauvre et plus triste qu'auparavant ».

Ces frelons de nos rares joies, M. Emile Giot les a donc connus. Il a ouvert les lettres larmoyantes qui content des drames de misère dans le style des feuilletons du *Petit Journal.* Il a décacheté les missives quasi menaçantes qui réclament un secours comme le rachat d'une chance imméritée. Il a connu les confidences vraies, celles qui navrent, et les plaintes mensongères, celles qui dégoûtent. Il a vécu dans un monde nouveau, ignoré, étalant ses plaies. Et *l'homme heureux*, ballotté entre le *reporter* qui l'*interviewe* et le *tapeur* qui le poursuit, a peut-être regretté le temps où la peinture en bâtiments suffisait à l'occupation de sa vie. C'est la vieille fable à la morale éternelle : *le Savetier et le Financier*.

M. Giot a dû certainement éprouver toutes ces misères de la richesse, puisque, tout à coup, il a déclaré que *l'heureux gagnant du gros lot*, ce n'était pas lui, mais son frère :

— Il y a deux Giot ! Mon frère est restaurateur rue de Rivoli. Adressez-vous à mon frère !...

Et de l'atelier de peinture d'Ivry, les quémandeurs, les suppliants, les mendiants, les menaçants, s'en sont allés au restaurant de la rue de Rivoli. Que leur importe ? Ce qui les attire, c'est le rayon de miel. Et la comédie du *Gros Lot* pourrait avoir ce sous-titre : *D'un Giot à l'autre*, comme la comédie du Palais pourrait s'appeler : *De M. Auffray à M. Auffray.*

Je plains ces frères Giot, et je ne suis pas du tout

surpris d'apprendre qu'après M. Giot d'Ivry, M. Giot de Paris a répondu : « Ce n'est pas moi ! » à ce chœur grossissant qui répétait âprement :

Si ce n'est toi, c'est donc ton frère ?

Ce sont de braves gens qui doivent sentir, à l'heure actuelle, ce que pèse le Gros Lot, le fameux Gros Lot de toutes les loteries humaines. Bonne étude, et facile et rapide, que celle du cœur humain par le billet de tombola. Les rayons Rœntgen ne révèlent pas mieux l'intérieur de l'homme et son squelette, que l'éblouissement du Gros Lot ne projette sa navrante clarté dans l'homme moral. La richesse est une école de mépris. On s'en console par la pitié, par la charité, par tout ce que l'argent, cette force, permet d'accomplir. Mais ce doit être une amère sensation de tristesse que de voir, autour du million gagné, accourir, frétiller et grouiller — avec l'avidité de carpes gloutonnes se jetant, dans l'eau glauque et clapotante, sur une boulette de pain — tous les êtres douteux qui vivotent dans la vase de nos eaux stagnantes.

On a fait un vaudeville de ce sujet d'observation : *le Gros Lot*. Balzac en eût fait un drame. Et quel drame !... (1).

Mlle Reichenberg, qui avait trouvé un si joli lot dans la loterie du théâtre, prend sa retraite dans quelques

(1) Il devait, ce drame, avoir un épilogue. C'est une maison que faisait construire M. Giot avec l'argent du gros lot, qui s'est, rue des Apennins, écroulée sur de pauvres maçons (décembre 1898).

jours, et sa représentation dernière sera aussi courue que les prochaines réceptions de M. Albert de Mun et de M. Hanotaux. Puis Paris s'occupera des élections futures, j'entends des élections académiques, et, dans deux jours, une autre réunion choisie, amicale et discrète, qui n'est pas une Académie, mais qui, sur vingt convives (c'est un *dîner*) compte dix académiciens, verra s'asseoir, pour la première fois, autour de la table où l'on cause, un homme politique qui est un lettré des plus fins et des plus avertis, et qui succède là à un ancien ministre de l'Instruction publique fort ami des lettres, lui aussi, M. Bardoux, de chère mémoire.

Ce dîner, le *Dîner Bixio*, où l'on entre lorsque le sort, qui nous menace tous, le veut bien, — et où l'on est élu à l'unanimité des votants, — mériterait qu'on écrivît son histoire spéciale. Elle constituerait, à vrai dire, un chapitre fort original de la chronique de l'esprit français. Les *Dîners* du dix-neuvième siècle valent les *Salons* du dix-huitième. Peut-être les passerai-je en revue l'un après l'autre. J'en sais de charmants. Le *Dîner Bixio* est un des plus importants, des plus anciens aussi et des plus fermés, des plus variés.

M. Raymond Poincaré en sera, je crois, à la fois le dernier élu et le plus jeune convive. Il remplacera un causeur exquis, dans ce repas de « beaux esprits », comme on disait autrefois, où chacun se présente sans apprêts et dit sans crainte ce qu'il pense.

Quel joli coin de la *Vie à Paris* ! Il y a quarante-deux ans, lorsque la réunion fut baptisée *Dîner Bixio*, voici, par lettres alphabétiques, quels étaient les convives : Alfred Arago, Émile Augier, Joseph Bertrand, Eugène Delacroix, Alexandre Dumas père, le général Ferri Pisani, le duc Decazes, Fromental Halévy, le peintre Jadin, Joseph de Lagrenée, Victor Lefranc, Léon de Malleville, E. Meissonier, Prosper Mérimée, Louis Perrot, François Ponsard, l'acteur Régnier, Ad. Richard, le docteur Trousseau, Auguste Villemot, Frédéric Villot.

Que de gloires ! Quelles forces littéraires et artistiques ! Et quels noms ! M. Joseph Bertrand, le savant illustre, survit seul à cette réunion historique.

En mars 1898, le *Dîner Bixio* est composé du prince d'Arenberg, de MM. Joseph Bertrand, Maurice Bixio, Gaston Boissier, Victor Cherbuliez, Jules Claretie, Denormandie, Édouard Detaille, général de Gallifet, J.-L. Gérôme, le docteur P. Guyon, Ludovic Halévy, E. Marey, J. Massenet, Edouard Pailleron, Gaston Paris, Victorien Sardou, Albert Sorel, E.-Melchior de Vogüé, Raymond Poincaré.

Mais entre ces deux dates — pendant ces quarante-deux années — que de noms glorieux sont venus s'ajouter à la première liste, ont précédé la dernière ! Sans parler des membres honoraires, encore vivants et qui figurent sur les lettres d'invitation : Édouard Delessert, Armand Donon, Artom, l'ancien diplomate, Ch. Garnier, Ernest Legouvé, Richard Liebreich, Constantin Nigra, — le *Dîner Bixio* s'honore d'avoir inscrit tour à tour parmi ses convives habituels :

Le duc d'Aumale, Agénor Bardoux, Claude Bernard, H. Biesta, Victor Borie, le général Cialdini, C. Depret, Camille Doucet, Alexandre Dumas fils, H. Guéneau de Mussy, J. Hetzel, Ed. Joubert, Eugène Labiche,

Henri Lavoix, John Lemoinne, le colonel Lichtenstein, Ch. Marchal, le peintre Henri Meilhac, Emile Perrin, Sainte-Beuve, le prince Frédéric de Slesvig-Holstein († en 1858), le musicien F. Szarvady, Ivan Tourguenef.

Que de disparus dont le souvenir nous est resté doux ! C'est du *Dîner Bixio* que, ne me doutant guère que j'aurais un jour à diriger la Comédie-Française, je pus, par quelques discrètes confidences de M. Perrin, deviner ce que pouvait être, avec son hérissement d'amours-propres et ses chausse-trapes, l'administration de ce grand théâtre. M. Perrin était là, d'ordinaire mon voisin de table, et, comme je n'avais pas de manuscrit à lui proposer, il se livrait — tout bas — en toute liberté, lui dont la froideur diplomatique, en son cabinet, était proverbiale.

Que de fois me suis-je rappelé ce qu'il me disait alors de tant d'artistes et d'auteurs aujourd'hui devenus fantômes, comme ce très galant homme lui-même, si pénétrant et si fin !

Mais le *Dîner Bixio*, à dire vrai, ne date pas de 1856. Il existait avant son baptême.

Je crois bien que ce fut chez Philippe, le restaurant à la mode, alors que George Sand dînait au cabaret avec Musset, que se réunirent, pour la première fois, les amis de Bixio, attirés par le charme puissant et le don de sympathie de ce remueur d'idées. On se retrouvait une fois par mois, et le dîner n'avait pas de nom encore. Le restaurateur l'appelait, lui, le *Dîner des Gens d'esprit*.

— J'ai, aujourd'hui, mes *gens d'esprit* !

Il en était fier. Les « gens d'esprit » trouvèrent plus simple d'appeler leur réunion le *Dîner du vendredi*. Ils se réunissaient, comme aujourd'hui, le premier vendredi du mois, et leur nombre était fixé à vingt, au maximum. Brillat-Savarin vous dira ce qu'il faut penser des dîners trop nombreux. Ils dégénèrent en banquets. On n'y cause plus, on toaste.

Le Coup d'État dispersa quelque peu le *Dîner* qui compta, je crois, quelques exilés et ne revit plus le prince Napoléon, un des convives assidus, devenu Altesse Impériale. A la mort d'Alexandre Bixio, le *Dîner du vendredi* prit le nom de son éminent fondateur et le garda. Il devint le *Dîner Bixio*. C'est en 1856. On pourrait écrire, sur ce Dîner fameux, tout un livre, et il s'y est dépensé — le premier vendredi de chaque mois — des trésors d'esprit, d'érudition, de verve. Songez à ce que pouvait être un dialogue entre Tourguenef, « *le bon géant* », comme disait Daudet, et cet autre géant, Dumas père !

De mon temps — quelques années plus tard — Eugène Labiche, bonhomme à la fois et narquois, jetait sa note irrésistiblement amusante parmi les souvenirs de Dumas fils, les ironies de John Lemoinne, les anecdotes de Henri Lavoix. Labiche gardait dans la vie son esprit de théâtre. Un soir, il parlait de ses bestiaux, de ses moutons, de ses vaches de la Sologne, et disait, avec l'orgueil de l'éleveur :

— On n'en trouve pas beaucoup, des vaches qui comme les miennes, donnent dix-huit litres de lait !

Et M. Maurice Bixio, se souvenant qu'il était rédacteur en chef du *Journal de l'Agriculture pratique*, d'insinuer doucement :

— Oh ! mon cher Labiche, dix-huit litres de lait, c'est beaucoup !

Alors Labiche, souriant à ce républicain qui l'interrompait, de répliquer quasi paternellement :

— C'était sous l'Empire !...

Je n'ai pas connu Auguste Villemot dans ces dîners. Il y était étincelant. Il ne contait pas, comme d'autres, il ne prenait pas le dé de la conversation, il jetait le mot, il le trouvait, le lançait, dépensait son esprit argent comptant. Et quelle verve bonhomme de bourgeois de Paris du bon vieux temps, gaulois et mordant comme Gui Patin ! Il causait là comme il écrivait cette *Vie à Paris*, dont les deux volumes, devenus rares, sont restés à l'état de modèles.

Ce fut à un de ces dîners Bixio que Trousseau, se sentant frappé, dit avec une sérénité admirable :

— Je vous fais mes adieux, mes chers amis. Je dîne avec vous pour la dernière fois. Dans un mois, je serai mort !

Et il sortait, serrant des mains tendues, — pour aller mourir.

Ah ! les mots, les récits, les confidences, les souvenirs du Dîner Bixio ! Perdus, envolés comme ils sont nés, et c'est désolant. C'est qu'on s'y peut *livrer* en toute liberté, aborder tous les sujets et tout dire. Personne n'est là pour noter les boutades de colère ou les paradoxes. « Il n'y a pas de Goncourt, ici ! » disait l'un de nous. Et c'est presque dommage. C'est de l'esprit ignoré, de la richesse gaspillée.

Un soir, un journaliste revenant de voyage nous contait comment, en Turquie, un banquier bien connu, très mêlé aux drames de l'Orient, avait failli être, à Constantinople, supprimé par un *mauvais café*. Et quel café! Dans le moka, de la poudre de diamant, mise là pour déchirer les intestins et faire mourir l'homme en d'atroces souffrances.

— De la poudre de diamant? dit froidement Alexandre Dumas, un peu incrédule. Diable! C'est un assassinat pour gens riches!

La veille de son départ pour la Sicile — où il devait mourir, — le duc d'Aumale évoquait, pour les convives du Dîner Bixio, les souvenirs de son père, l'arrivée du conventionnel Camus dans la tente de Dumouriez, et cette rencontre suprême de Louis-Philippe avec le général de l'Argonne, au coin d'une rue de Londres.

C'était en juin 1815. La nouvelle d'une grande bataille perdue par l'armée française arrive à Louis-Philippe réfugié à Twickenham. Affolé, le duc d'Orléans fait atteler : vite, qu'on le conduise à Londres pour avoir des nouvelles. Il se rend à Saint-James Palace. Mais voilà qu'au détour d'une ruelle du Strand, il aperçoit, presque aveugle, conduit par un domestique, un vieillard, courbé et traînant le pied. Il le regarde; c'est Dumouriez.

Il se jette à bas de la voiture. Il court au général qui, depuis des années, dans la fièvre et la rage, attend, avec une féroce impatience, la chute de cet empereur qu'il hait. Quelle pensée agite Dumouriez?

Louis-Philippe va à lui, l'appelle, lui parle, et

Dumouriez qui ne reconnaît pas le visage du prince reconnaît la voix du soldat de Valmy.

Alors ce soldat usé, traînant dans l'exil sa colère et sa misère, n'a qu'un cri, ne dit que quelques mots, — lui, l'ennemi de Napoléon, lui, le déserteur, le rebelle, le traître. Il fond en larmes et se jette dans les bras de Louis-Philippe en criant;

— Ah ! mon ami, quel désastre ! Waterloo ! Waterloo ! Quel malheur !

Je n'ai pas entendu le duc d'Aumale raconter le trait; mais Ludovic Halévy me disait qu'il n'avait jamais été plus pittoresque et plus vivant; combien avait-il encore de jours à vivre?

Et voilà quelques-uns des propos qui s'échangent au Dîner où vendredi M. Poincaré prendra place. M. Chantavoine ne prétendait-il point, l'autre jour, que c'en est décidément fait de la causerie, et qu'on ne cause plus du tout en France? On ne cause plus dans les salons, où l'on dit des monologues pour tuer le temps, où l'on transporte, avec leurs couplets, les revues des *Bodinière* en chambre; mais on cause toujours en ces Dîners littéraires qui compteront, je le répète, dans l'histoire de l'esprit français à l'heure présente.

Et quand je pense que le dîner autrefois servi chez Brébant a, depuis quelques années, pour cadre ces murailles du *Grand-Seize* au café Anglais, le *Grand-Seize* étincelant du temps du second Empire, le *Grand-Seize* d'Anna Deslions et de Gramont-Caderousse, le légendaire *Grand-Seize* de la *Vie parisienne* et des refrains d'Offenbach, tout étonné aujourd'hui d'entendre M. Bixio exposer le système des *petites courses* à 60 centimes, ou M. Gaston Boissier parler, entre deux propos parisiens, de la vie à Rome!.. Les cabinets de restaurant, comme les cabinets politiques, ont leurs destins, et l'antithèse, chère à Hugo, est éternelle. Sur l'emplacement de la tour de Nesle abattue n'a-t-on point bâti une partie de l'Institut de France?

Le *Dîner Bixio* logé au *Grand-Seize*, c'est quelque chose, un peu, comme une Académie au cabaret.

X

Ce qu'on ne voit pas, ce qu'on ne sait pas. — La scène et les coulisses. — Lemercier-Picard à la Morgue. — Les coulisses de la Comédie et la représentation de retraite de Mlle Reichenberg. — Loge fleurie. — Eleonora Duse. — Un *gala* pour la statue d'Alexandre Dumas. — Dumas fils et la Duse. — La représentation prochaine. — Une soirée au théâtre Michel. — Le duel Felice Cavallotti. — Les jurys d'honneur. — Emile de Girardin sur la tombe de Carrel. — Trop tard! — Nord et Midi. — M. A. Fogazzaro à Paris. — Une conférence en français, rue des Mathurins. — Le *grand poète de l'avenir*. — Chateaubriand et Victor Hugo. — Les admirations françaises d'un Italien. — Un événement littéraire. — D'Italie en Espagne. — La mort de Frascuelo. — Un *torero* à Paris.

10 mars 1898.

Dans toutes les choses humaines, ce qu'il y a de plus intéressant, c'est ce qu'on ne voit pas, ce qu'on ne sait pas. La scène appartient à la pièce officielle, les coulisses abritent la vérité. Je voudrais être dans le secret des dramatiques recherches faites autour du cadavre de ce Moses Lehmann, dit Roberty, dit Durrieu, dit Martin, dit Vergnes, dit Lemercier-Picard, un de ces agents sulbaternes, inquiétants, agités, inventeur de scénarios singuliers et périlleux, qui abondent aux époques troublées, sortes de dramaturges manqués qui apportent dans la vie réelle les procédés de romans-feuilletons de pacotille et des *mélos* de l'Ambigu. Je voudrais savoir l'existence de cet homme mi-mendiant, mi-policier, sans doute faussaire, fabricant des papiers comme il se fabriquait des pseudonymes; et il faut y renoncer. Il faut nous habituer à voir naître d'autant plus de mystères que la Presse est plus puissante et plus disposée à les propager. Nous ne sommes pas dans la coulisse, nous écoutons la pièce, — et nous n'apercevons rien de ce qui est, comme dirait Balzac, l'envers de la comédie contemporaine.

C'est dans les coulisses du Théâtre-Français qu'il eût fallu suivre, avant-hier soir, toutes les menues péripéties de la représentation d'adieux de Mlle Reichenberg. Ce soir-là, le sociétaire qui part est absolument chez lui. Il compose son affiche comme il lui plaît, loue sa salle aux prix qui lui conviennent. Il semble un maître de maison qui reçoit ses invités une dernière fois. On a noté les impressions de la salle. Mais ce qu'il eût fallu voir, c'était dans le petit foyer que nous appelons « le *foyer des travestissements* », parce que les artistes qui ont un rapide changement à faire s'y rendent en hâte, ce qu'il eût fallu contempler dans ce salon, situé tout près du foyer des artistes et qui servit jadis de loge à Mlle Rachel ; — ce qu'il eût fallu *enlever* du bout du pinceau d'aquarelliste, en cette petite pièce tapissée de dessins du dix-huitième siècle, de portraits d'artistes, de sanguines et de fusains, et — lundi — absolument transformée en un parterre, en une serre toute fleurie, c'était Mlle Reichenberg, vêtue de la robe de laine grise, coiffée du bonnet, et parée de la guimpe blanche d'Agnès, et, rose, souriante, formant comme une symphonie en gris de lin et en blanc d'argent, debout, là, parmi tous ces lilas, ces camélias, ces orchidées, ces touffes blanches, ces rubans, ces paniers dorés, toute cette explosion florale, cet amoncellement de fleurs qui faisait ressembler le *foyer des travestissements* à un énorme bouquet, à je ne sais quelle fleur gigantesque dont la petite Agnès, avec sa robe grise et son col blanc, eût été la corolle. Vraiment, rien de plus joli. Oui, c'était un spectacle à fixer. Madeleine Lemaire en eût fait quelque chose d'exquis. Et c'est fini. Cela a duré quelques heures. Rubans, lilas, bouquets, corbeilles, on a mis tout ce parterre en voiture, comme l'idéale Agnès elle-même. On ne l'a pas vu. Secret des coulisses.

La Duse aussi, la Duse, toute pâle, nerveuse, enfiévrée, inquiète de l'impression qu'elle allait causer dans le dernier acte d'*Adrienne Lecouvreur*, la Duse, arrivant tout droit de Bologne pour apporter le concours de son grand nom à une artiste française, et, derrière le rideau baissé, réglant une dernière fois, sur les planches où Rachel agonisa, dans un décor inconnu, sur des fauteuils où elle ne s'était jamais assise, les *effets* de son rôle, — la Duse, avec son délicieux sourire mélancolique et son regard qui ne voyait rien de ce qui l'entourait (rien que son rêve), était bien saisissante à étudier. Et là encore, c'est dans la coulisse que le spectacle était le plus poignant.

La charmante et vaillante femme que cette grande artiste! J'avais, la sachant et la voyant anxieuse, quelque hésitation à lui demander, au nom du Comité de la statue d'Alexandre Dumas fils, de vouloir bien se joindre aux artistes de la maison de Molière, lorsque la Comédie-Française donnera la représentation solennelle qu'elle doit à la mémoire de Dumas.

Croyez-vous qu'Éleonora Duse se soit fait prier? Elle m'a répondu avec une émotion réelle, profonde, et cette douceur infinie qu'elle a:

— Ce me sera un honneur de jouer avec les artistes de la Comédie, et pour la mémoire de M. Dumas, je ferais tout! Tout. Je lui dois tant!

C'est Alexandre Dumas, en effet, qui, en France, nous parla pour la première fois de la Duse.

— Il vous était si reconnaissant, disais-je à Mme Duse, d'avoir fait triompher sa *Princesse de Bagdad* en Italie. L'hommage que vous lui apporterez eût été particulièrement cher à notre grand ami!

Et comme si Mme Duse eût pensé: « lui *sera* cher », elle répondit, la voix pénétrante:

— C'est une façon de *les* aimer encore, de *les* retrouver, de revivre avec *eux*, que de les célébrer!

Il y avait une telle mélancolie, une fièvre d'admiration si ardente dans ces paroles, qu'il eût été difficile de n'en être pas attendri. Elle a des mots singulièrement expressifs, pittoresques et poignants:

— Si vous saviez, disait-elle à propos de ce dénouement, de cette torture d'Adrienne Lecouvreur empoisonnée, qu'elle a rendue avec une si rare puissance; oui, si vous saviez combien il est difficile de se mettre tout à coup à jouer là, sans préparation, un cinquième acte, une mort qui ainsi devient soudaine. On n'a pas le *temps de culbuter son âme!*

Et la Duse est partie hier, sur cette apparition, sur ce triomphe. Elle avait fait un long voyage, quittant le soleil pour venir à Paris en pleine neige; elle refait un long voyage pour retrouver sa troupe en Italie, et continuer son labeur. Et ce voyage, elle le refera, dans quelques mois, non plus pour une camarade, mais pour le Maître qui l'a tant admirée, qui en parlait — comme elle en parle elle-même — avec reconnaissance; et je crois pouvoir déjà exprimer à Éléonora Duse la gratitude profonde de ce *Comité Dumas* que préside M. Victorien Sardou.

Le départ de Mlle Reichenberg, c'est l'événement parisien de la semaine. Au mois d'avril, celle qui était hier « la petite doyenne », sera en Russie, et précisément elle donnera, au théâtre Michel, une représentation au bénéfice de cette même statue d'Alexandre Dumas fils. M. d'Hauterive, gendre de M. Dumas, m'en avisait hier, et le Tsar a désigné lui-même la date du 4 avril pour que l'impératrice, encore souffrante, mais convalescente, ait le temps d'assister à cette soirée.

Ce sera la première fois, paraît-il, qu'une comédienne non engagée au théâtre Michel se mêlera à la troupe officielle des artistes impériaux. Il en sera, en Russie, de Mlle Reichenberg, comme il en sera de la Duse à Paris, lorsqu'elle reviendra donner — peut-être — la réplique à nos comédiens français. A Saint-Pétersbourg, Mlle Reichenberg voudrait jouer *Une visite de noces*. J'ignore encore la pièce de Dumas fils que Mme Duse interprétera à Paris. Ah! si ce pouvait être la *Route de Thèbes*, la « pièce secrète »!

Ces libres échanges d'art sont bien faits, je pense, pour rapprocher et les gens et les peuples. On se plaint souvent que ce temps-ci attribue aux comédiens une importance exagérée. C'est qu'à vrai dire ces comédiens font beaucoup plus pour la paix du monde que toutes diplomaties réunies. Mme Sarah Bernhardt, que le docteur Pozzi va bientôt nous rendre, a été, par exemple, une admirable propagatrice de la langue française à travers le monde, une sorte d'ambassadrice de l'art, sans poste fixe. Je me rappelais, hier, lorsque le télégraphe nous a apporté la nouvelle de la mort de Felice Cavalloti, qu'un traducteur de talent m'avait proposé une pièce du député si affreusement tué en duel.

— Cavallotti nous aime, il aime la France, me disait-on; ce serait un événement que de représenter une pièce de lui sur la scène de la Comédie-Française.

Malheureusement, la pièce de Cavallotti n'était pas de celles qu'accepte facilement le public parisien. Il s'agissait, je crois bien, d'un jeune poète malade qui va mourir parce qu'une jeune fille adorée n'a pas répondu à son amour. Elle vient précisément de se marier à un ami du poète ignorant pourquoi et de quel mal meurt le désespéré. Survient un médecin, d'esprit libre de préjugés, et légèrement anarchiste; le docteur fait venir le jeune ménage et démontre durement au mari qu'il a volé la part de bonheur du moribond, et qu'il lui doit, par conséquent, une réparation.

Laquelle?

La voici : le mari consent à ce que sa femme déclare qu'elle est encore libre, *flirte* avec le poète, le tutoie, et, sous les yeux du mari, donne même un baiser au poète, dont le moribond, du reste, finit par mourir. La pièce n'avait qu'un acte, et s'appelait *le Médecin*.

Il m'eût été agréable, en effet, de donner asile à ce Cavallotti qui, fils ardent de l'Italie, n'oubliait jamais la France. Milan a pris le deuil du mort, et ce duel sinistre, ce coup de pointe entrant dans la bouche d'un homme et le tuant net, vient encore, après le meurtre de M. Lahovary, de donner raison à ceux qui entendent limiter le duel, réclament la constitution de ce jury dont M. Letainturier demande l'arbitrage. Petit et myope, M. Cavallotti, qui s'était battu tant de fois, devait fatalement périr dans une rencontre de ce genre. Ses yeux n'étaient pas aussi sûrs que son cœur. Et pourquoi meurt-il? Qui de nous a lu les articles échangés entre lui et son adversaire ? Qui les lira? Et si on les lisait, que de gens s'écrieraient :

— Quoi donc ! c'est pour cela ?

Lorsque Émile de Girardin, tête nue, vint, au lendemain de 1848, s'incliner sur la tombe d'Armand Carrel, à Saint-Mandé, et déplorer la sottise et la cruauté du duel, en regrettant que le mort qui avait été à la peine ne fût pas à l'honneur, il démontrait, par le plus saisissant exemple, la féroce absurdité de ces rencontres où les idées changent le plomb des imprimeries en balles de pistolet. Mais la démonstration venait trop tard. Armand Carrel n'était plus qu'un squelette. Ce que Girardin avait, un moment, appelé *une bonne fortune*, restait ce que cela avait toujours été : une perte pour la France. Et, cette perte, les événements venaient la souligner plus cruellement encore.

L'Italie pleure Cavallotti ; et je vois que ses adversaires eux-mêmes s'inclinent, eux aussi, devant sa mémoire. Il est bien temps !... Pourquoi insulter si fort les gens qui sont debout, lorsqu'en tous pays on leur apporte tant de fleurs quand ils sont là, couchés, pâles et pour toujours endormis ?

M. Cavallotti ! La Duse ! Le séjour de M. A. Fogazzoro à Paris, succédant à la visite de M. d'Annunzio, et l'acteur Novelli annonçant sa venue ! Voilà l'Italie tout à fait à l'ordre du jour parisien. Il y a là comme une sorte d'instinctive réaction en faveur du génie latin. Le Nord nous avait séduits : Tolstoï, Ibsen, Bjœrnson : nous nous laissons reprendre à la grâce du Midi. J'avoue qu'il en est pour moi des excursions à travers les esprits, comme des voyages à travers le monde. Un homme d'un seul livre et d'un seul pays risquerait aujourd'hui d'être dépaysé en tous pays. On peut — et l'on doit — admirer à la fois la splendeur de la baie de Naples et les fjords de Christiania.

C'était un peu du ciel clair d'Italie que nous apportait hier M. Fogazzaro, en une conférence faite rue des Mathurins, dans une salle spéciale que j'ignorais et qui est, me dit-on, le logis nouveau des conférences faites l'année dernière rue Caumartin à l'Institut Rudy. Une salle carrée, blanche et décorée dans le goût de quelque Trianon, avec une petite scène où l'on peut, au besoin, jouer des proverbes, et un plafond de verre qu'attristait un jour gris et neigeux.

C'est un coin de Paris qui a ses habitués, et qui avait hier un public choisi, un peu de ce public qui ira, demain, écouter M. de Mun et M. d'Haussonville.

Il était intéressant d'entendre l'auteur d'*Un petit monde d'autrefois* et de *Daniel Cortis* nous parler du poète inconnu qu'il appelait *un grand poète de l'avenir*. Quel nom M. Fogazzaro allait-il nous révéler? De quel génie déjà vivant allait-il se faire le prophète?

Il n'a nommé personne ; mais il a esquissé à grands traits, avec une rare éloquence, la figure idéale de ce poète de demain, préoccupé de toute science, comme Dante, passionné de progrès, comme Hugo, — du poète artiste et citoyen, du poète qui aimera et célébrera la Femme, loin de la maudire comme tant de rimeurs pessimistes. Et il se pourrait bien que le vingtième siècle nous donnât ce poète complet; car, en dépit de la parole désolée de Carducci, la poésie n'est pas morte en ce monde.

Je n'avais jamais vu M. Fogazzaro. Un homme de haute taille, la chevelure argentée et les moustaches noires encore, un lorgnon sur le nez busqué, est entré sur cette petite scène de la rue des Mathurins, et a déroulé un manuscrit. L'aspect est d'un professeur et d'un militaire à la fois. Je disais à mon voisin, mon ami Charles Yriarte, attiré, comme moi, par l'annonce d'une harangue du romancier italien: « Il ressemble à quelqu'un, et je cherche à qui il ressemble ! — Il y aurait en lui, me répondit Yriarte, quelque chose de Sagan, un Sagan qui ne serait pas un clubman ». La voix de M. Fogazzaro, lente, bien timbrée, résonnait avec force dans la salle de conférences, et, scandant les mots, les syllabes, le littérateur italien s'exprimait en français avec une étonnante propriété de termes et un rare bonheur de trouvailles spirituelles ou profondes.

Et vraiment, cette causerie, un peu bien abstraite parfois, méritait mieux que cet auditoire restreint. C'était plus et mieux qu'une conférence, c'était un *acte*, en vérité, et j'ai eu plaisir à entendre ce fils de Vicence rendre, à Paris même, hommage à notre langue française, et saluer la mémoire des deux inspirateurs de sa jeunesse : Chateaubriand et Victor Hugo.

Entendre un étranger dire qu'avec Leopardi, Ugo Foscolo et Henri Heine, c'est Victor Hugo qui a eu sur lui l'influence décisive ; trouver, parmi les souvenirs heureux d'un littérateur italien, quelque lointaine visite du château de Combourg aux logis de Jersey et de Guernesey; ouïr, dans notre langue, M. Fogazzero dire finement : « Renan assurait que le français est un si harmonieux langage, qu'il se chargeait de sortir de l'enfer, comme Orphée, rien qu'en le parlant... Et en le parlant, je risque précisément le contraire » ; — passer une heure de pensée pure et de littérature supérieure entre deux annonces de duels ou deux nouveaux mystères de Paris, c'est une halte heureuse dans la vie quotidienne, et le romancier d'outre-monts nous a donné cette joie.

Il m'a été fort agréable de retrouver, sur les lèvres de l'évocateur du *Petit Monde d'autrefois*, une allusion à l'œuvre de la France, que cette œuvre soit ou la campagne de 1859 ou les *Feuilles d'automne*, et M. Fogazzaro aura apporté, comme on dit, sa contribution à la renaissance d'admiration qui salue Victor Hugo. La jeunesse, qui s'était légèrement éloignée du grand poète, y revient avec ardeur. Le cours excellent de M. Gaston Deschamps en est la preuve, à la Sorbonne; et M. Gaston Boissier nous disait, je le répète, qu'à l'École normale, les nouveaux venus semblent avoir un culte pour le *père*, Chateaubriand demeurant l'aïeul.

Et M. Fogazzaro, qui a une belle hauteur de vues, a de l'esprit aussi, et du plus fin. Après avoir fort bien expliqué la désespérance des jeunes poètes que les déceptions de la liberté ne soutiennent plus de grands et beaux espoirs, raisons et joies de vivre de notre jeunesse, il a quelque peu raillé cette germination spontanée de petits poètes qui naissent en foule *et sèchent vite*, de versificateurs professant une esthétique spéciale, dégoûtés de tout, et de l'amour même, affectant envers la vie commune — la vie qui fait battre nos artères et emplit d'air pur nos poumons — une méprisante indifférence; — et le romancier italien s'est diverti de ceux qui admirent « des niais qui ont la fatuité de se croire intelligents, ou des intelligents qui ont la faiblesse de se croire des niais ».

J'aurais voulu que M. Fogazzaro nous dît quelques mots du poète-tribun mort la veille. Mais il n'était pas là pour nous parler de Felice Cavallotti. En faisant, à propos du *poète de l'avenir*, allusion à son jeune confrère Gabriel d'Annunzio, il nous disait (ce qui est vrai) que le roman même tourne présentement au poème. Et il eût pu citer encore, à ce propos, le nom de Pierre Loti.

Encore une fois, cette remarquable conférence méritait mieux que l'auditoire restreint d'une petite salle. Fogazzaro a conquis son public sans nul doute ; mais il l'a dépassé.

— Comme c'est *curieux*, tout de même, disait une dame en sortant, d'entendre un Italien parler aussi bien le français !

Une autre ajoutait, comme en sortant de l'Académie :

— C'est une belle séance !

Et assister à cette recherche des destinées futures, des qualités, des forces à venir de la poésie, par un étranger éminent s'inclinant devant Victor Hugo, saluant en lui le poète du siècle, — l'entendre caractériser Musset (un peu sévèrement) et citer Leconte de Lisle, vraiment, madame, c'était là plus qu'une *curiosité*, et je dirai que c'était presque un événement.

Un événement littéraire, oui, et qui méritait d'être signalé dans la « Vie à Paris », entre deux cliquetis d'épée et deux polémiques écœurantes et empoisonnées d'insultes. Et, comme si toute la vie parisienne aujourd'hui devait être spécialement exotique, voilà qu'une dépêche nous annonce la mort de Frascuelo, le torero populaire, qui meurt dans son lit, d'une vulgaire pneumonie, après avoir tant de fois bravé la mort par le coup de corne du taureau.

Le vieux Montluc déclarait que les guerriers ne doivent pas mourir dans leur lit, *en la plume comme canards*. Les toreros doivent penser de même. Ils laissent une légende lorsqu'ils tombent dans le cirque, la cuisse percée, comme le Tato (que j'ai vu dans cette course suprême), ou le ventre troué, comme le pauvre Espartero. Mais Frascuelo était retiré, quoique peu âgé. Il avait, comme Lagartijo, renoncé à cette *coleta*, cette petite queue tressée que portent les toreros, tordue au-dessus de leur nuque. Le jour de la retraite, la *coleta* est coupée, et adieu les coups d'épée!

On a beau protester contre les *corridas*, demandez au peuple d'Espagne si la mort de *son* Frascuelo ne lui est pas un deuil! Le torero illustre était venu souvent à Paris, et il y courut même un jour de grande fête de bienfaisance. On lui avait offert pour venir un cachet considérable :

— Non, non, avait répondu Frascuelo. J'offre à Paris mon espada, et si j'y ajoute encore quelques gouttes de mon sang, je serai plus heureux encore d'avoir fait le voyage!

C'était un *caballero*. Il méritait de mourir autrement qu'étouffé par une fluxion de poitrine.

XI

La Mi-Carême et les mascarades. — Les *carnavals parisiens.* — Promenades d'étudiants. — Résurrection des défilés. — Paris dans la rue. — Paris aux ventes publiques. — Un monde spécial : les bibliophiles. — Les amours du livre. — Contrat de vente. — La bibliothèque de Léon Conquet. — Le bon libraire de la rue Drouot. — Conquet et Damascène Morgand. — Le libraire du dix-neuvième siècle. — Les *illustrés.* — Une mort injuste. — Le *livre-document* et le *livre-bibelot.* — Jules Simon et Léon Say. — La *snobbibliophilie.* — Éditeurs-amateurs. — M. Henri Béraldi. — M. Réveilhac. — La gravure sur bois. — M. Édouard Pelletan. — Le graveur Joliet. — D. Vierge. — *Les Trophées* et *le Passant.* — Les *Amis des livres.* — Les « femmes bibliophiles ». — Ce qu'est le paradis. — Le paradis de l'Ami des livres.

19 mars 1898.

Paris oubliera demain les inquiétudes africaines, la *néo-question* d'Orient, qui est la question d'Extrême-Orient, les armements des États-Unis, l'humeur belliqueuse des journaux anglais ; il oubliera tout, et prendra son plaisir à voir passer les masques. Les étudiants ont *potassé* leur Calvacade comme s'il s'agissait du Code ou d'un examen de chirurgie, et ils rempliront les boulevards et les rues de leur juvénile gaieté. Il faut avouer qu'ils ont fait depuis cinq ans tout le possible pour régénérer le Carnaval anémié, et remettre en honneur les mascarades de la Mi-Carême. Tandis que les artistes, les ingénieux inventeurs des défilés du Moulin-Rouge et des boulevards extérieurs rajeunissaient les mythologies vieillies, campaient, sur des chars ingénieusement composés, les modèles de leurs ateliers ou les danseuses d'opéra, tandis que Rœdel mêlait les pittoresques troupiers de Valmy aux Pierrots et Pierrettes montmartroises de Willette, et unissait ainsi Raffet à Lancret, — les étudiants revenaient à la mascarade satirique, aux cavalcades ironiques où, nous montrant des docteurs Miracle armés de coutelas, des Desfonandrès brandissant le sceptre moliéresque, ou des étudiantes en robe d'avocat faisant pencher du côté du *rose* la balance de la Justice, ils se moquaient allégrement de ce qui est l'inquiétude de leur présent et l'espoir de leur avenir. Examens prochains, clients futurs, Code et Codex, tout était oublié pour un jour, et cédait le pas à cette école buissonnière travestie.

« Les étudiants ont l'honneur d'être les inaugurateurs du Carnaval intelligent de la rue. » Qui dit cela? Un observateur fort spirituel, écrivain et peintre très averti, qui vient de *croquer* avec infiniment de verve, du bout de la plume et de la pointe du crayon, dans un volume tout à fait joli, les *Carnavals parisiens*. M. Louis Morin constate que les cortèges annuels des blanchisseuses, un peu bien prévus, les lavoirs enrubannés, les chars ornés de drapeaux offrant à l'admiration des démocraties quelque coquette reine d'un jour, commençaient à lasser les badauds et les grands enfants, dont je suis, lorsque l'École de droit est arrivée, l'École de médecine est intervenue, et soudain la Mi-Carême a retrouvé des fanfares, pendant que la charité y trouvait son compte.

Et demain, nous verrons — pourvu que le soleil soit de la fête — le défilé railleur du *Triomphe du féminisme*, des actualités théâtrales, les *tirés du prince Mi-Carême envahis par la civilisation et ses bienfaits*, sans compter, sous la pluie des confetti, la restitution historique de l'*Étudiant à travers les âges*.

Je sais un homme que ces tapages ennuient, d'ailleurs, prodigieusement. C'est un vieux bibliophile très actif à suivre les ventes de livres, et qui, me parlant des enchères d'une bibliothèque en renom, me disait, hier, avec désespoir :

— On ne vendra peut-être pas le jour de la Mi-Carême !

Si l'on ne vend point ce jour-là, on a vendu les jours précédents, et l'on vendra bientôt des collections célébres, et tout ce petit monde spécial et choisi des bibliophiles, ce monde très artiste, très passionné, très ardent, très curieux à étudier, est dans la fièvre. Chasse ouverte pour bien des amateurs de livres précieux ! Les bibliophiles sont à l'affût, et la *Vie à Paris* doit bien une étude cursive à ces Parisiens qui entretiennent, en France, le culte délicat des beaux livres.

Ce qu'est la passion des livres, on ne le sait que lorsqu'on l'a éprouvée. « Je vous approuve et je vous plains, m'écrivait Jules Janin à mes débuts, vous aimez les livres : vous voilà ruiné pour toute votre vie! »

On a vu un homme jeune et d'esprit sain, épouser une femme plus âgée que lui parce qu'elle avait chez elle un livre introuvable et qu'il poursuivait en désespéré. Une fois, deux bibliophiles célèbres, M. de Lignerolles et M. de la Roche-Lacarelle, ne pouvant posséder tous les deux le même volume, follement adoré, se le partagèrent par traité, avec faculté de le voir et de l'avoir de temps à autre, comme des parents divorcés ont et voient leur enfant à dates fixes.

Ce fut l'occasion d'un traité. Et je cite :

Entre les soussignés, M. le baron de la Roche-Lacarelle et M. le comte de Lignerolles, il a été convenu ce qui suit :

Le recueil de 18 pièces gothiques inscrit sous le nº 485 du Catalogue J. Pichon et qui a été acheté moyennant la somme de 3,900 francs, plus 10 p. 100 de frais, en tout 4,290 francs, reste et restera indivis entre les deux acquéreurs jusqu'à la mort de l'un des deux.

Chacun des deux acquéreurs payera la moitié du prix d'acquisition, et jouira alternativement, pendant six mois chaque année, de la possession dudit ouvrage.

Fait double, approuvé et signé par les deux parties. (*Sans date*). »

M. de la Roche-Lacarelle et M. de Lignerolles se seraient ruinés mutuellement — avec joie — pour posséder tout à fait ces dix-huit pièces gothiques.

L'autre jour — en une seule vacation — 120 numéros de la bibliothèque de M. le comte de Sauvage ont produit 258,007 francs. Oui, en une journée, avec cent vingt ouvrages. Il y avait là, disons tout, les *Provinciales* de Pascal, deux volumes aux armes de

Mme de Chamillard, provenant en dernier lieu des bibliothèques du marquis de Ganay et du comte de Mosbourg, qui ont *fait* — c'est le terme du métier — 10,460 francs, et la *Chronique de Normandie* qui a atteint 25,000 francs. On s'est disputé une *Imitation de Jésus-Christ* fort joliment mais très étrangement reliée en mosaïque, avec deux scènes tirées de l'histoire de l'Ancien-Testament où les personnages sacrés sont costumés à la *chinoise*, et cette artistique chinoiserie, signée du relieur Monnier, a été payée 18,550 francs.

Je suis un ami des livres pour les livres eux-mêmes. Aujourd'hui, ce qui semble prévaloir dans la bibliophilie, c'est le goût des reliures de choix, des livres-objets d'art, des *livres-bibelots*. Rien de plus délicieux qu'un beau livre, admirablement relié, dont le dos reluit comme une orfèvrerie derrière la vitre de la bibliothèque. Mais le livre rare qui vous apporte quelque document nouveau, le livre inconnu, le livre introuvable, le livre qui ajoute un chapitre à la littérature, un peu d'*inédit* à l'histoire, est pour moi le plus précieux des livres.

J'ai passé des années à rechercher le *Conservateur littéraire*, où Victor Hugo a publié ses premières poésies, des articles de critique à peu près ignorés aujourd'hui (Victor Hugo jugeant les pièces de Scribe !) et lorsque j'ai trouvé — enfin ! — ces trois volumes, en assez mauvais état, j'ai éprouvé plus de joie que si j'eusse mis la main sur le fameux *Pâtissier françois !*

Ces curiosités, ces raretés, ces trouvailles, qui me tiennent tant au cœur, importent peu, je crois, aux néo-bibliophiles. La race des Janin, des Sacy, des de Bure, est à peu près perdue. Le bibliophile qu'a connu le classique et solide M. Porquet, a fait place au bibliophile artiste, au bibliophile qu'attire le livre moderne bien établi et séduisant, tel que le fit triompher l'excellent Léon Conquet, dont on vendra la bibliothèque personnelle, très choisie, à la fin du mois.

La librairie parisienne a perdu, en effet, à peu de jours de distance, deux maîtres du livre : Damascène Morgand, qui avait été le libraire de la *Société des Bibliophiles françois* (françois avec un *o*), et Léon Conquet qui fut le libraire de la *Société des Amis des livres*, deux grandes académies bibliophiliques. M. Paillet préside celle-ci, le duc de Chartre élu à la place du duc d'Aumale, préside celle-là. Morgand représentait l'audace dans la tradition, Conquet le goût et l'ardeur dans la jeune bibliophilie. Morgand *vendait grand*, comme l'a dit M. Béraldi. A l'Hôtel des ventes, il n'était pas rare d'entendre le commissaire-priseur s'écrier :

— Dix mille, vingt mille, trente mille ! Adjugé... Morgand !

Lors de la vente de Lignerolles — c'est le baron de Claye (en biblio-iconographie *d'Eylac*) qui le raconte — le bordereau seul de Morgand dépassa six cent mille francs, la moitié de la vente totale. On le vit payer, argent sur table, en 1887, cinq cent mille francs la collection de M. Eugène Paillet, l'éminent président des Amis des livres. « Comme il avait acheter, il savait vendre. Un jour, rapporte M. de Claye, je le trouvai un peu ému : M. Vanderbilt (l'Américain) sortait de chez lui et venait de lui acheter *pour cent vingt mille francs de livres*, choisis en une heure de temps. »

Et Morgand ne surfaisait pas, ne trompait jamais. Tel aussi Léon Conquet. Celui-ci était un vieil ami pour moi. Je l'avais connu lorsqu'il était commis, près de la Porte-Saint-Denis, chez son parent Garousse, et je vois encore Conquet tout jeune, arrivant d'Espalion en Auvergne, m'apportant, sur un haquet, l'*Encyclopédie* de Diderot, aux armes de Louis-Philippe. Depuis, quel chemin avait fait faire Conquet à la librairie !..

C'est lui qui, voyant que les amateurs étaient un peu las des beaux livres du dix-huitième siècle succédant, avec leurs vignettes d'Esen, de Moreau et de Gravelot, aux livres que j'appellerai jansénistes, goûtés jadis par les bibliophiles du genre de M. de Sacy, eut l'idée de mettre à la mode les éditions originales des jolis livres illustrés du dix-neuvième siècle, le *Gil Blas* de Jean Gigoux, le *Lazarille* de Meissonier, la *Peau de chagrin* de Balzac, l'*Ane mort*, les *Chansons* de Béranger, les Johannot, les *Portes de fer* de Raffet. Et comme alors on se précipita sur ce XIXe ! « Conquet, a écrit M. Eugène Paillet, devint un oracle, aidé en cela par la jeunesse d'aujourd'hui qui ne sait pas lire le grec, et préfère (*proh pudor !*) les *Animaux peints par eux-mêmes* à l'édition *princeps* de Virgile, ou les *Chansons populaires* de 1843 aux *Simulacres de la mort* de 1538. »

Puis Léon Conquet, *l'inventeur* des livres illustrés du dix-neuvième siècle — ainsi l'appelait Henry Houssaye, — se mit à illustrer des livres après en avoir vendu. Il avait, dans le fond de son magasin de la rue Drouot, si connu des bibliophiles, une bibliothèque composée des seuls ouvrages qu'il eût publiés, exemplaires de choix, avec états spéciaux, des gravures, autographes des auteurs et des artistes, volumes admirables, revêtus de reliures exquises par les maîtres relieurs de ce temps: Champs, Carayon, Chambollein, Duru, Cazin, Marius Michel. Quand ce charmant homme vous conviait à voir de près *ses* livres — ils étaient deux fois *ses* livres, puisqu'il les conservait après les avoir établis, — on éprouvait, devant ces reliures superbes, aux fraîches dorures, l'impression que peut causer l'étalage d'une joaillerie de Rembrandt, d'une argenterie de Vollon. C'était de l'art et du grand art, une joie des yeux.

— Je veux, disait Conquet, que ces volumes soient vendus après ma mort, pour qu'on sache ce que valaient *mes* livres !

Ce sera une vente illustre, une glorification posthume; l'éditeur-artiste le savait bien. On se disputera sa *Chartreuse de Parme*, sa *Mademoiselle de Maupin*, et les *Trois coups de foudre*, et l'*Abbé Tigrane*, et les *Émaux et Camées*. Il n'aura pas vu, le pauvre Conquet, ses derniers livres, livres hier parus, et qu'il préparait de ses mains mourantes, *Daphnis et Chloé*, une chose charmante, et les *Dimanches parisiens* de Louis Morin, un chef-d'œuvre plein d'eaux-fortes originales de Lepère. Il n'aura pas eu non plus cette dernière joie que M. Henri Boucher, ministre du Commerce, allait lui faire en accomplissant un acte de justice: Conquet allait, en effet, être nommé chevalier de la Légion d'honneur, pour avoir supérieurement représenté la librairie française à l'Exposition de Bruxelles. La signature du ministre était prête. Le ruban rouge n'arrivera qu'après la mort.

Tous ceux qui ont connu cet honnête homme, dévoué, actif, intelligent, bon conseiller de ses clients, leur indiquant le livre à acheter, la collection à faire, l'ont regretté profondément. Il laissera un nom dans l'histoire de la librairie française. Conquet n'était point dupe des majorations énormes qui font monter si haut le prix de certains livres. M. Porquet nous disait naguère, avec sa haute compétence et sa vieille habitude des ventes, quelle transformation radicale s'est faite dans le monde de la bibliophilie. Il semble que le *snobbibliophile* fasse pendant au *snosbsportsman*. On achète un livre non pour sa valeur propre, mais pour sa reliure et son aspect, comme on achèterait un jade, un cristal de roche ou un vieil ivoire, en tant que pièce de collection.

Jules Simon possédait dans sa bibliothèque une plaquette des plus rares, la fameuse *Histoire du Père Loriquet*, où il est dit, au récit de la bataille de Waterloo, que les féroces compagnons de Buonaparte *s'égorgèrent entre eux*; et cette façon de rappeler l'héroïsme du *dernier carré* est stupéfiante. Les néo-bibliophiles n'ajouteraient aucun prix à ces pages introuvables.

Léon Say montrait, avec orgueil, dans une vitrine particulière, *cent* livres de choix, pas un de plus, estimés tout net en bloc *cent mille francs*. Mille francs le volume. Mais ces rares et beaux livres n'étaient pas seulement des livres de parade, ils étaient aussi des bons livres, de ceux que nous aimons, c'est-à-dire des livres de travail.

Les livres de travail, ah ! mon Dieu, peu de gens s'en occupent ! Les *livres de chevet* sont remplacés par ce qu'on pourrait nommer les livres d'étagère. Le livre, encore un coup, devient un bibelot.

— Je voulais, me disait hier M. Frédéric Masson, l'érudit historien de l'*Impératrice Joséphine*, acquérir à la vente du barron Pichon une plaquette sur la Cour de France, qui valait peu de chose, et une collection de brochures sur les procès du commencement du siècle, qui était tout à fait importante. La plaquette sans importance s'est vendue sept ou huit cents francs, pour *l'image*, comme la thèse de Thomas Diafoirus, et j'ai eu ma collection de procès, tout à fait précieuse, pour cinquante-six francs.

Les éditions *princeps* de Molière, de Racine, qui valaient des prix fous autrefois, se vendent soixante ou soixante-dix francs. Les *snobbibliophiles* en font moins de cas que d'une enluminure moderne.

Il est, d'ailleurs, des livres modernes, contemporains, d'une valeur artistique tout à fait rare. Des bibliophiles de choix, érudits à la fois et gens de goût, s'improvisent éditeurs-amateurs et se vouent à la confection d'un beau livre, comme un peintre se livrerait tout entier à son tableau. M. Coquiot, M. Réveilhac, ont signé ainsi des livres *qu'on ne trouve pas*. Le plus militant et le plus remarquable de ces auteurs-amateurs de publications introuvables est M. Henri Béraldi qui, avec les *Paysages parisiens*, de Goudeau — un livre-type et d'un vrai poète, — avec le *Paris au hasard*, de Georges Montorgueuil, avec l'*Estampe française*, a réalisé des miracles d'art. M. Béraldi est le type de l'amateur averti, du bibliophile lettré, du Parisien raffiné, amoureux de Paris.

Récemment, un autre éditeur-amateur, M. Réveilhac, commandait à deux artistes supérieurs une illustration de la *Journée de Fontenoy* de M. le duc de Broglie (récit définitif page de maître, entre parenthèses), et limitait à soixante-quinze exemplaires le tirage de ce livre, que l'éditeur-amateur lui-même n'a pu voir, car il est mort avant d'avoir vu paraître le somptueux ouvrage dont il surveillait l'exécution. M. Réveilhac était un esprit fin, écrivain lui-même, un délicat. Il voulait donner ce régal à de rares confrères en bibliophilie. Comme pour le pauvre Conquet, la fin est venue trop tôt.

Et il n'est point si aisé qu'on le pense de *faire un livre*, de mener à bien un tel monument d'art. Lorsque les *Amis des livres* délèguent à quelques-uns d'entre eux le soin et le souci de *faire* un livre nouveau, ils le chargent d'une lourde responsabilité. Mais ces *Amis des livres* sont tous assez artistes pour s'en tirer.

On vend en ce moment la bibliothèque d'un charmant homme qui, s'étant chargé de publier un volume pour une société d'amateurs, *rata* le livre si complètement, et en fut si chagrin, qu'il en mourut. Ceci n'est pas une exagération. Pour un peu, la *cuisine du livre* aurait eu son Vatel.

Il y a, du reste, pour le livre, une *évolution*, comme pour toutes les choses humaines. Il est loin de la gravure sur acier, du livre keepsake d'autrefois, loin aussi de l'eau-forte, et, après avoir longtemps passé pour morte, voici que renaît la gravure sur bois. C'est tout un art admirable, bien français. Nous avons un comédien au Théâtre-Français qui fût devenu un maître en cet art spécial, si sa vue n'eût baissé, et qui a un nom dans l'histoire de la gravure sur bois, c'est M. Joliet, élève de Pisan.

— On ne peut être graveur et comédien, lui disait M. Perrin.

M. Joliet a opté pour la comédie. La gravure sur bois menaçait, d'ailleurs, de disparaître. On y revient, je le répète. Les *Paysages parisiens* de Goudeau et Béraldi sont illustrés de bois de Lepère. Un éditeur-artiste, passionné du beau livre, M. Édouard Pelletan, a déjà donné des chefs-d'œuvre avec des gravures sur bois, *Servitude et Grandeur militaires*, entre autres, et, hier, le *Dernier des Abencerages*, dont Vierge a dessiné et Florian gravé les aventures. Le pauvre Vierge, hémiplégique, travaillant de la main gauche, se faisant lire l'ouvrage qu'il ne peut plus lire lui-même, trouve dans son cerveau des ressouvenirs superbes, fait de ses visions des aquarelles dignes de Henri Regnault ou de Delacroix. « Gustave Doré fut un *visionnaire*, Vierge est un *voyant*, » a écrit J.-M. de Heredia, fanatique de livres, qui *bouquine* parfois avec moi le long des quais, et dont Olivier Merson doit illustrer les *Trophées*.

Les poètes inspirent les peintres. Le grand succès du cercle Volney est la suite des illustrations que vient d'achever M. Édouard Fournier pour le *Passant* de

Coppée. Celui-ci a, de sa belle écriture ferme, calligraphié son poème, et Édouard Fournier a semé, çà et là, ses évocations, ses paysages, ses visions florentines. — M. Sarcey adore et le livre et la pièce.

Il est, comme moi, de la société des *Amis des livres*, M. Sarcey, et M. Barthou vient tout récemment d'être admis dans cette réunion de choix. On me dit que M. Hanotaux y doit entrer en même temps qu'à l'Académie. Henri Meilhac était aussi des *Amis des livres*, fredonnant parfois sur un air de sa jeunesse :

> Les livres, les livres,
> Il n'y a que ça !

Les femmes maintenant sont volontiers bibliophiles. Des *femmes bibliophiles* d'autrefois, M. Quentin-Bauchart a écrit l'histoire. Mais Mme de Pompadour, la comtesse de Verrue — la *Dame de volupté* — et les autres ont des héritières aujourd'hui. La bibliophilie est bien portée. C'est un sport très noble. Mme de Ganay, la comtesse de Béarn, Mme Jules Porgès, la comtesse de Galard, sont des bibliophiles passionnées. Je ne parle pas de la reine de Roumanie et de Mme Adam, qui adorent les livres par état. Et voici, dit-on, que la comtesse de Paris aurait l'intention de poser sa candidature à la Société des *Bibliophiles françois*.

Les livres, les livres, on est perdu quand on les aime ! Ils envahissent tout, ils dévorent tout. Berryer, vorace de livres, avait des volumes entassés jusque sous son lit.

— Je n'ai plus qu'une chaise pour m'asseoir, disait, hier, un amateur de livres à un autre.

— Et moi, je n'en ai plus du tout!

Passion dévorante, étouffante, mais bien charmante tout de même. Le livre console de tout, fait tout oublier, tient lieu de voyages, de théâtre, de causeries, d'amitiés. Le paradis a diverses formes. Victor Hugo m'écrivait un jour : « Le paradis sur la terre, *ce serait les parents toujours jeunes, et les enfants toujours petits*! » Duclos disait brutalement : « Le paradis?... Un morceau de pain, un peu de fromage, un bon livre, et la première venue! » C'est le paradis de Mahomet réduit à une *forme grossière*; mais si le rêve de Duclos était une réalité, je sais des gens pour qui le *bon livre* suffirait.

XII

La réception de M. Hanotaux. — Un congrès à l'Académie. — La tribune de la Chambre et le pupitre de l'Institut. — Petite monographie d'une réception. — Les terreurs du récipiendaire. — Portez armes ! — Parlez à Sully ! — Le banc des secrétaires perpétuels et le banc de la famille. — *Première et dernière* représentation. — Une réception en 1813. — Le successeur de Legouvé le père. — Le *faible rejeton*. — Un nouveau volume de M. Ernest Legouvé. — Le secret de la vie. — *Legouvé ou l'Homme heureux*. — Comment on fait des armes à quatre-vingt-onze ans. — Les vieillards de l'Académie. — Jeunes gens et macrobites.

24 mars 1898.

Toute séance de l'Académie française a sa physionomie particulière et le caractère de chaque réception dépend du récipiendaire.

« Avec M. de Mun, disait hier quelqu'un de la maison, nous avons eu une réunion du Faubourg ; avec M. Hanotaux, l'Académie ressemblera à un congrès. »

Les diplomates, en effet, tous les diplomates, tiennent à entendre le nouvel académicien, et en même temps que l'historien de Richelieu, ils veulent écouter le ministre des affaires étrangères. Un congrès, soit, mais où résonneront des paroles bien françaises. Le pupitre devant lequel le récipiendaire se tient debout est d'ailleurs aussi effrayant que la tribune qui domine une assemblée. Plus effrayant même, s'il faut en croire M. Thiers, qui déclarait un jour à M. Victorien Sardou n'avoir jamais été aussi ému que lors de sa réception à l'Académie.

L'orateur parlementaire monte, en effet, à la tribune un peu comme il monterait à l'assaut, dans un mouvement de fièvre, avec un appétit de bataille. Il quitte sa place, gravit les marches et, dans ces quelques pas, il a le temps de surexciter ses nerfs ou, s'il les redoute, de les calmer. L'orateur académique, le récipiendaire, a attendu debout, là-haut, dans la salle de la bibliothèque de l'Institut où se réunissent les académiciens signant la feuille de présence, et cette attente assez anxieuse peut avoir légèrement usé son émotion. Il est entouré, encouragé, félicité — on a des nouvelles de la première lecture devant la commission; les minutes qui le séparent de l'heure officielle (une heure en hiver, à cause du jour tombant, deux heures au printemps), ces minutes suprêmes passent vite. Et puis, quoi! il est armé, il a son manuscrit dans sa main gantée de blanc; il lira plus ou moins bien peut-être, mais il est du moins assuré de ne point rester court et il n'a pas à redouter les fâcheuses interruptions.

Enfin les aiguilles, dans le cartel qui marque l'heure au-dessus des têtes académiques, s'arrêtent sur l'heure fixée. Elle sonne, l'heure solennelle. Le secrétaire perpétuel dit: « Allons ! » Et le récipiendaire, précédé du directeur et du chancelier en exercice lors de la mort de l'académicien qu'il remplace, s'engage, suivi de ses deux parrains, en uniforme comme lui, dans un petit couloir empli de livres, puis dans un escalier étroit et triste qui descend jusqu'au vestibule où les soldats font la haie.

C'est alors que l'émotion commence, et elle redouble lorsque, du bas de cet escalier, retentit la voix de l'officier commandant le détachement et qui, dès qu'il aperçoit le tricorne d'un académicien, ordonne : « Portez armes! Présentez armes! » et salue de l'épée. En vérité, ce cortège triomphal ressemble un peu à celui d'un condamné quelconque qu'on mènerait au peloton d'exécution.

Et la foule est là qui attend, impatiente, ayant pris séance depuis une heure, depuis deux heures parfois, et ardemment désireuse de lorgner le nouvel arrivant qui, par une des deux portes ouvertes derrière le bureau, débouche dans un brouhaha de curiosités, sous les feux convergents des binocles, des faces-à-main et des lorgnettes. Il ne voit rien, ne distingue rien, n'aperçoit qu'un remou de têtes, de chapeaux multicolores, de plumes et d'étoffes claires. Il ne songe à regarder qui que ce soit; il ne pense qu'à bien poser sa voix, dans cette salle si mal faite pour les discours, et il se rappelle que, la veille ou l'avant-veille, lorsqu'il est venu étudier la sonorité du lieu, faire une sorte de *répétition générale* de sa harangue, on lui a dit, les vétérans de l'Institut lui ont dit et redit :

« Adressez-vous à l'une des deux statues placées devant vous ! Parlez à Sully ! »

Il parlera donc à Sully, de telle sorte que tout le monde puisse entendre. Ses parrains, à ses côtés, lui font les dernières recommandations : « Ne vous pressez pas ! Attendez !... Nous vous avertirons ! » Les lorgnettes s'abaissent, les regards se calment. Là-haut, au bureau — placé à l'endroit même où se trouvait l'autel de l'église du collège des Quatre-Nations — le directeur interroge l'assemblée, saisit le moment propice et lance à ces turbulences, soudain apaisées, le *quos ego* réglementaire :

— *La parole est à monsieur...*

Et le récipiendaire se lève. J'ai vu, à ce moment précis, trembler des mains qui vaillamment avaient tenu l'épée ; il parle et le moindre mouvement de lassitude de l'assemblée lui semble un effrayant symptôme. L'auditoire est, d'ailleurs, admirable de tenue, de courtoisie et de patience. Il saisit tout, applaudit avec sympathie, souligne les mots heureux de ses bravos tantôt discrets, tantôt chaleureux. Il devait être plus patient encore autrefois, lorsque l'Académie française recevait jusqu'à deux nouveaux académiciens le même jour, sans compter que le bon Andrieux y ajoutait le dessert d'une « petite lecture ».

Seuls les académiciens composant le bureau et les deux parrains du récipiendaire ont revêtu pour cette solennité leur habit vert. Les autres assistants, dans l'hémicycle, se contentent de la redingote et c'est dommage. Les secrétaires perpétuels des autres classes de l'Institut, Académie des sciences, Académie des beaux-arts, Académie des sciences morales et politiques, Académie des inscriptions, sont à leur banc, — le dernier à gauche, dans le centre, — et, *rari nantes*, se sont mis en uniforme. Ils semblent contempler tous ces divers membres de l'Institut, ces confrères dont ils prononceront, quelque jour, par devoir — la fonction l'exige — l'éloge funèbre, et ils me font alors penser à cette jolie et ironique page de Henri Heine où l'auteur d'*Atta Troll* nous montre le beau Mignet, secrétaire perpétuel de l'Académie des sciences morales, promenant son regard olympien sur les fronts chauves ou chenus de ses confrères et songeant : « De qui d'entre vous aurai-je à parler le premier ? »

Mais, à côté de ce banc officiel des secrétaires perpétuels, il en est un autre qui m'attire toujours et dont la vue me touche, c'est celui qu'occupaient, l'autre jour, les fils de M. Jules Simon et qui sera peut-être vide lorsque M. Hanotaux fera l'éloge de M. Challemel-Lacour, ce banc où n'apparaissent, parmi les toilettes élégantes et les chapeaux nouveau modèle, que des robes en deuil et des coiffures garnies de crêpe — le banc de la famille du mort dont on salue d'ordinaire et dont on égratigne parfois la mémoire. Ce banc de la *dernière représentation*, perdu dans les bancs d'un public de *premières*, me paraît toujours mélancolique, et je me demande chaque fois ce que pensent ceux qui sont assis là, des paroles accordées au souvenir de celui qu'ils ont perdu.

C'est le banc attristé — pareil au banc d'Hébert, au poétique et douloureux banc couvert de feuilles mortes qui inspira un chef-d'œuvre entre tant d'autres au peintre de la *Mal'aria* — le banc où ceux qui y sont assis ne voient que des tristesses en ce jour de joie et pensent au disparu, tandis qu'on lorgne, qu'on applaudit, qu'on magnifie le successeur.

Un jour, — ce n'est pas d'hier — le 15 avril 1813, Alexandre Duval succédait à l'auteur du *Mérite des femmes*, et Regnaud de Saint-Jean d'Angély, président, lui répondait.

« L'ombre de Legouvé, disait Alexandre Duval, recevra de moi des hommages et des regrets ! »

Et Regnaud de Saint-Jean-d'Angély, se tournant vers un enfant de six ans, assis précisément au banc de deuil où se tiennent les familles, ajoutait avec émotion :

« Si une famille manque au fils de Legouvé, disait-il, le ministre de l'instruction publique se chargera de veiller sur ce faible rejeton d'une tige trop tôt brisée, et l'Académie saura protéger son enfance, guider sa jeunesse digne à la fois et du père dont il pleure la perte, et de l'adoption qui la répare, si la perte d'un père pouvait se réparer. »

Le *faible rejeton* de « la tige trop tôt brisée » a conté, dans ses *Souvenirs*, combien l'éloquence du directeur de l'Académie lui sembla poignante. Irrésistiblement, il fondit en larmes, et son parrain, le bon M. Bouilly, fut contraint de le consoler.

Il y a quatre-vingt-cinq ans de cela, et le « faible rejeton » est encore le plus alerte, le plus actif, le plus spirituel, je ne dirai pas des vieillards, mais des Parisiens de Paris. Il en est le doyen, et il en est à la fois l'exemple et la satire. Il se moque du pessimisme ou, pour mieux dire, il l'ignore. Il enseigne à aimer la vie en l'utilisant. A quatre-vingt-onze ans, il vit avec les jeunes et s'inquiète des œuvres des jeunes.

Doyen des escrimeurs, comme il est le doyen de l'Institut, le doyen des gens de lettres et le doyen des auteurs dramatiques, il tient du jeu de l'épée l'art de n'être pas *vieux jeu* et, l'autre matin, comme il recevait la visite de M. Henri Lavedan, il expliquait au spirituel auteur du *Nouveau Jeu* comment il eût pu être « plus nouveau jeu encore » en faisant répondre à Paul Costard, surprenant sa femme et toisant du regard le peintre en bonne fortune :

« Je ne me battrai pas avec vous ! Je suis trop fort à l'épée et, si je vous tuais ou vous blessais, je serais à la fois odieux et ridicule. *Tout Paris* ne me pardonnerait pas d'avoir touché un peintre du *dernier bateau.* »

Et, lui aussi, M. Legouvé, qui a pleuré le 15 avril 1813 en écoutant Alexandre Duval et Regnaud de Saint-Jean-d'Angély faire l'éloge de son père, lui aussi est du *dernier bateau.* Il serait même capable, à Seine-Port, de fréter le bateau de demain ou d'après-demain !

Il vient de publier un volume qu'il appelle *Dernier Travail, Derniers Souvenirs.* Coquetterie pure. Je gagerais qu'il s'occupe déjà de *Souvenirs nouveaux.* Il ne brûle pas la vie, mais il en attise la flamme. Et le secret de sa vitalité, de sa jeunesse éternelle, je le connais. M. Legouvé dit, d'un de nos contemporains, comblé des dons de la fortune, qui n'a qu'à se laisser vivre et qui se rend malheureux, je ne sais pourquoi : *Il fait du fiel avec du miel.* Le mot est joli. M. Legouvé, tout au contraire, fait de la vie, toute de malheurs plus ou moins consolés, un bonheur constant. Au temps passé, on eût publié son portrait littéraire sous ce titre : *Ernest Legouvé ou l'Homme heureux.*

« Comment ne serais-je pas heureux ? — me disait-il, le lendemain de la reprise d'*Adrienne Lecouvreur* par Mlle Bartet. Ce matin, les enfants de mes petits-enfants sont venus m'apporter, dans mon lit, avec leurs bonnes joues, la nouvelle de mon succès. »

Et ce patriarche est un militant. Quand il parle à l'Académie, on l'écoute avec un infini plaisir. Il a le mot juste, la formule brève et décisive. Il discourt pour convaincre et il atteint le but. Je retrouve en lui, dans le professeur et l'orateur, le maître en fait d'armes, avec qui j'eusse voulu avoir la bonne fortune de faire assaut.

Tous les matins, il reprend le fleuret et le manie pendant quelques minutes. Nous avons eu un maître d'armes commun, le vieux Merlin, mort aujourd'hui, qui me répétait : « M. Legouvé aime l'épée comme une maîtresse. »

— J'ai envie, me disait l'auteur des *Derniers Souvenirs*, d'écrire un article : *Comment on peut faire des armes à quatre-vingt-onze ans !*

Je l'y reprends. Voici une *causerie nouvelle* toute trouvée.

— Je fais encore de l'art en faisant de l'exercice! ajoute-t-il.

Puis, souriant :

— Je n'en fais pas trop, redoutant le sort de Milon de Crotone, qui voulut accomplir des tours de force trop longtemps.

Et ce maître escrimeur, on le retrouvera dans ce nouveau volume où M. Legouvé a voulu résumer *le professorat et le professeur*. Il est professeur-né. A la Comédie-Française, autrefois, quand il étudiait, analysait un rôle du répertoire, qu'allait reprendre tel ou tel artiste, on l'écoutait comme un oracle. Il est vraiment une tradition vivante. Il en a tant vu! Il a tout vu! — Tout vu et tout retenu! Ah! l'admirable nonagénaire!

Et comme il a poussé, donnant des branches à son tour, le *faible rejeton*, dont parlait Regnaud de Saint-Jean d'Angély et qui est bel et bien le plus indéracinable des chênes!

Notez que cette suractivité des lettrés n'est point rare, et qu'à l'Académie ils sont nombreux les vieillards alertes qui gardent cette « seconde jeunesse » dont autrefois Flourens a parlé. L'aspect d'une séance académique n'est point ce spectacle à la fois douloureux et comique, dont a parlé avec malice l'immortel auteur de *l'Immortel*. Je me rappelle que, sortant de l'Académie, un jour de réception publique, j'entendis un petit groupe de jeunes gens, étudiants ou rapins, plantés devant l'escalier qui monte au pont des Arts, échanger des paroles narquoises en regardant la sortie des invités débouchant hors de la voûte, les voitures, les municipaux à cheval, la haie des curieux :

— Et tout cela, disait l'un d'eux, en haussant les épaules, parce qu'on reçoit là-dedans quelque vieillard tombé en enfance!

J'avais entendu et j'avais passé; mais un désir me prit de répondre et (je vous demande pardon de parler de moi), revenant sur mes pas, ou plutôt redescendant les marches qui, du quai, conduisent au pont des Arts, je m'approchai du petit groupe railleur; et, fort poliment :

— Vous vous trompez, messieurs, il ne s'agit pas d'un macrobite : c'est aujourd'hui la réception de M. d'Haussonville, mon confrère, qui est plus jeune que moi!

Et, lestement, je franchis les marches du pont, laissant stupéfaits de cette prestesse imprévue ces jeunes gens qui se figuraient, sur la foi des plaisanteries caricaturales, les académiciens courbés par l'âge, immobilisés par l'ankylose ou tordus par le rhumatisme.

Les académiciens de vaudeville du Palais-Royal ou de revues de fin d'année sont, en leur genre, des personnages de légende. Un jour de séance publique, en étudiant autour d'eux leurs confrères, les peintres qui font partie de l'Institut trouveraient là, au contraire, de nobles portraits à léguer à l'avenir. On a remarqué, à ce propos, que les savants sont d'ordinaire plus assidus aux séances littéraires que les littérateurs eux-mêmes. Les auteurs dramatiques, par exemple, sont les moins fidèles de tous aux réceptions solennelles. Ils ont leurs répétitions ; l'heure de l'Académie est aussi celle du théâtre. La plupart des spectatrices qui vont à l'Institut pour lorgner les gloires les plus familières à leurs admirations ne les y trouvent pas. Le savant se donne la joie de quitter son laboratoire, l'épigraphiste ses textes, le peintre son atelier pour écouter quelque page de haute littérature. Le littérateur se dit, plus volontiers : « Je la lirai ce soir ! »

Je gage pourtant que demain les gens de lettres seront nombreux autour de l'historien de Richelieu. Cette solennité littéraire ne sera, comme les autres, du reste, maudite un peu que par les mendiants de l'Institut que le service d'ordre maintient, ces jours-là, à distance. Car, parmi toutes les variétés de mendiants de profession qui pullulent dans Paris, il en est une qui pourrait porter un nom spécial : *le mendiant académique.* Ce mendiant-là sait exactement l'heure de la séance et, sur le pont des Arts, autour du monument ou dans la cour même de l'Institut, il guette l'académicien qui *va à pied*, comme les honnêtes femmes dont parle Desgenais. Chose à noter, chaque académicien a son mendiant particulier qui l'attend, lui sourit, le salue, s'informe de sa santé :

« Ah ! monsieur, tous mes compliments, vous avez une bonne mine aujourd'hui ! »

Le mendiant de Coppée n'est pas mon mendiant à moi, et mon mendiant ne demande rien à Coppée. A chacun son académicien. J'ai eu, durant plusieurs années, ainsi un pauvre diable qui m'apportait son salut hebdomadaire (et bihebdomaire quand l'Académic siégeait aussi le mardi). C'était un ancien secrétaire d'Alexandre Dumas père, le *dernier des secrétaires d'Alexandre Dumas*, comme il s'appelait, et qui, recueilli dans le dépôt de mendicité de Villers-Cotterets, pays de son maître, en était sorti parce que je lui avais envoyé là-bas quelque secours. Avec cette petite somme il s'était cru sauvé et il avait repris la vie de Paris.

Oh ! une vie très simple! Tous les huit jours, je le retrouvais sous la voûte qui mène à la seconde cour de l'Institut, appuyé contre un pilier et m'attendant. Un sourire, un coup de chapeau, une main tendue, un nouveau salut et le pauvre diable disparaissait, famélique et falot, pour toute une semaine. Jamais il n'a rien demandé à un autre qu'à moi.

« Je n'ai pas été présenté à ces messieurs, me disait-il un jour, fier dans ses haillons. »

Je faisais ce que je pouvais pour l'ancien secrétaire du père Dumas, mais je frémis un jour qu'il me demanda d'assister — plus délabré que Job! — à un spectacle qu'il n'avait jamais vu : un *mardi* de la Comédie-Française !

Qu'est-il devenu? Je ne le revois plus. Mais j'en revois d'autres. Le *mendiant académique* est le plus tenace des mendiants. Et, comme il connaît l'itinéraire des académiciens, il se fait inévitable. Il se dresse sur leur chemin, il les guette à la porte d'entrée. Il se tapit derrière un pilier. Il ne peut pas manquer sa proie. Je suis persuadé qu'il y a, pour un membre de l'Institut se rendant à la séance, économie à prendre des voitures. J'en sais même qui pourraient venir à bicyclette *faire* doctement du dictionnaire : M. Jules Lemaître, M. d'Haussonville, et il ne faudrait pas défier M. Legouvé d'en faire autant. Peut-être, décidément, le meilleur moyen de ne pas vieillir est-il d'aimer ce qui est beau, de célébrer ce qui est bon et de prendre la vie pour ce qu'elle est : un labeur quotidien, une tâche qui semble légère quand on l'accepte sans grimace, et un devoir.

C'est un peu cela qu'on enseigne en cette vieille Académie où ce ne sont pas toujours les âmes seules qui restent jeunes.

XIII

Les soixante-dix ans de Henrik Ibsen. — Une représentation à la Renaissance. — *Un Ennemi du peuple.* — Ibsen à Christiania. — Comment j'ai vu Ibsen. — Le hall du *Grand Hôtel.* — Les voyageurs et les quémandeurs d'autographes. — Le *docteur.* — Ce qu'Ibsen pense des *symboles* qu'on cherche en ses pièces. — Les gens du Nord. — Méridionaux de Suède et de Norvège. — M. Duc. — *Skalls* et toasts. — L'alcoolisme. — Une ligue de jeunes gens contre l'alcool. — L'*avant-goût de Bron.* — Les ligueurs du lycée Condorcet. — Victor Hugo et l'eau-de-vie. — Pas de ridicule. — Édouard Delessert. — Le gin et le hachich. — L'avenir assuré par les collégiens.

31 mars 1898.

Quel est l'événement le plus « parisien » de la semaine : l'ouverture du Concours hippique ou la représentation donnée hier en l'honneur d'Ibsen ? Je crois bien qu'à tout prendre c'est la soirée théâtrale. Célébrer, à Paris, les soixante-dix ans du dramaturge illustre qui a ajouté, lui aussi, un « frisson nouveau » à la littérature est une pensée digne de ceux qui, après en avoir conçu le projet, l'ont exécuté. Il ne s'est pas agi seulement d'une réunion de quelques *snobs*, mais d'une véritable manifestation de lettrés et d'artistes. Henrik Ibsen, qui ne connaît point Paris, ne pourra point dire que Paris l'a oublié.

L'été dernier, après l'admirable réception qui fut faite en Suède aux journalistes réunis en congrès, nous n'avions, en allant en Norvège, d'autre désir que de voir Ibsen et Bjœrnson, ces deux grands remueurs d'idées. Les fjords admirables, les voyages en *kariole* nous attiraient sans doute, mais moins, beaucoup moins que ces deux hommes qui sont l'honneur d'une race. Il ne m'a pas été donné de voir M. Bjœrnson; mais, à Christiania, deux spectacles m'ont frappé, celui du vieux bateau d'un roi wiking, retrouvé intact et se dressant, avec sa noire carène, dans une salle de musée comme le squelette de quelque cachalot préhistorique, et celui du bon docteur Ibsen, *Monsieur le Docteur*, comme on l'appelle là-bas, et qui fut la première personne aperçue par moi à la descente de l'omnibus nous menant de la gare au Grand Hôtel.

Je me disais, en arrivant à Christiania:

« Notre aimable consul de France, M. Mimaut, me donnera bien, sans doute, l'adresse d'Ibsen, et, d'ailleurs, Ibsen doit être connu ici de tout le monde. »

Mes bagages n'étaient pas encore montés dans ma chambre que déjà quelqu'un s'approchait de moi et me disait:

— Vous voulez voir Ibsen?... Tenez, le voici!

Et on me désignait, dans un coin du salon de lecture de l'hôtel, tout près d'une fenêtre, un homme à tournure de curé de campagne, qui, le chapeau sur la tête, lisait paisiblement la gazette du jour. Ibsen!

Je le regardai longuement avant de lui parler. C'était bien là ce visage que la photographie a popularisé, ces traits un peu bourrus, avec je ne sais quoi de hérissé dans la barbe et la chevelure qui donne au *docteur* une apparence de lion irrité. Il fronçait les sourcils en lisant son journal et il semblait assez inabordable, lorsque, tout à coup, je le vis se lever avec politesse et poser là sa gazette pour répondre d'un ton plein de bonne grâce à quelque Anglais ou Américain qui brusquement se mettait à l'*interviewer*.

Debout, Ibsen m'apparut alors sous un aspect bonhomme que n'avait pas, une minute auparavant, le lecteur assis dans son coin. Il saluait, souriait, répliquait d'une voix très douce, patiemment, aux questions incessantes de ce passant inconnu. Et cette douceur de voix, lente et caressante, étonnait. Le révolutionnaire littéraire évoquait pour moi, avec une précision singulière, la vision de l'excellent Got jouant l'abbé d'*Il ne faut jurer de rien*. On retrouvera Ibsen tout entier, de pied en cap, et très vivant, dans une sorte de portrait découpé qui se vend pour quelques couronnes chez tous les libraires et papetiers de Christiania, et où l'auteur d'*Un ennemi du peuple* est représenté de dos et de face dans sa longue redingote tombant jusqu'à moitié des mollets, le chapeau haut de forme sur la tête et appuyé comme sur une canne familière, sur son immuable parapluie. Cette image en carton de Henrik Ibsen est populaire en Norvège, où le *docteur* est vénéré, quoique déjà — le contraire serait étonnant — un peu traité d'auteur « vieux jeu » par les impatients des générations nouvelles.

J'avais plaisir à contempler cet homme si curieux d'aspect et d'une pensée si haute. Il vient là d'habitude, à l'hôtel, quand il ne s'enferme pas en son logis pour travailler. Ce *hall*, d'un caravansérail où passe toute l'Europe, lui est un bon terrain d'études. On va aujourd'hui visiter Drontheim et admirer là-haut le soleil de minuit — quand il daigne apparaître — comme on allait autrefois, au son du cor des Alpes, assister au lever du soleil sur le Righi. Le cap Nord deviendra aussi bientôt aussi banal que la Suisse. Ibsen est donc tout porté, dans l'hôtel norvégien, pour voir défiler devant lui ces types d'Européens et ces femmes modernes qui ont presque toutes quelques névrosités à la Hedda Gabler. On répare sa maison, et il ne semble point avoir hâte de presser les ouvriers. Cet hôtel cosmopolite lui plaît. C'est son *home*. Ailleurs il écrit, ici il observe. Il observe et il cause. Il reçoit de tous les passants l'hommage cursif de la vieille Europe. Que de sourires donnés au maître par les jeunes misses éprises de *Solness le Constructeur* et lui tendant quelque carte photographique achetée chez le *bookseller* voisin :

— Ah ! *docteur*, si vous vouliez me donner la joie de tracer votre nom sur ce portrait !

Et Ibsen, bienveillant, d'ôter son grand chapeau, de s'asseoir devant la table encombrée de journaux et, la langue entre les dents, de sa belle écriture lapidaire, de tracer lentement son nom illustre sur ce bout de carton qui ravira les amateurs d'autographes.

Rien n'égale la politesse, la courtoisie douce de cet homme qui a osé tant de choses, attaqué tant de préjugés, en ses écrits.

Il est depuis longtemps acclamé et le voilà enveloppé d'une gloire d'apothéose dans son pays, qui lui sait gré, comme à Bjœrnson, de tout l'éclat que ses fils lui ont donné. Il n'en fut pas toujours ainsi et il y a comme une confession personnelle dans cet *Ennemi du peuple* où Ibsen proclame avec tant de courage les droits de l'individu, les droits du juste, et s'écrie : « La majorité n'a jamais raison, jamais ! C'est un de ces mensonges sociaux contre lesquels un homme libre de ses actes et de ses pensées doit se révolter ! »

Profession de foi hautaine d'un homme isolé au nom du génie. Il a fallu bien des heurts de la foule ignorante pour qu'Ibsen jetât un tel cri qui eût fait dire éperdument *bravo* à un Flaubert. L'auteur de *Madame Bovary* n'a pas connu cette protestation d'Ibsen. Ibsen, le wiking de la pensée, ne nous avait pas été révélé lorsque nous conduisions ce grand bon Gaulois de Flaubert au Cimetière Monumental. Mais Gustave Flaubert avait éprouvé des écœurements pareils à ceux qui navrent le Storckmann de Henrik Ibsen.

Il nous contait, avec une méprisante amertume, qu'on le prenait pour un fou parmi ses compatriotes, et cela au lendemain même de *Madame Bovary*, à la veille de la publication de *Salammbô*.

— Le *fi* (le fils) Flaubert ? disait-on. Un garçon qui pourrait vivre très tranquillement à Croisset, et qui, tout à coup, comme ça, sans qu'on sache pourquoi, plante là sa maison pour aller... devinez où ? A Carthage ! — A Carthage ! *Nous n'aimons pas beaucoup ça, à Rouen !*

Et il fallait entendre le rire de Flaubert !

Henrik Ibsen ne rit pas ; — il se replia sur lui-même et, pensif, répondit à ses contemporains par l'*Ennemi du peuple* et par *Solness*. Aujourd'hui, Storckmann a vaincu, et Solness continue son gigantesque édifice. Il en achève ce qu'il regarde comme le couronnement de son œuvre, une dernière pièce dont Ibsen nous disait lui-même qu'il n'en avait pas encore écrit une ligne mais qu'il l'avait *là*.

Là et *là*, comme dit le Buridan de Dumas père, en se touchant du doigt, tour à tour, la tête et le cœur. Henrik Ibsen n'a pas d'autres sources d'inspiration. Et c'est par là qu'il a si profondément troublé, renouvelé l'art de son temps. J'ai déjà dit que Dumas fils en était préoccupé à la fin de sa vie. Il m'a souvent parlé, avec beaucoup d'admiration passionnée, de la *Dame de la Mer* qui est, comme la *Dame aux Camélias*, de l'ibsénisme. (Le rapprochement n'est exact qu'à demi, comme toutes les comparaisons.)

— Si vous n'étiez pas accablé par les nouveautés et les justes ambitions et si vous pouviez suffire au répertoire des anciens — et chaque année grossit le stock du répertoire nouveau — ce serait, me disait-il, une pièce à jouer.

Ibsen a été très frappé, très flatté aussi — je l'ai vu — par cet hommage, aujourd'hui posthume, de l'auteur de *Denise*. Il est certain que la représentation organisée en son honneur au théâtre de la Renaissance lui aura causé une vive joie. Paris garde toujours son magnétisme et son prestige pour les artistes et les penseurs. Ibsen voudrait bien venir à Paris, Paris lui ferait un chaleureux accueil. Mais le vieux docteur hoche la tête, il répète : « Il est bien tard ! Il est trop tard ! » Et il reste alors dans son cabinet de travail de Christiania, ou plutôt dans cette salle de lecture du *Grand Hôtel* où toute l'Europe et les deux Amériques viennent lui apporter une sorte d'hommage quotidien et, comme par fragments, l'admiration du monde entier.

Victor Hugo voyait défiler, sous les fenêtres de sa petite maison de l'avenue d'Eylau, tout Paris, tout un peuple, un fleuve d'hommes, de femmes et de fleurs, le jour de ses quatre-vingts ans et, le soir, après ce torrent d'enthousiasme, se retrouvant seul, avant le dîner, en tête-à-tête avec Louis Blanc, il semblait, devenu silencieux, avoir comme la mélancolie d'un Charles-Quint, d'un empereur des lettres venant d'assister non seulement à son apothéose, mais à ses funérailles.

Moins vieux de dix ans que Victor Hugo, mais, en dépit de sa robustesse de pasteur trapu, fatigué par le labeur et la vie, Henrik Ibsen aura eu sa *journée*, sa grande journée internationale, complétée hier par une soirée parisienne ; mais, plus heureux que le poète de la *Légende des Siècles* et plus pratique, il ajoutera à cette journée et à cette soirée une sorte de *post-scriptum* caressant et flatteur : c'est le défilé continu des touristes venant apporter au *grand old man* de Christiania l'hommage de leurs curiosités et leurs suppliantes demandes d'autographes.

O forme bien moderne de l'apothéose ! L'admiration universelle descendant d'un sleeping-car pour s'incliner, dans un hôtel garni, devant un homme de génie lisant ses journaux et recevant ses disciples en une *lecture room*, entre deux omnibus et deux trains !

Il est très fin, ce docteur Ibsen qui a les bravoures du docteur Storckmann. Il sera ému de cette représentation spéciale parisienne, mais il n'en gardera pas moins son sentiment sur les exaltations de quelques-uns de ses disciples. C'est ainsi que, lorsqu'on lui parle des *symboles* contenus dans ses ouvrages, il sourit un peu, de ses lèvres ironiques. Il sait gré au comte Prozor d'avoir traduit ses pièces, à M. Lugné-Poe de les avoir jouées. Mais il se demande si quelques enthousiastes ne sont pas plus royalistes que le roi des Wikings, et plus ibsénistes qu'Ibsen.

On me contait ce joli trait de lui, qui montre tout l'esprit, à la fois bonhomme et narquois, du vieux docteur.

Quelqu'un lui demandant quel était « le *symbole* » contenu dans une de ses œuvres préférées, *Solness le Constructeur*, Henrik Ibsen réfléchit un moment, puis avec sa douceur accoutumée :

— Ma foi, dit-il, il y a un an, je vous aurais répondu qu'il n'y a que deux êtres qui comprennent ce que j'ai voulu incarner dans *Solness*, et ces deux êtres, c'étaient Dieu et moi ! Mais depuis un an, j'ai beaucoup songé, et je crois bien que, pour expliquer *Solness*, décidément il n'y a que Dieu !

Ibsen, dit-on, travaille à ses Mémoires, à un livre, qui pourrait s'appeler, comme celui de George Sand, *Histoire de ma vie*. Je gage qu'il trouvera bien le moyen d'y faire comprendre autrement que par un trait d'esprit, le but et le sens de son œuvre. En attendant, il savoure la fumée de gloire, qui lui vient de tous les coins du monde, et les chaudes ovations de ses compatriotes qu'on méconnaît fort si on se les imagine froids et figés comme les banquises. Ces Norvégiens et ces Suédois ! Pas un Méridional n'a plus qu'eux de chaleur et de verve. Ils sont accueillants, démonstratifs, actifs et enveloppants. Leur charme, tout particulier, est profond, comme leurs fjords aux claires eaux. Vous les croyez à demi perdus dans les brumes ? Quelle erreur ! Ils sont aussi remuants et plus laborieux que des Napolitains. Tout le sympathique caractère de ces « Français du Nord » — fils de Norvège ou de Scanie — se reflète dans le représentant de ces peuples à Paris, M. Due, le diplomate le plus artiste, le plus cordial, la bonté la plus sérieuse qu'on puisse rencontrer. Et quand je pense qu'en ce pays des banquets infinis, des toasts incessants et des *skalls* qui n'en finissent plus, il y a moins d'alcooliques, en vérité, que dans nos faubourgs parisiens, dans nos provinces françaises !

L'alcoolisme finira même, si j'en crois les statistiques, par devenir un vice spécialement français. Il décroît, je pense, en Angleterre même ; chez nous, il augmente et toutes les prédications, toutes les mesures n'y font rien encore. Il y a, dans le département du Rhône, un asile d'aliénés qui s'appelle Bron. Les buveurs d'absinthe des cafés de Lyon ont une expression terriblement éloquente pour désigner la boisson qu'ils commandent :

— Donnez-moi, disent-ils, un *avant-goût de Bron* !

L'avant-goût de Bron est aussi, à Paris, un avant-goût de Villejuif ou de Sainte-Anne. L'alcool est le racoleur de la folie.

Un député socialiste, M. Gérault-Richard, déclarait, un jour, que l'impôt sur le vin, le café, le thé, favorise l'alcoolisme, le poison qu'on débite à tous les coins de rue, et il réclamait le monopole pour ce qu'il appelait « l'adjuvant le plus précieux *de la résignation et de la torpeur populaires* ». De jeunes lycéens, fils de bourgeois, viennent de faire mieux encore : ils ont créé, dans leur collège, une *ligue contre l'alcool*, et la première réunion de cette ligue a eu lieu, il y a peu de jours, dans une salle de leur lycée.

C'est un événement en son genre, et M. Blanchet, l'excellent proviseur du lycée Condorcet, a eu raison de me le signaler. Car c'est à Condorcet que la manifestation antialcoolique vient de se produire. *Ligueurs* contre *liqueurs*. « Le lycée Condorcet, dit la circulaire de ces collégiens, *tenant toujours à prouver qu'il est le premier lycée de France, a pris l'initiative de cette lutte des jeunes gens contre l'alcoolisme.* »

Est-il le *premier lycée de France*, notre cher Condorcet, notre vieux lycée Bonaparte ? Il est, dans tous les cas, le premier qui ait déclaré la guerre aux liqueurs et proscrit *l'avant-goût de Bron*. Plus d'eau-de-vie, sauf le cas d'une ordonnance médicale ! La jeunesse s'insurge contre l'alcoolisme. Guerre à l'absinthe !

— Et ne souriez pas, dit l'appel du comité *à nos camarades*, ne nous traitez pas de moralistes austères !

Nous sommes aussi jeunes et aussi peu sévères que vous. Mais c'est au nom même de cette jeunesse que nous demandons votre adhésion, car c'est elle qui donne la générosité et l'audace. Dépouillez-vous donc de tout respect humain, ayez le courage de vous engager à donner l'exemple et à renoncer au prétendu plaisir de boire des liqueurs. Vous aimez à crier : « *Vive la France!* » Contribuez donc à la relever.

Et l'appel a été entendu. Les *ligueurs* de Condorcet « s'engagent, *pour un an*, à s'abstenir entièrement, » sauf prescription médicale, d'eau-de-vie et de toute » liqueur ». Au bout d'un an, le serment pourra être renouvelé. L'habitude sera prise. Les rhétoriciens et les philosophes auront prêché d'exemple.

« Je n'ai jamais, dans toute ma vie, qui est longue, disait Victor Hugo, octogénaire, bu la valeur d'une seule bouteille de liqueur ! »

D'un appétit formidable, le poète était d'une sobriété exemplaire en fait d'alcool, et peut-être devait-il à cette vertu l'admirable solidité de son estomac. Il faut, pour être membre de la *Ligue contre l'alcool*, être âgé de *quinze ans* et appartenir au lycée Condorcet. C'est peut-être par égoïsme et pour devenir octogénaires que ces adolescents repoussent la mortelle eau-de-vie. Et comme ils ont raison ! Voilà un curieux symptôme de moralisation pratique, un cours d'hygiène en action fait par des lycéens dont l'exemple mérite d'être encouragé, imité ! Ils ont bien raison de ne pas craindre le ridicule. Et quand les buveurs d'absinthe les traiteraient de buveurs d'eau ! Ils font œuvre utile. Ils combattent, dès leur entrée dans le monde, un vice qui devient un fléau national. M. Alglave leur doit un remerciement, et les lycées de Paris vont suivre évidemment le mouvement commencé par le « premier lycée de France » !

La *Ligue antialcoolique* de Condorcet méritait le salut de la causerie parisienne. Il est élégant et salutaire de donner ainsi le ton et de montrer le but à suivre. Je rouvrais, tout à l'heure, à la nouvelle de la mort de ce fin Parisien qui s'appelait Édouard Delessert, un petit livre jadis publié par ce mondain qui fut un lettré et donnait à ses amis des études de moraliste spirituel non mises dans le commerce. Delessert avait conté, en deux courts récits, ses impressions d'*Une nuit dans la cité de Londres* et d'*Une soirée de hachich à Jérusalem*. C'est un étrange poison, le hachich, un effrayant instrument de névrose. J'en ai pris, et j'ai noté jadis les effets que pouvait faire sur un cerveau humain cette courte folie, très caractérisée. Mais le hachich n'est rien comparé à l'alcool, et les *hachichins* de Jérusalem semblent de doux personnages extatiques comparés aux damnés de White Chapel, aux débiles alcooliques de la cité de Londres.

Or, encore un coup, le *gin* britannique, l'*old irish whiskey*, tous les tord-boyaux de la vieille Angleterre ne sont rien comparés à cet *avant-goût de Bron* que consomment, avec une soif passionnée, les tristes buveurs de France. S'il recommençait son *Voyage aux villes maudites*, c'est dans les bouges de nos alcooliques qu'Édouard Delessert devrait descendre. La résolution prise par ces jeunes élèves de *Condorcet-Fontanes-Bonaparte* me comble de joie, je l'avoue. Si les lycéens entrent dans la vie en combattant la misère par leurs associations de secours et l'alcoolisme par leurs ligues de tempérance, eh ! mais, voilà qui donne confiance en l'avenir ! Et il serait consolant, — il serait logique après tout, — que la régénération et le salut nous vinssent par les *potaches* !

XIV

Fin de carême. — Bals travestis et *dîners en tête*. — Les cavalcades. — Un métier qui se perdait. — Les costumiers. — On ne se déguise plus ! — Le demi-travestissement. — Raison d'économie. — *Bals blancs* et *bals en blanc*. — Un bal noir. — Les fiancées de l'Alaska. — On demande des compagnes pour chercheurs d'or. — La terre des dollars et la poudre d'or. — Le mariage et le bonheur. — Le pavé de Paris. — Un sculpteur. — Alfred Lanson. — La vente et la mort. — Les jeunes sculpteurs et M. Guillaume. — Une maison de sculpteurs animaliers à Paris. — Mme Cain. — P.-J. Mène et Auguste Cain. — Rosa Bonheur. — Les fils du sculpteur.

7 avril 1898.

Voilà le Carême fini. Les théâtres vont fermer durant une soirée et, pour quelques jours, les pièces humaines feront place aux drames sacrés. Puis les *retours de Nice* donneront à Paris un public nouveau, tandis que les bourgeons qui s'ouvrent et les fleurettes qui poussent lui rendront, avec le soleil, sa physionomie de printemps. Nous aurons ensuite le Salon et les cavalcades, le cortège de M. Rœdel, la *fête des fous* que « *potassent* » les étudiants, les chars en l'honneur des gloires parisiennes, et la *saison* promet d'être au moins pittoresque, si la politique ne s'en mêle pas trop.

— Ah! monsieur, me disait hier un costumier, dont le nom est célèbre dans l'histoire des bals travestis, il était grand temps qu'on intervînt si l'on ne voulait pas que toute une industrie dépérît, celle des tailleurs de costumes historiques. Depuis Gambetta, les bals masqués passaient de mode, et c'était dommage!

Je lui demandai de s'expliquer. Le nom de Gambetta arrivant là m'étonnait un peu. Et le costumier, qui est un artiste, me rappela alors, avec un soupir de regret, les dernières fêtes données au Palais-Bourbon et le bon temps où les reconstitutions de ballets historiques étaient de mode au ministère de l'instruction publique. En ce temps-là, qui n'est pas si lointain, Paris avait encore des bals masqués, et les soirées travesties n'étaient point entrées dans le domaine archéologique. On confectionnait couramment des costumes qui coûtaient fort cher, et Babin souriait à sa clientèle. Aujourd'hui, c'est une mode finie et le métier de costumier allait disparaître — à peine nourri par les théâtres — lorsque l'annonce de cette cavalcade *à la Gloire de Paris*, qui va lancer deux-mille figurants par nos rues, a redonné de l'espoir aux coupeurs de pourpoints en détresse.

C'est à peine, en effet, si, depuis quelques années, des commandes arrivaient de cavalcades pour des villes de province ou pour l'Amérique. Adieu, les costumes! Le temps semblait s'approcher vite où l'on n'eût plus trouvé à Paris d'ouvriers pour confectionner un costume du temps de Louis XIV ou pour couper dans la soie un habit Louis XVI.

A quoi attribuer cette modification dans le goût public, cette désertion de toute une mode de plaisir?

Il ne me déplaît point d'interroger, quand je le puis, non pas les gens illustres, mais les petits, ceux qu'on ne consulte guère, qu'on *n'interviewe* jamais, qui voient cependant de près les choses, et, sur la vie de Paris, en savent plus long que les reporters du boulevard.

— Pourriez-vous, monsieur, me demandait hier mon coiffeur, me dire de quel côté Alphonse Daudet portait son monocle?

La question me surprit et j'en voulus savoir la raison.

— C'est que j'ai à faire, pour un *dîner en tête*, la tête d'Alphonse Daudet. Elle nous a été très demandée, cet hiver!

J'appris alors que cette mode spéciale des *dîners en tête* subissait depuis quelque temps une transformation assez intéressante pour la petite histoire de nos mœurs. Le *dîner en tête*, cette sorte de diminution du travestissement, ce *bal masqué* réduit à sa plus simple expression, ce demi-déguisement, après avoir eu d'ambitieuses visées d'évocations historiques, a pris, cet hiver, des allures soudaines d'actualité. On a *pioché* les portraits-cartes après avoir étudié les portraits du Louvre ou de Versailles. Évolution inévitable. Le livre n'est-il point détrôné par le journal?

Ainsi les têtes de Mlle de Lavallière, de Marie-Antoinette, de Marie de Médicis ou de Marie-Stuart ont-elles, après avoir longtemps fait fortune, cédé la place aux têtes vivantes de Mlle Guilbert ou de Mlle Cléo de Mérode.

— J'ai, me disait mon interlocuteur, une commande très pressée pour trois jeunes filles, qui m'ont demandé les « *sœurs Barrisson* » !

Je m'imagine l'entrée de ces trois sœurs Barrisson dans un salon de bonne bourgeoisie. Rechercher la main d'une jeune fille qui s'est fait la tête d'une sœur Barrisson est un paradoxe ironique qui semblerait tout à fait raffiné au héros du *Nouveau Jeu.* Et le « jeu nouveau » en fait de *dîners* en tête, c'est le jeu des *personnalités.* Toutes les physionomies historiques semblent défraîchies. On rougirait de dîner avec la tête de Corneille, du maréchal de Saxe, ou de Shakespeare. On semblerait un burgrave si l'on se montrait avec la tête maigre de Charles IX ou la tête narquoise de Henri IV. On veut être de son temps. Seule la *tête actuelle* est aujourd'hui « dans le bateau ».

— La tête qu'on m'a beaucoup, mais beaucoup demandée, ce carême, me disait encore mon fournisseur de renseignements, est celle du général de Pellieux. Il y a aussi celle de Rochefort. Dans l'ordre littéraire, Pierre Loti. Mais il est moins Parisien, beaucoup moins.

J'ai noté ces détails — signe des temps — qui ont leur prix. Et cette mode des soirées en tête a, réflexion faite, sa raison d'être dans une pensée d'équilibre budgétaire. Le dîner en tête, après tout, c'est le travesti économique. Le costume coûtait cher, la *tête* est plus accessible. Cependant, quelques maîtresses de maison ont maintenu la mode des bals masqués, mais en la modifiant, en la modernisant. Il y a eu des *bals blancs* durant ce carême, non pas des bals blancs de jeunes filles, les bals classiques et familiaux, non, des bals ainsi nommés parce que nul invité n'y pouvait être, en effet, admis qu'en costume blanc, blanc de pied en cap, pierrots, pierrettes, pulcinellas ou colombines, mais quel que fût le travestissement, blanc, officiellement blanc, blanc comme les glaciers, blanc comme la neige : une sorte de bal polaire.

Il y a eu même — le besoin d'originalité, la fièvre du nouveau en inventa bien d'autres! — il y a eu même des *bals noirs*, des bals où il fallait venir en tenue funèbre et où l'on était reçu sans lumière dans des salons tendus de draperies sombres. Danser dans le noir, souper dans l'ombre, s'amuser à tâtons, se divertir dans une cave, voilà le plaisir inédit né de quelques inventeurs extraordinairement parisiens. Cette joie dans un four n'a été goûtée qu'à demi. Le *bal noir*, peuplé de charbonniers, de croquemorts, de crispins et de scaramouches, ne fera point école. C'est le bal macabre. On n'y reviendra pas.

Je disais qu'il serait plaisant qu'un jeune Parisien très entraîné vînt, au retour d'un *dîner en tête*, dire à sa mère :

— J'ai trouvé une fiancée! Une charmante jeune fille!

— Qui s'appelle ?

— Une des *sœurs Barrisson*. Oh! ce n'est pas son nom, mais peu importe. Ce que j'épouse, c'est *la tête*. Une de mes trois voisines qui figuraient les sœurs Barrisson! N'importe laquelle, le trio est identique à lui-même!

Mariage de hasard qui vaudrait peut-être un mariage comme un autre. On se marie comme on peut aujourd'hui, et le choix d'une femme n'est pas plus facile que la trouvaille d'un mari. Le mariage moderne, cette loterie formidable, dont le divorce est devenu un des lots, semble devenir problématique et plus que jamais les célibataires endurcis trouvent moins malaisé de mener une vie de dilettantes sans soucis que d'accepter bravement les humbles devoirs de l'existence. Le mariage étant pour les jeunes filles une carrière aussi — et la plus noble de toutes, celle de la maternité, — les malheureuses se heurtent de plus en plus à des portes closes. On n'entre pas! Les jeunes gens répugnent à fonder une famille. Il en est du foyer comme des bals travestis : cela coûte trop cher, et là encore on a la consolation des *dîners en tête*, les unions économiques, les *demi-foyers* qui, à un moment donné, peuvent imposer autant de devoirs que le foyer légitime, avec moins de joies profondes et moins de fiertés.

Vraiment, pour toutes ces fiancées au célibat, — dont beaucoup sont des bonheurs vivants devant lesquels passent les jeunes gens effrayés des responsabilités futures, — je souhaiterais qu'on affichât l'étonnante annonce qui vient de courir les gazettes américaines : *On demande des compagnes pour les chercheurs d'or de l'Alaska.*

L'Alaska, cet Eldorado nouveau qui fait déjà rêver les spéculateurs, l'Alaska, où les mines d'or pleuvent, — dit-on, — comme la pauvreté sur le vieux monde, l'Alaska fait appel à des épouses volontaires comme les rois romains réclamaient — à main armée — des compagnes aux Sabins. « *On demande cent cinquante jeunes filles pour accompagner la première expédition qui partira pour le Klondike au printemps prochain.* » Telle est l'annonce. Sans doute faudrait-il avoir perdu tout espoir de mariage sur notre vieille terre usée pour aller partager là-bas la fortune ou les misères des chercheurs d'or, et je prévois les déceptions des pauvres filles qui monteront sur le vapeur partant pour ce séduisant et terrible inconnu, le Klondike. Mais quand on pense qu'une cuisinière, en ce paradis sans doute un peu morose, gagne 150 dollars par semaine ! Peut-être y a-t-il à Dawson City des occasions de faire sa vie et ne trouve-t-on pas seulement dans l'Alaska l'or, qui est rare partout, mais le bonheur, qui est plus rare encore.

Ce qui fait rêver, c'est cette constatation du journal américain où vient de paraître l'annonce en question : pour les 11 000 chercheurs d'or du pays (11 000 déjà, tentés par la poudre d'or qui est si souvent de la poudre aux yeux !), pour ces 11 000 remueurs de terre, chercheurs de pépites, joueurs de pioche et de couteau, il n'y a que deux filles à marier. Deux ! Et un faiseur de romans d'aventures peut s'imaginer les passions, les rivalités, les jalousies, les désirs, les colères que doivent faire naître, chez cette légion de manieurs de *bownies-knifes*, ces deux visages féminins, fussent-ils laids comme les sept péchés capitaux!

Jamais Cléopâtre n'a fait verser autant de larmes, et Marguerite de Bourgogne autant de sang que ces deux uniques filles du territoire d'Alaska. Et peut-être sont-elles, parmi ces onze mille mineurs rêvant des onze mille vierges de Cologne, de très honnêtes filles, passant insensibles au milieu des brutalités des chercheurs d'or. Voilà un voyage d'excursion tout nouveau pour les demi-vierges qui peuvent trouver que Monte-Carlo est un peu bien exploité et que Biarritz est un chemin battu. L'Alaska est peut-être destiné à modifier le monde non seulement en banalisant la monnaie d'or, devenue aussi dépréciée que l'argent, mais en mettant le mariage, ce baccalauréat des vierges, à la portée des filles pauvres. Et peut-être — sans plaisanter — y a-t-il, je le répète, du bonheur à déterrer dans cette terre qui déjà affole les cerveaux et fait passer devant les yeux des rêveurs d'hallucinantes visions de fortune. Mais il est dur à conquérir, ce bonheur-là, comme, au reste, tous les bonheurs, grands ou petits, que nous a faits cette vie moderne, si souriante en apparence, plus facile, semble-t-il, que la vie d'autrefois, en réalité plus haletante, plus laborieuse et plus inquiétante.

En route pour l'Alaska, les aventurières du bonheur! En route pour rejoindre les mâles et hardis aventuriers de la fortune! Et, peut-être, au bout de cette folie, n'y aura-t-il pas seulement l'exil, mais, ramassée par hasard dans de la poudre d'or, la petite *fleur bleue* qui ne pousse guère, qui ne pousse plus entre les noirs pavés parisiens !

Il devient parfois inclément, ce pavé de Paris, à ceux qui tout d'abord l'ont foulé d'un pied triomphant ! Je recevais, il y a une quinzaine de jours à peine, le catalogue de la vente de l'atelier d'Alfred Lanson, des *ateliers*, devrais-je dire, car le bon sculpteur travaillait à la fois dans trois *studios*, à Montparnasse, au boulevard Montmartre et à Carrare, au pays du marbre. Lanson était jeune, semblait vigoureux, préparait des œuvres nouvelles. Son *Jason*, tant de fois reproduit, était devenu populaire. Il taillait dans le marbre une *Léda* qui vaut sa *Diane*, la jeune déesse d'une grâce hautaine, debout et lançant un trait qu'elle semble suivre des yeux. Tant de grâce juvénile dans cette figure rêvée, d'une pureté hautaine !

Personne ou presque personne ne parla de la vente d'Alfred Lanson, et je ne sais si ces bronzes, ces terres cuites, ces esquisses, ces bas-reliefs, ces bustes inachevés de Challemel-Lacour ou du président de la République trouvèrent les amateurs qu'ils méritaient. Qu'est devenue *Salomé* ? Et *Salammbô* ? Et *Mignon* ? Et la *Baigneuse surprise* ? Et tout ce bric-à-brac sinistre des *accessoires* de l'atelier, chevalets, porte-cartons, mannequins, selles tournantes, sans compter les blocs de marbre venus de Carrare et entassés ici, rue des Fourneaux ?

La simple lecture du petit catalogue dénotait qu'il y avait là, pour l'ancien prix de Rome, une sorte de retraite voulue. Et c'était pis que la retraite, c'était la mort. Alfred Lanson vient de succomber, à quarante-six ans, après avoir beaucoup lutté, beaucoup produit, beaucoup espéré. Son nom restera.

M. Guillaume, paternel et doux pour ses élèves (Lanson avait passé par la villa Médicis), me parlait un jour, avec une émotion profonde, de tout ce qu'il y a de talent, de labeur, de fierté et de courage chez ces jeunes sculpteurs dont les œuvres sont, à l'heure présente, l'honneur même de l'art français.

— Ils travaillent toujours et ils vivent de rien ! Je connais des existences d'ascètes menées dans les froids ateliers ! Tenez, me disait le maître sculpteur, savez-vous d'où je viens?... D'accompagner un brave garçon qui allait vendre, pour nourrir sa mère — comme dans les romances — la première médaille remportée par lui, cette année, au Salon.

Il y a de ces nobles misères. La *Complainte du pauvre sculpteur* n'est pas seulement une gaie plaisanterie d'atelier. J'ignore si Lanson était pauvre. A coup sûr, il n'a pas eu la destinée due à son génie. Il est mort trop tôt.

J'ai beaucoup connu l'excellent sculpteur Mène, dont la fille Mme Cain, mère de Georges et de Henri Cain, est morte hier. Il y eut, dans notre Paris, pendant des années, un coin charmant, hospitalier et gai, une maison chantante dont la mort, peu à peu, ferme les portes une à une comme celles du château de Cambourg au début des *Mémoires d'outre-tombe*. C'était rue de l'Entrepôt, la maison d'Auguste Cain, la maison de P.-J. Mène.

Auguste Cain, l'animalier puissant qui faisait se tordre les crocodiles et les tigres en des combats formidables, avait épousé la fille de Mène, dont les statuettes ont la grandeur des œuvres les plus hautes et qui fut comme le Meissonier des bronzes. Le gendre et le beau-père travaillaient, travaillaient sans relâche, côte à côte, dans ce logis qu'égayaient la verve de l'un, la finesse de l'autre. C'était un de ces coins familiaux et artistiques à la fois qu'on ne rencontre qu'à Paris. On y aimait le théâtre, les repas d'amis, les causeries dans ce *home* tapissé d'œuvres d'art, avec les souvenirs des vieux amis, les dessins de Charlet, les Raffet, les vues de Pœstum de Gérôme. On y était heureux, on s'y aimait.

Ces enfants, qui allaient devenir, — l'un, Georges, directeur du musée Carnavalet, l'autre, Henri, le peintre et le librettiste, — des artistes applaudis, grandissaient. Tout un monde d'artistes se groupait autour de l'exquise Mme Cain, bonne et accueillante, en cette maison où toutes les œuvres de Mène étaient groupées. Et, tandis que le grand-père continuait à peupler sa ménagerie de petits chefs-d'œuvre, le père, dans son vaste atelier de la rue de la Douane, campait ses fauves énormes et faisait rugir ses lions, dignes de ceux de Barye.

Les tigres d'Auguste Cain, l'autre jour devant la grille des Tuileries, je les ai vus, contemplés avec un étonnement encore inquiet, par des Hindous regardant, de leurs yeux de velours plus noirs sous leurs turbans blancs, un de ces *rois de l'Inde* terrassé par un rhinocéros et passant avec une sorte d'effroi rétrospectif leurs maigres mains sur les griffes de bronze du *mangeur d'hommes*.

— Je suis fier, me disait Cain, lorsque je vais aux Tuileries, de me dire que là où, enfant, je passais en portant des paquets en ville, je rencontre, à cet endroit même, des groupes de moi qui vraiment ne font pas mauvaise figure !

Il y a pour moi des souvenirs d'adolescence dans le passé de ce groupe familial. A l'Isle-Adam je me rappelle, un jour, le vieux P.-J. Mène, tout pâle encore d'émotion rétrospective, nous racontant l'accident de chasse qui avait failli priver Auguste Cain de l'usage d'un bras. Toute la charge d'un fusil avait traversé, broyé la main du vaillant sculpteur.

— Bah ! ce n'était que la main gauche ! disait Cain en riant. Et d'ailleurs, pour n'avoir qu'une main, je n'aurais pas été manchot !

Ah ! les braves gens ! Il faudrait un peintre hollandais pour rendre l'*intérieur* de ces bons bourgeois parisiens artistes jusqu'aux ongles, travailleurs de tous les instants, se reposant du labeur quotidien en allant aux *premières*, adorant les comédiens, adorés d'eux, types très spéciaux à notre Paris, encore un coup, et je dirai au vieux et gai Paris du temps du boulevard du Temple. La mort est venue, qui a pris le grand-père, puis le père, puis les amis, Carvalho et tant d'autres, puis la mère... Et voilà maintenant la maison fermée, la maison des gaietés d'autrefois et du labeur de toujours ! Je sais un autre logis où la tristesse entrera en même temps que dans la rue de l'Entrepôt, c'est la maison de By où travaille encore, avec un acharnement de vaillance et une rare jeunesse de talent, l'excellente Rosa Bonheur, la vieille amie de la famille, la femme supérieure dont la simplicité et la bonté égalent le génie. On prendra le deuil à By. Le vieux Mène, l'animalier, fut un des premiers qui devina, salua la grande animalière. Mais Rosa Bonheur, comme la mère exquise qui disparaît aujourd'hui, aura eu la joie de voir devenir des hommes, — des artistes aimés et applaudis, — les deux frères grandis dans le logis artiste, dans la chère petite maison close qui fut si longtemps la maison du bonheur.

Un peu de mon *autrefois* disparaît aussi avec la noble femme que mes pauvres amis ont perdue.

XV

Fêtes d'avril. — Le lundi de Pâques et les ouvriers de Paris — Une kermesse populaire. — La foire au pain d'épice. — Petit tableau de la place du Trône. — Les forains. — Les détritus de la vie parisienne. — Vieille ferraille et vieux souvenirs. — Le bourgeois aux champs. — Daumier et Paul de Kock. — Les premières pousses. — *Première* du Printemps. — 1897 et 1898. — La guerre ou la paix. — Les Espagnols et les Américains de Paris. — La politique et les divers. — La mort d'une grisette. — Le bonheur et la peur du malheur. — Bernerette et les *Amants de Montmorency*. — Signe des temps. — L'ennui de vivre. — La dernière grisette.

14 avril 1898.

Les ouvriers parisiens, dont le langage est si expressif et si pittoresque (ce sont eux qui appellent les grands mots des orateurs ambitieusement retentissants des *mots à mille pattes*), ont une locution spéciale pour caractériser leur état d'esprit lorsque vient le lundi de Pâques : *être en train comme un lundi de Pâques* signifie qu'on éprouve un instinctif besoin de humer l'air d'avril et que la flânerie, le doux ne rien faire a des charmes. Le *lundi de Pâques* est le grand jour férié de la population parisienne. La petite bourgeoisie en profite pour aller voir, du côté de Meudon ou de Saint-Mandé, si les branches, qui ne sont pas mortes, ont des feuilles nouvelles, si les arbres du jardinet montrent leurs fleurettes, blanches ou roses, et, comme dit la chanson, « pour savoir si le printemps s'avance ». Le peuple, lui, monte ou descend du côté de la barrière du Trône et s'en va voir les baraques et les boutiques de la foire au pain d'épice, la dernière et la plus courue de toutes les foires populaires d'autrefois.

Une vraie fête du temps jadis, celle-là. Non pas la kermesse quasi mondaine où, à Neuilly, les élégances en déshabillé se heurtent aux badauderies endimanchées. Non. La foire de la place du Trône ne connaît ni les équipages ni les clubmen en liberté fendant la cohue. C'est la foule, la vraie foule, qui s'y amuse, l'immense et joyeuse foule, et la large avenue de Vincennes prend, de loin, l'aspect de quelque fleuve énorme, un fleuve humain où des milliers de têtes semblent autant de vagues agitées par le remous. Ici, c'est le peuple qui se distrait, porte — comme un sportsman le fait de sa carte du concours hippique — son nom inscrit en pâte sucrée sur quelque figurine de pain d'épice suspendue à sa poitrine, regarde de tous ses yeux les tréteaux des saltimbanques, stationne devant les annonces alléchantes, — procès Zola, affaire Carrara, œuvres complètes de Vacher, Dreyfus à l'île du Diable, et s'arrête aussi, le long des cabarets de l'avenue, s'attable devant la devanture des débitants et arrose, gaiement, en plein air, les œufs rouges de Pâques saupoudrés de la poussière soulevée par les promeneurs.

Est-ce Armand Carrel, est-ce Armand Marrast qui écrivait au lendemain d'une fête populaire : « Le peuple sent bon » ? Les agences Cook, en faisant figurer la foire au pain d'épice sur le programme offert aux Anglais en voyage, ont pu permettre aux touristes de contrôler l'assertion. Les clients de l'agence Cook, descendus de leurs *coatches*, fendaient, la pipe à la bouche, le flot toujours grossissant des promeneurs. Eux seuls, je crois bien, jouaient des coudes parmi les bonnes gens venus en famille pour voir lutter la troupe de Marseille ou danser les nymphes en maillots roses du théâtre Delille. Il avait, ce peuple, une bonne humeur tranquille, et la boisson, qu'on lui servait sur les tables de bois blanc, n'était pas la liqueur verte, l'absinthe inévitable qui met ses touches et ses taches livides sur tout *tableau de genre* parisien, à la porte des cafés; c'était, dans les gros verres sans pied, l'âpre vin rouge des cabarets populaires. Encore bien frelaté, ce vin, alcoolisé et monté de ton, mordant de son acide les serviettes mouillées et les nappes plissées, terrible aux entrailles, avec ses combinaisons chimiques; mais moins atroce que la muse verte, la racoleuse de fous, la faiseuse de dégénérés! Il donnait, ce vin bleu, aux repas en plein vent l'aspect des guinguettes d'autrefois, des guinguettes où l'on chantait, des claires guinguettes de Romainville ou des Lilas.

Mettez du soleil sur cette foule, des uniformes dans

cette cohue, épaulettes jaunes de *marsouins*, casques de dragons, képis d'artilleurs, çà et là, quelques bérets de chasseurs alpins, et, au-dessus du flot de ces grisettes coiffées en cheveux, de ces ouvrières échappées vers les chevaux de bois, de ces musiques enragées, de ces orgues jetant au vent leurs valses contristées, de ces cuivres, de ces montreurs de bêtes, faiseurs de parades cravatés de lourds boas constrictors dont les écailles brillaient sur le ciel clair, comme de vivantes mosaïques, tandis que quelque petit ourson muselé laissait la foule enfoncer ses doigts dans sa fourrure douce ; imaginez les banderolles qui flottent, les enseignes multicolores, annonces de dioramas, de panoramas, de cabinets d'anatomie, de magie, de phénomènes insexués et bisexués, les roues gigantesques qui tournent là-haut, emportant dans leurs nacelles des passagères affolées, poussant des cris de joie hystérique ; au-dessus de ces milliers d'êtres humains, mettez un nuage de poussière qui, ensoleillé, ressemble à de la poudre d'or, vous aurez le spectacle bien connu, toujours le même et toujours pittoresque, de la grande *frairie* parisienne, tel que les *Cook's touristes* ont pu le voir, en petites casquettes de drap, une pipe d'écume à la bouche.

Et ce tableau tout parisien a son complément dans cette autre foire qui est comme la continuation de la foire au pain d'épice : le grand marché des détritus innombrables, le déballage du bric-à-brac immense le long des boulevards qui aboutissent à la place du

Trône. C'est, cela, un étonnant spectacle ! Madrid a le *Rastro*, où les voyageurs ont souvent déterré quelque œuvre d'art digne d'un musée. Paris, une fois l'an, a cette foire aux vieilles ferrailles, aux vieux objets multiformes, aux vieilles savates, et aux vieux tableaux, où quelques acharnés pêcheurs d'épaves s'obstinent à chercher — sans les y trouver — des perles rares. Tout se vend à Paris, et c'est surtout en cheminant le long de ces étalages de débris installés sur le trottoir, comme des tas de loques au long des rues, qu'on peut se rendre compte de ce que le détritus lui-même, après avoir passé par tant de mains, peut produire encore. Il y a de tout dans ces tas disparates, aux promiscuités ironiques, de tout, depuis le portrait de famille aux modes abolies et aux coiffures ridicules jusqu'à la lampe déclassée qui a éclairé jadis tant de drames et de joies intimes. Balzac eût retrouvé tout un roman à chaque objet rejeté dans cette Morgue des choses — comme Cuvier reconstituait un mastodonte avec un ossement, un seul.

Toutes ces choses, qui ont vécu, ont leurs voix et semblent garder leurs larmes. Il y a des bouquins déchirés et des livres de prix aux reliures gaufrées qui ont conservé leurs dorures et jusqu'au nom du lauréat, maintenant défunt, qui montait, glorieux, sur l'estrade pour recevoir ces volumes... jadis ! La musique jouait, les camarades acclamaient. Où sont-ils, les camarades de classe ? Et la musique ? Et les musiciens eux-mêmes ?

Il y a des bicyclettes faussées — débris d'hier —

et — débris d'autrefois — des instruments aperçus, chez Molière, lorsque les apothicaires font la chasse à M. de Pourceaugnac. Il y a de vieux bouquets de mariées, aux fleurs d'oranger toutes jaunies sous des verres cylindriques maculés par les mouches. Il y a des habits portés, reportés, reprisés, et des bottines vernies éculées par toutes les misères. Il y a des ballons de caoutchouc où les pauvres malades étouffant ont collé leurs lèvres avides d'oxygène. On a bu de la vie à l'orifice de ces ballons qui pendent tristement et flottent maintenant comme des blagues à tabac, lugubrement dégonflés. Et tout ce qui précisément a été l'existence, l'activité, le luxe presque de générations disparues, tout ce qui a encadré la vie de tant de Parisiens anonymes, vient là échouer, poussé par je ne sais quelle marée de pauvreté, comme ce qui surnage d'un naufrage et ce que le flot rejette à la grève parmi les crachats de l'écume.

Regardez bien : ce petit soulier blanc, éculé et sali, a été celui d'une fiancée. Ce verrou, à la ciselure délicate, une main de femme l'a poussé doucement pendant que le marié frappait tout ému à la porte de la chambre. Qu'a pu faire ce couteau où la rouille reste là comme des taches rouges, et dont l'aspect sinistre fait songer à quelque pièce à conviction de cour d'assises? Ce vieux képi de garde national, il a reçu la neige des nuits du siège et, peut-être, auprès des galons d'argent noirci, trouverait-on, à bien l'examiner, quelque trace de balle auprès des morsures de mites. Ce drapeau aux trois couleurs arboré autrefois, qui sait ? dans le faubourg au retour de Crimée ou d'Italie, cet autre jeune drapeau aux couleurs russes, ils ont flotté côte à côte, à des fenêtres peut-être closes maintenant, en des jours d'illusions généreuses et d'espoirs bafoués. Oui, tout cela, tout cela a été la vie. Tous ces détritus ont été de la joie. Je ne sais pas de spectacle plus mélancolique et d'une ironie plus certaine que la vue de ces agglomérats de souvenirs. Cimetière des choses, rencontré à quelques pas de cette fête foraine où les êtres s'agitent, se pressent, se poussent, rient et avancent, avec une hâte d'arriver... où ?

Où vont les débris du passé, les accessoires rouillés et poudreux de la grande comédie éternelle. Ah ! quelle vallée de Josaphat des déchets de l'existence cette foire aux ferrailles, ce débit en plein vent des choses qui ont cessé de plaire, — tout ce qui reste de ceux qui ont cessé d'exister !

Les petits bourgeois, préoccupés de *leur campagne* et qui sont sortis de Paris, aux fêtes de Pâques, pour donner un coup d'œil à leur jardinet, n'ont pas fait toutes ces réflexions. Ils ont laissé Young à ses Nuits sombres et ils ont trouvé, comme l'amoureux de *Picciola*, un monde de sensations heureuses dans la contemplation d'une fleur.

Daumier eût croqué d'un crayon puissant ces ruraux d'un jour faisant, le long des allées plantées de manches à balai, le *tour du propriétaire*, et examinant la moindre motte de terre pour voir si quelque pousse nouvelle n'en sort pas. Le père, majestueux, marche devant et interroge les arbustes. La mère suit, ayant mis déjà son chapeau de paille pour se donner l'illusion de l'été ; le fils, qui pousse plus vite que les plantes, suit, l'air maussade, en son uniforme trop court de lycéen. La petite maison, à un étage, projette son ombre maigre sur le groupe des promeneurs. Il y a peu de bourgeons aux arbres grêles. L'herbe à peine a pointé sur une de ces pelouses étroites qu'un personnage de Paul de Kock roulait tout simplement, chaque soir, trouvant plus simple d'acheter un tapis de laine verte que de semer du gazon réfractaire. Certes, le petit bourgeois échappé de Paris n'a pas de grandes surprises de germination pour ses Pâques. Mais du moins n'est-il pas exigeant. Une pousse lui suffit. Un bourgeon, le *bourgeon*, le comble de joie. S'il constate officiellement que le *marronnier* a une feuille, s'il montre la *feuille* à sa femme et à son fils, c'en est assez ! Il ne regrette point d'avoir fermé boutique. Il n'a pas perdu sa journée.

Et tous ces environs de Paris, refleuris à peine, ont reçu la visite de leurs hôtes. On récrépit les maisons, on repeint les volets, on fait la toilette de la banlieue. Le printemps se traduit par la confection des nids des oiseaux et la venue des peintres en bâtiment. Le Paris hors Paris s'attife. Et les bois déjà, hier roussis, aujourd'hui parés d'un frottis vert, se préparent à la fête annuelle, la grande fête de l'an fleuri, qui vaut bien la foire de l'avenue de Vincennes et de la place du Trône. Les verselets de Théophile Gautier chantent en ma mémoire et, oubliant les bourgeois de Daumier et des détritus de la kermesse aux ferrailles, je vois le printemps, le printemps qui se moque bien de nos tristesses ou de nos inquiétudes, « laçant les boutons de rose dans leur corset de velours vert », tandis que

> Tout en composant des solfèges
> Qu'aux merles il siffle à mi-voix,
> Il sème aux prés les perce-neiges
> Et les violettes aux bois.

L'an dernier, l'Europe avait eu l'affreuse guerre turco-grecque pour ses œufs de Pâques. Aura-t-elle cette année la guerre hispano-américaine, et l'œuf maintenant cassé et d'où sort le message du président Mac Kinley sera-t-il rouge comme celui de 1897 ?

La redoutable question n'intéresse pas seulement les diplomates, elle inquiète beaucoup les maîtresses de maisons. On ne sait plus maintenant si l'on doit inviter ensemble les membres de la colonie espagnole et ceux de la colonie américaine. Celle-ci, plus nombreuse que celle-là, a conquis Paris en grande partie. Les belles Américaines sont de toutes les fêtes — fêtes de luxe ou de bienfaisance, — mais les jolies Espagnoles ne sont pas moins recherchées, et voilà pour les Parisiennes un nouvel écueil à éviter : ne point placer un attaché d'ambassade des États-Unis à côté d'une Madrilène et fuir l'occasion de parler de Cuba avec autant de soin que s'il s'agissait de l'affaire Dreyfus.

A Paris, dans les salons cosmopolites — et tout devient un peu international par le temps qui court — il faut maintenant des prodiges d'habileté pour grouper ces invités étrangers. Un dîner à composer se hérisse de difficultés, et il est tout à fait malaisé de mêler les compatriotes du général Porter aux nobles et très vaillants hidalgos représentés par M. Léon y Castillo. C'est là une répercussion tout à fait inattendue de cette question de guerre ou de paix.

On pourrait écrire un curieux chapitre de diplomatie morale : *De l'influence d'un message sur les dîners privés, à Paris, en avril 1898.*

« M. Mac Kinley, disait Mme de B..., l'autre soir, aurait bien dû attendre que j'eusse donné ma soirée avant de poser la question. Les États-Unis ne s'inquiètent vraiment pas assez de la *saison parisienne.* »

Il est, d'ailleurs, des épreuves plus fortes que celle qui consiste à savoir si l'on peut faire dîner un Cubain ou un Andalou coude à coude avec un Yankee. Il est des souffrances plus douloureuses. Mais tout est relatif. Qu'est-ce que la souffrance, à dire vrai?

Que de fois souffre-t-on, simplement parce que l'on croit souffrir ! On n'a pas assez remarqué, dans le fracas de ces derniers jours, un simple petit fait divers, sentimental, glissé dans les colonnes des journaux et qui en dit long cependant sur *l'état d'âme* des générations présentes et sur la conception qu'elles se font du bonheur. C'est par les faits divers peut-être qu'on juge un temps, comme Mérimée affirmait qu'on connaît mieux l'histoire par les anecdotes.

Et je dirai que, s'il est triste, le fait divers qui a attiré mon attention n'est point banal. C'est une édition, revue et corrigée, de *Frédéric et Bernerette.* Un fait divers de jeunesse et de printemps. Il s'agit d'une petite modiste, jeune (dix-huit ans) et jolie, qui avait un amoureux. Un amoureux jeune aussi, un amoureux qui l'adorait. Le gentil amoureux des romances éternelles, celui qui chante, par les bois reverdis, les vieux refrains de l'immortel amour, et avec qui, parti le matin pour Bellevue, Viroflay ou Antony, on revient, le soir, les lèvres chargées de baisers et les bras chargés d'aubépines.

Les sentiers poudrés de vert par le gentil avril en ont vu passer plus d'un, de ces couples souriants, dans les après-midi des Pâques envolées! La petite modiste dont je parle avait précisément donné pour Pâques rendez-vous au compagnon de sa jeunesse. Le matin même, une lettre arrivait à l'amoureux, une lettre d'adieu de cette autre Bernerette. Mais Bernerette meurt parce qu'elle est délaissée, Bernerette s'en va parce qu'*il* est parti, Bernerette ne se tue pas, comme elle dit, elle s'achève. La grisette de ces derniers jours de Pâques s'est tuée — chose à noter — parce qu'elle était trop heureuse et parce qu'*elle avait peur du malheur.*

Ah! signe des temps! Nous avons tous la terreur, l'angoisse de la souffrance. Les anesthésiques ont supprimé la douleur physique; nous souhaiterions des anesthésiques aussi pour la douleur morale. « On dit que tu te maries, écrit la Bernerette de Musset. Est-elle belle? Adieu. Souviens-toi, quand il fera beau temps, du jour où tu arrosais des fleurs. Ah! comme je t'ai aimé vite! » — « Tu es trop jeune pour te marier, écrivait la Bernerette du fait divers de l'autre matin, mais dans quelques années tu songeras à te créer une vie régulière. Tu m'oublieras, moi qui ne t'oublierai jamais. *Je préfère donc disparaître pendant que je suis heureuse.* Quand tu recevras ce mot, je serai morte ! »

Et ce n'était pas une phrase de roman. Elle avait allumé, la jolie Lucie, le réchaud de Bernerette. Adorée, elle mourait comme une abandonnée. Elle reculait, effrayée, devant les perspectives de la vie. Elle réalisait ce rêve morbide des heures de bonheur parfait — des heures, non, des rares et fugitives minutes — où l'on se dit : « Ah ! si l'on pouvait arrêter l'aiguille sur la seconde présente, si l'on pouvait vivre éternellement ce moment de joie furtive ou, si, condamné à le voir fuir, à ne le retrouver jamais, jamais, on pouvait mourir ! »

La pauvre enfant en avait fini de ses dix-huit ans en respirant une dernière fois le bouquet de violettes, le bouquet de deux sous, que lui avait donné, la veille, l'amant adoré. Elle était de son temps qui a *mal à la vie* ou, plutôt naïve, elle avait pris au sérieux les déclamations et les lassitudes des pessimistes élégants qui songent surtout à bien vivre, tout en soupirant esthétiquement après le consolant *nirvana*.

Ce n'est pas un gros événement, de par le monde, que le suicide d'une grisette allumant, dans sa chambrette, un boisseau de charbon. Pourtant, cette fois, il y a, dans ce cas particulier, un symptôme général. Alfred de Vigny écrivit un chef-d'œuvre à propos de deux enfants, deux amoureux, qui se donnèrent la mort dans une auberge de banlieue. J'ai envie de relire les *Amants de Montmorency* après avoir rouvert *Frédéric et Bernerette*. Ils se tuent, ils meurent dans les bras l'un de l'autre, les amants chantés par Vigny :

> Et Dieu?... Tel est le siècle : ils n'y pensèrent pas!

Ce sont des révoltés, ces amants dont le poète déplore la mort. Ils sont de leur temps, du temps plein de malédictions d'*Antony* et des petits byroniens. La grisette d'aujourd'hui, la petite morte du jour de Pâques, est de notre temps, à nous, et elle, c'est par peur du malheur, non parce que le malheur l'a frappée, qu'elle disparaît. A quoi bon vivre puisque la vie est nécessairement douloureuse, pleine de déceptions, sinistre? Pourquoi ne point mourir *pendant qu'on est heureux?* Que sert-il d'attendre à demain ? Demain, mais on le connaît! Demain — les livres, romans ou vers, nous l'ont assez dit — c'est le continuel souci, le perpétuel labeur, l'inévitable fin des courtes joies du jour présent...

Alors, on prend un parti, facile après tout. On n'a pas le courage de braver cet avenir que les faiseurs de phrases nous ont présenté comme noir de nuages, lourd de peines et de tristesses. On ferme le roman de la vie au chapitre souriant. On se refuse à tourner la page. Que contient-elle, cette page effrayante qu'on se refuse à lire? Des devoirs, des soucis, du labeur, — plus tard des infirmités et des rides. Ah! le méchant livre! Il faut que l'existence soit une chanson sans fin, ou, si elle doit finir, qu'on n'attende pas du moins le dernier couplet!

Et c'est toute une théorie très moderne que, sans raisonner, la petite grisette a mise en pratique. Elle ne s'est pas dit qu'elle pouvait être mère, épouse, amie, et que tant de créatures humaines, avides, elles aussi, d'être heureuses, continuent à traîner leurs souffrances comme le bœuf traîne la charrue ou comme le chien de peine traîne son haquet. Non. « Je préfère disparaître pendant que je suis heureuse ! » Celle-là ne se faisait pas d'illusion sur le lendemain, la pauvre fille !

Nous en sommes tous un peu là. Par une sorte de morsure invisible, la désespérance nous a inoculé son venin. Le pessimisme, qui fut une mode, comme l'indifférence, est devenu une maladie. On a la lassitude de durer. Et je sais bien des gens, trop de gens, qui approuveront la petite modiste morte entre le réchaud de charbon et le bouquet de violettes et qui diront :

— Elle est, du moins, morte heureuse !

Soit. Mais combien d'êtres qui ne pourraient pas mourir ainsi — par la bonne et atroce raison qu'ils n'ont même pas eu, en toute leur vie, un moment, un seul moment de bonheur — et qui durent ? C'est à ceux-là que va la pitié, bien qu'on en garde un brin (comme d'une fleur de couronne mortuaire) pour cette sœur de Bernerette expirant à l'heure où vont fleurir — sans elle — les premiers lilas.

XVI

La mort d'un mime. — Pierrot disparu. — Paul Legrand et les Funambules. — Trois Pierrots. — Le grand Deburau. — Janin et George Sand. — Le père et le fils. — La dernière pantomime. — Le domestique d'Adolphe Nourrit. — Une représentation de la *Muette de Portici*. — Duprez est dans la salle! — Dominique. — Pourquoi les fantassins s'appellent des *piou-pious*. — Paul Legrand et le vieux Deburau. — Le directeur Billion. — Souvenirs du boulevard du Temple. — L'acteur Pelletier. — Pierrots et pierrots. — Banville. — Une opinion de Théophile Gautier. — *En classe, mesdemoiselles!* — La rose de Pierrot. — Le chanteur Mathias. — Les désespérés. — La peur de vivre. — Maladie nouvelle : *la biophobie*. — Ce qu'est *la biophobie*. — Le *Musée Gustave Moreau*. — Un disparu : Frédéric Béchard. — L'auteur des *Déclassés*. — Une comédie oubliée, un nom qui reste. — De Tortoni à Galignani.

21 avril 1898.

Les visiteurs du musée Condé, à Chantilly, ont pu revoir, dimanche, le dramatique tableau de Gérôme, le *Duel de Pierrot*; quelques artistes, de vieux amis et des jeunes comédiens suivaient, le lendemain, le *convoi de Pierrot* sortant de la maison Dubois.

Cette mort d'un mime octogénaire, la disparition

de Paul Legrand, n'est pas, au milieu de tous les bruits de guerre et des premiers tapages électoraux, un événement bien retentissant. Et, cependant, voilà que les jeunes gens, qui n'ont point connu Paul Legrand et ne savent du boulevard du Temple et des Funambules que ce que leur en content les légendes, se sont intéressés à ce vieux mime qui s'en va, emportant tout un art, très particulier, dans un pan de son linceul, blanc comme sa blouse de funambule.

Ce Paul Legrand, je l'avais vu jadis, dans mon enfance, au temps où il disputait à Deburau fils la succession du grand Deburau. Ils étaient même, en ce temps-là, trois Pierrots qui rivalisaient de talent et qu'un fournisseur habituel du petit théâtre du boulevard du Temple mit à la fois en présence dans une pièce portant tout justement ce titre : les *Trois Pierrots*. Deburau fils c'était Pierrot le *rusé*, Paul Legrand Pierrot le *dévoué*, et Alexandre Guyon, qui devait plus tard jouer l'opérette aux Variétés, Pierrot le *naïf*.

Le vieux Deburau, qui avait créé de toutes pièces, francisé le type légendaire de la comédie italienne — Pedrolino, Peppe Nappa ou Gilles — l'*enfariné* et le *barbouillé* des tréteaux d'autrefois — Deburau, près de sa fin, avait vu, avec une certaine inquiétude, son fils Charles essayer de jouer à son tour les *Pierrots*. L'admirable artiste se demandait si le jeune homme qui portait son nom serait digne, en effet, de ce nom populaire qu'on voit, au-dessus des murailles du Père-Lachaise, dominant le boulevard, arrêtant le regard des passants et, sur un petit monument de pierre, gravé en lettres énormes, sans une date, sans un mot de plus, car il dit tout : *Deburau.*

Ce qu'avait été, ce que fut Deburau, ce mime qui faisait courir Paris aux Funambules, on ne l'imagine qu'en relisant les écrits de ses contemporains. Jules Janin lui consacra tout un ouvrage en deux volumes : le *Théâtre à quatre sous.* Le « prince des critiques » écrivait couramment, sans velléité de paradoxe : « Deburau est le plus grand artiste de ce temps. » Et il faut lire dans l'*Histoire de ma vie* ce que George Sand dit de ce mime qui savait trouver « un monde d'idées et d'inventions comiques et bizarres ». C'est à George Sand, après avoir lu un article à lui consacré par l'illustre romancière, que Deburau, le Pierrot sublime, écrivait si joliment : « Comment vous remercier? Ma plume est comme ma voix sur la scène ; mais mon cœur est comme mon visage... »

Conscient de sa gloire, Deburau père ne voulait pas qu'elle se brisât entre les mains de son fils. Il s'était refusé obstinément à laisser le jeune homme devenir à son tour, cet être falot, exquis et comme lunaire, humain et fantastique : Pierrot. Puis, voyant que la vocation était la plus forte, désespérant de triompher, par ses avertissements, de la résistance de Charles, le vieillard avait eu une inspiration héroïque, digne de Talma mourant et se prenant les joues pendantes en disant : « De belles chairs pour jouer Tibère. » Le vieux Deburau, presque à l'agonie, avait fait venir son fils à son chevet et, gravement, lui avait demandé :

— Décidément, tu veux jouer ta pantomime?

— Oui, père!

— Tu veux être Pierrot, comme moi?

— Oui.

— Tu ne veux pas renoncer à ton idée?

— Non.

— Eh bien, donne-moi mon pot à farine et regarde comme on joue Pierrot!

Alors le fils avait eu ce spectacle quasi surhumain: le moribond blanchissant encore sa tête livide, le vieillard passant sur sa chemise de malade sa souquenille de funambule et donnant, à deux pas de la tombe, une leçon de rire et de gaieté, et de grimaces, et de déhanchements comiques à cet apprenti mime qui, pris d'admiration et d'angoisse, ne savait si les gestes du pauvre homme étaient des drôleries de Pulcinella ou des contorsions de douleur.

Et, le grand Deburau disparu, Deburau fils eût été le seul Pierrot des planches parisiennes, si ce nouveau venu, Paul Legrand, n'eût inventé un Pierrot nouveau, un Pierrot attendri, à la fois très *farce* et très humain et qui savait, sur sa joue blanche de farine, faire tomber parfois une larme vraie, comme Frédérick Lemaître jouant Ruy Blas.

Un soir du mois de mars 1837, que le grand ténor Adolphe Nourrit devait chanter dans la *Muette de Portici*, il allait — déjà vêtu du costume de Masaniello — quitter sa loge lorsque son domestique, lui jetant un manteau sur les épaules, lui dit tout bas:

— Monsieur, ce soir, chantez de votre mieux, je vous en prie. Faites cela pour moi.

— Pour vous, Paul?

— Pour moi, oui, monsieur, et aussi... oui, aussi à cause de M. Duprez.

— Comment, Duprez?...

C'était le grand rival de Nourrit, le ténor naissant, le ténor nouveau, opposé au ténor célèbre, le jouet inédit qui succède au joujou brisé.

— M. Duprez est dans la salle ! M. Duprez est à l'orchestre, monsieur ! Je l'ai vu par le trou du rideau. M. Duprez vient écouter monsieur. Il faut que monsieur ait toute sa voix ce soir, et pour lui-même et pour M. Duprez !

C'est un vieux familier de l'Opéra, Charles de Boigne, en ses *Petits Mémoires*, qui a conté l'anecdote. A ce nom de Duprez, Nourrit devint tout pâle. Il se sentit subitement paralysé, troublé, incapable d'articuler un mot, congestionné, pris de fièvre. L'idée de chanter devant le futur ténor de *Guillaume Tell*, d'être jugé par lui, de passer cette audition tragique, l'étranglait. Le directeur Duponchel, appelant son régisseur, fut forcé d'annoncer au public que M. Nourrit venait de se trouver subitement indisposé et que le rôle de Masaniello serait tenu par M. Wartel.

Ce fut ce soir-là, que Nourrit prit le parti de se retirer, quittant quelques jours après l'Opéra, en pleine renommée, à trente-cinq ans, et le domestique qui, en lui jetant le manteau de Masaniello sur les épaules, l'avertissait ainsi de la présence de Duprez et lui coupait la voix en voulant lui donner du courage, était le futur Pierrot des Funambules, le mime hier disparu, Paul Legrand.

Il est des noms prédestinés ; Paul Legrand s'appelait aussi *Dominique*, comme le fameux Dominique Biancollelli, qui fut, à son heure, le Trivelin et le Pierrot de la Comédie italienne. Type populaire et très français, ce Pierrot, ce « blanc partout », qui faisait au dix-huitième siècle donner aux gardes françaises en habit blanc le surnom de *Pierrots* par le peuple de Paris, si bien que, lorsque défilaient ces soldats, futurs vainqueurs de la Bastille, les gamins du temps jadis, associant le nom de pierrot à celui du moineau franc et imitant le chant de l'oiseau : *piou-piou-piou*, alors que passaient les fantassins blancs, ce surnom de *piou-piou* est resté finalement aux troupiers de notre infanterie française.

De ce Pierrot alerte, narquois, gourmand et fripon, montrant tour à tour sur son masque blême toutes les passions, les tentations, les avidités, les concupiscences, de ce Pierrot attiré par les sept péchés capitaux, leste, spirituel, amusant, finement *parisien*, comme on dirait aujourd'hui, que Deburau avait substitué au Pierrot balourd et grossier des parades populaires — supprimant la collerette et le feutre de Gilles pour dégager le cou et cercler le crâne d'une simple calotte de soie noire — Paul Legrand, à son tour, avait fait un Pierrot un peu sentimental et qui, sachant allumer le rire, amenait aussi les pleurs.

Et c'est du vivant même de Deburau père, à côté de Deburau vivant et jouant encore que Paul Legrand avait créé ce Pierrot-là. Tout jeune, échappé aux *roulottes* des saltimbanques qu'il avait suivies à l'aventure, il était déjà applaudi, prenant chaque jour un peu plus d'autorité sur la foule, pour que le vieux Deburau en fût attristé, si bien que le bon Paul Legrand, le meilleur des hommes, s'en vint trouver son directeur, le légendaire M. Billion — celui-là même qui demandait à un auteur si *neuf muses* coûtant bien cher à figurer il ne pouvait se contenter de quatre ou de cinq — et à M. Billion étonné, Pierrot tint gentiment ce langage :

— Monsieur Billion, je vous demande la permission de n'être plus applaudi quand je jouerai à côté de M. Deburau, mon maître. Cela lui fait trop de peine. J'atténuerai mes *effets*, je ne les pousserai que lorsque je jouerai seul. Mais contrister M. Deburau, je ne le peux pas, monsieur Billion. C'est impossible!

Paul Legrand se souvenait sans doute de la représentation de la *Muette de Portici* et des souffrances d'Adolphe Nourrit.

On peut juger par là de ce que fut le vieux brave homme qui vient de mourir à la maison Dubois. Je le revois, dans la brume des plus lointains souvenirs. Il m'a diverti, moi, tout petit, comme tant d'autres! Je revois ce coin de Paris, le plus gai de tous, et que n'imagineront point ceux qui n'y ont point vécu : le boulevard du Temple, le *boulevard du Crime*, avec ses théâtres accumulés — comme accoudés l'un à l'autre — ses affiches, ses queues, son brouhaha, ses marchands d'oranges ou de sucres d'orge aux étalages éclairés de lanternes en papier, ses promeneurs, ses bateleurs, ses chanteurs en plein vent, ses vendeuses d'oublies : *Voilà le plaisir, mesdames !* et la grêle, l'argentine sonnette du marchand de coco dominant le bruit, les cris, les pas, les rires, comme celle du président d'une assemblée en belle humeur.

Les coups de pioche ont emporté tous ces théâtres, fait de la poussière de ce coin de terre où vraiment les bonnes gens du temps passé, les vieux Parisiens sans *snobisme*, eurent durant des années une délicieuse et facile joie de vivre. Aux populaires Funambules, tout près du Petit-Lazari, plus démocratique encore, Paul Legrand était roi.

Oh ! la petite salle où s'entassait, cuisant à l'*étouffée*, un public avide d'émotions, enthousiaste, amusé de rien, gouailleur et braillard aussi, à qui un vieil acteur du lieu, illustre en son genre et à sa minute, Pelletier, disait, retroussant sa manche, lorsqu'on l'interrompait en scène :

— Que ceux qui sifflent m'attendent à la sortie. Nous règlerons ça ensemble. Je ne suis pas fier !

C'est là que j'ai vu *Pierrot pâtissier*, *Pierrot maçon*, *Pierrot pacha*, *Pierrot ministre*, et l'*Œuf rouge et l'Œuf blanc* d'où sortaient deux Pierrots de couleur différente, et quelques-unes encore de ces pantomimes que l'acteur Péricaud, très érudit, a analysées dans son livre, *le Théâtre des Funambules*. Champfleury faisait des couloirs du petit théâtre ses galeries préférées, Banville y trouvait en suivant des yeux les pirouettes d'Arlequin, les pas zéphyrins de Colombine, les effarements de Pierrot, les rimes de ses *Odes funambulesques*, et Théophile Gautier disait très sérieusement (et très justement aussi), car personne n'émit plus d'idées justes que ce maître catalogué parmi les fantaisistes jongleurs de paradoxes :

— C'est ici la meilleure école d'art dramatique que je connaisse. *Toute pièce qui ne peut être mise en pantomime n'est pas une bonne pièce.*

Et Gautier ajoutait :

— On pourrait jouer les *Précieuses ridicules* sans texte, la pièce amuserait encore !

Donc Paul Legrand amusa Gautier, Banville, Baudelaire, les poètes, et aussi les enfants qui sont des poètes en leur genre. Nos contemporains ont pu le voir encore, juger de son talent qui fut supérieur, lorsqu'il mima dans un vaudeville quelconque intitulé : *En classe, mesdemoiselles !* une scène de bataille, le *drame de geste* d'une vivandière donnant à boire à des blessés, puis, pour les protéger, ramassant le chassepot d'un mort et faisant hardiment le coup de feu. En sa mimique, là, Paul Legrand, l'amusant Pierrot des Folies-Nouvelles disparues, était admirable tout uniment. Un grand artiste.

Il est mort pauvre, après avoir vécu très pauvre. On avait organisé jadis pour lui une représentation dans le genre de celle qu'on offre à la pauvre Alice Lavigne, devenue aveugle. Paul Legrand rencontra dans ce monde des théâtres, si vibrant devant un malheur, la même sympathie que la soubrette du Palais-Royal. Il était aimé. Pourquoi est-on aimé, même de ceux qui ne vous connaissent pas ? Et puis, à l'heure où cet art de la pantomime semblait renaître, avec Félicia Mallet et Courtès, dans l'*Enfant prodigue*, avec Séverin, dans *Chand d'habits* de Catulle

Mendès, on savait que le maître du geste, Paul Legrand, se débattait contre la gêne. On accourut, et Banville, qui avait déjà chanté la blancheur de cygne et la grâce liliale de Paul Legrand en blanc sarrau, s'écriait :

O mon cher Paul, ami Pierrot,
Paul Legrand, qui sus toujours être
Ce naïf et divin maraud
Viens et reprends ta place, maître !

Reprendre sa place ? Il était trop tard, l'ami Pierrot était trop vieux.

La dernière fois que je vis Pierrot, ce fut le jour où tout Paris défila sous les fenêtres de Victor Hugo pour célébrer les quatre-vingts ans du poète. Perdu dans la foule, Paul Legrand passa, levant sur Hugo un regard empli d'une admiration attendrie, un de ces regards où tout un être se donne. Il arrivait, porté par le flot humain, non loin de Massenet qui passait aussi, saluant le poète. Et le vieux mime portait à la main une rose blanche. Quand il fut là, sous la fenêtre, il posa ses lèvres sur la rose et — comme il l'eût jetée à l'idéale Colombine de ses vingt ans — il la lança, après ce baiser d'adoration, vers le poète octogénaire qui saluait, tandis que la fleur retombait dans la foule sans pouvoir atteindre son but. Et il m'a été donné de voir ce spectacle (que j'ai noté alors dans la *Vie à Paris*) : Olympio chargé de lauriers souriant à la rose blanche de Pierrot.

Je m'arrête volontiers devant ces figures qui disparaissent et dont on parle une dernière fois avant l'oubli final. On allait donner, en même temps que pour Alice Lavigne, une matinée au bénéfice d'un chanteur comique du nom de Mathias. Et Mathias s'est pendu avant que lui vînt ce secours de la main de dévoués camarades. A Cannes, une fille du duc de Persigny s'est suicidée en se tirant un coup de revolver. Le suicide devient de plus en plus facilement l'*ultima ratio* des désespérés.

Un de nos lecteurs, qui est médecin, m'écrivait hier, à propos de ce dégoût, de cette peur de la vie dont je parlais, l'autre jour, et qui s'empare des cerveaux :

— A la maladie dont vous parlez il faut un nom; c'est une de ces *phobies* comme on en rencontre chez les névropathes : *agoraphobie*, ou peur des espaces, *claustrophobie*, ou peur de l'appartement, de la cellule. Eh bien ! la terreur de vivre, c'est de la *biophobie*. Lancez le mot, il fera son chemin.

Trouver un nom à une souffrance, c'est peut-être quelque chose ; lui trouver un remède vaudrait mieux. Va pour la *biophobie* ! Les désespérés de ce temps ont donc la peur de la vie avant même d'avoir vécu. Les exemples de courage patient ne les touchent pas. Un réchaud qu'on allume, un revolver qu'on arme, voilà ce qui guérit facilement, à leur sens, la *biophobie*.

Solitaire et patient, un Gustave Moreau passe toute une existence austère et exquise dans cet hôtel de la rue La Rochefoucauld, qui, avec son aspect de cottage anglais, de couleur brique, embaumé, au printemps, d'une parure de lilas, nous attira si longtemps, et que le maître avait, en ces dernières années, transformé en une maison de pierre, solide et close, toute pleine de ses œuvres dont il voulait faire don, me disait M. Gérôme, à la ville de Paris afin que son logis restât un musée ; un Gustave Moreau vit, sans bruit, sa vie laborieuse et donne à la fois l'exemple du génie sans tapage et du travail sans fin, couronnant son existence par de longues souffrances silencieuses — et les névrosés se plaignent, atteints de *biophobie* !

Ils me semblent surtout des *déclassés*, ces désespérés, et le mot me fait penser à celui qui le mit en circulation, il y a plus de quarante ans, et qui fut longtemps « l'auteur des *Déclassés* », au lendemain d'une comédie jouée au Vaudeville. Il vient de mourir. Personne n'a cité le nom de cette pièce qui date de l'heure où le théâtre s'attachait à railler les collectivités, faux bonshommes ou filles de marbre, et où, Dumas s'étant fait le géographe et le satirique du demi-monde, chacun cherchait un coin du monde moral à étudier, à fustiger. Frédéric Béchard inventa les *déclassés*. Il fit défiler sur la scène du Vaudeville tous ceux ou quelques-uns de ceux qui ont plus d'ambition que de talent et préfèrent les hasards de la vie facile aux lourds devoirs de la vie laborieuse : « coureurs de millions, obligés de s'arrêter en chemin faute d'une paire de bottes ; poètes qui auraient fait de si parfaits notaires ; venimeux avocats de l'école de Basile, rayés du tableau des avocats ; faux financiers, apprentis de la banqueroute ; petits-fils de Figaro moins la trousse de Beaumarchais ; biographes à l'escopette, de l'école du gueux de Gil Blas, chassés à coups de pied du journalisme honnête et qui, leur petit livre sous la gorge, vous demandent la bourse ou l'honneur ». Et Béchard continuait ainsi, à coups de cravache, dans le style de Desgenais, alors à la mode, fouaillant, traitant les ambitieux et les haineux comme le valet de chien la meute hurlante d'un chenil. C'était l'heure des petits livres jaunes de Mirecourt, mort prêtre, je crois, en quelque Amérique. Les *Déclassés* de Frédéric Béchard firent tapage.

— Qui est à sa place aujourd'hui? disait un des personnages de la comédie. Qui se croit à sa place? Qui se tient à sa place?

— Belle question! répondait l'acteur Félix. Ceux qui ont de bonnes places tiennent à leurs places. Ils y tiennent même beaucoup.

Les *Déclassés* passèrent alors pour une pièce pleine de hardiesse et, en réalité, l'œuvre ne manquait pas de courage. Le mot, un peu spécial, devint l'expression courante, grâce à Béchard. Les *déclassés* datent de lui. La comédie est oubliée, le titre est resté.

On me dit qu'en sa chambre de la maison Galignani, Frédéric Béchard répétait volontiers :

— Et moi aussi j'ai eu ma soirée!

Il avait raison. Ses *Déclassés* donnèrent peut-être à Augier l'idée d'écrire les *Effrontés*. C'est toujours de la bohème, sous des étiquettes diverses, et la bohème est une maladie plus moderne encore que la *biophobie*.

J'imagine que Frédéric Béchard dut avoir, en sa retraite de l'asile Galignani, quelques heures mélancoliques. Avoir été un boulevardier élégant, un auteur à succès, un littérateur mondain, un feuilletonniste du foyer de la danse, un lanceur d'étoiles, et finir, parmi les vieillards, côte à côte avec les déchets de la vie de Paris, dont les bourrasques ont fait des débris de toutes sortes — auteur des *Déclassés*, finir avec les déclassés que la philanthropie recueille, c'est une destinée que ne prévoyait pas le pauvre et excellent Béchard quand, descendant l'escalier des Italiens ou le perron de Tortoni, il entendait, glorieux, le public dire :

— C'est l'auteur des *Déclassés*, que Mme Doche, Parade et Félix viennent de faire applaudir l'autre jour!

« De Tortoni à Galignani », c'est là toute une existence parisienne, avec un ironique bruit de bravos pour accompagnement.

De bravos éteints! Autant en emporte le vent. — Et le vent emportera de même la fumée des canons qui vont tonner du côté de Cuba.

XVII

La guerre vue à un point de vue spécial. — Les fumeurs parisiens. — Et les cigares ? — La nicotiane de Cuba. — Journalisme et pacification. — Les vieux rêves. — *Paris en Amérique*. — Le livre de René Lefebvre et les illusions de M. Laboulaye. — Pas de militarisme, pas de César! — Les journaux et la guerre. — Ce que sont devenus les ministres de la vérité. — Emilio Castelar et son opinion sur les *interviews*. — Les hommes d'État sans mandat. — Le Salon et les *salonniers*. — A propos de Frédéric Béchard, des *déchets* et de la maison Galignani. — Lettres d'amis. — Réclamation pour la nourriture. — Les *galignaniens*.

28 avril 1898.

Et les cigares ?

Qui se douterait de ce contre-coup spécial d'une guerre hispano-américaine ? Les fumeurs parisiens sont très préoccupés. Ils se demandent ce que vont devenir les *regalias* si le blocus de Cuba se prolonge et si l'on se bat encore quelque temps autour des plantations de tabac. Cette façon toute particulière et quelque peu égoïste de considérer une calamité publique montre, à bien prendre, que nous sommes tous solidaires et que les guerres, désormais, atteindront non pas seulement les belligérants, mais toutes les nations à la fois. Les fumeurs parisiens pensent à leur cigare, les économistes à l'importation des blés d'Amérique, les porcelainiers limousins aux commandes des États-Unis, les *grands sucriers* à la grève des cannes à sucre et les financiers à l'équilibre du budget. Je ne parle pas des auteurs dramatiques qui se voient privés tout à coup de deux catégories de public : les Espagnols et les Américains.

Mais les braves fumeurs me paraissent encore les plus consternés. Ils redoutent la perte de la nicotiane de Cuba qui, mêlée à nos tabacs nationaux, d'ailleurs si médiocres, donne à ces mélanges plus de valeur que le tabac américain ou le tabac brésilien. Le fumeur, semblable au pêcheur à la ligne que les révolutions humaines n'empêchent jamais de *taquiner* le goujon, le passionné fumeur verrait autour de lui s'écrouler le monde qu'il continuerait à se préoccuper des *regalias*, et la Havane n'est pour lui que *son havane*. On a beaucoup reproché à Napoléon III la cigarette qu'il avait aux lèvres en traversant le champ de bataille de Sedan, Le souverain vaincu n'était là qu'un fumeur d'habitude, continuant machinalement à brûler son *papelito* accoutumé. On perd un empire, on ne renonce pas à la cigarette.

C'est pourquoi, tandis que les journaux à sensation annoncent déjà le bombardement de la Havane ou l'attaque des Philippines, le fumeur acharné, le fumeur impénitent, uniquement préoccupé de ce qui le touche, demande anxieusement :

— Et tes cigares?

S'il était député, il poserait volontiers, sur ce point, une question officielle à la diplomatie européenne, il lui demanderait d'intervenir en faveur des cigarettes. Les *puros* le préoccupent beaucoup plus que la vie des hommes et c'est la fumée de tabac qui lui paraît importante, non celle des canons du maréchal Blanco. Il s'étonne que les gazettes ne se soucient pas plus profondément de la nicotiane et il se pose déjà avec effroi ce point d'interrogation : « Que deviendraient les tabacs entre des mains américaines? »

Les journaux ne sauraient penser à tout. Mais, s'ils oublient les *regalias*, ils ont eu, du moins, — rendons-leur cette terrible justice, — une part prépondérante dans la guerre qui commence. Les peuples ne sont plus gouvernés par ceux qui les commandent, et l'aventure du président Mac Kinley me paraît, sur ce point, tout à fait caractéristique. Il a obéi aux journaux, qui obéissaient eux-mêmes à la foule. Les véritables souverains de ce siècle agonisant, ce sont les reporters. « Qu'on tire le canon et que notre tirage monte! » ainsi raisonnaient les grands gazetiers d'Amérique tout prêts à équiper eux-mêmes des flottilles à leurs frais et à mobiliser leurs rédacteurs, si le Congrès n'eût point mis en mouvement la flotte officielle. On ne s'imagine pas la puissance de ces journaux de milliardaires. Ils remuent les foules comme le vent creuse le flot des mers. La *mob* les suit et ils suivent la *mob*. Ils ont des inventions qui font paraître « jeux d'enfants » les modestes moyens de réclame imaginés par les journaux de notre vieux monde.

C'est ainsi qu'une gazette des États-Unis a ouvert dans son *office* un bureau d'enrôlement pour un régiment de *géants*. « On demande des *géants* pour combattre l'Espagne ! » Et la gazette vêtira, armera, nourrira, enverra à la frontière à ses frais, un régiment de géants. Les petits fantassins andaloux ou navarrais n'ent seront pas terrifiés, je pense ; mais la légion des géants marchera au feu, admirablement armée, et démontrera, carabine en mains, la puissance de la presse.

Émile de Girardin, qui la déclarait impuissante, cette presse, serait fort étonné aujourd'hui. Elle a voulu la guerre, elle l'a. Elle nous stupéfie par ses imaginations ; attendons, elle nous garde sans doute bien des surprises encore. Il faut nous habituer à cet étonnement. Girardin ne serait pas seul surpris à l'heure où nous sommes. Édouard Laboulaye, homme érudit et grave qui nous divertit avec d'exquis *Contes bleus* et nous amusa tant avec son ironique *Paris en Amérique*, se demanderait si son livre maintenant, qui fut jadis un pamphlet contre notre administration française, n'est pas devenu une satire des ambitions américaines.

Il l'aimait et l'admirait, cette libre Amérique, le bon *docteur René Lefebvre, Parisien*, qui n'était autre que M. Laboulaye lui-même, et il avait raison. Il s'arrêtait avec une émotion respectueuse devant les images populaires représentant Penn traitant avec les Indiens sous l'orme de Shakamaxon, Washington en pied, avec son cheval et son nègre, et le brave Abraham Lincoln, l'honnête et vieil *Abé*, l'ancien *rails-flitter* ou fendeur d'échalas, présidant la République des États-Unis.

— Voilà, disait-il, les génies protecteurs d'un grand peuple : un quaker pacifique, un général qui, pouvant être empereur du Nouveau Monde, reste tout uniment le premier magistrat d'un peuple libre, et un ouvrier devenu avocat à force de travail et, par aventure, chef de son pays !

Et le Parisien, élevé comme tout bon Français de son temps, dans le culte de la force et du succès, raillait quelque peu cette terre demi-sauvage où les grands hommes s'en tenaient encore à la morale des bourgeois et il se demandait finement : « Que peut-on attendre d'une nation avec de pareils préjugés ? »

— Ce n'est pas elle, disait l'auteur de *Paris en Amérique*, qui donnera au monde un César !

Qui sait ? Voilà le grand peuple pacifique et libre, celui dont nous enviions les destinées heureuses, — depuis nos lectures de Tocqueville, — voilà la nation fortunée, puissante par le labeur et la science, qui aspire aux aventures de la gloire ! Ce César que Laboulaye la félicitait de ne point donner au monde, il est peut-être né et sortira quelque jour des rangs formés aujourd'hui ; — peut-être du régiment de géants levé par la gazette. Il y a là-bas (qui sait ?) un lieutenant d'artillerie, pâle et maigre, qui rêve les galons et les manteaux d'hermine donnés par la victoire. Le fumeur parisien, inquiet de ses *regalias* à venir, est moins dangereux pour l'universelle paix que cet ambitieux inconnu qui a peut-être, au pays d'Emerson et d'Edison, songé à cette autre fumée, la fumée rouge, celle qui sert d'auréole à un Bonaparte ou à un de Moltke.

Je ne vous conseille point de relire *Paris en Amérique*. Le livre a vieilli. Édouard Laboulaye lui-même y trouverait d'affligeantes rides. Cette Salente idéale sent la poudre à l'heure qu'il est, et l'immense mégalomanie qui congestionne les cerveaux modernes a envahi la plupart des citoyens qu'avec tant de raison — et de raisons — admirait et nous proposait pour modèles l'aimable René Lefebvre. Le vieux Gladstone, qui du moins n'a pas varié en toute sa noble et longue existence, disait, il y a quelques mois, avec un chagrin profond :

— Le siècle est bien âgé, il est bien âgé, le siècle! Moi aussi. Cependant je tremble à cette pensée que nous puissions, lui et moi, voir encore une grande guerre avant de mourir.

Il l'aura vue, M. Gladstone. Il en aura entendu, tout au moins, les premiers échos douloureux, et le grand vieillard en doit éprouver une amère souffrance. Naguère encore il jouait aux échecs avec son fils, et, lui prenant une tour :

— Voilà, disait-il en souriant, les seules conquêtes permises au dix-neuvième siècle!

Il ne sourit plus. Et je crois bien que toutes nos illusions ont de ces réveils bafoués. Grattez l'homme civilisé, vous retrouvez le fauve. Le journalisme, instrument de paix et de sagesse, s'est fait le clairon belliqueux et a sonné l'appel aux armes. « Comptez les journaux d'un peuple, vous aurez son rang dans l'échelle de la civilisation, disait encore le bon René Lefebvre ; c'est un thermomètre qui ne trompe jamais. » Et l'auteur de *Paris en Amérique* voyait déjà luire l'aurore d'un temps béni où « il y aurait des journalistes comme il y a des prêtres, c'est-à-dire des *ministres de la vérité* qui recevront du gouvernement leur caractère et leur symbole. »

Or, ce matin même, je lis dans les faits divers d'un journal l'aventure de ce jeune comédien qui, devant débuter sur un théâtre de New-York, recevait d'une entreprise de publicité l'offre extraordinaire que voici :

— Vous allez bientôt paraître sur la scène. Il faut attirer sur vous l'attention du public. Sans réclame, pas de notoriété ; sans notoriété, pas de succès. Si vous le voulez bien, des malfaiteurs pénétreront, demain ou après-demain, la nuit, dans votre appartement. Ils y tireront des coups de revolver, puis ils prendront la fuite en laissant, au besoin, des traces de sang sur le plancher. Vous aurez victorieusement repoussé l'agression, et quatre journaux à notre discrétion publieront l'aventure avec commentaires variés. Le prix de l'attentat simulé est de cent dollars. Nous fournissons les malfaiteurs, qui sont gens de confiance.

C'est la mise en pratique du stratagème spirituellement imaginé dans les *Romanesques* par M. Edmond Rostand. Attentat fictif, enlèvement combiné. L'agence fournit ainsi de la gloire facile (une réclame, du bruit, c'est-à-dire de la renommée immédiate) aux débutants qui veulent rapidement attirer les regards de la *galerie*. Ce n'est là qu'un petit fait et l'offre faite au comédien a d'ailleurs été acceptée récemment par un grand collectionneur de tableaux, qui a touché une *commission* pour laisser croire à un vol commis dans sa galerie célèbre. Gazette et amateur de peinture y ont gagné et le *humbug* a fait monter le tirage.

Passe pour cette ingéniosité dans la réclame! Elle amuse et ne cause de tort à personne. Mais quand ce même *humbug* pousse les peuples à la tuerie, que deviennent et le doux sacerdoce dont *Paris en Amérique* nous faisait entrevoir l'avènement, et les *ministres de la vérité* dont il glorifiait, par avance, l'admirable gouvernement, le règne pacifique et vertueux?

Emilio Castelar, qui publie tous les mois dans la *Revue internationale*, des lettres sur la politique européenne, faisait, il y a quelques jours, une charge à fond de train contre ces journalistes à sensation qui sont aux publicistes, « pour l'idée et le progrès », ce que Buffalo Bill, le colonel Cody, est aux soldats de vocation. Il s'élevait surtout contre le système déplorable de ces *interviews* qui, par des consultations inopinées et des dialogues inattendus, permettent à tout le monde de se mêler de tout, de parler de tout, parfois de tout embrouiller.

« Aujourd'hui, dit finement Castelar, tout le monde écrit dans un journal, excepté les rédacteurs. »

Il est certain que le personnage interviewé, quel qu'il soit, donne volontiers sur toutes les questions une opinion d'autant plus radicale qu'il est irresponsable. Ces hommes d'État d'une minute, ces diplomates de rencontre, dictent à la diplomatie son devoir, prennent parti, discutent, pérorent, partagent le monde, remanient la carte et les lignes frontières, lancent des paroles que ramassent tels ou tels adversaires qui exploitent les divagations, les paradoxes de ces Metternich sans mandat, — et la guerre, l'horrible, l'absurde guerre, naît souvent (nous venons d'en faire l'expérience) de ces démonstrations de gazetiers avides d'articles bruyants et de numéros à gros tapage.

Notre presse n'en est pas tout à fait là, et le vieux monde, sur ce point, en est encore au *vieux jeu*. Mais il ne faudrait pas le défier de prendre le galop et même le mors aux dents. Lui aussi veut aller vite, et les journaux éperonnés cherchent à s'y dépasser entre eux. Le Salon, par exemple, n'est pas encore ouvert et je suis bien certain que tous les *salonniers* (ai-je jamais dit que le mot, devenu d'usage courant, est de moi?) ont déjà fait leur article. Ils auront eu, cette fois, double casse-tête, puisque le Salon se compose de deux Salons et que le Vernissage est un Bi-Vernissage.

Les peintres peuvent presque connaître leur sort, l'opinion de la critique, le degré de leur succès ou la profondeur de leur chute, avant d'avoir eu le public pour juge.

— J'ai rencontré tant de *salonniers* le carnet à la

main devant mon tableau qu'il me semble, me disait un peintre, que j'ai déjà *exposé*.

Les peintres, comme les auteurs dramatiques, sont jugés sur la répétition générale. Ils peuvent, « devant que le Salon soit ouvert », savoir s'ils font partie des triomphateurs du Salon nouveau ou de ses déchets.

Ah! les *déchets*! Je viens d'écrire un mot qui, me dit-on, a soulevé une tempête à l'asile Galignani lorsqu'y a été lu ce que je disais, l'autre jour, de ce pauvre Frédéric Béchard, l'auteur des *Déclassés*. Les hôtes de Galignani, vieux sculpteurs ou vieux peintres, savants, libraires, imprimeurs, gens de lettres, n'entendent pas être considérés comme des déchets, et ils ont raison. Les dames surtout ont, paraît-il, protesté, et sur cent pensionnaires il y a, à Neuilly, soixante-dix femmes, parmi lesquelles un noble esprit qui est un des honneurs de ce temps.

Le mot de *déchet* n'est pas nécessairement un mot désagréable. Il peut être douloureux. Que de déchets n'avons-nous point, par exemple, dans nos espérances! Et le déchet n'est pas fatalement la déchéance. Quand je l'employais à propos de ces vieillards à qui la vie n'a pas donné tout ce que méritaient leurs talents et leurs efforts — à ces combattants lassés qui sont non pas hospitalisés mais logés en une maison accueillante, — je pensais surtout au terme d'orfèvre qui de toute « perte sur l'or et sur l'argent qui ont été fondus » fait ce que le monnayeur appelle un *déchet*.

Monnaie d'or ou d'argent, c'est dans l'art et dans

les lettres, les déchets de nos lingots que recueille le refuge des frères Galignani. Ce n'est pas l'hôpital où Gilbert va mourir, c'est la maison familière où, par élection, comme dans une sorte d'académie dolente, des gens de talent, d'une honorabilité parfaite, vont, en leur petite chambre, vivre, en travaillant encore, les derniers de leurs jours.

Ils ne sont ni déclassés, ni déchus, qu'on me comprenne bien. Ce sont des échappés de la vie militante qui philosophiquement trouvent le repos dans cette sorte de Chartreuse laïque. Être accueilli à Galignani, c'est un honneur. Être pensionnaire de la Maison, c'est un titre.

S'il y a là des *déchets* — et je n'emploie de nouveau le mot que pour l'expliquer — ce sont les déchets d'or dont on se sert en terme d'orfèvrerie.

Ah! certes, ce n'est pas moi qui jamais oublierai de donner un salut à des artistes, à des lettrés, à des savants jadis brillants, partis pleins de foi pour les conquêtes glorieuses et maintenant réfugiés là-bas, obscurs et pauvres, — supérieurs souvent à ceux qui paradent joyeux, en pleine renommée!

J'ai toujours été attiré, au contraire, vers les vaincus; et les « déchets d'humanité » dont parle M. Richepin dans la *Martyre* m'inspirent une pitié profonde. Mais, encore une fois, il ne s'agit pas de déchets ni de déclassés à Galignani. Il s'agit de reposants et de reposantes, de soldats de l'art qui regardent, de loin, la mêlée, et souhaitent aux plus jeunes des destinées plus justes.

Ils ont rêvé la Toison d'Or, ces *Galignaniens*, ces

argonautes dont le port est la maison de Neuilly, et maintenant leur seul rêve — bien atténué — est un peu plus de sucre ou de sel dans l'*ordinaire* que leur sert l'Administration. Je crois bien que, si j'obtiens pour eux, en me faisant l'écho de leurs très simples doléances, à la fois matérielles et morales, un peu d'amélioration dans leur régime (là-dessus leurs lettres sont unanimes), ils me pardonneront d'avoir parlé de ces *déchets* dont (qui sait ?) vous et moi — la vie est un songe bizarre — nous feront peut-être partie, un jour.

XVIII

En temps d'élections. — Socles et professions de foi. — Dialogues de statues. — Un candidat original. — *L'apéritif gratuit.* — Le *Balzac* de Rodin. — L'opinion de Falguière. — La géographie et la guerre. — Un vieux comédien. — Souvenirs sur Paulin Ménier. — La légende du *Courrier de Lyon*. — Bernard et Chopard. — Le dernier survivant : Alexandre. — Fouinart. — Robert Macaire et Bertrand. — Une aquarelle de Gavarni qui ne fut pas faite. — Le *Roi s'amuse*. — Comment Paulin Ménier joua Triboulet. — Les *Enfants de la Louve*. — Une lettre de Bruxelles. — Auguste Vacquerie et Paulin Ménier. — Un *Drame de famille*. — Souvenirs du *Diogène*. — — La dent du comédien. — Victor Koning. — Un anniversaire. — Le Bazar de la Charité, 1897 et 1898. — Les printemps rouges.

5 mai 1898.

Les dialogues des morts, qui furent à la mode, sont un genre littéraire absolument aboli. Je ne dirai point que c'est dommage. On aurait cependant aujourd'hui l'occasion de ressusciter ces exercices vieillis ; les statues de bronze ou de marbre, dont les affiches des candidats zèbrent les socles, à travers

Paris, pourraient échanger leurs impressions, et, par exemple, Ledru-Rollin, qui nous donna le suffrage universel, aurait là l'occasion de converser avec les frères Chappe, à qui nous devons le télégraphe, et avec Shakespeare qui remua plus d'idées encore. Diderot, Voltaire et Beaumarchais se mettraient au besoin de la partie. Augier et Dumas se mêleraient à ces propos, et l'on aurait ainsi une consultation posthume assez piquante sur les professions de foi dont, çà et là, les piédestaux de ces statues sont ornés.

A tout prendre — et nos grands hommes le constateraient en conversant d'un socle à l'autre — on ne rencontrerait pas beaucoup de conceptions nouvelles dans ces appels à l'électeur. Les dialogues de ces vivants ne paraissent pas beaucoup plus alléchants que les dialogues des morts. Je ne vois guère qu'un candidat qui ait osé risquer une proposition vraiment hardie : c'est celui qui promet au peuple l'*apéritif gratuit*. Mais on m'a bien vite fait remarquer qu'il s'agit là d'un plaisant en belle humeur. Ce philanthrope ne parle pas sérieusement. L'apéritif gratuit sera un leurre, comme tant d'autres promesses électorales, et Jean Populus n'a pas à compter sur la gratuité du petit vin blanc.

Je constate, du reste, que jamais période électorale plus décisive en réalité ne fut, en apparence, plus calme. La fièvre agite sans doute quelques réunions publiques ; le pouls de Paris ne bat pas plus fort. On se passionne beaucoup plus pour ou contre le *Balzac* de Rodin que pour les députés du 8 mai, et cette statue vierge d'affiches provoque autour d'elle plus d'attroupements et de tumultes que celles où l'on a placardé des professions de foi. C'est même la grande polémique du moment. Avant peu, il faudra être pour ou contre Rodin, comme il a fallu être pour ou contre Esterhazy. Je sais de jeunes sculpteurs tout à fait prudents qui n'ont pas encore mis le pied au Salon afin de n'avoir pas à se prononcer sur une question aussi brûlante.

— Au total, et « très entre nous », que pensez-vous de ce Balzac? demandait un ami à l'auteur de la belle statue du *Cardinal Lavigerie*.

Falguière répondit finement :

— Je pense que c'est ce qu'on regarde le plus!

Et voilà une vérité que ne contestera personne. On ne va donc parler que du *Balzac* de Rodin : c'est un coup de canon presque aussi retentissant que ceux dont le tragique écho nous vient de Manille. Il faut, du reste, faire un violent effort pour se détacher de ces sanglantes études de géographie auxquelles la guerre nous contraint annuellement (c'était la Thessalie, l'an dernier et, cette année, c'est la Havane), et laisser là les cartes piquées de drapeaux, pour se préoccuper de Paris, du seul Paris, ensoleillé et printanier.

Il vient de relire encore, notre Paris, l'article attendri qui salue toutes les personnalités à l'heure de leur disparition, et surtout les artistes dramatiques. On a, pour Paulin Ménier comme pour Taillade, célébré *le dernier survivant du drame*. C'est même en lisant ces articles de jeunes journalistes qu'on se sent tout à coup d'un autre temps. On croit ne pas vieillir, et brusquement on se trouve en présence de générations nouvelles qui n'ont rien connu de ce qui fut les séductions de notre jeunesse et qui doivent traiter d'illusions comiques nos admirations d'autrefois. M. Jules Huret nous disait hier, en annonçant la mort du vieux comédien, qu'il ne se souvenait pas de l'avoir vu jouer. Paulin Ménier fut, au contraire, pour nous, un des grands amuseurs et remueurs d'émotion de nos premières années de théâtre.

J'étais enfant quand j'allais l'écouter dans les *Cosaques*, où il représentait avec une vérité héroïque un vieux sergent duelliste magistralement dessiné comme par le coup de crayon de Charlet. Je l'ai vu dans le *Courrier de Lyon*, alors que ce rôle légendaire de Chopart n'était pas, en réalité, le personnage principal du drame, mais un comparse dont peu à peu, d'année en année, de reprise en reprise, Paulin Ménier fit le véritable héros en quelque sorte de la pièce devenue dix fois centenaire.

Dans son très vivant article sur Paulin Ménier — jugement définitif, admirablement documenté, — M. Francisque Sarcey nous assurait, l'autre soir, que ce Chopart n'existait point, en quelque sorte, dans le texte primitif du *Courrier de Lyon*. « C'est, disait-il, une légende qui m'a été contée cent fois au théâtre ; je n'oserais répondre qu'elle est vraie ».

Elle est précisément d'une exactitude parfaite.

Lorsque le drame fut lu aux artistes de la Gaîté (et sait-on, entre parenthèses, qu'il a, en réalité, été écrit ou du moins *refait* par Auguste Maquet, le collaborateur de Dumas?), Paulin Ménier sortit fort attristé de la lecture. On lui avait distribué là un rôle de maquignon, du nom de *Bernard*, sans grande importance, un des complices de Dubosc et du muscadin Courriol. Il se désolait.

— Bah! lui dit-on pour le consoler, un artiste de votre valeur tire parti des moindres rôles. Votre personnage est peu important : faites-en une *figure*!

C'est à quoi Ménier s'attacha. Il obtint qu'on débaptisât *Bernard*, qui devint Jean-Paul Chopart, homonyme de l'amusant héros de Louis Desnoyers. Il fréquenta, pour les étudier, les vendeurs de chevaux aux marchés de la Villette et du boulevard de l'Hôpital. Il se rappela le jaune carrick d'Odry dans les *Saltimbanques*, la brutalité du maquignon de Henri Monnier dans la *Famille improvisée*; il composa, pièce à pièce, ce costume devenu illustre — chapeau claque défoncé, veste frippée de hussard de Berchiny, manteau troué, bottes éculées — *cheveux à la chien* encadrant un visage de brique cuit et recuit par les coups de vin intérieurs et les coups de soleil des grandes routes —, et, par une bonne fortune singulière, un enrouement subit venant donner à sa voix, le soir de la *première*, un son rauque et graillonnant, le type de Chopart fut inventé, de pied en cap, par le comédien, devenu, ce soir-là, un peu plus en vérité que le collaborateur des auteurs.

On pourrait demander là-dessus des renseignements

au vieux camarade de Paulin Ménier, à celui qui, dans le *Courrier de Lyon* même, dans les *Cosaques*, dans bien d'autres mélodrames de feu le Boulevard, a partagé les triomphes et la popularité du disparu, et je m'étonne qu'on ne l'ait point fait. Le doyen des acteurs de mélodrames, *le dernier survivant du drame*, est peut-être, à l'heure présente, ce très amusant Alexandre qui jouait si joliment le caporal Panel à côté du sergent Duriveau, et cette autre bête fauve, Fouinard, à côté de Chopart dit l'Aimable.

M. Alexandre a quatre-vingt-quatre ans aujourd'hui, je pense, et il joue toujours la comédie. Ne figurait-il point, hier, sur l'affiche du Châtelet?

Oui, il y jouait hier — et il y rejouera demain — le *Tour du Monde*. Solide, râblé, alerte encore, le regard vif et les dents blanches, le vieil Alexandre, qui dansait si bien les entrechats de la mère Moscou dans la *Fille des Chiffonniers*, deviendra centenaire comme les pièces qu'il a créées. C'est lui, le Doyen du Mélodrame.

On peut dire qu'Alexandre fut à Paulin Ménier ce que l'acteur Serres fut à Frédérick Lemaître. Frédérick *inventa* Robert Macaire, mais Serres *créa* Bertrand, le Bertrand maigre et blême, au feutre défoncé, aux poches énormes dépassant la longue lévite élimée comme des sacs bondés d'agréables pillages. Sans doute Robert Macaire et Bertrand ont une autre portée sociale que Chopart et que ce Fouinard qui a pour tic de laisser (Cendrillon du crime) tomber sa pantoufle boueuse partout où il *opère*. Robert Macaire et Bertrand sont devenus les incarnations mêmes des *fai-*

seurs gigantesques : deux Daumier précédant le Mercadet de Balzac. Mais Fouinard et Chopart n'en demeurent pas moins des figures pittoresques, inoubliables, statuettes de malfaiteurs et de bêtes brutes sculptées d'après nature par deux artistes supérieurs en quelque noir recoin de geôle ou de bagne.

Je me rappelle la colère ironique de Gavarni, le grand Gavarni, me contant que, séduit par l'aspect truculent qu'avait Paulin Ménier dans ce rôle de Chopart, il avait prié par deux ou trois fois le comédien de venir poser chez lui, avenue du Bois-de-Boulogne, avec sa souquenille :

— Je l'ai attendu, disait-il. Je voulais faire d'après lui une aquarelle. Il n'est pas venu. Tant pis pour lui ! Un Gavarni, ça dure plus longtemps qu'un Ménier !

Paulin Ménier avait d'Eugène Giraud un pastel d'après ce personnage de Chopart. Le Gavarni eût été un chef-d'œuvre à accrocher à côté des étonnants Thomas Vireloque du maître. Le comédien laissa passer l'occasion, et blessa le peintre.

Ce n'était pas un portrait par Gavarni que rêvait Paulin Ménier, c'était un rôle. Un rôle qui le tentait, le hantait : Triboulet. Bien souvent, il parlait jadis d'une ambition qu'il avait : jouer l'*Avare* à la Comédie-Française. Mais qu'était-ce qu'Harpagon comparé à Triboulet ?

— Jouer Triboulet et mourir ! disait-il, — sans plaisanter.

Le *Roi s'amuse* étant interdit en France — avec

tout le théâtre de Victor Hugo, — Paulin Ménier avait eu l'idée d'aller jouer le drame à Bruxelles. Pourquoi ne le fit-il point? Je l'ignore. Peut-être parce que ses opinions bonapartistes combattaient en lui ses aspirations d'art et qu'il redoutait d'avoir l'air d'un opposant fort militant en interprétant, en Belgique, l'œuvre de l'exilé.

Toujours est-il qu'il ne joua point Triboulet. Mais comme Taillade, auteur, se taillait dans son *Charles XII* un monologue de Charles-Quint, Paulin Ménier demanda un *Triboulet* à des dramaturges amis. « Faites-moi un Triboulet, puisque je ne peux pas jouer Triboulet! » Et c'est ainsi que Théodore Barrière et Victor Séjour écrivirent, pour Paulin Ménier, un drame sur la guerre des Deux-Roses, qui s'appelait les *Enfants de la Louve* et fut, un beau soir de 1865, représenté à la Gaîté. Le Triboulet que les auteurs y avaient introduit était le fou du roi Édouard IV et se nommait Forrick, — presque Yorick. Malheureusement Forrick n'était ni Yorick ni Triboulet, et ni Paulin Ménier ni les *Enfants de la Louve* n'obtinrent le succès espéré. Le comédien continua donc à promener sa hantise et son rêve: « Jouer Triboulet! » Forrick ne lui suffisait pas. *Alas! poor Forrick.*

Paulin Ménier, qui ne voulait décidément pas jouer à Bruxelles pendant l'Empire, y séjourna pendant la guerre. Même il redouta fort, après la paix, d'être pris pour un *franc fileur*, comme on disait alors. Ses camarades étaient restés au poste, montant la garde, mangeant le pain noir, se multipliant en des représentations données pour les blessés. Que diraient-ils en le revoyant, et que pensaient-ils de lui ?

On a raconté que Chopart et Duriveau avaient des vertus toutes bourgeoises. La première pensée du comédien avant de revenir à Paris, Paris assiégé, est pour le propriétaire de ce logis du boulevard des Filles-du-Calvaires où s'écoula toute sa vie. « Sois assez aimable, écrit-il à un ami, pour aller trouver mon propriétaire, boulevard des Filles-du-Calvaire, 4. Tu lui diras qu'aussitôt mon retour, je lui paierai mes termes arriérés. » Elle n'a rien de commun, la lettre de Paulin Ménier, avec les lettres de Schaunard à *Monsieur Vautour*.

Et le « bon bourgeois » rangé que fut toujours Paulin Ménier avait eu son heure de satire militante. Lui qui copiait toujours, dans la vie, un individu déterminé, un passant rencontré et choisi, il avait, dans une pièce de Jules Barbier, intitulée *Un drame de famille*, transporté de pied en cap, sur la scène de l'Ambigu, un des poètes les plus originaux et les plus vigoureux de ce temps, Auguste Vacquerie.

Il faut lire dans les feuilletons de Théophile Gautier le récit de l'aventure. Blond, chevelu, et moustachu, le poète romantique incarné par Paulin Ménier plut tellement au public, que le drame en fut atteint mortellement. On attendait le retour du poète hugolâtre avec impatience et, dit Gautier, les scènes dont il n'était point semblaient des longueurs.

Il faut lire surtout dans *Profils et Grimaces* le compte rendu de la pièce par Vacquerie lui-même.

Le poète intitula bravement son feuilleton de l'*Événement : Auguste Vacquerie, drame en cinq actes.* Et il fut éblouissant.

Gautier nous dit que Paulin Ménier jouant le poète avait été d'un naturel et d'un comique parfait. Le comédien s'en excusait en ces derniers temps.

— On ne devrait jamais faire de *portraits* au théâtre, disait-il : les *types* suffisent.

Lui-même, je l'avais vu assez susceptible en ce qui touchait à sa propre personne. J'étais tout jeune et je débutais, en tirailleur, dans un loyal et brave petit journal hebdomadaire qui s'appelait *Diogène*. Le dessinateur Durandeau y a publié précisément un admirable portrait-charge de Paulin Ménier dans Chopart. Au *Diogène*, un tout jeune homme alors imberbe, Victor Koning, rédigeait, avec une vivacité agressive, les échos de théâtres.

Koning, qui devait plus tard savoir ce qu'une attaque fait souffrir, avait la dent de lait un peu dure. Les débutants aiment à mordiller. Il avait — tout justement à propos de dents — parlé d'une canine que s'était fait arracher, puis remplacer, Paulin Ménier. Ces menus détails intéressent-ils le public? On pourrait le croire à l'empressement que mettent les nouvellistes à les recueillir.

Nous étions en train de causer de la dernière brochure d'About, de la nouvelle comédie de Dumas ou du prochain roman de Feuillet dans les bureaux du *Diogène*, passage Saulnier, lorsqu'un petit homme rasé, râblé, sanglé, ganté de jaune clair, pénétra dans la salle de rédaction. C'était Paulin Ménier. Il demandait : « *M. Victor Koning* », pour lui montrer sa mâchoire.

Sa mâchoire? Parfaitement. Le comédien tenait à faire constater *de visu* que sa dentition était intacte. Après quoi, il exigeait que M. Koning rectifiât la nouvelle.

— Au besoin, disait-il en riant, il pourrait déclarer qu'il a traité la vérité comme un arracheur de dents.

Paulin Ménier avait de l'esprit, et, pour faire un mot, n'épargnait guère un camarade.

— D'ailleurs, messieurs, nous dit-il, les dents d'un comédien font partie de son talent. Dire de lui qu'il perd une dent, c'est le diminuer moralement, artistement, c'est lui nuire dans l'exercice même de son métier, c'est lui enlever de son prestige. Notre prestige, c'est tout, pour nous qui vivons de l'illusion du public. On peut dire de nous que nous sommes exécrables dans tel ou tel rôle, mais je nie qu'on puisse imprimer que nous perdons nos dents ou nos cheveux, et pour moi, dans l'espèce, comme on dit au Palais, je tiens à vous montrer que je n'ai perdu aucune dent, ni canine, ni incisive, ni molaire, que je suis dans la plénitude de ma personne, — et puisque M. Koning n'est pas là pour s'en assurer, veuillez regarder, messieurs, je vous prie...

Et Paulin Ménier ouvrait largement sa bouche bien fendue, montrant, en effet, une dentition solide et bien plantée qu'eût admirée certainement le docteur Galippe.

C'était la première fois que je voyais de près le comédien que j'avais tant de fois applaudi. Après avoir constaté le bon état de sa mâchoire nous causâmes. Il me donna le secret de son art, fait de petites touches superposées : toujours travailler, toujours observer, ajouter chaque soir quelque trait à son personnage. Ce fut la première fois que je l'entendis exprimer son désir de jouer le *Roi s'amuse*.

Il n'aura pas été Triboulet, il n'aura pas joué Harpagon à l'Odéon comme le lui conseillait naguère encore Coquelin cadet ; mais il a été Chopart, et laisser une telle création, pour un comédien, c'est, pour un littérateur, laisser *un livre*, et je ne crois pas qu'un *type* mieux dessiné et plus populaire existe dans le théâtre de ce temps-ci. Chopart, en son genre, vaut d'Artagnan et Giboyer. C'est un Giboyer qui a mal tourné.

Je me suis laissé aller au courant des souvenirs. C'était une façon d'oublier le présent qui n'est point gai, et l'anniversaire de cette catastrophe du Bazar de la Charité qu'on célèbre aujourd'hui en posant la première pierre d'un monument élevé au « Champ des martyrs ». Il y a un an quel dramatique aspect avait Paris ! Ce n'est aujourd'hui que le bout de l'an de la douleur. Mais qu'on se rappelle, à pareils jours, ces rues emplies de corbillards chargés de fleurs, toutes ces églises tendues de noir, ces convois se succédant les uns aux autres, ces amis se retrouvant, d'une heure à l'autre, à des services divers, courant d'un enterrement à un autre enterrement, ces funérailles multiples, cette ville stupéfaite... Maintenant, on se dit : « Que c'est loin ! » On n'oublie pas; mais il semble que ce soit un rêve. Les afficheurs collent affiches sur affiches aux murailles des églises, et où il y avait une foule effarée on rencontre quelques lecteurs un peu sceptiques. Les fleurs de rhétorique ont remplacé les fleurs funèbres. On vote, on va voter.

Le Bazar de la Charité? Lugubre souvenir qui s'efface derrière cette réalité sinistre : la guerre, les villes bombardées, les provinces en état de siège, les navires qui coulent, les obus qui écrasent, les êtres qui meurent... Nous avons ainsi, par une sorte d'ironie macabre, tous les ans, de rouges printemps.

Cependant les lilas fleurissent, et les dimanches soirs Parisiens et Parisiennes rentrent au logis, comme jadis, les bras tout chargés d'aubépines. Nous avons vraiment besoin de ces fleurs de mai, de ces blanches fleurs sans tache, pour nous consoler des sanglantes fleurs que les hommes font germer sur la terre en fête, la terre nourricière, insensible aux tueries et qui sourit au renouveau!

XIX

Les élections et l'automobilisme. — L'*électo-bicyclisme*. — Transformation de la vie moderne. — Le langage *nouveau-jeu*. — Le rideau des Variétés. — Ce que devient le Dictionnaire. — Les automobiles et les piétons. — *Un* automobile, ou *une* automobile? — Une enquête. — Chauffeurs et chauffeuses. — La ruine de la France par les chemins de fer. — Une brochure de 1838. — De Paris à Versailles. — Le musée. — Une exposition des *trois Vernet*. — Les peintres de batailles. — Un souvenir d'A. de Neuville. — Vernet et Dumas, gardes nationaux. — Horace Vernet mourant. — L'aïeul, le père et le fils. — Tableaux inconnus : *la Dernière Revue*, le *Portrait de Nicolas I*er. — Un album de charges. — Deux Anglais. — Walter Scott et Humphry Davy. — Le marquis de Cherville. — Le gentilhomme gazetier. — Un ami.

12 mai 1898.

Ce qui me paraît la note caractéristique des élections dernières, c'est l'intervention dans la politique de ce qu'on appelle l'*automobilisme*. On a voté en costume de bicyclette, on a fait servir les bécanes aux affiches électorales; les automobiles ont joué leur rôle dans les « manœuvres de la dernière heure », et le *Vélo* saluait hier le « record électoral de l'automobile », l'*électo-bicyclisme*, les élections « nouveau jeu ».

Voilà, du reste, un nouveau langage qu'il nous faut apprendre, et, avec des mœurs nouvelles, un idiome inattendu semble nécessaire. Je me demande parfois si je lis des gazettes françaises quand je parcours les journaux de sport et d'automobilisme, et quel argot mécanico-scientifique ils nous parlent. Qui veut se rendre compte de la transformation radicale de la vie moderne n'a qu'à ouvrir ces feuilles, à étudier ces comptes rendus des records quotidiens qui, de plus en plus, nous débordent. Je trouve là, sans chercher bien loin, dans un seul numéro du mieux informé de ces journaux, l'annonce d'une fête qui porte ce nom : « La *Coupe des motocycles* » ; motocycles ! j'y vois que « la Coupe coïncidera avec l'*épreuve challenge cycliste* », j'y rencontre la description « d'un nouveau *trottoir cyclable* », celle du « rallye-paper du Touring-Club ». On y annonce les débuts d'un *chien sportif* jouant au *foot-ball*. Quant aux « *Épreuves de tendems* », c'est le langage courant et quasi français.

Mais que dire de cette dépêche où l'on nous entretient de je ne sais quel tour de force d'un coureur célèbre au Crystal Palace de Londres :

« Le petit stayer Platt-Betts, entraîné par le *fameux team de quintuplettes*, s'est attaqué *aux trois records du quart de mille*... Le chronométreur officiel prenait les temps. »

Le *chronométrage* ! Le *team de quintuplettes* ! J'avoue que je ne comprends plus, et il faut reconnaître que notre claire langue française subit de jour en jour les atteintes d'étranges tortionnaires.

Et les affiches! Il y a là, comme dans les gazettes, alluvion d'exotisme, déluge de vocables étrangers.

Veut-on se rendre compte de ce que peut être l'affiche idéale, par exemple le rideau d'annonces d'un des théâtres les plus parisiens de Paris en l'an de grâce 1898? Qu'on lève les yeux sur le rideau de manœuvre du théâtre des Variétés durant un entr'acte de la pièce de M. Lavedan. On y lira des mots et des noms anglo-saxons, des annonces de machines américaines : *The Bownie... Cleveland... Columbia... Cycle Humber... Pneu américain.* Et les mots les plus français qu'on y rencontre sont encore ces barbarismes : *Vérascope*, *Photo-Jumelle*, *Automobile.* Il faut, encore un coup, à cette vie nouvelle, un lexique nouveau; mais qu'il étonnerait et Vaugelas et le bon Nodier, ce Dictionnaire-là!

Eh bien, oui! Place à l'*automobilisme*! La plus noble conquête de l'homme, dira le Buffon de l'avenir, c'est le moteur électrique. C'en est fait. Les automobiles font irruption au Bois, sillonnent les boulevards, emplissent déjà Paris de leurs halètements et de leurs tapages. Il faut se garer de ces démons de fer emportés par toutes les audaces. Le malheureux piéton se demande si les députés nouvellement élus ne vont pas réclamer pour lui l'ouverture d'écoles spéciales où l'on enseignera pratiquement l'art de traverser les rues sans danger. La promenade gratuite sans écrasement obligatoire. Et, surpris, les littérateurs reçoivent des journaux officiels de la vélocipédie un interrogatoire en règle :

— Voilà les automobiles entrés dans les mœurs.

Bien! Mais, monsieur et cher confrère, devons-nous dire *un* automobile, ou *une* automobile?

La question, je le sais, a été posée à chaque académicien en particulier et, je crois, à l'Académie elle-même. Elle intéresse en effet tout le monde, et M. Emile Deschanel a eu cent fois raison de donner pour épigraphe à ses excellentes études sur les *Déformations de la langue française*, la parole de Sainte-Beuve : « On aime en France la casuistique du langage ».

Consulté, je répondrai donc : à mon avis, on devrait dire *une automobile*, en sous-entendant le mot voiture — *une voiture automobile* — mais on dit, et vous verrez que l'on dira de plus en plus *un automobile* comme on dit *un omnibus*, l'omnibus ayant été tout d'abord du genre féminin : une voiture pour tous, une *voiture omnibus*.

L'automobile — dont Littré ne parle pas (ne pouvant prévoir l'avenir) et que le *Nouveau Larousse* fait *neutre et féminin*, ce qui est logique — deviendra fatalement masculin, — comme le fiacre. Les contrôleurs d'omnibus seuls restent fidèles, sans le savoir, au genre primitif du véhicule, lorsqu'ils disent, avec sang-froid, aux voyageurs munis de bouts de carton numérotés :

— Attendez *la prochaine !*

Masculin ou féminin, l'automobile règne, et dans quelques mois Paris appartiendra aux fiacres électriques et aux voitures à pétrole, relent omis par

Veuillot (et pour cause) en ses *Odeurs de Paris*. Je sais des gens qui maudissent l'automobilisme et les automobiles et les bicyclettes et monocycles et tout le cyclisme à la fois.

— Les chevaux seuls nous protégeaient par leur instinct, contre l'ignorance des cochers!

Sans les chevaux que d'accidents à tous les coins de rues! Avec les automobiles allant droit devant *eux* — ou devant *elles* — il n'y a plus qu'à agrandir les hôpitaux et à ouvrir des ambulances à tous les carrefours!

J'ai déjà écouté ces plaintes et noté ces inquiétudes. Sans nul doute, Nicolas Boileau ajouterait plus d'un trait violent à son amusante satire sur les embarras de Paris. La civilisation complique tout et rend la vie à la fois plus heureuse et plus militante. Il est certain que le bicycliste est, en ce temps de démocratie, plus insolemment dangereux que ne pouvait l'être un cavalier gentilhomme éperonnant son cheval parmi les piétons et manants d'autrefois. Le bicycliste est le roi de la chaussée, le pédard est le souverain de la route *cyclable*. L'*automobilisme* en sera le tyran. Mais qu'y faire? C'est l'inévitable, le triomphant Progrès!

Et puis il y a les désespoirs et la mauvaise humeur des cochers. Avec les automobiles, plus de cochers, en effet, mais des chauffeurs. Il faudra des apprentissages nouveaux et, mieux que des apprentissages, des examens. On passera son baccalauréat d'automobilisme. On aura son brevet de *chauffeuse* (encore un mot nouveau) et Mme la duchesse d'Uzès a donné l'exemple. Alors que deviendront tous ces conducteurs de fiacres que la moindre modification étonne et qui regardent comme un désagréable engin le plus petit compteur kilométrique ?

Tout progrès a ses inconvénients, pour ne pas dire ses victimes. Il a ses négateurs aussi. Qu'est-ce que ce M. Henri Rives, auteur d'une brochure publiée il y a tout juste soixante ans, à Paris et à Londres, sous ce titre : *Cris de détresse*, et avec cette épigraphe : *Caveant vives* ? Je la retrouvai l'autre jour.

Ce M. Rives, incarnation des trembleurs éternels — car il n'était pas seul en son temps à pousser des cris d'alarme, — prouvait, chiffres en mains, que *les chemins de fer feront la ruine de la France.* Misère pour les paysans, misère pour les hôtelleries, misère pour cette foule de postillons, conducteurs, rouliers, patachons « si joyeux et si contents de vivre », d'où l'expression populaire « vie de patachon ». Avec les chemins de fer, plus de routes entretenues par l'État, anéantissement du commerce. « Qu'une ligne de chemin de fer unisse Paris au Havre, cette ville ne sera plus qu'un faubourg de Paris, les courtiers du Havre disparaîtront, et réduite à n'être qu'une succursale la cité du Havre *disparaîtra* sous ses ruines, *triste et fatale victime de la folie humaine.* »

Il n'y avait pour M. Rives — et ceux qui raisonnaient alors comme lui — qu'une folie comparable à celle qui saisissait la France, éprise des chemins de fer : c'était la folie de cette même France éprise du système de Law.

« Une voie de fer pour aller à Saint-Germain !

s'écriait l'adversaire de la voie ferrée. Trois chemins pour Versailles? Mais croyez-vous donc qu'il se trouvera toujours des voyageurs pour aller contempler les admirables croûtes entassées dans le palais de Louis XIV? »

Ne maudissons ni les bicyclettes, ni les automobiles. Peut-être ces malédictions feraient-elles à nos neveux à venir précisément l'effet que produisent sur nous les sottes prédictions de ce bon M. Rives. Déjà les bicyclistes ont fait reverdir les branches de houx de ces gaies hôtelleries de France où, au bon temps des romans d'aventures, commençaient les premiers chapitres des histoires de cape et d'épée. Versailles a plus qu'autrefois des voyageurs qui vont regarder les tableaux de batailles, et les « routes cyclables » n'ont pas pris aux voies ferrées tous les touristes.

Les organisateurs de l'exposition des *Trois Vernet* épargneront à quelques-uns d'entre eux le souci d'aller à Versailles. On pourra même voir bientôt à l'École des Beaux-Arts certaines toiles qu'on laissait, là-bas, roulées, — comme la *Bataille de Marengo*, de Carle Vernet, descendue d'un grenier de Seine-et-Oise pour être déroulée et encadrée au quai Malaquais.

Les *Trois Vernet!* C'est une manifestation d'art bien française et qui aura pour pendant le monument des *Trois Dumas*. Qui a eu l'idée de grouper en une trinité glorieuse l'aïeul Joseph, Carle le père, et

Horace Vernet, sur un socle unique, et offrir à l'admiration des foules l'admirable peintre de marines, le peintre de mœurs et le peintre de batailles? Je n'en sais rien. Une lettre d'Édouard Detaille à M. Maurice Guillemot me ferait croire que c'est l'historien au pinceau de notre armée moderne. Mais, avec M. Guillemot, M. Armand Dayot, qui publie précisément une monographie des trois Vernet, s'est employé à cette œuvre avec un dévouement de chaque jour, et M. Gérôme, qui achève toujours avec passion tout ce qu'il entame, a présidé activement le comité de ces *Vernet*.

Il devait bien cela à Horace Vernet, qui l'aima beaucoup et dont il parle d'ailleurs avec un respect inaccoutumé chez les jeunes *arrivistes* lorsqu'ils citent les noms des vieux. Jamais M. Gérôme ne dira : Vernet, Delaroche, Ingres, mais *monsieur* Ingres, *monsieur* Delaroche, *monsieur* Vernet. Ces morts restent toujours les maîtres pour ceux qui les ont connus.

Il y avait du Dumas chez Horace Vernet. Le père de d'Artagan était — comme aussi plus tard Meissonier — tout fier de porter l'uniforme de commandant de la garde nationale de Saint-Germain. Horace Vernet était fort glorieux de poser en uniforme de colonel de sa légion devant un statuaire. On verra sa statuette par le sculpteur Émile Thomas à l'exposition des *Trois Vernet*. Le peintre maigre et d'aspect militaire, bien sanglé dans sa tunique à larges plis, un burnous arabe sur les épaules, semble, avec son sabre marocain, un de ces généraux d'Afrique qu'il aimait à peindre. On le prendrait pour un compagnon de Cavaignac ou de Lamoricière.

Les peintres de batailles se plaisent, d'ailleurs, aux allures militaires. Le brave Alphonse de Neuville était tout ému lorsque, en allant, un jour, étudier les champs de bataille de Metz (pour son *Cimetière de Saint-Privat*), un douanier en chef allemand devant qui il allait ouvrir sa valise, dit, en portant militairement la main à sa casquette :

— On ne visite pas les bagages de messieurs les officiers!

Horace Vernet devait ressentir une émotion plus poignante encore lorsque les généraux d'Afrique faisaient devant lui porter les armes à leurs soldats, saluant ainsi le peintre de l'épopée algérienne.

L'artiste avait, du reste, la crânerie d'un soldat, l'esprit cordial et l'alacrité d'un troupier. « Meissonier aime à porter l'uniforme, me disait Dumas fils, mais il se ferait tuer très crânement pour ses galons! » Horace Vernet garda ses qualités de race jusque devant la mort. M. Gérôme nous contait la dernière visite faite à l'auteur de la *Prise de la Smala*, presque agonisant, par le peintre Jalabert.

M. Jalabert salua une dernière fois Horace Vernet, *monsieur* Vernet, qui n'avait plus que trois heures à vivre, et comme il s'éloignait, le mourant, avec une bonne grâce narquoise, une crâne ironie bien française, la voix encore mâle :

— Excusez-moi, mon cher Jalabert, si je ne vous reconduis pas!

Ce sont de vrais Français, ces Vernet.

On les retrouvera tous les trois dans cette exposition qui sera l'événement de demain : Joseph avec ses marines admirables, ses ports de France — entre autres ceux d'Antibes, de Toulon et de Marseille, qu'on a décrochés des hauteurs du musée de Marine au Louvre où personne ne les voit (quelle belle occasion pour faire, là, une *salle des paysages* de Vernet); — Carle avec ses chasses, ses cavalcades, ses muscadins, ses merveilleuses, ses crieurs, ses vendeurs, tous ces personnages si vivants de la vie à Paris de son temps, et ses batailles, un *Marengo* panoramique, très important et très vivant, qui était roulé dans quelque coin du palais de Versailles, si bien que les plis du rouleau ont cassé, écaillé la plupart des importantes figures du premier plan, généraux et soldats; — Horace enfin, le plus populaire des trois, non pas le plus *artiste* peut-être, mais le plus vivant, le plus près de nous, avec ses batailles d'hier, ses uniformes glorieux des derniers combats de l'Empire et des campagnes d'Algérie, ses gardes nationaux de la barrière de Clichy et ses zouaves de l'Alma.

Dans le catalogue à ruban tricolore — ingénieux symbolisme de cette exhibition française — dont M. Maurice Guillemot a fort joliment, avec beaucoup de talent et de verve, écrit la préface, il est dit que seul des trois Vernet Horace figure ici avec sa palette et son plumet de colonel. Ce plumet et cette palette amuseront les badauds. Les amateurs d'*inédit*, délaissant le *Mazeppa* et même le remarquable portrait du frère Philippe, iront à ces deux tableaux que l'empereur de Russie a prêtés et qui sortaient hier de leur caisse à étiquettes moscovites : *la Dernière Revue de Napoléon Ier* et le portrait du *tsar Nicolas Ier et de la tsarine.*

Cette *Dernière Revue* a, paraît-il, excité l'admiration de Detaille dont le soir tombant sur les cavaliers de la *Revue de Châlons* attire la foule au Salon. Nous ne connaissions pas cette toile. J'y ai retrouvé, avec moins d'*au delà* peut-être, avec un sentiment plus rectiligne et plus officiel, l'impression de cette dernière revue, la revue du treizième dimanche de l'année 1813 qui ouvre, comme une sorte de prologue épique, le roman de Balzac, la *Femme de trente ans.* Jamais tableau militaire de l'Empire fut-il supérieur à ce tableau à la plume du romancier de la *Comédie humaine*? Le lieu de la scène est, comme dans la toile de Vernet, la cour du Carrousel, et devant le petit homme gras, vêtu d'un uniforme vert, avec un chapeau tricorne et la culotte blanche, les grenadiers aux guêtres de coutil, les chasseurs de la garde, les grenadiers à cheval, l'immense foule immobile de l'armée garde le silence, et ces milliers d'hommes semblent ne former qu'une unité, comme leurs sabres clairs, comme leurs baïonnettes, dans la correction des rangs alignés. La toile de Vernet, ainsi que la page de Balzac, est une importante *contribution*, comme on dit aujourd'hui, à l'histoire morale du premier Empire. Tant d'hommes immobilisés sous le regard d'un homme!

Le portrait du Tsar paraîtra singulier. C'est toute une époque aussi, celle du gothique modernisé, qui se traduit, du temps de Louis-Philippe, par certaines architectures de la rue Notre-Dame-de-Lorette comparables à des lithographies pour romances de Loïsa Puget. L'empereur Nicolas est représenté en chevalier du moyen âge, casque en tête, l'impératrice en châtelaine ; ils chevauchent un *palefroi*, et les pages en costumes bleus qui précèdent le *coursier* sont les portraits des grands-ducs. On cherche Alexandre II sous ce déguisement du moyen âge. Et ce travesti dans l'art du portrait est la marque même d'un moment. « Donnons à nos modèles des allures gothiques, cela *datera* moins ! » se disait-on. Et c'est par là, au contraire, que ces portraits datent terriblement.

Le portrait de Napoléon Ier fait par Horace Vernet, d'après nature, en 1812, est tout autrement attirant. L'œil vit, menace. On aurait pu, de Vernet, exposer des *charges* à la plume, car il fut un caricaturiste de premier ordre, comme son père. En cela encore il y a du Gaulois en lui. Il contait — ou l'on a conté à ce propos — une anecdote assez ironique. Pendant l'occupation de Paris par les Alliés, il s'amusait à *croquer*, avec une verve vengeresse, les étrangers qu'il rencontrait se promenant dans le jardin des Tuileries. Assis sur banc, il les saisissait au passage.

Un jour, il avise deux Anglais, d'aspect paterne, qui causaient en marchant lentement sous les arbres. Deux personnages ridicules de plus à ajouter à sa galerie.

Et, entouré de camarades, il saisissait, en quatre traits, sur son album, les profils drôlement *chargés* des deux promeneurs, lorsque, doucement, un spectateur — quelque émigré rentré au bercail — s'approcha de lui :

— Pardon, monsieur, connaissez-vous les noms de ces deux messieurs que vous crayonnez si bien ?

— Non, monsieur, dit Horace Vernet, mais je sais que ce sont deux Anglais.

— Vous avez parfaitement raison, monsieur. Ce sont des Anglais, et l'un s'appelle sir Walter Scott, qui a écrit un assez bon nombre de livres, et l'autre sir Humphry Davy, qui a inventé la lampe de sûreté pour les mineurs !

Et cette fois, bien que les promeneurs fussent des étrangers et des Alliés, Horace Vernet déchira la page de son album.

Je me serais étendu plus longuement sur cette exposition dont on achève les dernières installations, dans le bruit et la poussière. Je viens d'y voir, actifs, souriants et les mains noires d'avoir remué tant de cadres, MM. Dayot et Guillemot. C'est la *répétition générale*. On pose les derniers décors. Tout sera prêt demain. Mais, tout à l'heure, en écrivant le nom des *trois Dumas*, me doutais-je que je recevrais la nouvelle de la mort de ce vieil ami du *Temps*, d'un collaborateur qui fut un ami tendre et qui a, dans l'œuvre multiple et touffue du père Dumas, fourni tant de pages, non des moindres, entre autres un chef-d'œuvre d'émotion et d'humeur, *Black*, histoire d'un chien ?

Dumas fils me disait du bon et loyal marquis de Cherville :

« C'est un des rares collaborateurs de mon père, qui l'aient aimé et ne se soient pas montrés ingrats! »

Tout au contraire. Quand Cherville, Gaspard de Cherville, parlait du *père Dumas*, il était touchant. Il m'a laissé sur son illustre maître des pages de confidences tout à fait précieuses. Quelque jour je dirai quel cœur d'or fut ce *gentleman farmer* littéraire qui depuis bien des années avait quitté Paris et vivait aux champs, parmi les braves gens qui l'aimaient et les bêtes qu'il adorait, — comme Toussenel.

Comment le fils de Gaspard-Joseph Pescow de Cherville, officier supérieur de cavalerie, chevalier de Saint-Louis, de la Légion d'honneur, des Deux-Siciles et de Saint-Ferdinand-d'Espagne, marié en 1817 à Charlotte-Louise de Reviers, fille de François, vicomte de Reviers, de Mauny, maréchal des logis-chef des mousquetaires, et de Suzanne de Bruet; comment ce descendant de nobles de l'Ile-de-France, seigneurs de Cherville depuis 1500, possesseurs du fief de Belleville, près Paris, portant d'argent à trois chevrons de gueules, au chef d'azur chargé de trois étoiles d'or, était-il devenu le conteur, le journaliste, le faiseur de romans et d'articles que nous avons connu et aimé? Ce serait là tout un roman à redire et que l'exquis et solide camarade que fut Cherville eût pu seul conter. Une histoire qui tiendrait de Balzac et de Sterne.

— Figurez-vous, mon bon ami, me disait-il un jour, que j'ai, une fois, perdu quatre-vingt-trois mille francs *au bouchon*. Oui, en jouant au bouchon.

Il ajoutait gaiement :

— Et je les ai payés!

Ce qu'il oubliait de dire, c'est que son partenaire ne voulant pas toucher ces quatre-vingt-trois mille francs, ne regardant pas la partie comme sérieuse, Cherville les lui avait envoyés non par huissier, mais par témoins, lui écrivant : « Je joue toujours sérieusement, surtout quand je perds ! »

Ah ! le charmant homme ! Je parlais de Français, de la race française. Celui-là fut un vrai Français d'autrefois, aimable, spirituel, sûr et dévoué. Et ceux-là qui l'ont suivi, le bon Cherville, depuis près de trente ans, dans ses confidences rurales, ses causeries de gentilhomme campagnard — gentilhomme-poète — éprouveront la même impression de tristesse que nous. Ce n'est pas un écrivain qu'ils perdent, c'est un compagnon de route, c'est un conseiller, c'est un ami.

XX

UN ROMAN PAR LETTRES

15 mai 1898.

J'étais appelé naguère devant un de nos plus aimables juges d'instruction, M. Lascoux, et, tout en parlant de la musique, qu'il adore, et de Richard Wagner, dont il est fanatique, j'avais — entre deux causeries artistiques — le plaisir de lui raconter le petit roman épistolaire et pseudo-historique dont il m'est agréable aujourd'hui d'entretenir le public.

Les amateurs d'autographes apprendront, après l'avoir lu, à se méfier de certaines occasions, et les collectionneurs de documents à se demander comment et où on les peut fabriquer.

Voici l'aventure. Elle ne m'intéresse pas tout seul.

Je recevais il y a un peu plus de huit mois, à Viroflay, une enveloppe contenant une photographie du prince de Hohenzollern, portant cette dédicace : « *Au R.P. de Sixte, Léopold, prince de Hohenzollern,* » et l'envoi de cette carte-album m'était expliqué par une lettre qui, pour un historien et un amateur d'autographes, était, on l'avouera, particulièrement alléchante.

La lettre venait d'une petite ville du Piémont, située à deux heures environ d'Alexandrie, et me disait :

Albenga (Italie), 29 août 1897.

Monsieur,

Voulez-vous me permettre d'appeler votre attention sur la communication suivante :

Il s'agit de documents fort curieux, une collection de 41 lettres écrites, de 1869 à 1876, par le prince Léopold de Hohenzollern à son vieux confesseur, le R. P. Frédéric de Sixte. Celui-ci est mort, il y a deux ans, à Rome, au couvent de la Visitation.

Ces pièces ont été recueillies par une vieille dame italienne, amie du Père, et contiennent de véritables révélations sur les *événements* qui ont précédé et suivi l'*Année terrible*, et surtout de très intéressantes appréciations sur la politique du gouvernement de la Défense nationale, sur Gambetta en particulier.

Il eût été désirable que ces choses aient été encadrées dans vos admirables pages de l'*Histoire de la Guerre*. Maintenant, il est trop tard. Néanmoins, je crois que leur publication aurait un profond retentissement.

Que de choses MM. de Chaudordy et Benedetti n'ont pas dites !

J'aurais voulu avoir quelques spécimens pour les soumettre à votre appréciation; mais j'avais compté sans la méfiance italienne ! Je vous envoie sous ce pli ce qu'on *m'a confié* A GRAND'PEINE : une photographie avec dédicace du prince, et qui fait partie intégrante du dossier.

Cette pièce pourrait servir, le cas échéant, de pièce justificative, de contrôle, le prince étant encore vivant.

L'authenticité des lettres est indéniable. Pour 25 louis je peux tout avoir. Qu'en pensez-vous ? Ne serait-il pas préférable que tout cela soit publié en France, au lieu de devenir la propriété d'un « magazine » anglais quelconque ?

Agréez, monsieur, avec l'assurance de mon profond respect, celle de ma parfaite considération.

CH. DELACOUR, ingénieur civil.

Villa Ciovini, Albenga (Italie).

L'écriture de la lettre était cursive, sans caractère très spécial. Peut-être y avait-il, çà et là, dans cette missive d'un *ingénieur civil*, quelques petits détails de style qui eussent dû retenir mon attention, éveiller ma défiance. Mais la proposition était faite sans phrases, comme par un homme pratique, et la possibilité d'acquérir, sur un point aussi dramatique de notre histoire, des documents aussi intéressants que les confidences d'un prince — et quel prince ! — à son confesseur, excitèrent tout aussitôt, on le comprendra, ma curiosité.

Je demandai à M. Ch. Delacour des explications, et elles ne se firent pas attendre. Il me répondait, courrier par courrier :

16 mai 1898.

Albenga (Italie), 4 septembre 1897.

Monsieur,

Je m'empresse de répondre à votre lettre du 2 septembre. Les pièces dont je vous ai parlé forment un dossier assez important, 41 lettres, *toutes autographes*, et peuvent former la matière de 110 à 120 pages.

Elles ont été écrites de 1869, au mois de juin, à février 1876. Ce ne sont pas de simples billets, puisque la plupart des lettres ont trois et quatre pages. — Toutes, sauf quatre ou cinq, ont encore leur enveloppe timbrée au sceau du prince Léopold. Il y a, en outre, trois lettres du prince Charles son frère, également écrites au P. de Sixte ; mais celles-ci n'ont aucun caractère politique.

Je ne peux pas vous en faire l'analyse complète pour les raisons que je vous ai données précédemment. Je me borne à vous prier de vous rapporter à ma première lettre.

Il est certain que le R. P. F. de Sixte avait la confiance et toute la confiance de ces gens-là, pour recevoir de tels aveux. Sa qualité de confesseur seule peut, si on veut, l'expliquer. Du reste, le secret a été bien gardé ; le Père est mort, et il a fallu le hasard pour mettre cette correspondance à découvert.

Les lettres concernant notre grand patriote Gambetta viennent ajouter un hommage singulier mais précieux à sa mémoire. Il n'en est pas de même en ce qui concerne M. Sagasta qu'on met en cause pour *l'affaire espagnole en 1870*.

D'un autre côté, je ne vois pas bien pourquoi on craindrait quoi que ce soit pour publier ces documents.

Ils intéressent la France, notre pays, au premier chef, et je peux ajouter qu'ils font honneur à celui qui les a écrites et qui a (dit-il ?) *refusé de servir pendant la guerre* (1).

En cas d'acquiescement, gardez la photographie ; elle vous servira de pièce-contrôle.

J'irai alors porter le tout à la poste française, à Menton.

Recevez, monsieur, l'assurance de mon respectueux dévouement et de ma parfaite considération.

Ch. Delacour, ingénieur civil.

J'avais été, je l'ai dit, tenté dès le premier jour. L'analyse même des documents, que j'avais demandée, me paraissait offrir des garanties de vérité : les dates, le nombre des lettres et les billets mêmes, sans importance, du prince Charles, arrivant là comme par surcroît, me semblaient faits pour donner toute valeur à l'offre obligeante et patriotique de mon *ingénieur civil*. Quelle étonnante révélation si vraiment de tels documents existaient ! J'eus un moment l'envie d'en avertir M. G. Hanotaux. Mais je voulais connaître plus d'un détail encore. Mon correspondant n'était jamais pris sans vert.

Et le roman fut fort habilement continué par lui, lorsqu'à une interrogation sur la vie du R. P. de Sixte, il me répondit, sans hésiter :

Albenga, le 11 septembre 1897.

Monsieur,

Voici tous les renseignements que je possède sur le R. P. Frédéric de Sixte, et dont je puis vous garantir l'exactitude.

(1) Ce renseignement, si important, aurait dû m'avertir. Le

Il appartenait à l'ordre des Capucins, était provincial (de son ordre), originaire des environs de Chambéry.

Usé par le travail, il habita longtemps le couvent de San Remo, à cause de sa santé. C'est là, paraît-il, que la famille de Hohenzollern le remarqua et se l'attacha.

Il est mort, il y a deux ans, à Rome, au couvent de la Visitation. Voilà tout ce que je sais pour l'Italie.

En France, il paraît qu'il était très lié avec la famille du maréchal Randon, avec la maréchale surtout ; il vous serait, ce me semble, facile d'avoir des renseignements auprès des héritiers qui sont, je pense, les de Salignac-Fénelon.

Envoyez-moi le prix des lettres Hohenzollern par lettre chargée simplement. J'irai les chercher, les payerai le prix convenu, c'est-à-dire 500 francs, et j'irai à Menton les remettre à votre adresse, à la poste française.

Croyez, monsieur, à l'assurance de tout mon dévouement.

Ch. Delacour, ingénieur civil.

Villa Ciovini, Albenga.

Voilà que le nom du maréchal Randon et le témoignage possible de la maréchale donnaient une authenticité nouvelle à la découverte de mon correspondant. Mais allais-je demander quoi que ce fût à des personnages que je n'avais pas l'honneur de connaître? Je me sentais d'ailleurs de plus en plus attiré par cet intéressant et dramatique dossier; j'hésitais seulement à envoyer le prix des autographes avant d'avoir reçu les autographes eux-mêmes.

Je chargeai M. Toussaint, caissier de la Comédie-Française, de prier M. Delacour d'expédier contre remboursement — ce qui était très naturel et tout simple — les lettres du prince de Hohenzollern. A l'invitation de M. Toussaint, l'*ingénieur civil* répondit

prince de Hohenzollern était à Versailles, dans l'état-major général allemand, pendant le siège de Paris. Mais les *curieux* ne songent pas à tout. (J. C.)

que les documents n'étant pas à lui — et ne les ayant pas sous la main, — il ne pouvait, cette affaire n'étant pour lui qu'une question « de pure obligeance, et de patriotisme ensuite », avancer de l'argent à la dame très défiante qui lui avait à grand'peine confié le portrait du prince. « Pour des raisons que vous apprécierez, disait M. Delacour, je ne demande qu'à être agréable, mais je ne voudrais pourtant pas être forcé, par exemple, d'aller à Savone déplacer de l'argent pour l'avancer. »

Sur ces entrefaites, j'avais envoyé le portrait-carte du prince Léopold à un expert en autographes, en lui demandant si la dédicace au P. de Sixte était bien de l'écriture du prince.

L'expert me renvoyait tout aussitôt la photographie avec cette attestation :

« *La dédicace autographe est bien de la main même du prince Léopold de Hohenzollern, candidat au trône d'Espagne.* »

Ainsi, mon correspondant ne m'avait pas trompé en ce qui concernait le document devant servir d'*appeau* au collectionneur dont, sous couleur de patriotisme, M. Delacour, plus ingénieux qu'ingénieur, voulait et allait faire sa dupe.

Le portrait étant authentique, pourquoi les lettres ne le seraient-elles pas?

Après tout, un billet de cinq cents francs n'est pas la mort d'un homme, et il y avait, dans ces fameuses quarante et une lettres, tant de révélations probables, d'inattendu, d'*inédit* ! Ce malheureux M. Sagasta y apparaissait, disait Delacour, sous un jour terrible, tandis que Gambetta y rayonnait!...

Et Charles Delacour — qui porte sans nul doute un autre nom — répétait encore qu'il était tout prêt, après avoir acheté et payé les documents Hohenzollern, à les porter lui-même à la poste française de Menton, afin d'éviter le *cabinet noir* italien qui, disait-il, jette volontiers les yeux sur les lettres à destination de la France.

Le roman, à vrai dire, était joli, avec ce grain de mystère et de péril qui est le poivre de ces petites cuisines.

— Envoyez-lui les cinq cents francs, dis-je à notre caissier.

Et la lettre chargée une fois arrivée à Albenga, Ch. Delacour s'empressait d'en accuser réception à M. Toussaint. Les documents seraient mis à la poste dans deux jours.

— Attendons, dis-je à M. Toussaint.

J'attends deux jours, trois jours, quatre jours. Et je télégraphie à Albenga, « villa Ciovini, chez M. Delacour »! Le télégraphe me répond par cet avis :

Paris. 11.

AVIS

Monsieur Claretie est informé que sa dépêche du 29 septembre 1897, adressée Charles Delacour, ingénieur, Albenga, Italie, n'a pas été remise : destinataire parti.

Pour le Receveur,

1er octobre 1897. (Illisible.)

L'ingénieur avait quitté Albenga. Il était parti!

Mais quoi! cette absence soudaine se trouvait expliquée par lui-même : n'avait-il pas écrit à notre caissier « qu'une affaire l'appelait à Alexandrie, et que d'Alexandrie, au retour, il se rendrait à Menton, avec les fameux documents »?

Le télégraphe me disait : *destinataire parti*, tout simplement parce que le destinataire était, comme il l'annonçait, à Alexandrie.

Et Ch. Delacour se trouvait, en effet, à Alexandrie, — ou du moins il y faisait mettre à la poste une lettre, où il s'excusait de n'avoir pas encore fait ce voyage de Menton, et inventait cette fois, pour me faire parvenir le dossier Hohenzollern, un moyen nouveau :

Alexandrie, 2 octobre.

Monsieur,

Nous avons dans le Piémont un temps affreux depuis quelques jours. Voilà pourquoi mon voyage a été retardé.

Je remets à M. Bordes, commissionnaire en vins, qui se rend directement à Paris, les lettres Hohenzollern. Le paquet vous sera remis ès mains à Viroflay.

Maintenant, vous me permettrez de formuler un *desiderata* :

Si, comme je l'espère, vous les publiez, en les commentant, je serai bien heureux d'avoir un exemplaire où je trouverai certainement les appréciations qu'une autorité telle que la vôtre saura formuler.

Agréez, monsieur, l'hommage de mon respect et de mon dévouement.

CH. DELACOUR.

Je me rends en Vénétie où m'appellent mes travaux. Je compte aller à Paris en avril prochain.

CH. D.

Les collectionneurs ont la confiance entêtée. Je crus, pendant deux ou trois jours, oui, je l'avoue, je crus au voyage de ce commissionnaire en vins se rendant *directement* à Paris pour me remettre les feuillets historiques. Inutile de dire que, pas plus que ma sœur Anne, je ne vis rien venir, ni les documents ni M. Bordes. Et ce pseudo-Charles Delacour, poussant un peu loin l'ironie, formulait un « *desiderata* » (*tum*, monsieur l'ingénieur) et me demandait spirituellement de ne « pas oublier son nom lorsque je publierais et commenterais » ces précieux documents qui n'existaient pas !...

Reconnaissons, du reste, que le petit roman imaginé par cet inconnu est plus joli vraiment que si les documents eussent vraiment existé : le prince Léopold, le P. de Sixte, le prince Charles, le maréchal Randon, tout y est admirablement agencé pour le plaisir des dupes.

Après avoir donné à l'invisible M. Bordes le temps d'arriver, dossier en main, je déposai, cependant mon admiration pour le romancier, une plainte en escroquerie contre le pseudo-Delacour, devant le procureur du roi, de Finalborgo, qui, dans son ressort, a la petite ville d'Albenga. La justice italienne répondit à ma plainte, et ce fut par commission rogatoire du procureur du roi d'Italie que M. Lascoux m'appela en son cabinet et me donna la bonne fortune d'entrer en relation avec un magistrat artiste et érudit, mon compatriote par surcroît.

Mon aventure parut, du reste, intéresser le juge d'instruction qui, par hasard, avait connu le P. de Sixte, le confesseur ou pseudo-confesseur du prince de Hohenzollern. M. Lascoux prit sur l'affaire tous les renseignements possibles, et j'étais heureux de l'espoir qu'on me donnait de découvrir le véritable nom de ce romancier historique, *Delacour*, qui a dû inventer bien des romans encore, fabriquer plus d'un document, lorsque tout à coup — pourquoi? pour quelles raisons ignorées? — la justice italienne, qui avait commencé à instruire, déclara, un beau matin, qu'il n'y avait pas lieu de suivre l'affaire.

Le procureur de Finalborgo avait commencé par demander la lumière et, tout à coup, il commandait le silence.

Je répéterai simplement ma question : Pourquoi?... Le prince Léopold de Hohenzollern, habitant, je crois, Constance aujourd'hui, avait-il été consulté? Demandait-il qu'on ne mêlât point son nom à cette historiette? Qui donc en ce monde avait intérêt à ce que mon fripon ne fût point démasqué? Il y a là je ne sais quoi d'inexplicable et de mystérieux.

Quel est ce Charles Delacour dont le roman historique (est relisez ses lettres) plus curieux, mieux agencé, plus alléchant que ne l'eût été la vérité elle-même? N'est-il point un artiste habile en autographes et documents, et coutumier de ces inventions?

Je le saurai peut-être un jour. Dans tous les cas, ce correspondant inconnu m'a, je le répète, procuré le plaisir de faire la connaissance du plus obligeant des juges, et m'a rendu un peu plus défiant encore sur les pattes de mouche historiques dont les amateurs font leurs délices.

Collectionneurs d'autographes, mes confrères, prenez vos besicles et regardez-y à deux fois avant d'admirer la moindre *panse d'a* d'une signature célèbre!... Ce dix-neuvième siècle finissant aura été, en tout et pour tout — depuis les fausses dépêches de M. de Bismarck jusqu'aux faux tableaux de Corot — le grand siècle du *trucage*, et peut-être *l'homme du siècle* est-il tout simplement feu Vrain Lucas (1).

(1) Je n'ai pas eu de nouvelles nouvelles de mon Delacour. Mais je dois dire que le colonel Henry — qui devait si dramatiquement finir — me fit transmettre par un très aimable capitaine d'état-major, quelques détails — d'ailleurs sans importance pour moi — sur le mystificateur et faussaire d'au delà des Alpes. Je regrette de n'avoir pas eu l'occasion d'en causer avec le chef des Renseignements militaires. Mon mystère reste un mystère.

XXI

Une émotion parisienne. — La course aux nouvelles. — On s'arrache un journal. — La victoire de Rivierre. — *Bordeaux-Paris.* — Les communiantes de la Madeleine. — De l'égalité sous le voile de mousseline. — Le *high life* et la communion. — Comment Virginie Déjazet communia pour la première fois. — Levassor et Déjazet à Lyon. — La véritable première communion de Déjazet. — Après soixante ans. — Victorien Sardou au Dîner des auteurs dramatiques. — Un causeur qui n'aime pas les toasts. — Le bout de la table. — Souvenirs de la Commission des auteurs dramatiques. — Eugène Labiche et H. de Bornier. — Beaumarchais en 1791, et Scribe en 1829. — Les droits des auteurs. — Une Société démocratique. — Auguste Maquet et Camille Doucet. — Le vieux registre de Framery. — La poularde de Beaumarchais. — Désaugiers et les millions de la *Chatte merveilleuse*. — *Qu'a fait Dumas pour la Société?* — Quelques chiffres. — M. Sardou et M. Ludovic Halévy. — Un coin de France : 8, rue Hippolyte-Lebas.

19 mai 1898.

Ah! ce Paris! Il est bien étonnant! Dimanche dernier, sur les boulevards, comme le soir venait, je passais, très surpris de voir la foule courir vers des vendeurs de journaux, les entourer, les assiéger comme aux jours fiévreux des grandes nouvelles, et je me demandais ce qui pouvait surexciter ainsi la curiosité publique. Un télégramme de la Havane était-il arrivé, contant quelque rencontre tragique? Lord Salisbury avait-il ajouté un *post-scriptum* à l'inquiétant discours où il sonne le glas des nations catholiques? Le journal que s'arrachaient tant de mains avides donnait-il le secret de la mégalomanie belliqueuse de M. Chamberlain? La flotte américaine avait-elle abordé la flotte espagnole? Y avait-il encore du sang répandu de par le monde?

On pouvait le croire à l'empressement, à l'affolement de tous ces gens se précipitant, pleins d'angoisse, vers ces débitants de gazettes, et dépliant avec anxiété les feuilles de papier vert — couleur d'espérance — qu'ils avaient pu, en se les disputant, arracher aux marchands. Non, non, il ne s'agissait pas de lord Salisbury, pas plus que de l'amiral Montojo ou du commodore Dewey. Ces Parisiens pris de folie curieuse voulaient simplement connaître le résultat de la course de *Bordeaux-Paris*, et le nom du coureur arrivé « premier » au Vélodrome de la Seine. Et c'était le *Vélo*, cher à notre civilisation automobile, que s'arrachait la foule, comme les aïeux de ces Parisiens se partageaient, il y a un siècle, autour de Camille Desmoulins, d'autres feuilles vertes, celles des marronniers du Palais-Royal.

Ah! que le *Boulevard*, dimanche soir, était loin de songer aux menaces de M. Chamberlain!

— Le record est-il battu? Et le vainqueur? qui? Rivierre ou Garin?

— Rivierre!

— Naturellement. L'heure de l'arrivée?

— 4 heures 39 minutes.

— Bravo! Étonnant, ce Rivierre! C'est la troisième fois! *Nommons Rivierre* au ballottage! Une statue pour Rivierre!

Et, autour d'un homme harassé, éclaboussé jusqu'aux sourcils, les pieds lourds d'une glaise pesante, le dos revêtu d'une carapace de terre mouillée, traînant sur ses talons, grossis comme par l'éléphantiasis, on ne savait quel animal informe et mouvant qui était une bicyclette hypertrophiée par toute la glu d'un marécage, — la foule, l'éternelle foule admirative et passionnée, se bousculait pour voir de près ce mangeur de kilomètres qu'elle prenait pour Rivierre et qui n'était qu'un des entraîneurs venant à Paris apporter la nouvelle du triomphe du vainqueur. Tel le coureur de Marathon essoufflé, son brin de laurier à la main.

Il n'y avait pas à démontrer à cette foule, pressant de questions le malheureux respirant à peine, faisant cercle autour de lui, enserrant à l'étouffer ce bloc de boue mouvante, — il n'y avait pas à lui crier que d'autres préoccupations sont plus importantes peut-être que le résultat de la course de *Bordeaux-Paris*. Rien n'eût semblé plus important que les détails donnés sur la course folle de ce Rivierre traversant, éperdu, comme en une chevauchée de rêve ou de ballade, une partie de la France, sous l'ondée, le vent et les giboulées, par les routes ravinées, crevant des pneumatiques comme d'Artagnan crevait des chevaux pour rapporter les ferrets de la reine, et donnant à tout ce petit monde spécial de la Vélocipédie la double fièvre du jeu, de la gageure gagnée ou perdue, — et du roman ardemment dévoré.

Car c'est bien là le roman d'aventures d'un temps tout démocratique, et ces champions du muscle et du turf sont les mousquetaires de la Mécanique, les Porthos de l'ère du Cycle. Les journaux américains publient — pour « donner confiance » — les photographies des biceps et des jarrets de quelques illustres boxeurs de profession qui viennent, en s'enrôlant, de mettre leurs muscles nationaux au service de la Patrie. Ainsi les peuples placent, de façon imprévue, leur supériorité où ils veulent, et Rivierre est peut-être le Français de France qu'on aura le plus célébré, acclamé et honoré, en ces dernières années. Combien les hommes politiques doivent-ils lui envier cette situation exceptionnelle et incontestée...

Plus nous irons, plus les rayons des gloires vraiment démocratiques s'éloigneront ainsi de l'homme qui vit seul en *son poêle*, comme Descartes. Gloires de place publique et héros kilométriques, voilà les grands exemples de demain. Ce n'est plus de Balzac qu'on fera la statue, c'est du coureur victorieux. Les Romains avaient, sur ce point, pris les devants : leurs gladiateurs passaient avant leurs philosophes. Notre démocratie les imitera.

Mais cette démocratie même a des *envers* singulièrement ironiques. La publicité de la chronique, par exemple, qui n'est pas la grande gloire, mais qui en est la monnaie, a bien soin de n'aller, dans les journaux mondains, qu'à une catégorie de Parisiens, au *high life*, à ce que les journalistes spéciaux appellent le dessus du panier social. C'était, la semaine passée, le jour de la première communion à la Madeleine. Le lendemain, je rencontrais, dans un très élégant journal, la liste des jeunes communiantes remarquées et notées au crayon par le reporter.

Quoi ! déjà ? Citer des noms de communiantes, comme on citerait ceux des spectatrices de la première de *Fervaal* ou du dimanche de Chantilly ? Cataloguer la sacristie comme on le ferait de la pelouse ? Oui, c'est commencer tôt, mais le monde marche vite. De cette cérémonie qui, en tout état de cause et d'opinion, est une cérémonie fraternelle, réunissant en un faisceau unique, pour un jour, toutes les classes, toutes ces petites âmes un peu troublées et tremblantes — *communion*, — le journal ne faisait plus qu'une énumération *select* de noms essentiellement parisiens, comme d'un feuillet arraché au Dictionnaire des déplacements et villégiatures.

Il semblait que, seules, avaient été appelées les habituées des planches de Trouville. Et la petite ouvrière, qui, ce jour-là, coudoie, de sa robe blanche, l'héritière de quelque fief historique, et la fille de l'employé pauvre qui porte le même voile de mousseline que la fille du banquier, et échange avec elle ces images de première communion qui sembleront plus tard à la fois si ironiques et si touchantes quand on les retrouvera dans quelque vieux paroissien oublié,

— elles ne sont donc point pour le chroniqueur qui passe des communiantes, elles aussi ? Elles ne comptent guère. On ne les cite pas. L'inégalité commence ou plutôt se poursuit jusque devant cet autel où l'on prend place à genoux. Il y a le fretin des jeunes communiantes comme il y a la plèbe des grandes journées officielles et le *servum pecus* du Grand Prix de Paris. Et, en ce même temps où chacun n'a d'autre idée, d'autre ambition que de faire parler de soi, qu'il est nombreux, ou pour mieux dire innombrable, le troupeau de ceux et celles dont on ne parle pas, dont on ne parlera jamais !

Mais à propos de communiantes, M. Victorien Sardon me contait, l'autre soir, une délicieuse aventure de cette légendaire Déjazet qui, tout le long de son existence, rencontra, dans la réalité, la fantaisie même, très charmante, des historiettes piquantes de son répertoire alerte et grivois, — si bien qu'elle paraissait vraiment jouer dans la vie une sorte de comédie à couplets, qui s'appelait *Virginie Déjazet*.

Elle était à Lyon, en tournée (il y eut toujours, en tous temps, des *tournées*), et elle y donnait la réplique à son camarade Levassor, qui jouait les troupiers comme Polin, et les Anglais comme Berthelier. Or, Levassor se promenant avec Déjazet avait, chez un homme de loi, une visite à faire qui pouvait lui prendre une demi-heure, une heure.

— Où m'attendras-tu ? demanda-t-il à Déjazet qui se souciait fort peu de passer même une demi-heure à bâiller chez un homme d'affaires.

Il y avait une église sur le chemin :

— Je t'attendrai là, dit Déjazet.

— Dans l'église ?

— Dans l'église.

Virginie Déjazet, fille du dix-huitième siècle finissant, née en plein Directoire, n'avait pas même été baptisée ; mais voltairienne d'éducation — et d'esprit, — railleuse comme Parny, elle était d'instinct religieuse, sans savoir rien, matériellement rien, de la religion. Elle entre donc, curieuse à la fois et désœuvrée, dans cette vieille église de Lyon. Elle regarde. Les orgues chantent. Elle écoute. Ce ne sont pas les airs de Frétillon que les orgues font entendre. Et quelle foule sous ces voûtes! « Une salle pleine... » Déjazet se sent très émue. Elle trouve jolie aussi, très jolie, la foule, cette foule de jeunes filles, toutes vêtues de blanc, qui se lèvent de leurs chaises à quelques pas du pilier où s'appuie la comédienne, et vont, une à une, s'agenouiller devant une sorte de nappe blanche posée devant le maître-autel. Et, instinctivement, Déjazet se rapproche, quitte les bas-côtés, gagne le chœur. Les fillettes marchent, elle les suit. Les fillettes sont à genoux, elle se met à genoux. Un prêtre passe devant elles. Elles ferment les yeux et tendent au prêtre leur bouche où le prêtre pose une blanche hostie. Sans savoir même ce que c'est qu'une hostie, Déjazet, agenouillée, tend au prêtre qui vient à elle sa bouche souriante et, après le murmure de quelques paroles qu'elle ne comprend pas, l'actrice reçoit l'hostie — comme les communiantes voilées de mousseline, — et l'avale.

Les jeunes filles en blanc se relèvent, la tête inclinée. Déjazet se retire, et comme elle regagne sa place, elle retrouve là, contre le pilier, Levassor qui vient la chercher dans l'église.

— Eh bien, dit le comédien quand ils furent dehors, tu ne t'es pas trop ennuyée ?

— Moi ? Pas du tout. Au contraire !

Et, gaiement, alerte, enchantée, comme Gentil Bernard ou Vert-Vert eût conté ses aventures, elle raconte à Levassor, stupéfait, à Levassor effaré, terrifié — car il était très pieux, le comédien, — ce qu'elle vient de faire...

— Mais, malheureuse, tu as communié !

— Je ne sais pas si j'ai communié. J'ai fait comme ces petites. Gentilles, ces petites !

— Mais tu n'es même pas baptisée ! Mais tu as commis un sacrilège ! Mais tu es en péché mortel ! Ah ! j'avais bien besoin de te laisser entrer dans une église, moi !...

Sacrilège ! Péché mortel ! La pauvre Frétillon, soudain glacée d'effroi, était écrasée, toute pâle. Oh ! mon Dieu ! Et qu'allait-elle devenir ? Vite, Levassor l'entraîne à la sacristie. Il demande Monsieur le Curé. Il explique, il plaide, il supplie le prêtre, les mains au plafond. Déjazet tremble, Déjazet pleure ; enfin, la bonne foi est évidente, le curé soupire, le curé fera des prières, le curé demandera au ciel l'absolution de Frétillon...

— Mais, au moins, dit-il, très grave, me jurez-vous de recevoir le sacrement du baptême et, ensuite, celui de la communion ?

Elle jura tout ce qu'on voulut, Virginie Déjazet, et elle le jura du fond de l'âme. Mais la vie de théâtre est le triomphe de l'imprévu. Frétillon attendit des années avant de tenir le serment fait au curé de l'église de Lyon, et ce ne fut que plus tard, bien tard, à l'église Sainte-Élisabeth du Temple, proche le *théâtre Déjazet* où elle chantait la *Bourbonnaise* aux *Prés Saint-Gervais*, que Virginie Déjazet fit enfin sa *première*, — sa seconde communion !

— Elle avait soixante-deux ans ! Et j'y assistai, me disait Sardou.

C'est au dîner annuel de la Commission des auteurs dramatiques, que Victorien Sardou évoquait (comme il sait évoquer toutes choses) ce souvenir de la comédienne qui fut, par essence, une grisette du siècle passé.

Ce Dîner des auteurs dramatiques, auquel on veut bien me convier tous les ans, m'est une joie, et me rappelle les journées passées aux séances de la Commission, le vendredi, quand Auguste Maquet présidait, ou Camille Doucet. Tout en traitant les affaires de la Société, on causait; Dumas, Paul Féval, Eugène Labiche, apportaient leur contingent d'esprit. J'étais le nouveau venu. J'écoutais. Je me rappelle le bon Labiche présidant, un jour, la séance, et mon am M. de Bornier demandant la parole, tandis que M. Pailleron parlait.

— Mais, monsieur le président, interrompit tout à coup l'auteur de la *Fille de Roland*, c'est ma proposition que développe là M. Pailleron !

Et Labiche, avec sa bonhomie narquoise :

— Eh bien, *faites les gestes,* mon ami!

En ce temps-là, au dîner annuel de la Commission, j'étais au bout de la table — la place des jeunes, — et je regrette ce bout de table, qui est le bon bout. Au dessert, Maquet se levait, ou Doucet, et portait un toast aux membres de la Commission qui partaient, aux membres entrants, aux avocats de notre conseil judiciaire. Ce toast, parfois, Camille Doucet le portait en vers. Un soir, sur un air de Béranger, il fit une chanson. Les avocats répondaient : Nogent-Saint-Laurens ou Cléry, qui était au dîner, l'autre soir.

Depuis la présidence de M. Victorien Sardou, les toasts sont proscrits. Ce merveilleux improvisateur qu'est Sardou, dont la causerie étourdisssante, spirituelle, vivante, érudite, supérieure, est un charme, méprise ou déteste les discours d'apparat. Il n'aime point parler pour ne rien dire. J'aurais presque envie de protester contre lui-même. L'autre soir, il eût ravi les assistants s'il avait dit, tout haut, la dixième partie de ce qu'il me contait tout bas. Et Me Cléry, et M. Poincaré, eussent répondu. Quel dessert!

Et puis il y avait — après avoir porté la santé du président actuel, notre cher ami Ludovic Halévy, absent parce que souffrant — à dire, non pour les convives, qui le savent bien, mais pour le public, ce qu'est la Société des Auteurs dramatiques, et ce qu'elle a fait pour les gens de théâtre. J'ai eu l'honneur de participer à la reconstitution de la Société des Auteurs, lorsque la première, fondée par Scribe, expira en 1879, après de nombreuses années de succès. J'ai même dû, en qualité de trésorier, faire ouvrir la caisse du pauvre Peragallo, mort tragiquement.

Si l'on savait tout ce que cette Société a fait pour le bien-être matériel et moral des auteurs! Lorsque Beaumarchais, en 1791, eut fait voter cette admirable loi sur les droits des auteurs, qui nous garantit le produit de nos labeurs, il organisa lui-même, avec son collaborateur et ami Framery, un bureau de perception, le *Bureau dramatique*, qui fut l'embryon de la Société libératrice fondée plus tard, en 1829, par Eugène Scribe.

J'ai là les registres de ce *Bureau dramatique*, conservés par notre excellent agent, M. Gustave Roger, qui écrit encore, rue Hippolyte-Lebas, sur le bureau même de Framery, donné à Framery par Beaumarchais. La comptabilité de tous les théâtres est là, avec les signatures d'émargement des auteurs, Mercier, Goldoni, Picard, Fabre d'Eglantine, Legouvé, Patrat, Sedaine, Pigault-Lebrun, etc. On y retrouve la vie même des auteurs dramatiques pendant et après la Terreur. Le bon Goldoni touche, par exemple « 12 livres 40 pour une représentation du *Bourru bienfaisant* au théâtre Molière, *rue Martin*, le 23 fructidor an VII ». Et ainsi de suite. Beaumarchais a des émargements supérieurs. Le *Bureau dramatique règle souvent en assignats.*

Ces registres sont si bien tenus que Henri Meilhac trouvant, un jour, chez Charavay, je crois, un autographe de Beaumarchais, un bon « de *six livres* pour une poularde », payables au bureau de Framery, M. Roger fit des recherches et trouva, à la place voulue, ces mots : « *Payé au compte de Caron Beaumarchais 6 livres pour une poularde* ».

Scribe connaissait les souffrances des débuts, les difficultés des premiers pas, les exigences des directeurs. C'est lui qui groupa les auteurs entre eux, leur donna cette fière devise qu'a gardée la Société actuelle : *Unis et Libres*. Lorsqu'il fonda cette association, les auteurs recevaient pour chaque représentation de leurs ouvrages 12 francs — comme Godolni — ou 6 francs, ou même rien du tout, le directeur préférant payer un prix minime et une fois donné quelques ouvrages qui devenaient sa propriété, et qu'il exploitait à son compte. En ce temps-là, Désaugiers faisait jouer sur la scène des Variétés un ouvrage de lui, *la Chatte merveilleuse*, donné *cinq cents fois*, avec 4,000 francs de recettes, ce qui représente *deux millions*, et recevait *un louis* par représentation, qu'il était tenu de partager avec son collaborateur Gentil, ce qui assura, après ces cinq cents représentations et ces deux millions de recettes, cinq mille francs en tout à chaque auteur.

Aujourd'hui, la Société des Auteurs dramatiques verse, par an, plus de trois millions aux auteurs des pièces de théâtre que le public applaudit. L'exercice 1897-1898 a produit exactement 3,689,971 fr. 03.

Et la progression des recettes est constante. Dans l'assemblée générale de 1850 ou 1851, Eugène Scribe annonçant que, pour la première fois, les recettes des théâtres avaient apporté un million, le Million, à la caisse de la Société, ajoutait :

— C'est le budget d'un petit État.

Le budget, depuis, a grossi — et les recettes ont grandi, ce qui n'arrive pas chez tous les États. La Société encaissait 2,596,061 fr. 32 l'année de sa reconstitution, dans l'exercice 1879-80. Elle arrive aux trois millions en 1883-84, et, sauf en 1885 et 1888, elle ne quitte plus ce chiffre trois. En 1896-97, elle frôle même le chiffre quatre : elle encaisse 3,754,622 fr. 03.

Les secours aux confrères, à leurs veuves ou à leurs enfants, les pensions aux vieux sociétaires — tous ces bienfaits moraux d'une association pareille, — suivent nécessairement la même progression ascendante. Chaque année, la Société donne ainsi une cinquantaine de mille francs, et elle sert, en outre, à 120 de ses membres, une pension viagère de 1,000 francs. En 1879, elle donnait 13,709 francs de secours, 20,000 en 1882. Elle a donné 35,785 en 1897-98. De même les pensions, qui se chiffraient par 10,050 francs en 1880, atteignent aujourd'hui le chiffre de 119,650 et vont le dépasser demain.

Voilà la puissante, utile et cordiale Société de littérateurs que voudraient démolir, au nom de je ne sais quel principe d'égalité, certains auteurs qui ne songent ni à ce fonds de secours ni à cette caisse de pensions de retraites, et ne voient que les avantages obtenus par quelques-uns, ceux qu'ils appellent *les gros*.

Ce sont précisément ces *gros*, ces producteurs incessants, ces laborieux et ces fortunés, qui, en cette association de producteurs intellectuels, ont, en vertu du plus démocratique des principes, fait la fortune de tous. Les frais généraux et les caisses de secours étant alimentés par des retenues proportionnelles aux droits touchés par chaque auteur, ce sont les plus heureux qui payent tout, au profit des moins favorisés.

— Qu'a donc fait M. Alexandre Dumas pour la Société qui a souscrit à sa statue ? s'écriait un auteur dramatique à une de nos assemblées générales.

Sans compter la gloire qu'il lui a donnée, il a versé des sommes considérables à la caisse sociale, et les retenues prélevées sur ses droits comme sur ceux d'Émile Augier, de Théodore Barrière ou de Meilhac — pour ne parler que des morts, — ont assuré des secours peut-être et certainement une retraite à ceux qui n'ont jamais rien versé.

Il ne faudrait pas l'oublier. On devrait le dire, écrire une *Histoire de la Société des Auteurs dramatiques*. Et qui serait mieux qualifié que notre excellent agent général, M. G. Roger, le fils d'A. Roger qui voua sa vie et la donna à l'association qu'il aimait et servait si bien ? M. Pellissier, très érudit, serait là pour fournir des documents sur nos richesses littéraires, qu'il a classées. Il me parlait avec passion de cette bibliothèque de la Société ; elle a grandi depuis l'achat des livres de l'acteur Francisque jeune, le créateur de la *Grâce de Dieu*, un de ces comédiens bibliophiles comme il en est encore, M. Lassouche, M. Péricaud, M. Leloir, par exemple. La bibliothèque contient 26,515 pièces de théâtre et environ 4,000 *manuscrits*. Quatre mille ! Nous avons là le manuscrit même du *Théâtre Français* de Chappuzeau (196 pages) et un précieux exemplaire de Rotrou formé des éditions originales en dix volumes, par Olivier Sauvageot du

Croisy, secrétaire-rédacteur du tribunal (relié par Bradel) en messidor an XI, puis encore un *Œdipe*, de Voltaire, volume précieux qui contient neuf pages, des pages autographes de Voltaire, *à l'occasion des critiques qu'on a faites d'Œdipe* : « On m'apporte en ce moment une nouvelle critique de mon *Œdipe*. Celle-ci me paraît moins instructive que l'autre, mais plus maligne... » Et Voltaire juge ses juges, à son tour, ou à leur tour.

Ainsi, il y a des raretés et des œuvres précieuses dans ce logis de la rue Hippolyte-Lebas où, chaque année, des hommes qui portent des noms glorieux se réunissent pour traiter les affaires de la Société, défendre les intérêts d'autrui. Les bustes de Beaumarchais et de Scribe sont là qui les regardent. C'était un plaisir pour moi, jadis, ces réunions d'élite ! J'ai assisté aux séances de la rue Saint-Marc, puis aux premières réunions de la rue Hippolyte-Lebas. J'ai là la lettre que m'écrivait Sardou lorsque je quittai la Commission pour devenir administrateur, et qui me toucha. « Est-ce un couronnement ou une abdication ? » me disait finement Meilhac. Depuis, la Société a étendu son action sur l'étranger, décuplé, par la fondation d'agences internationales, l'action de la Société. M. Sardou y a mis toute son incomparable activité. Le nouveau président, M. Halévy, va apporter là tout son tact aussi et ses qualités rares. Quel joli toast il y avait à faire, l'autre soir, à l'heure où l'on distribue aux membres qui sortent de la Commission des médailles d'or commémoratives de leur zèle ! M. Ferrier, qui remplaçait Halévy, n'avait qu'à donner la parole à mon voisin. M. Victorien Sardou n'avait qu'à se lever et à parler. Comme il eût tracé ce tableau des efforts d'une Société glorieuse qui impose à l'étranger les œuvres applaudies de la France ! Il ne l'a pas voulu. Il n'aime point les harangues. Il nous a privés de dessert.

XXII

Une nouvelle Chambre. — Rêves de députés. — Le progrès, les bonnes lois, le portefeuille. — La politique. — Viande noire ou viande creuse? — Un homme d'État. — M. Gladstone. — Souvenir d'un grand homme. — Les *gloires saignantes*. — M. de Bismarck. — Deux mots d'ordre. — *De l'audace! — De la bonté!* — La question d'Irlande. — John Morley, M. Gladstone et Mlle Reichenberg. — Hawarden et Westminster. — Les cimetières libres et les panthéons. — Les cheveux blancs du *great old man*. — Victor Hugo et les États-Unis d'Europe. — Les expositions : les fleurs et les chiens. — Un spectacle au Palais de Justice. — *Fualdès* et l'affaire Carrara. — Un mari complaisant. — Comment ni le théâtre ni la Cour d'assises ne châtient personne. — Un juré de l'affaire Gouffé. — Célimare le Bien-Aimé chez les époux Carrara. — *Castigat!*

26 mai 1898.

Les élections sont terminées : la Chambre comptera deux cent dix députés nouveaux. Que de beaux rêves s'agitent dans les cervaux des nouveaux élus! Que de tempêtes sous ces crânes! Les uns, les Parisiens, contemplent déjà — tel Rastignac du haut du Père-Lachaise — la grande ville en travail, et lui disent fièrement : « A nous deux ! » Les autres, les provinciaux, tout en faisant leurs paquets, se disent qu'ils vont marcher à la conquête de Paris.

Oui, de Paris, avec ses théâtres, ses séductions, ses tapages. Être, dans la Ville-Lumière, un six centième de souverain ; faire des lois et braver les lois ; entrer, le front hardi et le menton relevé, chez les ministres ; parler au monde, du haut de la tribune libre ; faire de l'histoire — de l'histoire vivante et quotidienne — entre la buvette et les couloirs ; servir son pays : apporter à la rude tâche du salut de la Patrie son effort et son courage ; donner son nom à une réforme utile ; faire voter quelque loi généreuse ; pousser à la roue du char de l'État pour le désembourber quand il rencontre des ornières : voilà de beaux songes et qui battent de l'aile sans doute autour des tempes des deux cent dix députés qui débuteront demain sur le skating politique où les glissades et les chutes sont plus fréquentes encore que sur les lacs gelés.

Je sais bien qu'à ces nobles rêves se mêlent aussi les préoccupations fiévreuses des politiciens à gros appétits, et des *arrivistes* aux dents longues. Tandis que les esprits d'élite — promis aux décevantes tristesses — répètent, là-bas, autour du foyer, pendant que l'épouse fait des malles : « Ah ! faire le bien ! Lutter pour les humbles ! » — les autres songent plus spécialement à se glisser dans quelque combinaison ministérielle et à goûter un peu de cet alléchant pouvoir dont Émile de Girardin, qui ne le connut jamais, disait : « Dix heures de pouvoir valent mieux que dix ans de polémique et de succès ! »

C'est donc un peu partout — chez les électeurs aussi comme chez les élus — l'heure des mirages. Tous les partis se croient déjà au pouvoir, et tous les partisans en grignotent par avance les miettes. L'oasis n'est point proche, et combien ne l'atteindront pas ! Qu'importe ! Tout fantassin, autrefois, pouvait se vanter d'avoir en sa giberne un bâton de maréchal, — le bâton brisé. Tout député qui part pour Paris peut espérer avoir en sa valise son portefeuille de ministre. N'essayons point de tirer de leur sommeil ces dormeurs éveillés.

Cette substitution d'une Chambre à une autre s'est faite, d'ailleurs, à Paris, et partout, sans bagarres, malgré les passions. Passions latentes ici, violentes là, avec un vernis de lassitude sceptique un peu partout. Ne dirait-on point que la majorité de nos contemporains est quelque peu indifférente en politique ?

— Sans la politique, disions-nous dans notre jeunesse, un peuple libre ne pourrait pas vivre. Elle le nourrit. C'est de la viande noire.

— Avec trop de politique, disent aujourd'hui quelques esprits dolents, un peuple ne s'assimile pas assez d'éléments réconfortants. Il lui faut d'autres nutritifs. C'est de la viande creuse.

M. Gladstone n'eût jamais laissé tomber cette parole de lassitude. Il avait pourtant connu les déceptions profondes et les ingratitudes amères. Seulement, à travers la vie la plus militante et la plus laborieuse, il gardait cette certitude sereine qui fait supporter les plus durs travaux, et braver les plus lourdes épreuves. C'est une grande figure qui disparaît de la scène du monde, la plus noble peut-être de l'heure présente.

Je comparais, naguère, ces deux vieillards, si différents dans leur suprême règlement de compte avec la vie : Gladstone et de M. de Bismarck. M. Gladstone, alors à Cannes et déjà mourant, me fit remercier du parallèle, qui n'était pas à l'avantage de l'homme à la *gloire rouge*.

Le mot eût pu être de M. Gladstone lui-même. Je me rappelle une causerie que j'eus l'honneur d'avoir avec lui, dans l'hospitalier salon du baron d'Estournelles, à Londres, et qui est resté un des meilleurs souvenirs de ma vie. Très librement, et avec une bonne grâce qui me touchait, M. Gladstone parlait de lui-même et de sa campagne en faveur de l'Irlande, et le nom de M. de Bismarck ayant été prononcé par moi :

— Oui, dit M. Gladstone dont la belle physionomie souriante devint tout à coup sévère, le masque ridé prenant une rigidité de marbre, il a fait aussi un peuple ; mais je n'aime pas *les gloires saignantes !*

C'était bien le même homme qui devait mourir en répétant la grande parole, le mot d'ordre même du dix-neuvième siècle : « De la bonté, de la bonté, de la bonté, et encore et toujours de la bonté ! » Rapprochez-le de l'autre mot d'ordre de la fin du siècle passé, du coup de clairon de Danton : « De l'audace, de l'audace, encore de l'audace, et la Patrie est sauvée ! » L'homme du dix-huitième siècle commande le pas de charge de la bataille : le philosophe du dix-neuvième siècle finissant, sonne la diane de la pitié !

Il était (je le prends ici par un bien petit côté) très parisien aussi, le *great old man* qui va dormir à Westminster, parmi les plus illustres fils de la vieille Angleterre. La première fois qu'il me fut donné de le voir, à peine M. Jules Simon m'avait-il présenté à lui — dans un banquet à l'hôtel Continental — que M. Gladstone me parla de Coquelin et de M. Got. Il connaissait aussi bien le répertoire de la Comédie-Française, qu'il savait Horace ou Homère.

Et Mlle Reichenberg se souvient-elle d'une conversation qu'elle eut avec M. Gladstone chez l'aimable et érudit baron d'Estournelles précisément, et qui dut bien étonner la Suzel de l'*Ami Fritz*?

M. Gladstone sortait du Parlement, l'esprit tout enflammé encore d'une conversation qu'il venait d'avoir avec M. John Morley à propos de l'Irlande. Et, selon son habitude, qui était de parler à n'importe quel interlocuteur de ce qui, personnellement, l'intéressait, lui, M. Gladstone, il se mit à exposer à la « petite doyenne » les idées qu'il venait d'échanger sur la question d'Irlande avec John Morley.

— Vous connaissez bien mon ami John Morley? dit-il à Mlle Reichenberg.

La comédienne n'avait garde de paraître ignorer une personnalité si haute, et qui tenait tant au cœur de M. Gladstone.

— Si je le connais? fit-elle, souriante, John Morley. Oh! parfaitement, parfaitement. Comment donc!...

Telle la sous-préfète du *Monde où l'on s'ennuie*, parlant de M. de Tocqueville.

Et M. Gladstone, emporté par son sujet, de citer,

tour à tour, Edmund Burke et O'Connell, de revenir à son ami Morley, et à ce noble, glorieux cheval de bataille que ses adversaires appelaient son *dada* : l'Irlande !

Mlle Reichenberg ne bronchait pas, écoutant le premier ministre, spirituellement respectueuse.

Je n'oublierai jamais le groupe formé par ce vieillard en longue redingote grise, sa belle tête émergeant du haut col droit entouré d'une cravate bleue à pois blancs, — et selon son habitude, entourant son oreille droite de sa main maigre, pliée en forme de conque, afin de mieux entendre les répliques de son auditeur. Sa figure, pâle, sérieuse, au beau profil de buste antique, avec des sourcils que fronçait la pensée qui l'agitait, se rapprochait du blond, du souriant, du rose visage un peu étonné de Mlle Reichenberg, et tandis que le grand homme d'État — poursuivant son rêve supérieur, peut-être celui des deux cent dix députés nouveaux que vient de nous envoyer le suffrage universel — parlait, plein de flamme intérieure, les yeux superbes, avec ce mélange de bonhomie et de noblesse qui était sa marque, la comédienne, décidément très surprise de ce langage si différent des raccords qu'elle pouvait avoir eu à faire, tout à l'heure, à Drury Lane, répondait, répétait, très charmante :

— Oui, oui, oui, vous avez raison ! Ah ! comme vous avez raison, monsieur Gladstone !

Et M. Gladstone était si éloquent qu'un reporter eût pu, après la matinée de Mme d'Estournelles, *interviewer* Mlle Reichenberg sur John Morley, M. Parnell, l'Irlande, et le *home rule*. On l'a bien interrogée, un jour, sur la question du droit de guerre et de paix !

M. Gladstone avait voulu dormir dans le petit cimetière de Hawarden, et le *Graphic* nous donnait le croquis de la tombe — sans faste, une simple pierre surmontée d'une croix—dans laquelle il eût été couché ! Ce n'est pas là, dans la lumière, parmi les arbres, sous le gazon vert des cimetières anglais que le grand travailleur trouvera le repos. C'est sous les voûtes de la vieille abbaye, et les *guides* réciteront aux étrangers les dates de sa naissance et de sa mort. Les panthéons servent à la fois de pavois et de prisons aux grands hommes. Comme le blanc monument de Michelet, « visité des oiseaux, » baigné de soleil, parle plus à l'esprit, au cœur des passants, que le caveau glorieux de Victor Hugo !

Mais empêchez donc les nations reconnaissantes de donner à ceux qui les ont faites grandes, leur hospitalité de pierre ! « C'est là que je serai couché ! » se disait M. Gladstone en contemplant le coin familier du *green* de Hawarden. Non, la mort de ceux qui ont voué leur existence à leur pays ne leur appartient pas plus que leur vie. C'est dans le *Statemen's corner* de l'abbaye qu'il faudra chercher le tombeau de Gladstone, non loin du monument de l'amiral Warren et tout près de la statue de lord Beaconsfield — Disraéli — ce *Didi* qui répétait souvent au duc d'Aumale : « Il importe au monde qu'il y ait une France... une grande France ! »

Les journaux anglais ont rappelé, à propos des cheveux blancs de Gladstone, le mot qu'on disait en Angleterre en contemplant la chevelure de la reine Élisabeth :

— Quand cette neige fondra, il y aura une inondation !

En France, on disait aussi, en regardant la barbe argentée du chancelier de l'Hospital :

— Il n'y aura plus que de la boue quand cette neige sera fondue !

Les neiges humaines fondent, et les nations bravent les inondations annoncées. Il est, quelque part, comme des glaciers éternels où se condensent les pensées des hommes supérieurs. Pour le plus grand bien du monde, ces réserves de neige vierge, ces sources pures, ne s'épuisent pas. Mais il est certain que M. Gladstone disparaît, comme on dit, à un difficile « tournant de l'histoire ». Il haïssait la guerre, et il meurt au bruit des canonnades. Peut-être Victor Hugo va-t-il, en lui souhaitant la bienvenue là-bas, lui dire, avec ce magnifique optimisme qu'il a dû conserver au delà de la vie :

— Bah ! qui sait si le premier pas des *États-Unis d'Amérique* vers l'idée de guerre ne précipitera pas la formation — que j'ai toujours prédite et dont on a souri — des *États-Unis d'Europe* ?

On ne s'est point, du reste, beaucoup soucié, à Paris, de ces événements extérieurs. Les Parisiens ont eu, en dehors même des élections, leurs distractions et leurs spectacles. La vue des azalées en touffes multicolores et des orchidées fantastiques, parfois enveloppées de coton, comme des joyaux vivants, les corbeilles de roses, les tas d'œillets, nains ou géants, à l'Exposition d'horticulture; puis, à deux pas de l'exhibition florale, le concours bruyant des chiens, meutes superbes, danois tachetés ou café au lait, griffons enrubannés comme des favoris de marquises, sloughis allongés et rapides, gordons setters aux oreilles soyeuses, irlandais aux poils roux, braques et terriers, bouledogues farouches, tous ces lauréats d'espèces diverses ont diverti les visiteurs de ce double *Salon* où se coudoyaient les jardiniers et les piqueurs, sur les terrasses des Tuileries.

Mais, à tout prendre, le vrai spectacle, la pièce de résistance, a été le procès de Carrara et de sa femme, cette lady Macbeth de banlieue poussant au crime le champignonniste — ou champignonnier — ambitieux d'argent. Le crime cependant n'avait rien de shakespearien que cette incinération du cadavre au fond d'un puits, opération sinistre qui, décrite *con amore* par les journaux, a fait frissonner les lecteurs nerveux. Enlevez cette mise en scène, le drame aussitôt devient assez vulgaire. Tant il est vrai que le décor ajoute à la situation dans toutes les comédies et tragédies humaines !

On s'est donc rendu à la Cour d'assises comme on serait allé à l'Ambigu voir Fualdès égorgé au-dessus du baquet plein de sang de la Bancal. Il y avait là beaucoup de dames. Songez qu'il s'agissait, non pas seulement d'une *première*, mais d'une représentation unique, d'une pièce sans lendemain ! Quand je dis sans lendemain, il se lèvera, ce jour-là, un matin, à l'aube naissante, et il éclairera la face livide d'un homme à tête rase, et les bras maigres d'une machine à tuer...

— J'aurais, me disait un des spectateurs du procès Carrara, condamné à l'échafaud l'assassin du malheureux Lamarre; mais vraiment, quand la condamnation, inévitable et nécessaire, a été accueillie par des applaudissements et des cris de: « *A mort!* »; — quand, du fond de la salle, comme une *claque* tapageuse, les spectateurs et les spectatrices, rôdeurs de tribunaux, *aficionados* de Cour d'assises mêlés aux invités de choix et aux élégantes *curieuses* ont battu des mains, comme à un baisser de rideau sur un acte pathétique, et ont acclamé les jurés et les juges comme ils eussent *rappelé* des acteurs après la grande scène, alors, un sentiment de dégoût et de tristesse indignée a fait place en moi au sentiment de justice qui me poussait au dur châtiment. Et si l'on doit frapper celui qui a frappé, répondre à l'image troublante du crime par le terrifiant spectacle de l'expiation, encore faut-il qu'on n'ajoute pas l'insulte à la sentence, et le bravo joyeux à la parole de mort!

Sans doute. Mais allez donc parler de silence et de dignité à la foule! Elle a ses fureurs, et ce que nous appelons la justice, elle l'appelle la vengeance. Les défenseurs, fussent-ils éloquents comme M. Decori ou M. Henri Robert, ont beau parler — et leurs clients, cette fois, étaient également sinistres, — ce que cette foule aperçoit dans l'impassible loi, c'est une autre loi, plus féroce, plus rapide, affreusement simplifiée: la loi de Lynch.

On n'a pas assez remarqué, au surplus, combien est,

pour notre débile humaine nature très peu puissante, si faible, si faible, l'utilité de *l'exemple*. Cette femme Carrara, qui joue bruyamment *les mères*, appelle à cor et à cri ses enfants, — sans songer que les femmes des gens qu'on assassine peuvent avoir des enfants aussi — cette mégère qui apprivoisait des amoureux (tout arrive en ce bas monde), avait rêvé, comme on sait, de verser un narcotique à un *monsieur d'âge*, décoré s'il vous plaît, qui — le cœur a ses caprices ! — allait demander cette illusion supérieure : l'amour, à la champignonniste du Kremlin.

Le narcotique une fois versé, et le monsieur endormi, on pendait ce chercheur d'amour à un arbre du voisinage, et on le soulageait du portefeuille qu'il pouvait porter sur lui. Don Juan eût été catalogué parmi les suicides. C'était tout simple. L'idée venait de Lady Macbeth.

— Mais ce qui est plus simple encore, répondit Carrara, homme sage, c'est, sans le pendre, de lui prendre son argent. Puisqu'il nous en apporte !

Et l'épouse infidèle mais prévoyante s'inclina devant l'argument sans réplique.

Seulement, ce qui est inattendu, piquant, ironique, attristant et divertissant à la fois, ce qui est étonnant, imprévu, bouffon, stupéfiant (on pourrait accumuler ainsi les adjectifs à la Sévigné), c'est que le vieil amoureux qui allait dans les fortifications et dans les terrains vagues chercher et payer les faveurs de la tendre champignonniste, avait été juré — vous entendez ? juré ! — dans l'affaire de l'huissier Gouffé, assassiné par le sinistre Eyraud et la petite brunette Gabrielle Bompard.

Il avait suivi, une à une, toutes les péripéties d'un drame analogue à celui où un ménage très uni, bien que bizarre, lui réservait le rôle sympathique, celui de la victime.

Parlez donc maintenant de l'expérience que peut donner la vie, des réflexions salutaires que peut faire naître l'appareil de la justice! Voilà un homme — Me Henri Robert nous l'a appris hier — qui assiste aux débats d'une affaire retentissante où un galantin en bonne fortune est étranglé par un coquin et sa complice, — un homme qui non seulement est spectateur mais qui, investi de la plus haute magistrature humaine, du pouvoir de donner à son gré et selon sa conscience, la vie ou la mort, de condamner un accusé ou de l'acquitter, — un homme qui a peut-être, qui a sans doute envoyé Eyraud à la place de la Roquette et Gabrielle Bompard à la maison centrale! Et quelques mois après, il se laisse prendre à la glu d'une autre Gabrielle qui n'a même pas la drôlerie perverse de la petite créature affreusement inconsciente qu'il a jugée autrefois, et il frôle le licou d'un autre Eyraud, aussi terrible, il n'aperçoit pas la corde que les doigts noueux de Carrara pouvaient lui passer autour du cou!

Amour, amour, quand tu nous tiens...

Je ne sais pas si jamais le théâtre, qui châtie les mœurs en riant, selon sa devise, a jamais corrigé un avare, un misanthrope, un malade imaginaire, un effronté, un faux bonhomme ou un jocrisse de la passion ; mais j'ai grand'peur que la Cour d'assises, qui châtie sans plaisanter, n'ait jamais servi d'exemple à personne. L'aventure de l'amant heureux de la champignonniste est, tout au moins, d'une philosophie ironique. A quoi bon avoir eu sous les yeux la malle sinistre où voyagea Gouffé, si c'est pour risquer de tomber dans le brasero de Carrara?

Les infortunes de Célimare n'ont pas fait et ne feront pas reculer les *bien-aimés* malgré la belle humeur narquoise de Labiche. Et, parmi toutes les vérités généralement acceptées, une de celles que la *brutale* réalité des faits bafoue le plus fréquemment, c'est le fameux *Castigat ridendo mores*. Mais, à partir de l'aventure de cet autre Célimare qui frisa le nœud coulant et la branche d'arbre d'un mari à la fois complaisant et redoutable, et faillit être étranglé par les mains grasses d'une Lady Macbeth de pacotille, à l'impuissance du théâtre il faudra peut-être ajouter celle de la Cour d'assises. *Castigat* !... Celle-ci châtie en pleurant, l'autre châtie en riant. Mais à tout prendre, et doit-on le dire? ils ne châtient rien du tout....

XXIII

La fête des Fleurs et la fête des Fous. — Les farces du moyen âge. — Une revanche du rire. — Les femmes et Molière. — Un article de M. Claveau. — Les bons vivants. — Représentations en plein vent. — La collaboration du soleil. — Le théâtre d'Orange et la pluie. — Les précieux et les bonnes gens. — Michel de Munkacsy et sa vente. — L'hôtel de l'avenue de Villiers. — Visiteurs et visiteuses. — Esquisses et portraits. — La maison vide et la maison de santé. — Chez J.-J. Henner. — Souvenirs d'autrefois. — Une médaille d'honneur. — La rentrée des Chambres. — Une motion paradoxale. — A bas l'injure !

2 juin 1898.

Fête des Fleurs, *fête des Fous*, Paris a eu son défilé annuel de roues garnies de lilas ou de roses, et de plus, cette fois, un essai de reconstruction des farces, sotties et moralités du bon vieux temps. Le premier jour, le soleil a souri à cette reconstitution du moyen âge, et les costumes d'étudiants, des francs-archers et de ribaudes ont jeté à travers la rue Soumot une pluie pittoresque ; le lendemain, la pluie, une pluie de mai, triste comme une pluie d'automne, s'est mise de la partie, et Jehan Frollo et Pierre Gringoire ont vu mélancoliquement l'ondée tomber sur les tréteaux où se jouaient leurs *mystères*.

L'entreprise était charmante et tentante, digne des jeunes érudits qui ambitionnaient, en sortant du cours de M. Petit de Julleville, de donner au Paris nouveau une résurrection d'une fête du vieux Paris. Ils s'étaient dit, ces jeunes gens, que ce temps-ci semble proscrire le rire, et pour un jour, ils avaient fait appel à ces farces des bons aïeux, compères et compagnons de franche gaieté, qui se consolaient des tristesses inévitables avec les gais enfants sans souci. Ce n'est pas proclamer une bien piquante nouveauté que de déclarer qu'on ne sait plus rire, ou que, pour mieux parler, on n'aime plus le rire en France. M. Anatole Claveau, hier, dans un bien spirituel article sur Labiche et Molière, déclarait — ce côté du *féminisme* est original — que les femmes sont un peu la cause du discrédit dans lequel le rire semble tombé.

Est-ce parce qu'elles sont d'avis, comme tel délicat esthète, que le rire déforme le visage et n'est qu'une des formes de la grimace ? Alors ce serait par coquetterie qu'on rirait moins. Est-ce qu'elles pensent, comme plus d'un censeur morose, que le rire est une insulte à tout ce qu'il y a de souffrant et de méconnu dans l'humanité ? Alors ce serait par philanthropie qu'on ne rirait plus.

M. Claveau est plus sceptique. Il assure que les femmes — j'entends les femmes d'aujourd'hui, et il entend les mondaines, les contemporaines d'Hedda Gabler — n'aiment plus Molière tout simplement parce qu'il n'est pas assez compliqué, pas assez... — comment dire ? le mot est là, tout prêt, mais il a beau être décidément adopté, il me déplaît — pas assez *rosse*. Une spectatrice de Molière, de ce Molière qui a cependant si admirablement peint, deviné, châtié et adoré les femmes, depuis Célimène jusqu'à Henriette, une fine Parisienne fort intelligente, disait tout justement à M. Claveau : « Ce que je reproche à Molière, c'est de n'être pas assez *vicieux !* »

Et c'est vrai, il n'est pas vicieux. Il connaît le vice et ne l'aime point et n'entend pas du tout le faire aimer. Et le rire non plus n'est pas vicieux. Le rire est une explosion ou une floraison de santé. Il y a rire et rire, il est vrai. Le rictus, mordicant et féroce, n'a rien à voir avec la belle humeur d'un bon vivant. Notez ce mot : *bon vivant*. C'est tout un programme, la formule de tout un passé. La maladie et la souffrance ont leur poésie, leurs tendresses, leurs exquisités, mais elles sont la douleur et la torture, et je crois bien que l'idéal humain — l'*idéal-fantôme* — a deux faces, comme Janus : la santé et le bonheur.

Notre vie moderne est trop chargée, trop lourde à subir et trop malaisée pour que les *bons vivants* y soient très fréquents. Et c'est bien ce qui explique la raréfaction du rire.

— Il n'y a plus que les sots qui puissent rire, disait un homme qui a de l'esprit.

Les organisateurs de la *fête des Fous et de l'Ane* en avaient pensé autrement. Ils s'étaient dit que la jeunesse est toujours jeune et qu'on saura toujours rire au quartier Latin ! De là, cette idée de représenter en plein air, selon la tradition, le *Mystère d'Adam* ou la vieille *Farce du Cuvier*.

J'admire toujours, non sans un peu de stupeur, les *impresarii* de ces fêtes publiques qui, courageusement, se mettent en route sans se dire que le principal collaborateur de semblables représentations, c'est le beau temps. On n'engage pas le soleil comme un artiste en vedette, ou plutôt c'est un premier sujet qui ne répond pas toujours au bulletin de répétition qu'on lui envoie. Il reste souvent chez lui, comme un ténor enroué. Et cette bonne fée des théâtres clos, la pluie, qui remplit les salles couvertes, vide au contraire terriblement les tréteaux des places publiques, et arrive là comme la sorcière trouble-fête.

Les intrépides gens que ces organisateurs de défilés ou de représentations en plein vent ! Un directeur de théâtre qui n'a pas cependant — jouant entre quatre murailles — à s'inquiéter des caprices du baromètre, tremble déjà que le moindre imprévu — *l'imprévu*, ce maître souverain de toute administration théâtrale — ne vienne bouleverser ses plans et déchirer son programme. Il y a pourtant toutes les probabilités pour que la toile, au signal du régisseur, se lève à l'heure dite. Le toit protecteur brave tour à tour le soleil et la pluie. Et, en dépit des précautions, l'*accroc* est là, toujours possible, le sinistre *accroc*, prêt à entrer en scène, le tragique inattendu qui apparaît, sans qu'on sache d'où il est venu, comme le spectre de la déroute.

Or, à tous ces doutes, à toutes ces chances d'épreuves malheureuses, les *impresarii* des fêtes publiques ajoutent résolument le plein air, comme si la houle ordinaire de l'art dramatique ne suffisait pas, et qu'il fallût risquer l'orage en pleine mer!

Dans toute représentation publique, il est nécessaire d'être le plus possible maître de tous ses instruments de succès. Allez donc être maître des éléments! Ces fameuses représentations d'Orange, qui ont fait honneur à la Comédie, je tremblais jusqu'à la fin qu'elles ne devinssent de faciles prétextes à plaisanteries. Déjà le mistral les avait rendues pénibles. Supposez — ce qui, paraît-il, est impossible dans le Midi aux dates choisies, mais on a vu parfois l'impossible se réaliser, — supposez la pluie tombant sur les chœurs d'*Antigone* ou les costumes thébains d'*Œdipe*, et du coup le grandiose spectacle devenait une bouffonnerie cruelle. Les péplos se faisaient des torchons radieux, comme il est dit dans les *Chansons des rues et des bois*. L'apothéose se changeait subitement en mascarade. L'évocation antique devenait la Courtille. Et l'on n'en eût pas accusé la pluie, fée Morgane de l'art en plein air, mais l'organisateur de cette solennité détrempée par l'ondée.

Les étudiants qui ont bravé la pluie l'ont fait, du moins, gaiement, et il faut, je le répète, leur savoir gré de leur tentative archéologique. Quand je pense qu'il est presque héroïque aujourd'hui d'être gai en France, au pays de Rabelais! Oui, héroïque ou paradoxal. Les *arrivistes* sont volontiers maussades, ayant découvert que la gravité est un levier. Les gens d'esprit à la mode présente sont beaucoup moins des rieurs que des pince-sans-rire. Il leur semble parfaitement méprisable, ce large rire des aïeux. Tout ce qui est gaulois leur paraît attardé. La belle humeur d'un Augier, cette belle humeur qui, encore un coup, était en même temps de la belle santé, la voilà volontiers traitée de vulgarité. Ah ! les raffinés ! Je crois bien qu'après la brutalité des écorcheurs je ne hais rien tant que les petites pâmoisons de dégoût des précieux.

Donc, on a ri un moment et l'on a voulu rire, à Paris, à l'ombre de l'École de droit et de la Sorbonne. Rire n'empêche pas de penser. Le rire même n'exclut point la mélancolie, et les grands rieurs sont peut-être les vrais pessimistes.

C'était un gai compagnon de belle allure, que ce Michel de Munkacsy dont on vend l'atelier maintenant comme on a vendu les toiles, les dernières aquarelles d'Alphonse de Neuville, gardées jusqu'ici par sa veuve. Ce Hongrois devenu Parisien, Munkacsy, avait conquis Paris par sa franche vigueur, la robustesse de sa personne et de son pinceau.

Comme il avait travaillé ! Il a dicté ses *Souvenirs* d'enfance et de jeunesse. Ils sont touchants comme la légende même de ces grands laborieux du temps passé, qui d'artisans devenaient artistes, faisant fortune avec leur cerveau après avoir gagné leur pain avec leurs doigts. On se contait là-bas, dans les villages de Hongrie, cette autre légende moderne : l'histoire du petit menuisier de Munkacsy transformé en grand seigneur de son pays de par la volonté de l'empereur.

J'ai là des portraits de Michel de Munkacsy en costume de Magyar. Il est superbe, avec sa belle tête grise hérissée, son front puissant, sa barbe divisée en deux, son long vêtement de velours, son sabre recourbé, son bonnet à aigrette et, sur ce costume qui évoque les compagnons de bataille et les chevauchées de Rakocsy, le ruban rouge au cou, avec, sur la poitrine, la croix de commandeur de la Légion d'honneur. C'est à Budapest que le maître du *Christ devant Pilate* s'était fait photographier ainsi.

A Paris, nous ne connaissions que l'acharné travailleur devant sa toile, ou le mondain, d'ailleurs très simple et très cordial, qui apparaissait, dans nos salons, comme une sorte de Hun sympathique et admiré.

— Regardez-le bien, me disait Dumas fils qui avait le coup d'œil terriblement médical, ce grand beau garçon est voué à l'ataxie.

— Allons donc !

— Vous verrez.

L'ataxie était une forme bénigne de la souffrance, comparée à la destinée qui attendait le beau Munkacsy en costume de Magyar. Depuis combien d'années l'atelier de l'avenue de Villiers est-il vide? cette maison pittoresque où, au-dessus de la haute cheminée monumentale, se dressaient un cavalier bardé de fer et son cheval armé de toutes pièces ; où, sur les tables, les couronnes d'argent offertes par la Hongrie à son fils glorieux attiraient les regards ; où, derrière telle toile du peintre, le *Mozart mourant*, une invisible musique jouait, pendant la visite au tableau le *Requiem* de celui dont Gounod disait : « D'autres sont des musiciens : Mozart, c'est la Musique ! »

La douleur est entrée dans ce logis hospitalier.

Hier, en franchissant les degrés de l'escalier aux rampes de chêne — un peu sombre comme la peinture même de Munkacsy, — j'éprouvais un sentiment de mélancolie toute particulière que d'autres visiteurs partageaient, car c'est l'occupation artistique du jour, ce pèlerinage au logis de l'avenue de Villiers.

Les étrangers, les acheteurs de demain, erraient de salle en salle, montaient les étages, s'arrêtaient devant les esquisses du peintre, les tableaux d'amis, les Roybet ou les Charlemont. Ils s'étonnaient de ce luxe un peu austère, de ces vitrines chargées de plateaux, de vidercomes, de hanaps et d'orfèvreries, qui semblaient les étalages de quelque argentier de Rembrandt. Les armes, les vieux pourpoints du temps de Louis XIII ou les costumes de Transylvanie étaient là jetés sur les divans et les banquettes. Tout ce qui avait été la vie d'un des souverains du pinceau gisait ou, accroché aux murailles, portait un numéro de catalogue, et chacun pouvait toucher de la main les objets familiers au maître qui nous a quittés.

Le chevalier, la lance en arrêt, sur son cheval de tournoi, est toujours là, dominant la cheminée colossale. Les miroirs immenses sont toujours là, avec leurs énormes cadres historiés. Le vaste atelier où l'artiste travaillait à ses hautes et larges toiles attend toujours la venue du peintre. Elles sont toujours là, telles qu'il les a laissées, les esquisses de ses compositions célèbres, *Mozart*, le *Christ au prétoire*, de ses scènes populaires modernes, le *Mont-de-Piété*, les *Grévistes au fond d'un cabaret*, avec, çà et là, des portraits inachevés, profils de Parisiennes, mondaines en robe de bal, et tout à coup, définitif et superbe, un beau portrait d'un vieillard aux longs cheveux blancs, qui est Franz Liszt, le musicien hongrois. Tout ou à peu près tout est encore en place, mais le maître n'est plus là ; et où donc ai-je lu, l'autre jour, que Mme de Munkacsy visitant, dans la petite ville allemande où il est soigné, ce *Micha* dont elle était si justement fière, comme elle le questionnait pour savoir s'il souffrait, obtint cette réponse :

— Non !

Et comme elle ajoutait, soucieuse toujours de sa gloire, quelques mots pour lui demander s'il voulait du papier, des crayons, — retrouvant au fond de son cerveau des mots pour exprimer son besoin de repos après tant de labeur, il dit :

— Dessiner ?... A quoi bon ?...

Il m'a semblé, pendant que la foule parcourait, encombrait l'hôtel, revoir le pauvre Munkacsy sur ce canapé, près de la cheminée de chêne, alors que, parlant d'un de nos amis — un peintre étranger, mort depuis, — il me disait :

— Il a voulu aller trop vite ! Il ne faut pas aller trop vite !

Et à cette même place, hier, une jeune femme, élégante, son joli visage attristé par ce je ne sais quoi de dolent qu'ont les choses lorsqu'on va les vendre, disait à son mari, en se rappelant les échos des réceptions d'autrefois :

— Cette maison qui était si gaie !...

Toute la vie de Paris est là, dans un mot. Et la

Parisienne — ainsi mélancolique un peu, mais si peu — est partie, retrouvant sans doute tout à coup son sourire en franchissant le seuil de l'hôtel désert, en posant le talon sur l'asphalte, en disant à son cocher :

— Au Bois!

Je me rappelais les triomphes de ce Michel Munkacsy depuis son premier succès, l'apparition de ce *Condamné à mort* hongrois qui faisait dire au fin Heilbuth : « C'est saisissant, patriotique et noir! »

Et pourquoi me suis-je mis à songer à mon vieil ami Henner, qui ne fait pas entendre de musique derrière ses idylles et qui, dans son atelier de la place Pigalle, n'a pas, je pense, ajouté une tapisserie depuis le temps où j'allais, le dimanche matin, y causer d'art de littérature — parler de l'Alsace aussi, — mais qui a ajouté là, année par année, des chefs-d'œuvre! Son existence aura été tout à fait le contraire de celle du pauvre et vaillant Munkacsy. Il aura vécu porte close dans ce *studio* dont il faut (ou dont il fallait) savoir le secret pour s'en faire ouvrir la porte. Seulement, quand on l'avait franchie, cette porte, on y faisait — sans parler des toiles du maître — d'agréables rencontres : c'était Bastien-Lepage, montrant à Henner ses premiers essais; Paul Dubois, venant apprendre là l'art de faire des portraits superbes; Chanzy, jadis rencontré par Henner à Rome, racontant, de sa voix douce et ferme, quelque touchant souvenir de 1870-1871, et Goutzviller, le vieux professeur de dessin d'Henner, venant serrer la main de son *élève*. Je n'oublierai jamais ces séances heureuses, qui me semblent de lointaines, d'éternelles matinées de printemps. Et quand je pense que J.-J. Henner a attendu jusque aujourd'hui pour obtenir cette médaille d'honneur qu'on lui a votée, cette année !

La médaille d'honneur ! Mais il y a vingt ans, il y a trente ans qu'on aurait dû la donner à Henner! Pourquoi a-t-on fait attendre aussi longtemps un tel hommage à un tel maître? Peut-être simplement parce que la médaille d'honneur, étant comme le couronnement de la carrière d'un artiste, a-t-on pensé (et, en ce cas, on aurait eu raison) que ce robuste maître, resté si jeune en ses admirables poèmes de la chair idéale, pouvait être considéré précisément comme un *jeune*, et ainsi pouvait patienter.

Oh ! il ne s'impatientait pas, J.-J. Henner ! Il travaillait. Les médailles d'honneur font plaisir à la condition qu'on les reçoive sans les envier. Henner ne l'avait pas obtenue : qu'importait à sa renommée! Il l'avait méritée, c'était l'important. Mais il n'est pas mauvais qu'à la fin justice et hommage lui aient été rendus. Et si on lui offre un banquet à cette occasion, j'aurai plaisir à m'asseoir auprès de mon vieil ami. Je ne le vois plus ; à peine le rencontré-je quelquefois au coin d'une rue :

— Je vais à mon atelier!

— Je vais à mon théâtre!

Ou encore, je l'aperçois, de loin, à quelque séance académique, écoutant, le front baissé obstinément, les discours. Mais ce n'est pas assez, et cette vie de Paris, c'est de la vie en miettes. Quand on veut les ramasser, renoncer à l'émiettement, il est trop tard !

Une autre sorte d'émiettement, c'est la politique, bien qu'il y soit trop souvent question de concentration. La politique rouvre aujourd'hui son théâtre, la Chambre. « *Fini de rire !* » dirait Gavroche. — Nous entrons dans l'inconnu, un de ces *inconnus* escomptés d'avance qui constituent d'ailleurs un spectacle tout à fait intéressant pour le philosophe.

— J'ai été, me disait un député nouveau, insulté en réunion publique par mes électeurs, je vais être probablement insulté par mes collègues ; et expliquez-moi cela : s'il fallait renoncer à ces insultes, je serais parfaitement malheureux !

Il en est à peu près de l'injure en politique comme de ces poisons qui n'entamaient plus les entrailles de Mithridate. On s'y accoutume. L'insulte, qu'on en fasse un usage interne ou externe, et qu'on l'agite et l'aiguise plus ou moins avant de s'en servir, devient bénigne en se multipliant. « Je suis un vieux parapluie sur lequel il est tombé beaucoup d'ondées ! » Le mot de M. Thiers, que plus rien ne mouillait, est le mot définitif des polémiques et des interpellations et des injures de couloirs, de journaux ou de tribune. Il y aurait cependant quelque élégance à renoncer à certaines épithètes, et je viens de rencontrer un de mes amis qui entre à la Chambre en innovateur. Il rêve d'y réimplanter la politesse : c'est un révolutionnaire.

— Je vais déposer une proposition qui paraîtra, me disait-il, bien audacieuse. Mais j'y tiens !

— Et cette proposition ?

— La voici : « *A partir d'aujourd'hui, le régime parlementaire sera véritablement... parlementaire.* »

A la Chambre, on ne vote pas sur des paradoxes. La motion de mon ami sera repoussée.

XXIV

Lendemains de *Grand Prix*. — La pluie. — Paris automobile et Paris polychrome. — Un nouveau Salon. — Les chauffeurs. — Victor Hugo et les locomotives. — On demande un artiste ! — Les écrasés. — Le revolver de M. Hugues Le Roux. — Plus de flânerie ! — Les barbouillages et maquillages des rues de Paris. — Ce qui disparaît. — Le latin et les humanités. — Une conférence de M. Jules Lemaître. — La Sorbonne. — Fontanes et M. Édouard Lockroy. — Un mot de Labiche (C'est un nom). — Français d'autrefois. — Les anciens et les modernes. — Les in-8 et les in-18. — Canrobert *latiniste*. — Un coup de trompette. — Les *coloniaux à l'intérieur*.

8 juin 1898.

J'ai éprouvé un certain sentiment de mélancolie en trouvant, hier, dans le *Temps*, le programme « encarté » de tous ces voyages, excursions, fêtes de stations balnéaires, qui, chaque année, attirent hors de Paris les Parisiens.

Ainsi, c'en est donc fait? La *saison* est finie? On va partir ? Il faut partir !

Pourquoi ? Jamais, peut-être, Paris n'est plus séduisant qu'en ces jours printaniers. Dimanche soir, le jour du Grand Prix, tout flambant et chantant, il était délicieux. Les Champs-Élysées ressemblaient à une vaste salle de théâtre *in fiocchi*, les restaurants regorgeaient de convives et, sous les petites bougies à abat-jour roses, les dîneurs en plein air, échangeant leurs impressions sur la journée désormais fameuse où le *Roi-Soleil* a battu *Gardefeu*, avaient pour accompagnement à leurs propos de vagues musiques lointaines assoupies par les arbres verts.

— Vraiment, me disait une très charmante Parisienne — qui, d'ailleurs, est Avignonnaise — on est tout heureuse et toute fière de voir ces coins exquis, ces boulevards illuminés et cette joyeuse foule ! Pour être aimable tout de même et gai par tempérament et par habitude, il n'est au monde que Paris !

Cependant le *Grand Prix* couru, Paris fût-il plus amusant cent fois, il faut le quitter. C'est l'habitude, et l'*encartage* du *Temps* m'a fait l'effet d'un coup de cloche. « En voiture, messieurs ! » Si la pluie, la pluie malicieuse, ne se faisait pas essentiellement parisienne, on serait déjà en wagon.

Mais elle est ironique, la pluie. Elle semble, par son insistance, condamner — la pénitence est douce — le Parisien au Paris forcé. L'*Amour mouillé* est un souvenir charmant de cette antiquité que M. Lemaître renie ; mais les villégiatures mouillées sont funèbres, et le boulevard, en temps d'averses, vaut encore mieux que les champs boueux. Nous avons, jusqu'ici, un orage quotidien par jour, — une *ondée* au lieu *d'une idée*, par jour. Et je sais nombre de gens, amis des voyages et des bois, qui restent à Paris, philosophiquement, patiemment, regardant l'eau couler, comme on demeure sous une porte cochère pour attendre la fin de l'averse.

Ceux-là auront tantôt, pour se distraire, un *Salon* d'une espèce nouvelle, un *Salon* « nouveau jeu, » et déjà les affiches sont posées qui nous annoncent, pour la semaine prochaine, une Exposition d'automobiles. Déjà ? Oui, vraiment. A l'endroit même où nous avons vu l'exhibition florale, les touffes d'azalées et les rhododendrons, nous allons contempler, dans leurs perfectionnements et leurs spéciales attractions, ces machines à écrasement, ces mouvantes fabriques d'accidents qui sont les véhicules inévitables de demain.

Victor Hugo demande, dans une de ses notes de voyage, qu'un artiste, inspirant quelque ingénieur, arrive à donner à la locomotive — dont il trouve la forme lourde et banale — l'aspect de quelque griffon ailé, de quelque chimère, de quelque monstre chinois ou japonais dont les lanternes à signaux seraient les yeux énormes et qui, par sa gueule de bronze, vomirait des escarbilles. Et c'eût été vraiment ainsi le *Démon de feu* prédit par Merlin et qui, lorsque le chemin de fer traversa leurs champs, faisait se signer les bonnes gens de Bretagne. « Pourquoi, disait le poète, une machine à vapeur ne serait-elle pas artistique ? »

On pourrait poser le même point d'interrogation aux constructeurs de pétrolettes, aux fabricants d'automobiles. Ne pourraient-ils songer à quelque élégance tout en se préoccupant de l'utilité ? L'art industriel devrait bien se préoccuper de ces chars électriques qui vont faire désormais partie du paysage parisien, modifier nos rues, encombrer nos places, transformer l'aspect du boulevard. L'automobile aurait grand besoin d'un Lalique.

J'ai peur que les automobiles, qui ont leur danger, ne persistent à conserver leur laideur. On pourrait, en cette *exposition automobile* qui va s'ouvrir aux Tuileries, installer une section spéciale consacrée aux projets de dessins, aux recherches de la forme jusqu'en ces machines haletantes. Ce qui est pratique n'est pas nécessairement hideux et, pour être juste, le cheval, qui est, comme on sait, la plus noble conquête de l'homme, est certainement le plus bel ornement du fiacre. Sans lui, le véhicule a l'air incomplet et quasi-comique : la voiture passe, le long des rues, comme un être vivant mais privé d'un membre, bizarre et égaré.

Un peu de beauté dans l'automobile, un peu de prudence chez les *chauffeurs*, ne messiéraient donc point. Je constate un certain effroi parmi les flâneurs. La flânerie, cet humble plaisir de raffinés à bon marché, n'est plus possible avec les voiturettes à vapeur. Ce qui donne un prix tout particulier, un charme à la flânerie, c'est la quiétude. Aujourd'hui, le péril est partout. Il faut au Parisien l'œil exercé d'un trappeur pour traverser les carrefours. Le cocher est un adversaire, le *chauffeur* est un ennemi. Il n'y avait autrefois qu'un *carrefour des Écrasés*, à Paris ; à présent, il en est dix, il en est cent. On écrase partout. J'ai reçu, dans la même journée, la lettre de faire part d'une vieille amie de soixante-seize ans écrasée sur le boulevard, et la nouvelle de la mort de cette pauvre petite fille du peintre Helleu, écrasée au bois de Boulogne, dans la voiture qui lui servait de berceau roulant. Quelle a été la douleur du père et de la mère, — que je revois si joyeux de la naissance de cette enfant! Et qui ne les plaindrait du profond du cœur !

Mais je vois que quelques-uns de nos contemporains ne se contentent point de plaindre ceux qu'on écrase et de se plaindre qu'on les menace d'écrasement. Plusieurs vont plus loin : ils se révoltent, et voici, ce matin, notre confrère M. Hugues Le Roux, qui profère un *appel aux armes* et déclare, dans une lettre adressé au préfet de police, qu'il s'armera, désormais, d'un revolver, et que si les *automobiles* menacent d'écraser sa femme et ses enfants, — se considérant comme en cas de légitime défense, il fera feu sur les chauffeurs d'automobiles, devenus aussi redoutables que les légendaires et farouches *chauffeurs* du temps du Directoire.

Je n'aurais pas cru M. Hugues Le Roux aussi bouillant. Il saute, d'un bond, aux extrêmes. C'est qu'il est père, et que les automobiles, filant avec une rapidité vertigineuse sans se soucier des « honnêtes gens qui vont à pied, » lui inspirent une sorte d'horreur. Vainement s'est-il adressé à des gardiens de la paix pour modérer les machines emportées.

— Que voulez-vous, lui ont répondu les agents

de police, que nous fassions contre ces gens-là ?

On n'arrête pas une locomotive. Alors M. Hugues Le Roux, le moraliste de *Nos Filles*, a laissé là toute pensée de raisonnement, et il a mis un revolver dans sa poche. « Si tu m'écrases, je te brûle ! » Rien de plus simple. C'est aller bien vite en besogne. Il est peut-être, pour calmer les chauffeurs de 1898, d'autres moyens que les coups de feu. Je ne cite le trait que pour montrer en quel état d'exaspération la brutalité trépidante des pétrolettes peut mettre les plus spirituels d'entre les gens nerveux. L'excès de civilisation amène ces excès de sensibilité, et l'on en arriverait bien vite — œil pour œil, dent pour dent, roue pour roue — au revolver américain. Puis, tout se tasse et tout se calme. Les écrasés se résignent, en se disant qu'ils servent d'otages à ce qu'on appelle un progrès nouveau, et les choses humaines, les plus inhumaines, finissent par s'arranger — l'accoutumance étant le grand remède — dans la bataille de la vie. Il faut seulement en prendre son parti. C'en est fait des villes paisibles, des promenades sentimentales, des journaux qu'on lit en marchant, du livre nouveau que l'on feuillette des yeux, avant que d'en couper les pages, dès qu'on l'a pris chez le libraire. Veillez à droite, veillez à gauche ! Partout le danger. Si vous voulez du recueillement, allez à Versailles (encore y trouverez-vous des tramways électriques), ou dans le vieux et silencieux Valognes, où se promenait Barbey d'Aurevilly en robe rouge, avec une cagoule grotesque au front.

Le recueillement ? Vieille mode ! Épuisé, le recueillement, comme les Parisiens eux-mêmes ! On n'en rencontre plus dans ce Paris nouveau, que notre Parisienne d'Avignon trouvait avec raison délicieux, et qu'on travaille à nous faire non seulement redoutable par les véhicules, mais (autre sujet de tristesse) désagréable aux yeux, *polychrome*, avec des barbouillages affreux, des coloriages bleu de cobalt ou jaune de chrome pour attirer les passants et accrocher le regard des promeneurs. Je ne veux pas désigner la noble et belle rue qu'on vient de déshonorer ainsi, par un badigeonnage bleu offensant. On veut attirer les yeux et on les choque, et on les poche. Pour peu que cela continue, les boutiques parisiennes auront l'air de magasins criards de marchands de couleurs.

— Mais il faut bien se faire remarquer! Une boutique ainsi peinturlurée est une annonce toute faite, frappante et hurlante!

Voilà le mot : cette couleur hurle, et la mode de ces hurlements semble se répandre. On sera bientôt obligé de mettre des lunettes bleues pour éviter ces taches de couleur. Et qu'on ne me dise pas que j'attache trop d'importance à de tels détails. Une rue de de Paris, c'est, en quelque sorte, la propriété morale de tout Parisien. L'artiste sans sou ni maille, l'ouvrier qui ne peut guère espérer avoir jamais pignon sur sur rue, le flâneur — s'il en reste encore — ont à eux, en toute justice, la rue, l'aspect, la perspective de cette rue qui a pour propriétaires légaux et effectifs] un certain nombre de gens. Le paysage parisien appartient à tout Parisien, Si quelques pots de couleur bleue, ou rouge, ou verte, me le gâte ou le salit, j'ai le droit de protester. D'autant plus que ces taches ne sont pas isolées. Elles sont à l'huile, et s'étendent sur les murailles. Le maquillage de Paris est encore plus redoutable que celui des Parisiennes. Et ce n'est même pas, non ce n'est pas seulement du maquillage ou de l'émaillage, ce barbare bariolage de la face des logis qui fait songer aux plaques de vermillon ou de bleu de ciel dont les sauvages stigmatisent, sous prétexte de parure, leur front, leur menton ou leurs joues, — c'est de la mascarade, c'est du mauvais goût désagréable, c'est de ce violent et aveuglant *tape-à-l'œil* qui faisait dire à Delacroix lui-même, le grand coloriste, devant certaines débauches de couleur :

— Donnez-moi donc vite un écran !

Quoi qu'il en soit, il faudra sans doute — et il faut déjà peut-être — prendre notre parti de ce *néo-Paris*, du Paris-polychrome et automobile, et faire la part de la brutalité dans les goûts, comme il a fallu toujours faire la part du feu.

Mais il est bien permis de regretter un peu ce que la vie nouvelle emporte de nos habitudes et de nos souvenirs. J'ai toujours aimé, quant à moi, ce personnage des revues de fin d'année qui, sur quelque vieil air de la *Clef du Caveau*, vient, la voix attendrie, fredonner un rondeau sur tel ou tel coin de l'ancien Paris que la pioche de l'an passé vient d'abattre. Ce *pleureur* de tout ce qui s'en va — boulevard du Temple jadis, prison de Mazas aujourd'hui — m'a toujours, je le répète, semblé intéressant. Il suit le convoi de tout ce qui tombe. Il donne une larme aux moellons qu'on emporte, aux vieilles modes et aux vieilles mœurs.

> O souvenirs du boulevard du Temple,
> Gai boulevard où chantaient mes vingt ans!

La *variante* sera, cette année :

> Adieu Mazas, ô prison cellulaire,
> Où l'on goûta parfois de doux repos...

Ou encore, sous les traits de quelque vieux professeur en Sorbonne, le *pleureur* annuel nous viendra chanter un rondeau sur la suppression du latin et du grec :

> Mon vieux latin, latin de ma jeunesse,
> Monsieur Lemaître a demandé ta mort!

C'est, à vrai dire, l'événement de la semaine, cette charge à la Murat de M. Jules Lemaître, contre les études purement classiques, et la vieille Sorbonne a bien fait de disparaître. Ses murailles se fussent écroulées comme les murs de Jéricho, en entendant ce coup de clairon, le boute-selle de l'enseignement moderne et pratique.

Lorsque M. Édouard Lockroy, grand maître de l'Université, prononça, il y a quelques années, au concours général, son brillant et courageux discours où, à côté des droits d'Horace, il proclamait ceux de Tolstoï, lorsqu'il rentra dans son cabinet, l'image de M. de Fontanes, le portrait officiel qui se dresse devant le bureau du ministre de l'Instruction publique, dut regarder, l'œil irrité, ce novateur qui parlait là de la littérature anglaise, de la littérature russe, de Dickens et de Dostoïevsky.

M. de Fontanes aurait le même regard pour M. Jules Lemaître. Le paradoxe n'effraye point l'auteur du *Pardon*, ni même la vérité. L'ancien professeur a le droit de parler de l'antiquité, car il la connaît, et d'être infidèle à Virgile, car il l'a aimé. Il n'a pas la superstition des vieilles gloires. Il ne renverrait pas le vieil Homère aux Quinze-Vingts, comme le faisait Jules Vallès, mais il conseillerait volontiers au bon poète de dormir un peu, puisque le sommeil ne lui déplaît pas. *Aliquando dormitat.*

Dans une amusante comédie de Labiche, le *Papa d'un Prix d'honneur*, l'excellent Geoffroy jouait le rôle d'un bon bourgeois ignorant, qui se gonflait d'orgueil à la pensée que son fils avait obtenu le premier prix de dissertation latine :

— On lui a, disait-il, donné pour cela tout Cicéron! « Trente volumes! » Je ne les ai pas lus. Je ne sais pas ce que ça vaut, Cicéron : mais *c'est un nom!*

M. Lemaître ne s'arrête pas devant les *noms*. Cicéron ne le trouble point. Il travaille avec infiniment d'esprit à démontrer que le latin et le grec, sur lesquels on pâlit, ne servent pas à grand'chose, qu'on les oublie dès qu'on est sorti du collège, et qu'à bien prendre Rabelais et Montaigne ayant pris de l'antiquité tout ce qu'elle a de substantiel et de succulent, il nous suffit de lire les *Essais* et *Pantagruel* pour savoir du passé tout ce qui est important, absolument comme il nous suffirait d'écouter *Britannicus* ou *Cinna* pour connaître les historiens latins.

C'est de la simplification ou je ne m'y connais point. M. Lemaître ne charge pas l'homme moderne de trop *d'impedimenta*. Il sait que la route est longue et le chemin ardu. Il veut armer à la légère nos jeunes contemporains pour leur permettre d'aller plus loin, d'aller plus vite.

Pense-t-il vraiment que ce soit par trop de science que pèchent les nouveaux venus? Je me suis laissé dire qu'ils ont, sans qu'on le leur conseille, l'art de supprimer tout bagage importun et de regarder déjà comme aboli tout ce qui date de la veille. Ce fin et puissant Montaigne, réservoir inépuisable d'idées, de faits et de mots, croyez-vous donc que, pour la plupart des nouveaux venus, il ne soit pas déjà un *antique?* A tes bavardages, bonhomme, à tes citations, à tes anecdotes! Une pensée de Solness le Constructeur, parle mieux à nos âmes troublées.

Et les classiques français qui nous mettent en scène Auguste ou Curiace, Pauline ou Bérénice, croyez-vous qu'on les écoutera longtemps encore, et qu'on les comprendra lorsque les études classiques seront devenues des exercices supérieurs de mandarins érudits?

Je n'ai pas non plus la superstition des choses consacrées. Et dans cette éternelle querelle des anciens et des modernes, qui recommencera tant que les générations succéderont aux générations, je répète volontiers le mot de la charmante fille de Molière : « Les anciens, monsieur, sont les anciens, et nous sommes les gens de maintenant ». Sans doute. Mais, comme les nations, ces générations diverses sont cohéritières.

Nous ressemblons à des héritiers trop riches qui ne voudraient plus accepter les legs du passé que sous bénéfice d'inventaire. Les trésors amassés en monnaies romaines ou grecques leur pèsent : ils porteraient volontiers chez le changeur les médailles de Syracuse pour les remplacer par des médailles de Roty.

« *Nous sommes les gens de maintenant*, » oui certes. Mais les gens d'autrefois ont fait cette France qui est la nôtre, et que je voudrais que tout le monde aimât comme ils l'aimèrent. Et ces solides aïeux qui ne se contentaient pas de fonder la Patrie, qui — puisqu'on parle tant de colonisation — ouvraient aux Indes un débouché admirable à la nation et baptisaient du beau nom de *Nouvelle-France* la noble terre canadienne, — ces aïeux étaient nourris de moelle antique. Je sais ce qu'ils ont fait avec leur éducation forte et leurs solides sciences. Je le sais parce que j'en jouis.

Nous avons plus qu'eux des connaissances variées, des lueurs en toutes choses. Je me demande si nous rencontrerions parmi nous, en aussi grand nombre qu'au seizième siècle, des savants dont l'étude avait à fois élargi le cerveau et grandi le caractère.

En vérité, le désir de savoir, l'appétit d'étudier, sont-ils donc si puissants aujourd'hui qu'il faille enseigner aux nouveaux venus l'art de se décharger d'une partie de la science humaine sur des gens spéciaux qui seraient à notre société industrielle ce qu'étaient les moines dans la société chevaleresque ou *chevalière* du moyen âge ? J'entends encore Edmond de Goncourt me dire avec un soupir attristé :

— Aujourd'hui, c'est fini, on ne lit plus les *in-octavo* !

Quant aux *in-quarto* et aux *in-folio*, il faut laisser cela aux rats de bibliothèque, poudreux comme des rabbins de Rembrandt. On ne lit plus les *in-octavo* et on finira par ne plus lire les *in-18*. On ne lira bientôt plus que les journaux, pourvu qu'ils nous donnent des *tuyaux* sur la course du lendemain, ou qu'ils nous renseignent sur les *matches* vélocipédiques.

Je conçois très bien qu'un doux entêté qui continuerait, parmi nos clameurs et nos poussées féroces à souffler dans la flûte de Virgile, paraîtrait assez attardé. Mais je regrette le vieux Français du temps passé, le Français d'hier, celui qui avait de bon livres bien reliés dans sa bibliothèque et du bon vin non frelaté dans sa cave, livres qu'il lisait, vin qu'il dégustait, le Français lettré, citant du latin en souriant et se consolant de la vie non avec une noire pensée de Schopenhauer, mais avec un lumineux vers d'Horace, le Français patriote et pourtant « citoyen du monde », qui aimait à la fois les humanités et l'humanité, et qui, volontiers, comme La Tour d'Auvergne, eût monté à l'assaut d'une redoute avec un livre dans sa giberne, un livre classique glissé là parmi ses cartouches.

Je lisais hier dans ces vivants souvenirs de guerre, que M. G. Bapst a écrits comme sous la dictée du maréchal Canrobert, les notes du vaillant soldat relevées dans ses états de service. Rien de plus curieux. L'élève de l'École militaire est un latiniste. C'est le mot que portent ses notes : « *Latiniste*. Entend l'allemand ». Et Canrobert n'était pas une exception. Et cette génération, succédant à la génération des sabreurs de l'Empire, *savait*, avait appris, était instruite. Ces généraux de Napoléon Ier qu'on nous représente volontiers, du reste, comme promenant leurs houzardailles à travers le monde, ils *savaient*, eux aussi ! Canrobert nous parle précisément d'un de ces chefs, vieux troupier qui, entre deux batailles, ouvrait et lisait un petit bouquin qui était *Horace*. Qui semble, plus que Lassalle, un héros d'épopée, ignorant de toutes choses sinon du coup de sabre ? Après sa mort, on vendit à Vienne ses chevaux et ses *bibelots*, comme on dirait aujourd'hui : or, il y avait des livres là et des cartes, de nombreuses cartes géographiques. Le cavalier emportait des livres dans ses fontes. Lassalle *intellectuel !* Eh oui !...

Vous entendez bien que M. Jules Lemaître ne prêche ni ne conseille l'ignorance. Au contraire. Mais, sans le vouloir, il y pousse.

> C'est par le *latin* qu'on commence,
> C'est par Corneille qu'on finit.

Il est certain que le téléphone, le phonographe, les rayons de Rœntgen — pour ne parler que de ce que la science nouvelle a comme banalisé, — la bactériologie et l'étude des infiniment petits demeurant le lot des seuls initiés, — tout ce qui a compliqué à la fois et décuplé notre vie moderne, toutes ces inventions d'hier, inconnues des Pic de la Mirandole disparus, ont jeté sur nos épaules un fardeau de connaissances à faire plier les plus robustes. Mais précisément les *humanités* sont le viatique de la caravane trop chargée de science. Les *bonnes lettres* consolent, expliquent ; elles montrent la route, allègent l'étape. C'est une étoile, Virgile. L'antiquité est une halte dans une oasis.

Je ne voudrais pas qu'on nous répétât trop souvent que l'oasis est un pur mirage. Nos contemporains le croiraient trop facilement. Ils prendraient d'autant plus au mot M. Jules Lemaître que ses mots sont plus séduisants. Ce docteur qui parle, non pas *ex cathedra*, mais — comment dire? — *ex bicycletta*, est un charmeur, mais c'est un trompeur. Non, le bon, l'exquis, l'admirable Montaigne — que j'aime, comme il aimait Paris, jusqu'en son égoïsme, — Montaigne ne nous remplacerait pas plus l'antiquité qu'André Chénier ne nous remplacerait Virgile. Il l'a digérée, soit. Mais je tiens à goûter moi-même aux mets qu'on me présente, et le divin Montaigne a beau faire, il n'est que le truchement du passé, ou plutôt il est un pur et immortel Français de France.

Le coup de trompette de M. Lemaître aura eu cela de bon qu'il aura réveillé une discussion intéressante, capitale. Et cela, un jour de Grand Prix, s'il vous plaît! Quant aux idées du polémiste sur la colonisation, là, sur ce point aussi, je pourrais discuter. J'ai une idée : « Pourquoi (le labeur ne manquerait point!) ne s'attacherait-on pas à *coloniser* la France ? » Pourquoi non ? Les villages abandonnés, les départements dépeuplés, les terres en friche, ne manquent pas. Être *colonial à l'intérieur*, c'est un programme.

Je connais bien un général qui me disait :

— Ah! la belle expédition à faire! et qui vaudrait bien Madagascar !...

— Et quelle expédition, général ?

— Emporter d'assaut les bouges et les repaires de Paris !

XXV

Souvenirs de Sainte-Beuve. — A propos de l'inauguration de son buste. — De la rue du Montparnasse aux allées du Luxembourg.

16 juin 1898.

Il est assez mélancolique de rencontrer désormais à l'état de bustes ou de statues, ceux que l'on a jadis admirés et aimés.

Ces noms glorieux de nos premiers enthousiasmes, nous les retrouvons sur des plaques émaillées, au coin des rues : rue *Gustave-Flaubert*, rue *Théodore-de-Banville*, rue *Théodule-Ribot* du côté du parc Monceau et des quartiers nouveaux. Et, dans ce Luxembourg où nous promenions nos premiers rêves, les monuments se succèdent, à la fois souriants et funèbres. Les poètes y *reviennent*, que nous avons connus autrefois. Ces lèvres qui nous parlèrent, les voici de bronze ou de marbre. C'est hier que ces visages vivaient encore, et cet hier est déjà si loin !

Sous les arbres du Luxembourg, après Mürger et en attendant Leconte de Lisle, nous allons avoir Sainte-Beuve, évoqué par le ciseau de M. Denys Puech. On s'est déjà récrié sur la médiocrité de l'hommage : « Quoi! un simple buste pour ce grand remueur d'idées, cet encyclopédique cerveau, ce générateur de pensées! Mais il méritait une statue! » La statue, c'est M. Gréard qui s'en charge, et Sainte-Beuve apparaîtra debout, de pied en cap, dans le livre auquel travaille l'éminent recteur de l'académie de Paris. En attendant, l'auteur des *Lundis* sera glorifié dans le plein air parisien, et, à vrai dire, Sainte-Beuve n'en demandait pas tant. Tout ce qu'il souhaitait comme hommage posthume, c'était un buste sur quelque cheminée ou dans un coin de la bibliothèque de Boulogne, sa ville natale. « Laissons, disait-il en 1853, à propos du buste de l'abbé Prévost, laissons la statue aux hommes célèbres qui ont marché sur cette terre avec autorité, d'un pied sûr, orgueilleux ou solide; pour l'homme de lettres, pour le romancier, pour celui que l'amour de la retraite poursuit jusque dans le bruit, pour ceux qu'une demi-ombre environne et que plutôt elle protège, pour ceux-là, c'est le buste qui convient... »

Le buste de M. Puech me paraît vivant. Le sculpteur a bien rendu ce visage pétri de vie, à qui la légendaire calotte — qui n'eût point déparé ce crâne de marbre — donnait quelque chose de monacal. Peut-être le sculpteur a-t-il un peu, comme on dit au théâtre, *marqué* Sainte-Beuve qui, malgré ses joues tombantes, semblait, en vérité, plus jeune, le sourire et le regard avivant tout ce visage aux chairs molles.

Quand j'ai connu Sainte-Beuve, il était déjà souffrant de la maladie qui l'emporta, et n'avait plus que peu d'années à vivre. Malgré les tortures de la prostatite, il aimait à recevoir, à causer, avide de connaître non seulement les œuvres, mais les hommes. « Je ne parle jamais d'un auteur vivant sans l'avoir vu, » disait-il. Sa petite maison de la rue du Montparnasse où il avait jadis vécu avec sa mère était pour nous un lieu de pèlerinage. Nous avions deux pôles alors en quelque sorte : le rocher de Guernesey et la demeure de Sainte-Beuve. Nous disions avec respect : *le père Hugo* et, avec tendresse : *l'oncle Beuve*. Les Goncourt attendaient comme les arrêts de juges souverains l'opinion de Michelet, quand ils venaient d'achever un livre d'histoire, le verdict de Sainte-Beuve quand ils venaient d'écrire un roman. Toute la jeune poésie parnassienne a gravi avec des battements de cœur le petit escalier qui menait, dans le modeste logis, à la bibliothèque où travaillait l'auteur de *Port-Royal*. Paul Verlaine montrait, comme un brevet d'honneur, la lettre que lui écrivait ce maréchal des lettres. Ernest Feydeau, en apportant le premier exemplaire de *Fanny* dans la retraite de la rue du Montparnasse, brandissait le volume en criant : « Maître, voici *un incendie*! »

Je vois encore Sainte-Beuve à sa table de travail, *malade, non pas dolent, mais amaigri, et je l'entends* nous conter toutes les misères de son mal ; le *carabin* d'autrefois réapparaissait, ironiquement souriant, chez le poète devenu critique :

— La prostate, disait-il, c'est une amygdale dont je ne vois pas la nécessité. Ce que j'ai serait d'ailleurs guérissable chez un jeune homme; — à mon âge, c'est fini! Je voudrais seulement pouvoir sortir!

Il aimait, en effet — comme François Coppée — les petites promenades à travers les rues de son quartier, les flâneries lentes par les faubourgs populaires. Toute cette rive gauche de Paris, il la connaissait dans ses moindres pavés. Il avait presque toujours vécu entre les quais, avec leurs bouquinistes, et les boulevards extérieurs, avec les boutiques et leurs arbres grêles. Il y a, dans le passage du Commerce, au-dessus de la voûte qui mène à la rue Saint-André-des-Arts, un hôtel garni, existant encore. C'est là que, chaque jour, dans sa jeunesse, Sainte-Beuve, quittant après son déjeuner la petite maison de la rue du Montparnasse, allait s'enfermer pour travailler, loin des fâcheux. Il avait loué, au troisième étage, une chambre sous le nom de *M. Charles Delorme* (un proche parent de Joseph Delorme), et c'est là que de la première à la dernière ligne (sauf tel fragment sur le séminaire qui lui fut fourni par Lacordaire) il écrivit *Volupté*.

Cette cour du Commerce mériterait du reste, à elle seule, une monographie. A l'opposé de l'hôtel où logea Sainte-Beuve, s'élevait la maison jadis habitée par Danton, du côté de la rue de l'École-de-Médecine. Le vieux cabinet de lecture — encore ouvert — dans le passage, était celui que tint, un moment, la veuve de Brissot, le girondin Brissot, Brissot de Warville, et, chez le libraire A. Durel, on peut voir, sans beaucoup chercher, une pierre sur laquelle un médecin du temps jadis fit, en présence de quelques invités, l'expérience d'une machine qu'il venait d'inventer, et coupa, sur cette pierre même, la tête d'un mouton. Le docteur s'appelait Guillotin, et la machinette qui décapitait le mouton allait être « la guillotine ».

Sainte-Beuve aimait ces vieux quartiers qui suent l'histoire. Rue du Montparnasse, il n'habitait pas fort loin de la maison occupée en 1815 par le maréchal Davout. Il se plaisait à dire l'étymologie de ce nom : *Montparnasse*. Il y avait eu là une butte, moins haute que celle de Montmartre, où, aux dix-septième et dix-huitième siècles, les écoliers des collèges de Paris venaient jouer aux jours de congé. En 1761, on l'abattit et on planta le boulevard.

— Montparnasse ! Le nom était prédestiné, disait-il aux Parnassiens.

— Si vous vivez longtemps après moi, disait-il aussi à M. Jules Troubat, son dernier secrétaire, vous entendrez bien des légendes sur mon compte.

J'aurais voulu qu'après les éloquents discours officiels que nous écouterons dans l'allée du Luxembourg, autour du buste de M. Denys Puech, quelqu'un des collaborateurs du maître prît la parole et, très simplement, saluât Sainte-Beuve au nom de ceux qui l'ont connu, de ceux qui l'ont aimé. Ils sont encore vivants, ceux qui pourraient rendre au critique des *Lundis* cet hommage familier, familial aussi. M. Troubat est là, et M. Jules Levallois, demeuré si fidèle à à la grande mémoire de celui dont mieux que personne il pourrait conter la laborieuse, l'admirable vie littéraire. J'aurais voulu entendre ces survivants, ces témoins des heures de travail.

La *légende* de Sainte-Beuve avait commencé avant la mort même de Sainte-Beuve. Ceux-là qu'il accueillait ne se gênaient point pour la colporter, l'agrémenter au besoin.

— Si l'on veut se donner un curieux spectacle, disait l'un d'eux, on n'a qu'à parler à Sainte-Beuve de l'une de ses trois bêtes noires : Hugo, Balzac ou Michelet. Il a, lorsqu'on cite ces noms, trois physionomies très distinctes et trois colères immédiates, très différentes !

C'était de ces colères dont parlait Barbey d'Aurevilly quand il disait de son verbe haut et chaud :

— Sainte-Beuve est un homme d'esprit qui a des colères de dindon !

L'auteur des *Diaboliques* a été plus juste lorsqu'il a appelé Sainte-Beuve un « Wordsworth mondain » — un « bénédictin libre » — et qu'il nous l'a montré lisant, dans la rue, quelque elzévir à tranche dorée.

« Et c'est là une image de sa vie : il étudie toujours, *mais il va !* »

Les colères rouges de Sainte-Beuve ont fait partie de sa *légende*. Tout cela tombe devant le socle de pierre.

Je dois dire que je n'ai jamais entendu Sainte-Beuve parler de Victor Hugo qu'avec l'admiration attendrie qu'il pouvait garder pour celui qui jadis avait été *Victor*.

Je n'ai qu'un souvenir un peu narquois — et d'ailleurs très expressif — d'une entrevue, d'une première entrevue, mimée en quelque sorte par Sainte-Beuve, entre Stendhal et Victor Hugo :

— Je me rappelle, disait-il, une soirée chez Mérimée, aux Beaux-Arts — chez Mérimée, le père — où Prosper Mérimée voulut présenter Stendhal à Hugo... Stendhal sautillant, *ta*, *ta*, *ta*, *ta*, *ta*; Hugo, calme, grave : *poum*, *poum*, *poum !*... Ils ne se « saisirent » pas !

De Balzac, il m'a dit, un jour :

— Un grand génie de romancier! On dit d'un homme : « *C'est un homme de Balzac* », et c'est beaucoup. Mais je me récuse, moi !

Non, je ne l'ai jamais vu dans ces fameuses colères dont on nous faisait le récit, de son vivant, et où, disait-on, il lançait sa calotte à travers sa bibliothèque. Lors des sifflets qui l'accueillirent à l'ouverture de son cours du Collège de France, il en avait éprouvé une telle impression énervante, une exaspération si vive, qu'il avait chargé deux pistolets : l'un pour tirer sur ceux qui l'interrompaient, l'outrageaient, l'autre pour se brûler la cervelle ensuite, dans sa chaire même.

Ce n'était pas de la comédie. Joseph Delorme était homme à mourir comme Werther. (*Werther-Carabin*, l'avait appelé M. Guizot.) Cette impopularité imméritée, brutale, lui était insupportable.

— J'étais désespéré, las, nous disait-il.

On retrouva, après sa mort, ses pistolets encore chargés. Mais la justice s'était faite, la popularité était venue et, avec toute la jeunesse, nous avions suivi, de la petite rue au cimetière Montparnasse, le convoi de Sainte-Beuve qui s'était constitué au Sénat le défenseur de la liberté des lettres.

L'Empire avait, du reste, en ce sénateur, une recrue des plus indépendantes. Sainte-Beuve contait que la seule fois qu'il alla à Compiègne — c'était en 1863 — l'Empereur lui dit, avec une amabilité voulue :

— Je suis heureux de vous voir, monsieur Sainte-Beuve. Je lis toujours avec plaisir le *Moniteur* lorsque votre article y paraît.

Or, il y avait quatre ans déjà que les *Nouveaux Lundis* paraissaient dans le *Constitutionnel*.

— Jamais, me disait-il (je l'entends encore), jamais je ne parlerai, comme on me l'a demandé, de la *Vie de César*.

Ce fut, au fond de l'âme, un indépendant, une sorte de bourgeois ami de son libre arbitre et dont le talent, très fier, haussa le caractère. Et quel travailleur! Remuant tout, compulsant tout, lisant, cherchant, annotant pour arriver à *parfaire* le « *lundi* », tel portrait littéraire qu'il voulait complet, définitif. Un article lui coûtait le travail exigé par un volume. Puis — comme un bon bourgeois encore, — pour se reposer de son labeur, il allait au théâtre, le dimanche, jour de spectacle autrefois pour les Parisiens, jour de campagne ou de bicyclette aujourd'hui. Il aimait les comédiens, les grosses farces du Palais-Royal. Son plaisir, parfois, était de s'entourer de comédiennes, de les inviter, pour se *parisianiser* un peu, et une artiste de beaucoup d'esprit et, mieux que cela, d'une haute intelligence, Suzanne Lagier, amie de Théophile Gautier, des Goncourt, lui présenta, un jour — pour donner un sourire à ces repas — une blonde et charmante actrice, qui jouait alors au Gymnase et qui, jolie au possible, s'avisa plus tard d'avoir du talent, et beaucoup, lorsqu'elle incarna une des héroïnes de Zola sur une scène du boulevard, à l'Ambigu.

Sainte-Beuve avait plaisir à se voir entouré d'amis supérieurs, d'aimables visages. Il causait alors (comme il savait causer, en maître de cet art exquis). Et, ce soir-là, tout à fait en verve, il éblouit Gautier et les Goncourt en leur parlant du dix-huitième siècle, de ses femmes, Mme de Boufflers, Mlle de Lespinasse, la maréchale de Luxembourg... C'était un délice.

Deux heures après, la jolie comédienne, qui jouait, au Gymnase, une pièce à la fin de la soirée, arrive au théâtre du boulevard Bonne-Nouvelle, et poussant un soupir de soulagement :

— Ouf! dit-elle. Je viens de dîner avec un sénateur, un nommé Sainte-Beuve. Il paraît qu'il est très connu. Je n'en sais rien. Mais il est bête!...

Et l'accent était convaincu, le cri partait du cœur : *il est bête!...*

Sainte-Beuve eut plus de bonheur lorsque, pour l'anniversaire de Racine, Edouard Thierry ayant fait réciter par Mlle Favart la belle pièce des *Consolations*, les *Larmes de Racine*, il dut, étant trop malade, s'excuser de ne pouvoir assister à la représentation. Il le regrettait. Le « *poète mort jeune en qui l'homme survit*, » eût été heureux d'entendre les vers de sa jeunesse. M. Troubat ne nous dit-il point que, sur un exemplaire de *Joseph Delorme*, donné à M. de Chantelauze, Sainte-

Beuve écrivait : « *Amico* de Chantelauze, *hæc juvenilia — senex nec tamen penitens* Sainte-Beuve » ? Le vieillard impénitent eût donc, avec joie, écouté, applaudi Mlle Favart. Mais la prostate était là, l'inutile, la fâcheuse *amygdale* dont il me parlait.

Alors l'administrateur de la Comédie eut une idée charmante : il se transporta dans la petite maison de la rue Montparnasse (M. de Bornier l'accompagnait) et dit au poète :

— Cher Maître, voici Mlle Favart qui vient vous réciter, à vous — et redire, pour vous — les *Larmes de Racine* !

Et Mlle Favart commença :

Jean Racine, le grand poète,
Le poète aimant et pieux,
Après que sa lyre muette
Se fut voilée à tous les yeux,
Renonçant à la gloire humaine,
S'il sentait en son âme pleine
Le flot contenu murmurer,
Ne savait que fondre en prière,
Pencher l'urne dans la poussière
Aux pieds du Seigneur, et pleurer !...

M. de Bornier — ou M. Troubat — pourrait nous dire si, en chantant les *Larmes de Racine*, Mlle Favart ne réussit pas à faire couler les larmes de Sainte-Beuve.

L'exemplaire de l'édition princeps des *Consolations*, que j'ai là, publiée par Urbain Canel, contient une lettre peut-être inédite de Sainte-Beuve adressée à un autre poète « mort jeune » et demeuré inconnu,

M. Tremblai. J'y trouve des indications précieuses sur « l'état d'âme » de Sainte-Beuve à cette heure lointaine :

1er juin 1830.

Monsieur,

J'ai été extrêmement touché de la lettre et des vers que vous m'avez adressés, et en même temps je suis embarrassé pour répondre dignement à tant de confiance.

Vous avez la bonté, monsieur, de juger de moi par mes vers et de m'attribuer, comme dispositions habituelles, ce qui n'est qu'éclair passager dans ma vie. Vous êtes malheureux et vous me demandez des consolations ; je voudrais bien en posséder le secret, monsieur, et avoir en moi la source d'eau vive ; je n'en serais point avare assurément. Mais ce n'est pas en nous autres qu'il faut la chercher. Quand on a la foi et l'appui d'une religion positive, la source de toute consolation est trouvée ; quand on n'a pas le bonheur de croire, le mal est presque irrémédiable ; on ne peut l'assoupir que par des conseils humains fort imparfaits ; l'amour, quand il n'est pas contraire à l'ordre, est ce que la terre a de mieux à offrir aux âmes qui y sont exilées ; l'amitié peut beaucoup, mais j'ai le malheur de ne pas trop compter sur son efficacité souveraine. Je crois peu aussi au pouvoir de la poésie.

Pardon, monsieur, de si mal répondre à vos questions si pleines de candeur et de confiance; mais, moi-même, si je l'osais, et si je croyais qu'il y eût en ce monde quelque poète qui eût le secret que vous cherchez, je lui demanderais à lui-même ce que vous me demandez à moi, car, comme vous, monsieur, j'ai besoin de ce qui console ; mais je me fais moins d'illusions peut-être, et je ne cherche plus, par désespoir de trouver, et par l'idée où je suis que la religion seule donne ce calme qui n'est pas le bonheur, mais qui suffit après la première jeunesse.

Adieu, monsieur, et croyez à mes remerciements bien vifs et à ma considération parfaite.

Sainte-Beuve.

Elle est fort belle, cette lettre désolée. Plus de *consolations*, ni dans l'amitié, ni dans l'amour !

On retrouverait les mêmes pensées tristes, les mêmes inquiétudes, dans telle pièce des poésies de *Joseph*

Delorme, le *Soir de la jeunesse* qui, dans le recueil, vient immédiatement après les fameux *Rayons jaunes*. Sainte-Beuve eut toujours en lui de l'inassouvi, des tendresses refoulées, des aspirations vers un idéal féminin qui fuyait. Charles Asselineau, qui avait un « joli brin de crayon » emmanché à sa plume, lui montra, un jour, un dessin — que je possède aujourd'hui — fait pour illustrer deux vers étonnants de Sainte-Beuve, un souhait à la fois bucolique et sentimental :

... Oh ! que ne puis-je avoir,
Sur ma table un lait pur, dans mon lit un œil noir !

Asselineau avait représenté un bol de lait fumant sur une petite table, et dans un lit, sur l'oreiller, *un œil* — un œil unique, d'un noir superbe, poché d'encre et regardant le poète. Sainte-Beuve ne rit pas en regardant cette fantaisie. La facétie ne lui rappelait que des souffrances. Ce fut un tendre, un timide en amour que celui à qui Alphonse Karr jetait publiquement l'épithète d'affreux bonhomme. Devenu vieux, Sainte-Beuve avait un pigeon qu'il aimait, qui venait manger du grain sur ses tapis ou ses livres. Je ne sais par quel accident le pigeon se cassa la patte :

— Eh bien, dit le poète, sachant les secrets des amours de ce monde, il aura désormais plus besoin de moi qu'autrefois. Tant mieux ; il ne me quittera pas !

La sensation que tout est fugitif en ce monde et qu'il faut quitter ce qu'on aime le mieux ou se voir abandonné de ce qu'on aime le plus, fut ce qui rendit souvent mélancolique ce grand travailleur, dont le travail était la joie, la véritable *consolation.*

Ce vieux garçon qui n'avait autour de lui, à la fin de sa vie, que de rares amis et des livres, autrefois rêvait d'un foyer, d'une compagne, d'une famille. L'*œil noir* pouvait aussi être celui de la femme honorée et dévouée. Je ne sais rien de plus poignant que ce morceau de Joseph Delorme, *la Veillée*, où le poète félicite Victor Hugo de la naissance d'un fils :

> C'est un garçon encor : le ciel vous l'a donné
> Beau, frais, souriant d'aise à cette vie amère...

C'était François-Victor qui venait de naître, et à l'heure où Victor Hugo souriait au berceau du nouveau-né (qu'il devait conduire au cercueil comme le vieux Nangis), Sainte-Beuve, externe à l'hôpital, veillait aussi, mais près d'un cadavre...

> Moi, pendant ce temps-là, je veille aussi, je veille
> Non pres des rideaux bleus de l'enfance vermeille,
> Près du lit nuptial arrosé de parfum,
> Mais près d'un froid grabat, sur le corps d'un défunt.
> C'est un voisin, vieillard goutteux, mort de la pierre.
> Ses nièces m'ont requis ; je veille à leur prière.

Et il décrit la scène : la croix de bois noir sur les draps, le christ osseux posé entre deux chandelles, sur une chaise, à côté d'un rameau de buis trempant dans une assiette. On croirait voir un tableau de Tassaert, le peintre attendri des misères. C'est là un symbole de la vie même de Sainte-Beuve. Où les autres trouvèrent des joies, il rencontra des deuils.

— J'ai toujours eu, toujours, disait-il — sans se plaindre, d'ailleurs, — *un mur devant moi* !

Le mur est tombé depuis longtemps, laissant l'homme et sa renommée en pleine lumière. Ce siècle ne laissera pas de nom plus durable que celui de Sainte-Beuve. C'est le Critique par excellence, le critique incorruptible et souverain. Savait-il que sa *galerie* de portaits durerait autant que notre littéraire et que notre histoire ? Il préférait, dans son œuvre, *Port-Royal*. Mais tel pastel de femme, telle évocation de soldat ou de diplomate, comme Jomini ou Taleyrand, tel regard projeté, avec Proudhon, sur l'avenir, dominent les pages si profondes consacrées avec une sorte de tendresse patiente à ces *messieurs*.

On louera ce grand, ce très grand écrivain, dans quelques jours, et le poète de *Severo Torelli* paiera sa dette à celui qui fut aussi, à son heure, un poète des *Intimités*. Sully-Prudhomme doit aussi quelque chose à ce maître. Nous lui devons tous une reconnaissance absolue. Personne plus que lui n'aima, ne fit aimer les lettres.

Ah ! la petite maison de la rue Montparnasse où le grand esprit, toujours en éveil, accueillait avec tant de bonté nos rêves et nos vingt ans !

Et il y a une justice en ce monde. Sainte-Beuve, devenu classique, est de ceux dont la royauté littéraire — pour parler comme autrefois — n'a pas subi d'atteinte.

— Je causais avec un bouquiniste des quais, me disait hier le fin et pénétrant Louis Dépret. Et je lui parlais de Sainte-Beuve : « Monsieur, me répondit le revendeur de bouquins, des volumes de Sainte-Beuve, on ne nous en apporte jamais. Ils ne sortent pas des bibliothèques. Quand on les a, on les garde ! »

C'est un juge, c'est un des magistrats qui appliquent les sentences de la postérité, le Bouquiniste !

XXVI

La cérémonie de dimanche. — Un buste en plein soleil. — Souvenirs de jeunesse. — Une causerie chez Alcide Dusolier. — Un *Lundi* de Sainte-Beuve qui ne sera pas écrit. — La Science. — M. d'Arsonval. — L'air liquide. — Des applications possibles de l'air liquéfié. — Au théâtre. — L'inauguration du musée Carnavalet réorganisé. — Musées parisiens. — Le centenaire du Conservatoire des arts et métiers. — M. Georges Cain. — Un curieux militant. — Recherches et trouvailles. — Chez Mme de Sévigné. — Quelques notes prises à travers les salles. — Les reliques de Béranger. — Le carnet de Lisette. — Deux fusils. — La succession Julia Depoix. — Un catalogue.

23 juin 1898.

Dimanche. — *Le buste de Sainte-Beuve.* — Je n'ai pu entendre les discours prononcés devant le joli marbre sculpté par M. Denys Puech. Je suis arrivé trop tard. J'ai trop longtemps cherché, dans le jardin plein de jeux, l'endroit où s'élève le buste de Sainte-Beuve. J'ai rencontré un Mürger de bronze auprès d'un petit lac où nageaient des canards. J'ai aperçu dans la verdure un Banville souriant, à deux pas des tramways, dans la verdure. De loin, j'ai vu un socle rond qui, sans doute, attend Leconte de Lisle. Mais ce n'était pas de ce côté qu'il fallait chercher Sainte-Beuve. Il est là-bas, plus loin, où furent jadis les lilas de la Pépinière, — à deux pas de la maison de Michelet.

Michelet ! Maintenant, c'est à lui que vont aller les hommages. Mais il s'agira, cette fois, de toute une nation célébrant un homme, de la France acclamant son historien. L'homme de lettres de la rue du Montparnasse fut un lumineux esprit, un grand écrivain ; le magicien de la rue d'Assas fut une grande âme.

C'est sous les arbres que j'ai assisté, de loin, à l'inauguration du monument de Sainte-Beuve. On avait placé les orateurs dans la pleine ardeur du soleil de juin, et j'ai plaint MM. Boissier, Coppée, Vandal et Larroumet parlant tête nue, *sub Jove crudo*. Ils ont bien parlé, du reste, comme M. Dorchain a bien chanté. Nous n'entendions guère, dans notre petit coin éloigné où les échos des applaudissements nous arrivaient seuls, mais j'ai lu ces pages diversement éloquentes, le lendemain, et M. le docteur Cabanès qui a pris l'initiative de l'hommage rendu au maître critique, a dû être content. Dans le coin ombreux je rencontre deux familiers de Sainte-Beuve, deux camarades de jeunesse, Louis Dépret et Alcide Dusolier, et la cérémonie achevée, l'aimable questeur du Sénat nous emmène au Luxembourg, où il nous montre un exemplaire de ses *Propos littéraires* annoté au crayon par Sainte-Beuve lui-même. Il fut, avant d'être sénateur — comme Sainte-Beuve — un critique écouté, un poète applaudi.

M. Alcide Dusolier, et ses vers à son chien de chasse, d'un sentiment rural si profond, sentent l'odeur saine des *ratoubles* périgourdins, valent ses portraits de Barbey d'Aurevilly ou d'About. A la vente de la bibliothèque de Sainte-Beuve, M. Puibaraud acheta un volume de « portraits littéraires » de Dusolier annoté par le critique des *Lundis* qui, sans nul doute, voulait écrire, préparait un « Lundi » sur le jeune critique de la *Revue fantaisiste* et d'autres journaux de nos vingt ans. Et il le donna à son compatriote.

Tout ce volume de Dusolier est, en marge, couvert de notules crayonnées par Sainte-Beuve de sa petite écriture nerveuse. Sainte-Beuve met à côté de tel jugement sur About : « *Trop sévère* »; à côté d'un paysage parisien, dans l'article sur Champfleury : « *A citer*. » Il allait *citer* Dusolier et lui donner place dans sa *galerie* ! Pourquoi ne l'a-t-il point fait ?

— Voyez, nous dit Dusolier en feuilletant le précieux volume, les annotations cessent, tout à coup, à l'article sur Barbey d'Aurevilly !

Sur Barbey, M. Alcide Dusolier était fort élogieux. L'a-t-il été trop au gré de Sainte-Beuve qui faisait ses réserves? Toujours est-il que là, le crayon s'arrête et les notules ne continuent pas.

— J'y ai perdu un *Lundi !* fait Dusolier, resté homme de lettres en dépit de la politique et tout prêt à s'enflammer aussi vivement pour un beau roman du Périgord, le *Moulin du Frau* par exemple, que pour une loi de liberté.

Sainte-Beuve se préoccupait, en effet, des *jeunes*, et je me rappelle que, la dernière fois que je le vis, il me parla d'un autre *lundi*, d'un *lundi* spécial qu'il voulait consacrer aux chansonniers et à la chanson, à propos de Gustave Mathieu, l'auteur de *M. Godéru*, et de Fernand Desnoyers, qui célébrait alors Chatou et Mme Fontaine :

C'est près du pont de Chatou
Qu'on verrait sans peine
Couler ses jours jusqu'au bout,
Au gré de la Seine...

L'historien de Port-Royal célébrant la chanson, *citant* des couplets, saluant des refrains de canotiers, voilà qui lui va concilier les sympathies posthumes des chansonniers de Montmartre, du gai Xanrof et du fin satirique M. Fursy.

Évoquant ce passé, nous vivons là, au rez-de-chaussée du Luxembourg, avec Dusolier, une heure exquise, entourés de portraits qui sont, pour nous trois, des souvenirs de la vingtième année : un buste de Gambetta, une eau-forte de Delvau, dans le goût de Léopold Flameng, la vue d'un cabaret, signé : *A. Delvau aquaf.*, un portrait de Théophile Gautier, jeune, avec la chevelure léonine et le fameux gilet éclatant d'*Hernani*, une photographie d'Alphonse Daudet quasi adolescent, mince, poétique et pensif, comme un poète florentin de Cabanel, le mélancolique et souriant Daudet du temps des *Prunes*, — sans compter des figures de Michel de Montaigne et la vue du château paternel, en Périgord, où *Phanor* et Dusolier rentrent, les soirs de chasse, rapportant les perdrix rouges.

Par la fenêtre ouverte, sous les arbres, nous apercevons des joueurs de crocket près du beau monument de Delacroix, et des cris de gamins qui jouent arrivent jusqu'à nous, tandis que nous fredonnons l'éternelle chanson des vieux amis : *Vous en souvenez-vous?*

— Vous souvenez-vous de ce fameux *Dîner de l'Œuf* que nous avions fondé pour nous sentir les coudes et nous entr'aider, nous jeunes gens? De l'*Œuf* devait sortir la couvée nouvelle! Toute une génération allait prendre sa part du *Dîner de l'Œuf*. Le *Dîner de l'Œuf* devrait être le fraternel dîner des nouveaux venus, des vrais amis, dévoués et militants! Au premier dîner, dès le potage, il y avait déjà deux duels entamés!

— Si je m'en souviens!...

En quittant Dusolier — non sans quelque peine — nous entrons au musée du Luxembourg où décidément les chefs-d'œuvre de notre jeune sculpture française (et ils sont nombreux!) sont terriblement entassés, manquent d'espace, d'air, de recul. Je note, dans les salles, un détail touchant : il y a là deux admirables dessins de sir E. Burne Jones, des études de femme, d'une grâce pénétrante et morbide, avec des regards profonds, d'une tendresse exquise, pleins d'*au delà*. M. Bénédite a fait accrocher au-dessous une couronne d'immortelles, et les dessins du maître anglais ont un crèpe sur leur cadre. Il est touchant, l'hommage rendu au maître mort. Le Luxembourg est en deuil de Burne Jones.

LUNDI. — *L'air liquide. — Une idée nouvelle.* — Au Dîner du *Clafoutis*, l'autre soir (le *clafoutis* est un plat limousin, un mets national, un gâteau de cerises noires cuites dans de la pâte ferme) au *Clafoutis*, que présidait si spirituellement M. Le Play, notre compatriote, M. d'Arsonval nous a donné le spectacle inattendu et l'étonnante surprise d'une bouteille d'air liquide versée dans nos verres de champagne.

Vous connaissez cette découverte. L'air n'est plus seulement un mélange d'oxygène et d'azote, et les chimistes d'autrefois seraient bien étonnés si on leur apprenait que l'air est composé, en outre de l'*argon*, qu'on découvrait il y a trois ans, du *crypton*, qu'on découvrait il y a une quinzaine, et même du *néon* et du *métargon* qu'on annonçait il y a deux jours. On finira par découvrir quelque nouveau gaz chaque matin, et Gay-Lussac serait refusé au baccalauréat par M. Berthelot.

Et, depuis les belles découvertes de M. Cailletet, de M. Pictet, nos savants et les savants anglais — mais nos savants surtout — en ont fait bien d'autres et c'est parce que M. d'Arsonval inventait, voici quelques années, une éprouvette pour ses expériences, qu'il a pu nous apporter de l'air liquide et nous le verser, entouré de fumée — tel un docteur Faust, au milieu de la vapeur diabolique, — au dessert, après nous avoir expliqué l'étonnante liquéfaction de l'air sous une pression formidable et un froid de 191°. Songez à cela : 191 degrés!

Il paraît que Lavoisier avait prévu et, mieux encore, qu'il avait prédit, scientifiquement annoncé, la liquéfaction de l'air. Mais les chimistes du dix-neuvième siècle l'ont accomplie, et M. d'Arsonval m'est apparu, l'autre soir, avec son fin visage souriant, comme un alchimiste du temps passé, porteur et faiseur de miracles.

Boire de l'air liquide! Le premier verre en a été offert, l'an passé, à Guillaume II qui a levé son verre « en l'honneur de la Science ». M. Emile Gautier nous dit que l'empereur d'Allemagne se garda bien d'y tremper les lèvres : l'air liquide l'eût brûlé comme un fer chaud. Eh bien ! nous, nous avons bu de l'air liquide, et notre estomac, pour être soudain un peu distendu, n'en a pas été brûlé.

Voilà une invention, je pense, et voilà du miracle. M. d'Arsonval, debout, sa fiole à la main, versant de l'air, c'est de la magie. C'est extraordinaire. Et cet air liquide qui, versé hors de la bouteille, redevient de l'air, se dissipe en nuages d'un blanc très pur, s'envole — reprend ses ailes, selon le mot très joli de M. Maneuvrier, — cet air qu'on nous servira en bouteilles, on peut, notez ceci, nous l'apporter du pays même. L'homme moderne aura bientôt l'air natal à domicile. La montagne à Paris! L'air des montagnes sera transporté par le chemin de fer, comme le lait. Une bouteille d'air liquide peut voyager pendant soixante heures sans se volatiliser. Plus d'appartements clos. Il suffira de déboucher un litre d'air, comme on débouche un flacon de sels anglais, pour aspirer, respirer chez soi l'air des sommets.

— Voulez-vous un peu d'air des Alpes?

— Non. Je préfère l'air de la mer.

— Rien de plus facile. C'est la bouteille à côté.

Je prévois des *five o'clock* où l'on offrira de l'air des montagnes au lieu de thé.

— Air des Alpes ou air des Pyrénées?

Pour moi — très sérieusement — je rêve une application prochaine de la merveilleuse découverte. Je voudrais, par exemple, y trouver le moyen de purifier l'air d'un théâtre surchauffé pendant la représentation. Je souhaiterais qu'on vînt, au moment des derniers entr'actes, déboucher quelques bonbonnes d'air liquide dans la salle. On en verserait le contenu sur le devant de la scène et, en vapeurs d'un blanc très fin, exquis et doux, l'air balsamique s'élèverait dans la salle remplie par la respiration des spectateurs. Ce n'est pas un rêve. On aurait, le même soir, en même temps, la joie de quelques heures d'émotion et de gaieté, et le bénéfice d'une cure d'air. Et, si je puis dire, les sommets de Corneille seraient ainsi complétés matériellement par des sommets des monts.

Lavoisier, je le répète, avait prédit ces miracles qui ne prouvent pas précisément que la Science s'achemine vers la faillite. Qu'elle n'assure pas le bonheur moral et la paix du cœur, cela va sans dire — le bonheur se liquéfie, en ce sens qu'il s'écoule vite ; il ne se colporte ni en bouteilles ni en bonbonnes, — mais elle donne, cette Science, elle rend, elle prolonge la vie. Et, s'il est vrai que la vie vaille quelque chose — ce qui n'est pas niable, — on doit une certaine reconnaissance à ceux qui la disputent à l'invincible ennemie, celle qu'on n'évite pas, mais qu'on fait reculer : la Mort.

Ah ! l'étonnant dessert qu'a donné aux convives du *Clafoutis*, et le miraculeux liquide, que nous a versé M. d'Arsonval !

MARDI. — *La répétition générale du musée Carnavalet.* — Le musée de la Ville de Paris ouvre demain. C'est une éclatante *première*. Le chef de l'Etat sera là pour juger de l'œuvre et des efforts du nouveau conservateur, M. Georges Cain. Vendredi, le Conservatoire des arts et métiers célébrera le centenaire de sa fondation, ce sera une fête nationale que nous donnera le colonel Laussedat. Jeudi, au musée Carnavalet, la fête sera parisienne.

C'est le Conservatoire de la vie du passé, ce bel et artistique hôtel où Mme de Sévigné vécut pendant vingt ans et où, par la fenêtre, en regardant du haut du cabinet où se tient M. Georges Cain, on a la sensation de se trouver si loin de Paris, le jardin dessiné comme un parterre de Hollande donnant, avec ses buis en rinceaux, la sensation de l'intérieur d'une autre « Maison Plantin » transportée à un quart d'heure du boulevard.

Ce vieux quartier du Marais, ces rues avoisinant le Temple, évoquent, d'ailleurs, immédiatement, le Paris d'autrefois, avec les tourelles des Archives, le passage de l'hôtel Barbette, tous ces vestiges d'antan, et l'hôtel Carnavalet, édifié par Pierre Lescot, décoré par Jean Goujon, est un lieu de pèlerinage pour les dévots de notre histoire.

C'est vraiment la « vie à Paris de tous les temps » qui est conservée en ce musée qui porte sur ses murailles grises extérieures ces mots si suggestifs : *Histoire. Chronique. Mœurs et Coutumes*, et ces noms de chroniqueurs à la plume et au crayon qu'on n'a pas dédaigné d'y graver : Gavarni, Charles Monselet,

Henry Monnier, Henry Mürger, Charlet, Paul Lacroix, Edouard Fournier, — les vrais historiens de la « vie vivante », les petits Michelet des mœurs et de l'anecdote.

Lorsque M. Georges Cain fut nommé conservateur du musée Carnavalet, il n'eut qu'une idée : faire de ce palais, ouvert aux seuls érudits, une sorte de demeure artistique où la foule pourrait, par les yeux, prendre à la fois des leçons d'histoire et des leçons de goût. Nous avons vu en Suède des reconstructions d'*intérieurs* scandinaves des temps passés : logis austères du temps de Gustave-Adolphe, avec quelque Bible ouverte et quelque épée à garde de fer posées sur une table de chêne, salons du temps de Gustave III avec quelque livre à reliure galante, quelque éventail à demi ouvert, traînant sur le fauteuil à tapisserie ou sur le clavecin. Et dans ces pièces ainsi meublées et reconstruites, on croirait que, tout à l'heure, quelque draban culotté de cuir ou quelque souriante marquise poudrée va entrer.

C'est un peu cela que M. Georges Cain a voulu faire pour Paris, lui, le Parisien. Pourquoi laisser à Stockholm ou à Gœtheborg le bénéfice de ces exquises mises en scène ? Il est peintre, M. Cain, il est curieux, il est collectionneur, il est actif, il a le coup d'œil fin, il a la main heureuse. Que de qualités pour un conservateur de musée des arts et des mœurs ! En arrivant, il a fouillé les cartons, déterré dans les greniers de Carnavalet les vieilles peintures et les vieilles gravures, retrouvé des œuvres exquises dans la poussière, cherché, pioché, remis au jour ce qu'on entassait dans les combles, et grâce à lui voici que nous avons un des plus agréables, des plus séduisants, des plus inattendus musées qui soient au monde !

M. Cousin, M. de Liesville, M. Faucou, l'avaient précédé, et il ne les oublie pas. Demain, le buste de Liesville sera entouré de fleurs, et l'homme à qui le musée Carnavalet doit tant aura sa part de la fête. Mais il faut bien rendre à qui de droit toute justice, et l'activité, l'ingéniosité de M. Cain auront été prodigieuses.

Je sais quelqu'un qui en serait heureux : c'est, avec feu le bon sculpteur Cain, le grand-père Mène, le pur Parisien retrouvant là ses petits-fils : l'un, Georges, veillant à l'aménagement de ces salons d'art ; l'autre, Henri, donnant à l'œuvre fraternelle toute une collection de costumes du temps passé, robes à paniers, toilettes de merveilleuses, habits de muscadins, qui feront la joie des visiteuses, car M. Georges Cain n'a pas reculé devant le musée *féministe*.

Les journaux ont donné, depuis quelques jours, le catalogue en quelque sorte de toutes les richesses de Carnavalet. Je ne saurais y revenir. Chacun cherchera là ce qui convient plus particulièrement à ses goûts.

J'avoue que ce qui m'a le plus frappé, ce sont les salons nouveaux, aux boiseries rapportées, avec leurs Debucourt et leurs Cochin, qui sont une création véritable de Georges Cain. Les souvenirs historiques y coudoient les œuvres d'art. Cain a fait ouvrir, le montrant à la foule, le nécessaire de campagne de Napoléon Ier, rapporté de Saint-Hélène par le général

Bertrand et par lui légué à la Ville de Paris : le peigne, la brosse à dents, le tire-botte, les flacons d'essence, encore remplis, — et le porte-plume de l'Empereur, sa lorgnette, son compas, — et la carte de géographie ouverte sur ces souvenirs poignants : *Campagne de Prusse*.

Il y a aussi, dans un vestibule du musée, avant d'arriver aux collections révolutionnaires, une très amusante collection d'*enseignes parisiennes* fort bien disposée, le rémouleur, le savetier, le marchand de vinaigre, enseignes en bois sculpté ou en fer forgé qui font revivre des types abolis, des physionomies disparues, tout un vieux Paris. Et après ce vestibule, on trouvera immédiatement les deux *galeries révolutionnaires*. Elles sont séparées l'une de l'autre par un petit salon orné de boiseries sculptées Louis XV, d'une finesse merveilleuse, et provenant de l'ancien hôtel des Stuarts. Plusieurs bibelots de prix ornent cette petite pièce, entre autres une harpe en bois sculpté, don d'Angelo Mariani, et, sur une admirable commode à poignées de cuivre, un buste en terre cuite, par Pajou, qu'on a vendu pour un buste de Rouget de Lisle, ce qui était faux, mais qui est un buste authentique et d'une criante ressemblance de l'abbé Delille.

Et savez-vous à qui a appartenu cette commode qui supporte ainsi le Pajou? A Béranger. C'est la commode du chansonnier. Les tiroirs en sont encore pleins des reliques du bonhomme.

M. Cain les ouvre. Et voici que m'apparaissent le chapeau de feutre noir à larges bords, le pantalon de nankin, l'habit — le vieil habit du poète —

Mon vieil habit, ne nous séparons pas!

et la canne sur laquelle s'appuyait Béranger se promenant, souriant, avec Lamartine un peu amer, sous les ombrages de Passy. La canne, dont la pomme est formée d'un casque moyen âge (d'un moyen âge du temps de Louis-Philippe), porte précisément ce nom : *Passy*, — comme on peut lire encore dans la coiffe du chapeau : *Georges Emig. Passy*. Avec ce chapeau, ce pantalon, cet habit, je revois Béranger tel que l'a dessiné Charlet, et voici que le cahier de comptes, un vieux cahier de papier oblong, nous rend le détail de sa vie quotidienne, de ses dépenses, rue Vendôme, jusqu'à l'heure de sa mort, du prix de ses dîners, de son humble existence de philosophe, — comme le petit carnet de notes de Judith, Mme Judith Frère, celle qui passa pour la *Lisette* du chansonnier, nous rend la vie intime de la charmante femme. Oh! la vie simple et de peu satisfaite! Il est suggestif, ce carnet de cuir rouge portant sur une plaquette argentée ce mot : *Souvenir*, — suggestif comme le carnet brodé de Mlle Mars. Il faut à Lisette peu de luxe, en vérité, pour être heureuse.

— Dîner Fanny : 8 francs.

C'est un jour de liesse!

Un autre feuillet porte ces mots :

— *Béranger me doit 9 fr. 80.*

Quelles dettes!

Et c'est dans le vieux fauteuil même où mourut Voltaire, le vieux fauteuil recouvert d'utrecht vert, avec un pupitre et une tablette pour lire et pour écrire; c'est assis dans ce précieux meuble, relique vénérable, que je prends ces notes en feuilletant le petit carnet de la Lisette de Béranger !

J'ai dit que la collection révolutionnaire était merveilleuse. Portraits, bustes, autographes, c'est la vie même. Auprès de chaque autographe, Georges Cain a placé — comme une illustration d'un livre vivant — le portrait en miniature ou en médaillon de son auteur. Tout à l'heure, j'avais vu l'encrier — un des encriers — de plomb de Camille Desmoulins, car j'en possède un autre ; voici maintenant la montre de Saint-Just, la tabatière de Marat, des cheveux de Robespierre, le bâton blanc des officiers de paix sous le Directoire, et, parmi ces curiosités, une œuvre d'art, étonnante entre toutes, une attirante étude d'Hubert Robert, qui nous montre l'intérieur de *Saint-Lazare sous la Terreur*, les détenus en récréation, jouant au ballon, sans apparent souci de la guillotine.

Il faudrait un volume pour donner toute la liste des bibelots, des curiosités du musée. Ce livre, M. Georges Cain le fera, je n'en doute pas. La photographie y viendra en aide au crayon, et *Carnavalet* pourra se trouver dans toutes les mains, comme il sera, à partir de la réouverture, sous tous les yeux.

Au rez-de-chaussée, dans la salle consacrée aux souvenirs de 1830 et de 1848, quel joli cours de symbolisme politique M. Geoges Cain pourrait faire, comme en passant, en montrant simplement deux fusils, très différents d'aspect et de souvenirs : un fusil de chasse à deux coups, le fusil de Barbès, celui qui lui servit à attaquer le poste du Palais de Justice, et un fusil de garde national augmenté d'un parapluie tricolore planté dans le canon et qui garantit quelques *soldats-citoyens* du soleil que bravait, dimanche, François Coppée, tête nue.

Le fusil-ombrelle du conservateur et le fusil de bataille de l'insurgé! Les musées sont des cours d'antithèses.

Je quitte avec peine le conservateur de Carnavalet, tout enthousiaste, enfiévré de l'idée de cette *première* de demain, faisant déjà à des critiques preneurs de note les honneurs du salon de Dangeau et de l'oratoire de Mme de Sévigné.

— Alors, vous êtes content? me dit-il.

— Enchanté, mon cher Caïn, et tout heureux d'avance du succès, du grand succès qui vous attend demain! Vous savez ce que je vous souhaite. Si ce n'est pas demain, ce sera pour plus tard. Le moins tard possible (1).

MERCREDI. — Je parcours un catalogue mélancolique, celui de la *succession Julia Depoix*. A Carnavalet, Georges Caïn n'a eu garde d'oublier le théâtre, qui est pour les Parisiens chose si vivante. Le théâtre y a sa salle spéciale, où le *glaive* tragique de Talma se rencontre avec la statuette de Sèvres de Déjazet. Les catalogues des ventes d'actrices (on a publié celui de Mlle Laguerre) sont de mélancoliques documents.

(1) Georges Caïn a été décoré, six mois plus tard, par M. le Président de la République. Et c'est justice.

A côté des bijoux, broches, médaillons, colliers, boucles d'oreilles, des argenteries, des objets d'art et de vitrines, des porcelaines de Saxe, l'attention s'arrête devant ce qui fut plus personnel à la femme, ce qui rend, dans toute la vivacité de sa vie, la femme même : les dentelles, l'éventail, ce qui a vécu de sa vie, palpité sous ses doigts! Et les portraits! Elle avait beaucoup de portraits d'elle-même, cette jolie Julia Depoix au fin profil, avec des cheveux noirs plaqués au front! Portraits par Chartran, portraits par Dawent. Elle avait raison d'aimer à se contempler. L'un de ces portraits, une aquarelle, porte ce titre : *Mademoiselle Julia Depoix au bord de la mer.*

Et c'est fini! Vente aux enchères. L'hôtel Drouot est le *post-scriptum*, l'épilogue de tout roman parisien. On vendra de ce qu'a laissé Julia Depoix, jusqu'à ses livres, jusqu'à tel fragment de musique, envoi autographe de J. Massenet. Et savez-vous ce que je trouve, parmi ces volumes — sans compter Littré, — à côté de Zola, de Loti et de Mendès?.. Les œuvres de Guizot, de Marmontel (!) de Tolstoï et de Tourguéneff. — Qui se serait douté que la jolie Julia Depoix avait autant de goût pour les lettres russes, que M. de Vogüé ou M. de Wyzewa?

XXVII

Deux statues. — Une tragédienne morte, une comédienne hier vivante. — Mlle Ludwig à Pézenas, Hippolyte Clairon à Condé. — Le monument de MM. Gauquié et H. Guillaume. — Une matinée « dix-huitième siècle » au Trocadéro. — Une Parisienne : Jeanne Ludwig. — Souvenirs du Conservatoire. — Les répétitions d'*Un Parisien*. — M. Delaunay. — La soubrette de Meilhac. — Les Variétés et la Comédie-Française. — Le Midi. — Rosalinde. — La mort de Musette. — Molière et Regnard. — Mlle Mars et les dernières *Fausses Confidences*. — Un mot de Dumas. — Les trois M. — La jeunesse n'a qu'un temps ! — Les *entr'actes*. — *Froufrou*. — Mlle Olivier et le Chérubin de Beaumarchais. — Des fleurs à la Lucette de Molière.

30 juin 1898.

Deux jeunes artistes, M. Henri Gauquié, qui est sculpteur, et M. Henri Guillaume, qui est architecte, se sont associés pour élever un monument à Mlle Clairon. La tragédienne Duchesnois a son monument à Saint-Saulve, aux portes de Valenciennes; Hippolyte Clairon aura le sien à Condé-sur-l'Escaut, et nous avons déjà pu l'admirer au Champ-de-Mars. Il est original, décoratif, spirituel, dirai-je, et tout à fait dans le goût du dix-huitième siècle. L'image de la Clairon se dresse, élégante, sur un socle enguirlandé de roses, où sourient deux Amours. Ce sont aussi, si vous voulez, deux génies aimables qui représentent l'un la Comédie et l'autre l'Opéra, car Mlle Clairon appartint aux deux théâtres. Et les deux théâtres la célébreront samedi prochain au Trocadéro où, comme en une sorte d'apothéose, le monument de MM. Gauquié et Guillaume apparaîtra parmi la verdure. Les tragédiens réciteront des alexandrins en l'honneur de celle qui fut l'Amédaïde de *Tancrède*, et diront les vers de Voltaire écrits en son honneur. Les danseuses danseront un pas en mémoire de celle qui fut une des reines de l'Opéra, et vendront dans la salle un élégant programme illustré par M. Albert Guillaume et par une Parisienne d'un talent très fin, qui signe M.-G. Lami des albums dignes de Gavarni.

Je ne doute pas du succès de cette fête purement « du temps » de cette matinée dix-huitième siècle, avec l'accompagnement du clavecin de Beaumarchais, imaginée par les auteurs du monument et par le lettré que le Comité choisit pour secrétaire, M. Ernest Laut. La tragédienne aura donc son buste aux lieux où sa mère lui enseignait la couture à coups de taloches, et où celle qu'on devait appeler *Frétillon* fut tout d'abord *Cendrillon*, simplement.

Mortes, les comédiennes ont ainsi leur statue. Celle qui vient de mourir, Mlle Jeanne Ludwig, et que la Comédie-Française regrette si profondément eut même, de son vivant, son image sculptée sur la place publique. Lorsqu'il dressa son monument à Molière, en la cité de Pézenas, M. Injalbert donna à la Lucette qui sourit au *contemplateur* les traits fins et narquois de cette Parisienne exquise qui aura traversé le théâtre en y laissant un nom aimé, le souvenir d'un talent très rare, très personnel, d'autant plus apprécié et regretté que la maladie n'a pas permis à l'artiste de donner toute sa mesure.

Il est, au théâtre, des comédiens — et surtout des comédiennes — qui montent sur les planches parce que ce diabolique métier leur paraît un métier comme un autre. L'état d'actrice leur semble une carrière plus facile et plus brillante et, nées les unes pour être piqueuses de bottines, les autres pour être institutrices, elles se présentent au Conservatoire et se font comédiennes comme elles entreraient dans l'administration des téléphones ou dans un des docks de la nouveauté. Il en est d'autres qui ont le diable au corps dont parlait Voltaire, et que le démon du théâtre séduit, attire, damne du premier coup. Elles ne pourraient pas être autre chose que comédiennes. Elles n'ont d'autre cadre que les portants ; l'air des coulisses est comme leur air natal. Elles diraient volontiers comme Claire Lerys (c'est la Clairon) à sa mère qui la menaçait de la laisser mourir de faim si elle se refusait à rester couturière et s'obstinait à songer au théâtre : « Eh bien, tuez-moi donc, car sans cela je jouerai la comédie ! »

Mlle Ludwig était de ces prédestinées, de ces enamourées de théâtre et d'art.

M. Jules Leitner, qui était graveur avant de devenir sociétaire de la Comédie-Française, me contait que, dans les *Sociétés* littéraires, théâtrales ou chantantes, où, en sortant de l'atelier il se rendait avec passion — poussé, lui aussi, par l'amour du théâtre, — il rencontrait, en ces milieux populaires, une fillette mince et frêle qui venait là chanter, d'une voix mordante, un peu acide, comme un fruit vert, des chansonnettes, dire des monologues, et qui, toute jeune, était applaudie déjà et lui donnait l'impression d'une future comédienne. Elle avait le don, elle avait la race. Elle avait la folie des planches.

C'était Mlle Ludwig. Un jour, M. de Féraudy, son voisin, l'entendit aussi, chantant, — ou plutôt disant avec beaucoup d'esprit une chanson de Mme Polaire : *Je fais mon stage.*

— Mais vous avez des qualités personnelles, dit-il à la petite ouvrière. Pourquoi n'entreriez-vous pas au Conservatoire?

— Au Conservatoire? Moi?...

La jeune fille ouvrait de grands yeux, et ses tempes battaient à ce beau rêve.

— Oh! le Conservatoire! Ce doit être si difficile!

— Essayez.

Elle laissa là le répertoire de Mme Polaire et étudia celui de Molière. Je venais d'entrer à la Comédie-Française lorsque, pendant les répétitions de la première pièce un peu importante que je mis au répertoire le *Parisien* de Gondinet, Mlle Reichenberg, qui jouait le principal rôle, fut prise d'une angine, un moment redoutable. Gondinet eût volontiers attendu; mais Octave Feuillet, dont le *Chamillac* devait succéder au *Parisien*, lui demandait d'être joué vite. Et puis, en plein mois de janvier, il fallait bien mettre une nouveauté au répertoire! Un moment il fut question — la maladie de Mlle Reichenberg se prolongeant — de jouer sans elle le *Parisien* où elle fut charmante.

Mais par qui la remplacer? Mlle Muller était bien là, mais Mlle Muller jouait précisément dans la même pièce, un autre rôle de jeune fille. Gondinet avait multiplié les ingénues.

— Voulez-vous, me dit alors M. Delaunay, chargé de mettre la pièce en scène, que je vous présente une de mes élèves dont l'avenir me paraît devoir être tout à fait remarquable? J'ai eu rarement dans ma classe un sujet plus brillant. Elle a dix-neuf ans, beaucoup de verve, du sentiment et du mordant, et elle pourrait répéter le rôle de Mlle Muller, tandis que Mlle Muller répéterait celui de Mlle Reichenberg!

Le lendemain, l'excellent comédien entrait dans mon cabinet en disant : « Venez, mais venez donc, Ludwig! » à une jeune fille assez intimidée qui, maigrelette dans sa petite robe de laine, restait sur le seuil, tandis que son maître ajoutait :

— Voilà une enfant dont je réponds! Et je ne dirais pas cela de toutes mes élèves!

Je préférai attendre la guérison de Mlle Reichenberg, et je ne revis Mlle Ludwig qu'aux examens du Conservatoire. Elle plaisait déjà par cet enjouement narquois, cette vivacité d'esprit, ce charme personnel, plus séduisant que la beauté même, qui la firent tout de suite adopter du public lorsque, quelques mois plus tard, je la fis débuter dans le *Jeu de l'amour et du hasard*. Elle était beaucoup plus une soubrette de Marivaux qu'une servante de Molière. Elle dit, ce premier soir, avec un esprit délicieux, le fameux : « *Mais elle rougit!* » Dès les premiers pas, dès les premiers mots, on sentait la comédienne née. Et le public lui fit fête.

C'était fini. Cette jeune fille, entrant à peine dans la Maison, était de la Maison. Napoléon disait d'un de ses lieutenants : « Que voulez-vous ? Il a la plus grande des vertus : *il est heureux!* » Cette enfant avait la plus rare des qualités : elle plaisait.

Et comme elle aimait le théâtre, *son théâtre!* Hier, couronnée au Conservatoire, arrivant avec ce premier prix enlevé haut la main avec une scène de *le Cœur et la Dot* de Mallefille, applaudie à ses débuts, rue Richelieu, je lui distribuai dans le *Flibustier* de M. Richepin un rôle qui n'avait pas deux vers — que dis-je? comptons — qui avait tout juste *onze mots*, deux répliques :

— *Comme il a bonne grâce!*

Et :

— *Dis donc, Janik, veux-tu changer?*

Vous croyez qu'elle réclama, Mlle Ludwig, et fit la grimace, comme tant d'autres? Ah! bien, oui! La joie de paraître sur le théâtre dans une pièce nouvelle, de mettre son talent sur les planches, de figurer, avec un joli costume breton, dans la pièce d'un poète applaudi, emportait l'actrice. Elle était enchantée. Et si gaie et si gracieuse que, même sous ces onze mots, ces broutilles, comme nous disions, on la remarqua à côté de Mme Barretta.

Très peu de temps après, dans *Pepa*, de Henri Meilhac et de M. Louis Ganderax, je lui donnai encore un bout de rôle, Mosquita, la petite négrillonne qui *fait les cartes* devant le général, au premier acte.

Elle y fut tout à fait amusante et délurée.

— Je lui ferai un rôle, me répétait Meilhac. En voilà une qui est créée pour dire ma prose.

Elle était, en effet, spirituelle jusqu'au bout des dents. Elle eût joué avec une alacrité infinie ce rôle de Pepa qu'elle répéta en double au foyer. Mais, en fait de rôles de Meilhac, il en était un, tout trouvé, que nous lui donnâmes. C'était celui de la femme de chambre dans l'*Autographe*. Ceux qui ont vu Mlle Ludwig dans l'*Autographe* peuvent dire qu'ils ont vu quelque chose de parfait. Il y avait en elle de la fine mouche et du papillon, de la raillerie et de la grâce. Sa moquerie n'avait pas de méchanceté. Elle enlevait le morceau, mais en souriant, d'un gai sourire de bonne fille volontiers émue.

Une grisette. Une grisette dont Meilhac voulut faire une Parisienne des Variétés, car, au moment où Mme Réjane quitta la scène du boulevard Montmartre, l'auteur de *Décoré* rêvant pour Mlle Ludwig la succession de *l'étoile*, la poussait à accepter des propositions de ce côté-là.

Mlle Ludwig vint me trouver. Elle n'avait qu'une pensée, rester à la Comédie ; mais, à cette heure, elle ne savait pas si jamais elle serait sociétaire, et les offres étaient tentantes, là-bas.

— Restez, lui dis-je. Je ne puis vous dire quand vous serez élue, mais le sociétariat ne vous fera pas défaut, il vous attend, je vous le promets !

Elle resta et laissa à la Comédie la *parisine* qu'elle eût, avec Meilhac, portée aux Variétés. Et voyez l'aventure que la pauvre charmante fille eût courue! Applaudie sans nul doute dans quelque pièce nouvelle de l'auteur de *Margot*, elle eût été arrêtée — comme elle le fut rue Richelieu, — en pleine jeunesse, en plein succès, et le mal qui la frappait ne pardonnant pas, ne lui permettant point de jouer — et par conséquent de vivre — elle eût, après des mois brillants, des bravos éclatants, des appointements supérieurs, rencontré la solitude et son abandon, que (voilà l'honneur de cette noble Comédie-Française !) ne connaissent jamais ceux à qui la destinée donne cette bonne fortune d'appartenir à la généreuse, à la fraternelle Maison si enviée et méconnue.

J'ai dit ailleurs, au bord de la tombe et, au nom des camarades de Jeanne Ludwig, combien elle fut, dans ce théâtre, un être de bonne grâce et de prédilection. François Coppée doit se rappeler avec quel entrain elle accepta dans le *Passant* le rôle de Zanetto, qu'une tragédienne qui devait tout à l'auteur des *Jacobites*, Mme Second-Weber, refusait : « J'aurai l'air de Gavroche, disait Mlle Ludwiz, mais tant pis ! » Elle apporta la même verve au Meneur du jeu de *Grisélidis*.

Elle arrivait à la répétition comme un oiseau, avec un frou-frou de soie et un refrain aux lèvres, mais toujours à l'heure, toujours au travail la première, même lorsqu'elle revenait d'une de ces réceptions où, très demandée et très applaudie dans les salons, elle usait un peu de sa vie, les soirs d'hiver.

Elle avait de l'esprit, et son rire égayait les coulisses. Dans ces coulisses seules elle se sentait chez elle. Lorsque la maladie la saisit, elle disait, en pleine jeunesse :

— Si je ne pouvais plus rejouer la comédie j'aimerais mieux mourir tout de suite. Je ne suis rien, rien, sans mon théâtre !

Elle la rejoua, la comédie, malgré sa souffrance, et ce lui fut une joie lorsque je lui dis : « Vous jouerez la Musette de Mürger ! »

Elle était un peu Musette dans la vie, Mimi Pinson moins la cocarde, Bernerette sans le réchaud. Jadis, comme j'hésitais à donner la *Vie de bohème*, elle m'avait demandé à *monter* la pièce à la Bodinière et à la jouer comme à huis clos, dans une soirée par invitations. « Musette, c'est mon Hamlet ! » Elle savait que le bonnet de Musette lui allait bien. « Ce rôle, ce sera mon bâton de maréchal ! » Ce devait être son dernier soupir de gaieté, et la chanson de Musette s'achevait en *De profundis*.

— Quand je serai vieille, disait-elle encore, je serai peut-être méchante aussi !

Elle ne devait pas être vieille et elle ne devait pas, elle n'eût jamais été méchante. Elle avait un cœur très bon, avec une petite tête très vaillante. Elle a fini comme elle avait commencé, non pas en chantant (*Je fais mon stage* était fini !) mais en disant des vers. La veille de sa mort, elle récitait dans son lit, avec le souffle court et pénible des moribonds, des vers de Molière.

Tout à coup elle dit à sa sœur, Mlle Clarisse, qui l'a soignée avec tant de dévouement sans la quitter depuis des années :

— C'est étonnant ! Je ne me rappelle plus ! Va me chercher le volume !

Et quand elle eut le livre :

— Je l'oublie, mon Molière ! dit-elle.

Puis, avec ce sourire de Parisienne qu'elle retrouvait encore :

— Après tout, je ne suis pas faite pour Molière ! Je suis une fille de Regnard !

Puis, sans un effort de mémoire — mais avec quel douloureux courage ! — elle récita toute une tirade des *Folies amoureuses*.

C'est un peu la mort de Mlle Mars, qui — nous contait M. Legouvé — récitait les *Fausses Confidences* devant l'abbé venu pour la confesser et s'interrompait pour battre des mains.

Agathe meurt comme Araminte.

Elle meurt jeune, c'est peut-être une grâce d'état. Dans la brochure que publie le *Comité Clairon*, je trouve reproduites ces lettres, déjà connues, mais toujours poignantes, de Mlle Clairon vieillie, septuagénaire, et envoyant à Chaptal des supplications navrantes. Elle dont on disait : « Elle a toujours l'air de la reine de Carthage, et parle à sa cuisinière comme si elle parlait à ses gardes! » — voici ce qu'elle écrivait au ministre : « Je suis seule, aveugle et mourante... Je suis dans ma soixante-seizième année... » Puis, trois ans après : « Agée de soixante-dix-neuf ans, prête à manquer du nécessaire, célèbre autrefois par quelque talent, j'attends à votre porte que vous daigniez m'accorder un instant... » Chaptal lui faisait allouer 2.000 francs. Et la Clairon mourait, un an après, octogénaire. « Trop tard ! » disait-elle.

— Mon cher, me répétait souvent Alexandre Dumas, je ne connais que trois malheurs au monde — commençant tous trois par un *m* : — la Misère, la Maladie et la Mort.

Il en oubliait un autre, commençant par une autre lettre : la Vieillesse. Heureuses les comédiennes applaudies qui ne la connaîtront pas!

Ce n'était pas la vieillesse que Jeanne Ludwig narguait, c'était la jeunesse qu'elle chantait — il n'y a pas un an — lorsqu'elle répétait la *Vie de bohème*, et qu'elle jetait — plus mélancolique qu'elle ne l'eût voulu — le gai refrain du poète :

Notre avenir vient d'éclore
Au soleil de nos vingt ans !
Aimons et chantons encore,
La jeunesse n'a qu'un temps !

Il y eut même un moment où le couplet faisant mal à la chanteuse, il fallut couper le refrain, et Musette ne chanta plus.

La jeunesse n'a qu'un temps! Elle ne le croyait pas

et vivait, cigale passant avec un bruit d'ailes, comme si la vie n'avait pas de lendemain. Et — chose touchante — la douleur fit de la pauvre Ludwig un être sensitif et tendre que le moindre souvenir de ses camarades touchait jusqu'aux larmes. Cette Parisienne par définition, qui ne s'inquiétait même pas jadis de la minute, s'était mise à songer à l'éternité. Elle avait fait son testament.

— Je deviens sérieuse *pendant les entr'actes* ! disait-elle.

Les *entr'actes*, c'étaient les longues et lentes journées passées dans le Midi, loin de ses chères coulisses, loin des *premières*. Elle le haïssait, ce Midi, et, cet hiver, il fallut la contraindre presque pour partir. Beaulieu, Monaco, la Condamine, tous ces coins parisico-internationaux, étaient un lieu d'exil pour la Parisienne née, préférant à la *Grande Bleue* la moindre grêle branchette d'un arbre du Boulevard. Elle s'ennuyait là-bas, ne se consolait d'y rester que dans l'espoir de rentrer dans quelque pièce nouvelle. « Les auteurs pensent-ils encore à moi ? Me garderont-ils un rôle ? » Ses courtes lettres, spirituelles, venaient me dire : « Je profite de mon repos pour m'instruire, je lis tout Alexandre Dumas ! Je serai bien guérie, je pense, avant d'avoir fini ! » ou : « Je me suis mise à Shakespeare ; celui-là n'aurait pas fait beaucoup de rôles pour moi ! »

En quoi elle se trompait. Elle avait finement joué la Rosalinde de Scholl, elle eût délicieusement rendu la Rosalinde de *Comme il vous plaira*.

Je me rappelle que nous parlions d'elle une fois

pour jouer *Froufrou*. Ludovic Halévy l'aimait beaucoup, depuis le Conservatoire.

— Elle y serait pimpante, disait-on, mais elle ne saurait pas mourir!

Elle a été un peu *froufrou* dans la vie, et elle a su mourir, mourir doucement, sans une plainte, songeant quelquefois, rarement, à ses funérailles, disant, par exemple : « Je ne veux pas de panaches à mon char, mais des fleurs, beaucoup de fleurs! »

Elle en a beaucoup dans la coquette chambre où elle repose, endormie dans sa robe de chambre blanche sur son oreiller de guipure. Elle est là, toute pâle, parmi les roses et les orchidées, — un petit christ d'argent sur la poitrine, — les mains longues et fuselées, son fin visage devenu d'un marbre sculpté par la maladie et poétisé par la mort. Et ce n'est plus Musette, la Musette de Mürger, c'est, en vérité, comme Ophélie. Une Ophélie au profil de Parisienne. Ses camarades lui ont apporté leurs bouquets et leurs couronnes. *Sweets to the sweet!* « Douceurs à la douceur! », dit la Reine de Shakespeare.

Et ne croyez pas que ce n'est rien, un sourire de Paris qui disparaît. Lorsque Mlle Olivier mourut, en 1787, à la veille de la tourmente, il y eut partout, dans le Paris d'autrefois, une émotion profonde. La mort de Mlle Olivier fut un événement. Elle venait, il est vrai, de créer le Chérubin du *Mariage de Figaro*, et elle avait vingt-trois ans. Les élégies furent nombreuses, et les épitaphes. C'était comme le *bel oiseau bleu* de Beaumarchais qui s'envolait.

Jeanne Ludwig, précisément — cette bergeronnette, comme l'a si joliment appelée Francisque Sarcey, — voulait jouer et eût joué ce rôle de Chérubin, elle qui avait allégrement joué Suzanne. Elle eût chanté aussi la *Romance à Madame*. La vie ne l'a point voulu. Mais le profil délicat de la soubrette de Meilhac peut être accroché auprès du pastel à demi effacé de « l'amoureuse » du dix-huitième siècle. Et, puisqu'elle aimait les fleurs, qu'elle demandait des fleurs, je suis certain qu'à l'heure où nous la conduirons au Père-Lachaise, les hôtes de Pézenas qui firent si bon accueil à la morte d'hier lorsqu'elle joua là-bas pour Poquelin, porteront aussi leur couronne à la statue d'Injalbert, à l'image de Mlle Ludwig, la Lisette de Marivaux, la Lucette de Molière !

P. S. — J'ai reçu l'excellent et remarquable volume de notre collaborateur M. Henry Michel, *le Quarantième Fauteuil*. Je l'ai lu — j'ai relu plutôt ces pages fermes et attirantes à la fois — avec un infini plaisir. C'est dix ans de souvenirs académiques que je retrouve là ! Dix ans ! Il faudra mettre ce volume dans un coin de la bibliothèque, et le garder. Le public y trouvera son profit. Pour moi, je remercie M. Michel d'avoir donné cette forme durable à des articles faits pour survivre à la causerie du jour.

XXVIII

Souvenirs de 1870. — La guerre et la paix. — Les joies paisibles. — Paris pendant qu'on se tue. — Santiago. — Les anniversaires. — Chateaubriand et Michelet. — La rue d'Assas. — Le professeur et le causeur. — Michelet et l'alliance russe. — Les statues. — Victor Hugo en 1902. — Trop de statues ! — Comment on se fait décorer. — Ce qu'un bout de ruban coûte à un sculpteur. — Le comité Musset. — L'affaire Dreyfus et l'arrivée des ambassadeurs abyssins. — Le dedjaz Woldié. — Un personnage à *interviewer*. — Les cadeaux en nature. — Le jardin des Plantes. — Une ville internationale. — Chose vue : Chinois lisant un journal. — Les nouvelles de Santiago. — Sagonte. — La pitié de Paris. — Paris et la paix.

1er juillet 1898.

Je me rappelle avoir eu, pendant la campagne de 1870, une impression de calme et comme de rafraîchissement soudain en quittant, pendant quelques heures, notre terre française pour traverser le territoire belge. C'était une semaine avant Sedan. La fièvre et l'anxiété agitaient nos malheureux paysans aux approches de l'invasion ; on rencontrait, sur le pas des portes, dans les villages, de pauvres gens immobiles,

les yeux fixes, interrogateurs. Une sorte de torpeur sinistre semblait s'être abattue sur les campagnes. Il me semblait que l'angoisse avait saisi les champs, les arbres mêmes. Les chiens inquiets étaient muets. Sur la terre de Belgique, au contraire, les bonnes gens allant au travail paraissaient heureux, calmes. Ils chantonnaient en se penchant sur la terre. Je ne sais quoi de paisible et de rassuré planait sur eux, était en eux. A quelques lieues de là, des hommes se cherchaient, se poursuivaient pour s'égorger. Eux labouraient le sol ou ramassaient leurs glanures. Je compris, ce jour-là, ce qu'avait de doux, de délicieux et d'humain cet état bienheureux qui donne la vie et s'appelle *la paix*.

Nous avons la paix, et des hommes s'entre-tuent, là-bas, au bout du monde. Nous avons la paix, et dans les ports de mer de la pauvre Espagne, les marins de Cadix et de Carthagène se demandent si leurs frères d'armes ne sont pas ensevelis dans la mer des Philippines ou dans la baie de Santiago. Nous avons la paix, et les héroïques soldats du général Linarès disputent, au prix de leur sang, les tranchées de leur cité aux assaillants du général Shafter. Nous avons la paix et l'on se bat, et l'on se tue, et les balles sifflent, et les obus pleuvent à Cuba et à Manille.

Nous ne savons pas assez de quel prix est la paix pour les nations, cette paix qui nous donne le droit de nous occuper de fêtes, et de centenaires et d'anniversaires, et nous permet de procéder à la nomination, par le suffrage féminin, de la *Muse du Travail*, tandis que, faisant, des deux côtés, preuve d'un admirable courage, assiégeants et assiégés, Américains et Espagnols, tombent pour l'honneur, meurent pour le drapeau, qu'il soit étoilé comme celui des États-Unis, ou bicolore, jaune et rouge, comme celui qui vient, au cri de *Viva España!* de s'abîmer dans les flots.

La paix? Ce devrait être l'appel du monde entier, devant tant de bravoure et tant de morts. La paix! les peuples neutres (mot navrant en bien des cas, consolant lorsqu'il est synonyme de pacifique) devraient la réclamer, la conseiller, l'imposer! La paix! nous en avons la joie, et j'éprouve à aller, à venir, dans Paris — après avoir lu les dépêches sanglantes venues d'Amérique, — la sensation de repos, de bien-être que je ressentais sur la terre belge, entre deux canonnades franco-allemandes. La paix, c'est l'état de santé: on ne l'apprécie bien que lorsqu'on l'a compromis ou perdu.

Et nous allons fêter Michelet, qui n'aima point la guerre, et quelques fidèles de Chateaubriand ont célébré le cinquantenaire de la mort de celui qui, dans les *Mémoires d'outre-tombe*, conta comment il sut guerroyer. Et l'on achève de placer sur le piédestal du Luxembourg la figure de Leconte de Lisle protégée d'un geste par une muse hautaine sculptée par M. Puech, et qui semble défendre contre le profane l'image de marbre du fier poète. Ce mois de juillet appartient à la glorification de nos grands hommes.

Chateaubriand, le grand ennuyé, eût souri pourtant à l'hommage de ces Bretons envoyant à sa maison mortuaire une couronne de houx et de genêts, la *fleur d'or* chantée par Brizeux. Michelet, le grand agité — agité de toutes les nobles passions du poète et de l'homme, — eût souri à ce défilé des enfants devant sa tombe, cette tombe toute fleurie où il semble vivant encore sous le ciseau de Mercié.

C'est au Père-Lachaise, dans la lumière et dans les fleurs, que se fera la véritable apothéose. Il y aura des discours au Panthéon et il devait y avoir des vers de M. Bouchor dits par M. Mounet-Sully; au cimetière, il y aura le vent dans les arbres rappelant le bruit de la mer, et le chant des oiseaux évoquant un autre livre aimé. Mme Michelet refusait jadis le tombeau de pierre, le caveau glorieux. Il semble que, dans le plein air du champ des morts, les immortels soient plus libres.

Je revois, dans son salon de la rue d'Assas, accueillant, familier et sévère à la fois, ardent, éloquent, interrompant son labeur continu pour recevoir ceux qu'il aimait, — je revois Michelet, tel que Couture le peignit en un portrait ornant aujourd'hui la bibliothèque de l'hôtel Saint-Fargeau. J'entends encore sa voix profonde, tandis que des milliers de voix vont s'élever pour célébrer sa mémoire.

Il était bon autant qu'il était grand. Il avait dans sa causerie, comme dans ses livres, des éclairs qui illuminaient une question, embrasaient les horizons, l'infini. Avec telle de ses phrases on eût fait un livre. Ce petit homme maigre, les traits pétris d'énergie fiévreuse, de volonté, les cheveux longs et gris, l'accent mâle, puissant, fait pour parler aux foules, était un causeur délicieux.

— Je suis timide devant douze personnes, disait-il pourtant, et à l'aise devant douze cents !

Il faut relire ses *cours* pour savoir ce qu'est l'éloquence, l'éloquence génératrice, dirai-je, celle qui donne des idées, souffle aux cerveaux un vent d'inconnu. Un ballon d'enfant qu'il voit monter dans l'air en traversant le Luxembourg pour se rendre au Collège de France, lui fournit un exorde inattendu et magnifique :

— Tout le monde regardait ce ballon, ce petit ballon, ce petit ballon qui montait, montait... Et je me disais : « Si les regards de la foule suivent cette bulle d'air dans l'azur, c'est que la foule a besoin d'infini, soif d'au delà, et que ce ballon d'enfant est comme la matérialisation même de ses rêves d'idéal. »

Et il partait de là pour montrer l'idéalisme des foules, leur appétit d'air pur et libre.

Il avait de ces mots qui arrêtent, font songer, comme celui-ci, tant de fois cité et bon à redire surtout maintenant :

— Le *grand* siècle, messieurs! Je parle du dix-huitième !

En tout, Michelet fut un voyant. Je regardais, l'été dernier, dans l'hospitalière maison de Vélizy où Mme Michelet mettait en ordre, relisait les papiers de son mari — entre autres, cette *correspondance* privée qui restera comme un monument de tendresse et de piété, — le petit bureau où l'historien a écrit la plupart de ses pages immortelles. Je contemplais la place où son coude s'est appuyé, où sa main, sur les feuilles volantes, a couru, jetant son écriture large, virile, aux caractères quasi lapidaires.

Et la noble femme qui porte le nom du grand mort me contait que les dernières lignes que put tracer Michelet, il les consacra — chose incroyable, bien avant la conception politique de l'alliance franco-russe — à exprimer cette idée que la France devait avoir désormais pour allié le grand empire slave.

Je n'ai pas là ces lignes prophétiques, cette sorte de testament de l'historien de la France, de l'homme qui avait cependant, comme nous tous, adoré la Pologne, l'héroïque Pologne. Mais ce fut sa préoccupation suprême, son rêve de mourant. Il tremblait de sentir, en partant, que sa France était seule au monde.

Il demanda un dernier feuillet et écrivit — ou dicta, à quelques heures de l'agonie —, cette pensée suprême où le mot France s'unissait à ce nom : Russie.

Mme Michelet pourrait nous dire si j'ai gardé bonne mémoire de cet important souvenir.

Fête de Michelet ! Aucune cérémonie ne me tiendra plus au cœur avant celle du centenaire de Victor Hugo, dans quatre ans.

Dans quatre ans, où serons-nous? Victor Hugo, lui, sera sur son piédestal, place d'Eylau, et le 26 février sera jour de fête publique. Le poète aura attendu sa statue plus longtemps que d'autres, mais on la saluera à une date significative. Que de statues, d'ailleurs, un peu partout! On l'a dit et redit : elles pullulent. Ce n'est pas un mal. Mais, en vérité, cette autre sorte d'impôt sur le revenu finit par être onéreux pour les gens de lettres. Il faut que chacun de nous inscrive un article spécial à son budget particulier. « Pour les statues de l'année, *tant* ! » A bien compter, cela finit par faire une somme qui, au lieu d'honorer les morts, nourrirait des vivants.

Jules Simon comptait, un jour, le nombre des statues auxquelles il avait souscrit dans son année. Il en énumérait dix-sept. Pour un homme qui gagne sa vie à tant la ligne, dix-sept statues à pourvoir c'est quelque chose. On donne du travail aux sculpteurs, des matières aux faiseurs de discours français, des occasions de décorations aux maires des villes et aux membres des comités d'honneur. Ces plaisirs répandus valent bien quelques sacrifices.

Mais vraiment on peut dire des statues comme les grenadiers du *dernier carré* le disaient de leurs assaillants à Waterloo :

— *Elles* sont trop !

Il en sort de partout. C'est la germination spontanée des images de marbre. Les comités de monuments se forment comme les comités électoraux. Pégomas, rêvant d'être officier d'académie ou chevalier de la Légion d'honneur, se demande quel grand homme, fût-il moyen ou tout petit, il pourrait bien dresser en place publique. Et je sais tel sculpteur qui, ayant fait décorer Pégomas, en est encore à payer le surplus du prix des modèles et des praticiens, que lui a coûté tel monument très *décoratif*, en effet, élevé à Paris même.

Voici comment Pégomas ou un autre a l'idée d'une statue. Il s'en va tout naturellement trouver un statuaire :

— Ne feriez-vous pas *un*... (ici le nom du grand homme) pour huit mille francs ? Songez que vous auriez ainsi une de vos œuvres sur la place publique !

— Pour avoir une œuvre sur la place publique, je la ferais pour six mille francs !

— Bravo ! Va pour six mille francs !

Pégomas s'achemine tout droit vers le ministère des Beaux-Arts. Il demande à l'État le prix du marbre. L'État (et généreusement) accorde généralement pour le marbre la moitié du prix que pourra coûter le monument. C'est une sorte d'usage, une libéralité coutumière. Pégomas déclare donc à l'État que la statue vaudra bien douze mille francs, et l'État lui en accorde six mille, exactement le prix demandé par le statuaire, qui se trouve donc, par avance, payé.

Six mille francs assurés pour un monument qui en vaut six mille, les souscriptions ne sont plus, comme on dit, que du *boni*, et permettent d'acheter avec largesse du papier à en-tête officiel :

Comité de la statue X...
Président M. V...
Vice-présidents, MM. Y... et W...
Secrétaire, M. Z...

et de solder même bien des courses de voitures.

La statue est inaugurée. Le président a le ruban rouge, les vice-présidents ont le ruban violet, le secrétaire en a la promesse pour le 14 juillet. Et le sculpteur ?

Le sculpteur ? Il a, en effet, une œuvre signée de son nom sur la place publique. Mais la statue lui a coûté plus de peine et lui a pris plus de temps qu'il ne pensait. Il y a les modèles, il y a les aides. Les six mille francs ont été dévorés et au delà !

Le sculpteur en est *de son argent*, et, philosophiquement, il me disait :

— J'ai même fait des billets pour payer les 3,000 francs de frais supplémentaires que me coûte mon travail. J'ai dépensé 9,000 francs et j'en ai touché 6,000. Mais si ma boutonnière est vierge et ma bourse plate, j'ai fait décorer le président de mon comité ! Je n'aurai pas perdu ma peine !

Ne me demandez pas le nom du statuaire. Il est bien connu. Mais puisque le brave garçon, qui est un maître, ne se plaint pas, pourquoi nous plaindrions-nous pour lui ?

Ce qui est certain, c'est que les statues coûtent de l'argent à beaucoup de gens et n'en rapportent qu'à quelques-uns. Je sais aussi des statues pour lesquelles on souscrit et qu'on n'érige jamais. Je ne parle pas du Balzac. Elles restent comme dans les limbes. Quand je pense que sur la demande de Paul Musset j'ai fait partie, il y a bien vingt ans, d'un comité pour la statue d'Alfred de Musset !

Qu'est devenu ce comité composé par le frère du poète ? Qu'est devenue la statue dont on montra la maquette au comité ?

L'affaire Dreyfus, le procès Zola, le futur procès Picquart-Esterhazy, continuent à passionner l'opinion publique. On a déjà publié sur ce drame aux complications multiples des monceaux de volumes, de brochures et de plaquettes. Toute une bibliothèque, en vérité. L'arrivée à Paris des ambassadeurs de Ménélik parviendra-t-elle à détourner l'attention ? Je ne doute pas du grand succès de ces trente Abyssins offerts à la curiosité parisienne et qui vont promener leurs regards sur nos monuments et nos mœurs. En 1900, si l'empereur Ménélik vient visiter l'Exposition, comme il le souhaite, il sera le lion de l'année.

Vous êtes mon lion superbe et généreux !

En attendant, le dedjaz Woldié et sa suite vont attirer la foule sur leur passage, et le Grand Hôtel aura pour les attendre et les voir monter en landau son public des grands jours. Leurs manteaux blancs rayés de rouge — tels des sénateurs romains — et leurs boucliers tigrés, vont être, au 14 juillet, un des spectacles (faut-il encore dire un des *clous* ?) de la grande revue annuelle, et les Parisiens vont se familiariser avec ces noms et ces titres : *dedjaz*, *lidj*, *ras*, qui leur semblent, de prime abord, assez barbares.

Il y aurait, pour un reporter, un *interviewer*, une belle occasion d'interroger de dedjaz ou prince Woldié qui, à soixante-douze ans, quitte sa terre d'Abyssinie pour voir de près le grand Paris et cette France dont, là-bas, on lui a tant parlé.

Une *entrevue* avec l'ambassadeur de Ménélik serait le triomphe d'un journaliste interrogateur, et je crois bien que M. Adolphe Brisson pourrait trouver là le sujet d'une de ces « visites » qu'il conte si bien.

— Prince, que pensez-vous de Paris?

— Est-il vrai que ce qui vous a le plus frappé c'est la façon dont les champs sont cultivés, de Marseille à Paris, et les voies ferrées garnies de haies vives ?

— Comptez-vous écrire en rentrant vos impressions de voyage et dédier à S. M. Ménélik vos *Lettres abyssines* ?

L'occasion est bonne pour donner un pendant aux *Lettres persanes.* La satire des mœurs de notre siècle agonisant est aussi facile et serait aussi piquante que celle des travers du dix-huitième siècle. Il n'y manque peut-être que Montesquieu. Mais le dedjaz Woldié est là, et on ne sait pas ce que peut inspirer de réflexions à un veillard pensif, naïf sans doute aussi comme un enfant, par certains côtés, la vue d'une civilisation nouvelle.

Tout naturellement ces ambassadeurs au teint de bronze apportent des cadeaux au chef de l'État. Il en est d'embarrassants : ce sont les cadeaux en nature, les fauves que Ménélik envoie au président de la République. Ils auront leur part de succès, mais au Jardin des Plantes. L'étiquette placé au-dessus de leur cage : *Don de l'empereur Ménélik*, leur assurera un empressement certain. Le pauvre et admirable Jardin des Plantes, ce coin de Paris d'une beauté et d'une séduction si particulières, a besoin de ces attraits nouveaux pour être remis à l'ordre du jour. Il y a là des trésors de curiosité, de science et de poésie, des paysages exquis. On délaisse tout cela. Et comme on a tort ! Il faut que des Abyssins amenant des lionceaux en France rappellent aux Parisiens qu'il y a un jardin unique pour que les promeneurs fassent le lointain voyage. Ah ! le libre échange de curiosités ! Les ambassadeurs de Ménélik vont à la fois connaître Paris et faire connaître un peu de Paris aux gens de Paris.

Et c'est ainsi que « la grande ville » devient lentement et sûrement internationale. Je m'arrêtais hier, avenue de l'Opéra, devant l'étalage d'un magasin chinois, bronzes, porcelaines, écrans, soieries, toutes les marchandises de l'Extrême-Orient. Tout à coup, à l'appel d'un crieur de journaux annonçant d'*importantes dépêches*, un grand jeune homme à visage doré, vêtu d'une longue robe de soie bleu de ciel, bordée de broderies, sort du magasin et dit au vendeur :

— Donnez-moi la feuille !

Puis, debout devant la boutique, élégant en sa robe bleue, le teint « plus clair que le cuivre des lampes », comme dit Gautier, le négociant chinois se mit à lire les renseignements donnés sur le désastre de l'escadre espagnole et le bombardement de Santiago.

Je sais bien qu'il est tout simple qu'un Chinois établi à Paris achète un journal qui vient de paraître et le lise sur le seuil de sa porte. Il y avait là un curieux « tableau de genre » ; ce fils de l'Empire du Milieu avide de savoir le résultat des tueries du nouveau monde, et lisant en français les dépêches de Cuba sur une avenue parisienne. Supposez l'ambassade abyssine défilant devant sa boutique (ce qui n'a rien d'impossible) et le petit *cuadro* international serait complet.

Les dépêches de Santiago lui rappelaient sans doute, au Chinois à robe bleu de ciel, les batailles navales des années passées, alors que les navires japonais attaquaient l'île Liu-King-Tao et coulaient les croiseurs, les transports et même les cuirassés chinois. Ce furent des drames aussi, ces rencontres terribles! L'amiral Ting et les capitaines Lui et Chang, qui avaient commandé les forts de l'île, se suicidaient pour ne pas survivre à leur défaite.

— Et c'était hier, cette guerre sino-japonaise!

Hier, et pourtant trois années qui passent ce sont — comme on voudra — ou trois jours ou trois siècles!

Et le négociant

Du pays jaune où sont les cormorans

semblait terriblement pensif en lisant et relisant les dépêches de la *Patrie*!

Peut-on, encore un coup, espérer que la paix sortira enfin de ces carnages? Paris, qui passe pour indifférent, s'en attriste. Il ne voit que les blessures, il s'apitoie sur les plaies. Les *roughsriders* d'Amérique ou les volontaires espagnols qui tombent, il voudrait les secourir. Et surtout il admire la vaillance de ceux qui combattent en désespérés, soldats prêts à mourir pour leur honneur de soldat, et je me rappelle, en m'imaginant l'amiral Cervera et ses marins allant, à toute vapeur, au-devant des obus américains, essayant de sortir du terrible « goulot de bouteille », de gagner la mer, la haute mer, la mer libre, et, poursuivis par les projectiles, leurs ponts couverts de morts, éteignant l'incendie qu'allument les débris de fer, — oui, je relis encore la lettre où un de mes chers amis, ambassadeur d'Espagne près d'une cour du Nord, me disait :

« Vous pouvez assurer autour de vous, que nous sommes toujours les descendants de ceux qui ont défendu Sagonte ! »

Et c'est vrai. Les intrépides volontaires d'Amérique le savent et le reconnaissent. Et maintenant pourquoi ne proclamerait-on pas Cuba libre et ne donnerait-on pas à l'Espagne, aux États-Unis, au monde, cette joie dont je sentais tout le prix, entre deux tueries, il y aura vingt-huit ans bientôt, dans les champs de la Belgique : la paix ?

C'est peut-être ce que demandait aussi le bon Chinois, en robe de soie bleue, qui lisait les nouvelles de Santiago devant ses porcelaines (famille verte) et ses bronzes aux bizarres Chimères, moins monstrueuses que nos réalités !

XXIX

Un moment dramatique. — La mer mangeuse d'hommes. — Combats et naufrages. — Les vaisseaux de l'amiral Cervera et la *Bourgogne.* — Le capitaine Deloncle. — Pavillons en berne et drapeaux de fête. — Le 14 Juillet. — Paris à Paris et à la campagne. — Les *poteaux-affiches* et les paysages parisiens. — Les annonces champêtres. — L'industrialisme et l'alpinisme. — Les voyages nouveaux. — En automobile. — La griserie de la *vitesse.* — Impressions d'un néophyte. — La revue. — Le centenaire de Michelet. — Lecture de ses œuvres. — Pourquoi Michelet est populaire. — *Le fils de la femme.* — Rêves d'action. — Les Abyssins et les lions. — Michelet *lion* du jour.

13 juillet 1898.

— Il faut avouer, disais-je l'autre jour à un homme d'État, académicien, que le moment actuel est vraiment dramatique !

— Il est même un peu plus bas que cela, me répondit-il. Mélodramatique donc, si l'on veut. Sanglant, à coup sûr, lorsque nous lisons les descriptions données par les Américains sur la destruction des vaisseaux espagnols — ces ponts de navire balayés à distance par les obus, cette bouillie humaine produite par une sorte de tir à la cible, mathématique et sûr; — et sinistre quand la déposition de quelque survivant de la *Bourgogne* nous fait apparaître cette scène dantesque : toute une population de passagers affolés et demi-nus se précipitant dans des canots qui chavirent, grappes d'hommes et de femmes englouties à la fois, tandis que quelque brute féroce, comme le lutteur Yousouf, s'ouvre un passage à coups de yatagan, et que le capitaine Deloncle, debout sur sa passerelle, attend la mort et la voit venir en donnant héroïquement des ordres pour le salut de ceux qui peuvent être encore sauvés.

Depuis huit jours, Paris ne s'est entretenu que de ce drame de la mer. Elle a des proies à dévorer, la grande mangeuse d'hommes. Les combats navals et le naufrage lui ont donné une lugubre ration supplémentaire. Peu de catastrophes, d'ailleurs, ont aussi profondément ému la foule que cette disparition de cette ville flottante, anéantissement, en quelques minutes, de tant d'existences à la fois et de tant de richesses qui comptent moins, à de tels instants, que la vie même d'un enfant.

Et tout naturellement les étonnements sont nés, mêlés de colères, lorsqu'on a appris qu'une seule femme — une seule ! — Mme Lacasse, avait été sauvée. On a accusé la sauvagerie des hommes, et quelques-uns ont saisi l'occasion de calomnier un équipage qui répond par le chiffre de ses morts, braves gars des côtes bretonnes, qui ne reverront plus le clocher de Paimpol ou de Concarneau. Une seule femme sauvée !...

En ces secondes d'épouvante, l'instinct farouche se réveille, et qui a la force a le salut. Les apôtres du *féminisme* ont raison de réclamer l'égalité des droits entre toutes les créatures. Lorsqu'un désastre se produit, la nature humaine ne connaît plus, hélas! que l'inégalité des muscles. Et voilà qui serait bien fait pour rendre amèrement mélancolique si le consolant spectacle des sacrifices des Deloncle et des autres martyrs du devoir n'était là pour rétablir l'équilibre.

Je reverrai longtemps cette foule anxieuse au seuil et dans le hall de la Compagnie Transatlantique de la rue Auber. Telle elle était lorsqu'on fut inquiet du sort de la *Champagne*; mais, cette fois, il y avait, hélas! certitude, et les doutes seuls existaient sur les noms des disparus. Le personnel faisait de son mieux pour rassurer, pour consoler les gens accourus, réclamant des nouvelles, et aux questions fiévreuses répondait des paroles dignes et simples. Puis c'était, devant la carte où se trouve tracée la ligne des bateaux, une poussée de curiosité, des regards avides fixés sur le point spécial où, les bancs de Terre-Neuve étant indiqués, la foule rassemblée se disait, répétait : C'est là!

Il semblait que ce point perdu dans l'immensité dût livrer son secret, et que cette carte parlât aux yeux. *Là !* Tant de créatures disparues à l'endroit où passe cette ligne peinte! L'imagination des gens évoquait des images lugubres, et il faut avouer que ce coin de Paris, ainsi visité et assiégé, n'a pas été gai durant quelques journées. Mais c'est et ce sera toujours le cri de Gœthe qui nous devra servir de mot d'ordre : « En avant par delà les tombeaux! » ou encore le mot inoublié, la ferme parole de M. Charles Dupuy : « La séance continue ! »

On dansera ce soir, on dansera demain à deux pas de la carte funèbre. Les mâts des jours de fête se dressent à quelques mètres des bureaux de la Compagnie, et les oriflammes flottent gaiement non loin des pavillons en berne. Le bateau transatlantique parti du Havre, samedi, a emporté autant passagers qu'autrefois. Il faut bien que les vivants vivent, et le deuil de ceux qu'on a perdus n'arrête pas « la caravane en marche ».

Ce n'est point par mélancolie, c'est par l'amour du silence que nombre de Parisiens délaisseront aujourd'hui Paris pour la campagne ou le bord de la mer. Une cure de silence est souvent nécessaire à nos neurasthéniques contemporains, et c'est avec joie qu'ils retrouvent, après des mois de boulevard et un régime énervant de *premières*, quelque recoin de plage d'où l'on peut, sans quitter terre, philosopher sur les naufrages et les batailles en mer, ou quelque jardinet qui vous permet de suivre — de loin — à l'ombre, les interpellations de la Chambre et les incidents de l'affaire Dreyfus, *l'Affaire*, comme on dit couramment, comme s'il n'y avait qu'une question au monde.

Et, cette fois, les Parisiens qui n'avaient point quitté depuis longtemps leur *ruisseau de la rue du Bac*, ont eu, en se rendant aux champs, une surprise désagréable. Ils ont trouvé leur route habituelle plantée de de troncs inattendus. Ils ont pu voir, des deux côtés du chemin de fer, dressés comme des pennons, des écriteaux couronnant fièrement quelques piquets fichés en terre. Le paysage parisien (et c'est là une importation anglaise) est devenu, depuis la saison dernière, un paysage industriel.

Nous nous étonnions jadis de rencontrer, dans la verte campagne des environs de Londres, d'immenses étiquettes semées par les prairies et rappelant aux touristes les vertus du *Mazzatee tea* ou des pilules Beecham ; et les évocations moliéresques des vertus spéciales de certains produits ajoutant la note purgative au pittoresque d'un site, nous semblaient assez ironiques. Eh bien ! c'en est fait ! Les environs de Paris ont aussi leurs *Beecham's pills*. Les apéritifs à la mode, les sherrys nouveaux, les amers récemment inventés, les savons, les *automobiles* et les pétrolettes ponctuent de leurs annonces les perspectives parisiennes. Partout, ils sont partout, ces étendards multicolores de l'industrie contemporaine ! A la portière du wagon, vous contemplez un paysage ; vous songez par quelque crépuscule, au doux Corot par quelque triomphant coucher de soleil au magique Jules Dupré, et, brusquement, un *fanion-annonce*, planté dans les champs, vous rappelle à la réalité. L'impression d'art ou de nature s'enfuit. Vous n'avez plus devant les yeux que les grandes lettres polychromes d'une affiche de bicyclette ou de sirop dépuratif. L'homme met sa griffe et sa tache sur ces délicieux tableaux qui font des environs de Paris la plus magnifique collection de paysages, paysages destinés à devenir — et devenus déjà — la page d'annonces du grand livre de la nature.

Je me rappelle la fureur d'un de mes amis, alpiniste

acharné, qui avait risqué sa vie pour gravir je ne sais quel pic, y poser glorieusement son talon et son *alpinstock*.

— Figurez-vous que lorsque j'arrivai là-haut, tout fier d'atteindre enfin un sommet réputé quasi inaccessible, je me heurtai à un poteau portant une inscription orgueilleuse : « Sans doute, me disais-je, le nom de quelque prédécesseur intrépide !... » Je m'approche, je regarde. Je lis : « *Le meilleur chocolat est...* » Je n'eus plus qu'une envie, mon cher, redescendre et me promener en plaine, sur les routes plates ! Si les annonciers se font grimpeurs des alpes, où les alpinistes pourront-ils se réfugier ?

Il n'y a plus de routes sans annonces, il n'y aura bientôt plus de pics sans affiches. C'est là la nouveauté de la saison. Pendant une excursion en automobile, à travers le département de Seine-et-Oise, je n'ai guère vu, çà et là, que des *poteaux-réclames*. Les « campagnes champêtres » sont livrées aux *annonciers*. On s'y habituera, et le paysage futur n'en aura pas moins de charmes, pas plus que Paris n'est gâté par cette roue géante qui forme comme une sorte d'arcade métallique — ou de toile d'araignée — au-dessus de l'horizon. Ce n'est pas beau, mais les regards de l'homme moderne doivent renoncer à l'absolue beauté que reflétaient les prunelles d'un Leconte de Lisle.

La Beauté, l'homme la cherche toujours, comme par le passé, et il la trouve encore quelquefois. Mais il y a beauté et beauté. Je doute, à en juger par les descriptions des grâces de la jeune fille spécialement élue pour couronner le buste de Michelet, que la *Muse de Paris* ait, par exemple, la beauté de la Victoire de Samothrace. Plus complète évidemment, elle est de formes moins sévères. Mais c'est la Beauté puisqu'on l'a choisie. Le suffrage universel crée ses belles filles comme il sacre ses grands hommes. Il est souverain. Le jour où il proclamera qu'un gazomètre vaut la *Maison carrée* de Nîmes, il faudra bien s'incliner devant la suprématie esthétique du gazomètre.

Il faut vivre avec son temps, et se contenter des *paysages à annonces*, puisque l'heure supérieurement utilitaire les veut ainsi. L'automobile, qui supprime le cheval (inutilité pittoresque) a son charme, comme le gazomètre lui-même, et me voilà, du reste, séduit, conquis, par cette locomotion rapide, grisante, qui supprime les stations de la route, donne à celui que l'automobile entraîne à travers les chemins la sensation d'une liberté inattendue, liberté d'aller, de venir, de voir, de jouir du voyage, sans autre ennui que les incidents ou accidents de l'aventure qui sont comme les piments du plaisir de *faire de la vitesse*. Vraiment, lorsque, les arbres s'envolant éperdus des deux côtés de la route, l'automobile descendant quelque pente rapide, le terrain fuyant sous les roues, le long ruban blanc arrivant à vous, comme pour vous enserrer et, à droite, à gauche, fuyant tout à coup, se fendant en deux, si je puis dire, à mesure qu'on avance, on *dévore l'espace* (pour revenir à la vieille expression classique) avec le vent aux tempes, il semble que le galop du cheval ne soit plus qu'un minimum et que le wagon où l'on a l'habitude de monter vous étouffe en ses parois comme une boîte close où l'on vous tiendrait enfermé.

J'ai, peut-être, la ferveur un peu bien enthousiaste du néophyte, mais cette course à travers champs, en automobile, ces villages traversés, ces distances parcourues si facilement et si vite, ces vitesses inaccoutumées, par les forêts de Saint-Germain et de Marly, ces sortes d'envolées sous bois, les découvertes imprévues que donnent ces voyages nouveaux, tout m'a séduit, depuis qu'au lieu de regarder passer les automobiles je suis monté dedans, et grisé d'oxygène j'ai eu la sensation de je ne sais quelle vie nouvelle où l'homme moderne, le Parisien de demain, ira à ses affaires en automobile et rentrera, le soir, du spectacle, en rejetant l'acide carbonique qui le débilite, les microbes qui l'empoisonnent, et se donnera, après une journée de fatigue, une douche d'air, d'air pur et frais.

Au total, les bénéfices du progrès, la vie décuplée, la distance abrégée, l'hygiène assurée, valent bien les petits désagréments des *fanions-annonces* et font oublier un peu les enlaidissements du paysage parisien et les armatures des grandes roues métalliques tournant, tournant au-dessus de nos toits, tandis que des quantités de ballons captifs monteront en l'air comme autant de bulles de savon gonflées par ce grand enfant : Paris.

Un Paris fin de siècle. Un Paris à la fois pratique et fantastique. Un Paris revu par Robida. Le Paris des pétrolettes et des bicyclettes, — mais un Paris à qui je pardonne bien des laideurs en faveur de cette sorte de locomotive de poche qu'on appelle l'automobile.

Je ne la découvre pas, non certes, mais je l'ai pratiquée, et si j'étais libre — hélas! qui est libre en ce monde? — je ferais, dès demain, à l'aventure, un voyage en automobile à travers le monde, et je suis certain que les aventures de route ne me manqueraient pas. Peut-être même, l'automobile se refusant à marcher, rentrerais-je, le soir même, à domicile, par le plus prochain chemin de fer.

Mais ce sont les *alea* du métier. Est-ce que les cavaliers des romans de Dumas et de Walter Scott, les chevaliers errants des contes de cape et d'épée, ne tombent pas quelquefois de cheval? Et pourquoi les automobiles n'auraient-*ils* (ou n'auraient-*elles*) point leurs Rossinantes?

J'irai, peut-être en automobile à la revue du 14 juillet, écouter l'air poignant de *Sambre-et-Meuse*, sur lequel nos soldats marcheront, drapeaux déployés; aller en automobile à une représentation gratuite serait encore du bon modernisme et, pour cette représentation que donne demain la Comédie, les œuvres du grand historien dont on fête aujourd'hui le centenaire ont été mises à contribution. Les acteurs deviendront lecteurs, pour un jour.

C'est, d'ailleurs, une de leurs coquetteries de savoir lire, j'entends bien lire, lire comme plus d'un auteur ne sait même pas lire son œuvre, — lire comme M. Legouvé, ce qui est le comble de l'art. Bien souvent ils m'ont demandé de célébrer, par exemple, quelque anniversaire littéraire — comme celui de la Fontaine — en faisant lire des fables. Rachel *disant* la fable des

Deux Pigeons, dans *Adrienne Lecouvreur*, a donné le ton, voilà longtemps.

Il est possible qu'un jour, quelque matinée soit consacrée au *fablier*. Nous avons fait lire, lors du centenaire d'Alfred de Vigny, plusieurs pièces célèbres du poète. Demain, le public de la matinée gratuite entendra, comme on dit aujourd'hui, des *proses* de Michelet.

Et quelles pages! Je n'avais que l'embarras du choix dans ces chefs-d'œuvre. Il fallait donner, entre une tragédie de Corneille et une farce de Molière, comme un résumé des écrits de l'historien de génie qui fut un naturaliste admirable. L'insecte et l'oiseau devaient avoir leur place dans ces *selectæ* trop peu nombreux, et Mme Michelet nous priait d'écarter, pour ce jour de fête, tous les ressouvenirs sanglants de l'histoire.

Jeanne Darc, le paysan de France et la Patrie en danger ne pouvaient être oubliés. Il sera intéressant de voir l'effet produit par ces nobles pages sur une foule accourue au théâtre.

Aujourd'hui, au Panthéon, on a parlé de Michelet. On en a parlé avec éloquence, avec grandeur. Demain, il parlera lui-même. Mme Michelet doit être fière. La France a chaleureusement salué la mémoire de celui qui lui donna l'histoire même de son âme.

Et pourquoi Michelet est-il plus que tout autre vivant dans la mémoire des générations nouvelles? Il l'a dit — ou prédit — lorsqu'en parlant de sa nomination de maître de conférences pour l'histoire à l'École normale, il remerciait ses élèves de lui avoir rendu un « service immense » :

« Si j'avais (c'est lui qui se juge ainsi), comme historien, un mérite spécial qui me soutenait à côté de mes illustres prédécesseurs, je le devais à l'enseignement qui, pour moi, fut l'amitié. Ces grands historiens ont été brillants, judicieux, profonds. *Moi, j'ai aimé davantage.* »

Tous les critiques pourront chercher, mettre en relief la faculté maîtresse, le don de Michelet, ils ne définiront pas mieux le vieux maître : *il aima davantage.* Ce fut sa puissance, ce cœur qui battait si fort. Sur le socle d'une statue de Magdeleine, Donatello a écrit ces mots : *Dilexit multum.* On peut dire de l'écrivain au verbe prophétique ce que le sculpteur dit de la pécheresse : *Dilexit multum.*

Et c'est bien pourquoi nous l'aimons! Ce fut un féminin, un sensitif. Il reçut beaucoup de la compagne qui fut sa collaboratrice de toutes les heures et qui assiste, aujourd'hui, après dix-huit ans de séparation, à ce triomphe. Il tenait aussi, il tenait surtout de sa mère. *Cherchez la femme !* le mot du policier est exact aussi quand il s'agit du génie. Henriette Renan a mis de son esprit dans l'œuvre de son frère. Mme Michelet, la mère, guida son fils jusqu'au tombeau :

« Je l'ai perdu il y a trente ans, écrivait-il, et néanmoins, toujours vivante, elle me suit d'âge en âge. »

La page est superbe. Ce fils parle de sa mère avec une émotion qui me paraît encore plus profonde aujourd'hui, à l'heure des honneurs du Panthéon et des acclamations de l'Hôtel de Ville.

« Elle a eu mon mauvais temps, et elle n'a pu profiter de mon meilleur... Jeune, je l'ai contristée et je ne la consolerai pas. Je ne sais pas seulement où sont ses os ; j'étais trop pauvre alors pour lui acheter de la terre. Et pourtant je lui dois beaucoup. *Je me sens profondément le fils de la femme.* A chaque instant, dans mes idées, dans mes paroles (sans parler du geste et des traits), je retrouve ma mère en moi. C'est bien le sang de la femme, la sympathie que j'ai pour les âges passés, ce « *tendre ressouvenir de ceux qui ne sont plus* ».

Sympathie, amour, ne cherchez pas d'autre cause à la popularité de Michelet. Ce *fils de la femme* poussait si loin ce culte du sang maternel qu'il me disait, un jour, en revendiquant presque Shakespeare, le grand Anglais, pour un des nôtres :

— Le fils tient toujours ou presque toujours de la mère. Or, la mère de Shakespeare était *galloise* ! Songez-y ! Cela explique tout son génie !

Paradoxe, si l'on veut. Chez lui, c'était certitude. Il faut le relire pour retrouver ainsi, parmi tant d'œuvres immortelles, des pages inattendues, chargées d'idées et de souvenirs. Le relire, c'est encore la meilleure manière de le fêter.

Il ne rêvait point ces hommages posthumes, cette grande gloire.

Mais cependant, il rêvait, *louait* l'action :

— Agir ! combattre ! disait-il, un soir, devant nous. *Être Garibaldi !*

Comme Carlyle, il célébrait *le héros*. Il oubliait qu'il

fut un héros, héros du labeur et de la pensée. Son pays le rappelle aujourd'hui au monde, et c'est un spectacle consolant que celui-là, parmi les drames et mélodrames du présent.

Les ambassadeurs abyssins viennent de nous donner une leçon qui en vaut une autre. Se souciant peu des scandales et ignorant le dernier coup de théâtre — l'arrestation du commandant Esterhazy et de Mme Marguerite Pays — ils se sont fait conduire, au Jardin des Plantes, devant les lions d'Éthiopie.

Les lions, souverains du désert, ont-ils reconnu les grands seigneurs de leurs pays ? Ils ont rugi ! Et les Abyssins, pour un peu, eussent passé leurs doigts dans la crinière des fauves.

C'est un symbole en action, cette visite de nos hôtes aux lions d'Afrique. Paris a ses hyènes, mais Paris a ses lions. Il suffit seulement de les découvrir et il est bon de les saluer. Michelet l'historien, Michelet l'évocateur, Michelet le poète, fut et reste un de ces lions-là !

XXX

La vie à Versailles. — Une ville qui renaît. — Capitale temporaire. — La veille du procès Zola. — Souvenirs. — Émile Deschamps, Pierre Tirard. — Lafontaine et M. Delaunay. — Ce que les hôteliers pensent des journées historiques. — La nuit du 20 au 21 janvier 1793. — Le *caffé* et le théâtre. — Drames de la rue. — Un suicide en plein air, rue de Moscou. — Mlle Noële de C... — Le roman de la princesse. — Maternité. — Ce qu'eût dit Dumas fils. — Dépêches et contre-dépêches. — Un *cerveau pathologique*. — La Muse de Paris. — Paris international. — Un journal nouveau : la *Vie à Paris*. — L'inventeur d'une rubrique : Auguste Villemot. — Les *Quotidiennes*, d'Alexandre Hepp. — Lettres anonymes et petits écrits. — Les sous-Veuillot. — Citer, c'est juger.

21 juillet 1898.

Il est une ville originale, désaffectée comme une cathédrale et qui, veuve de ses rois, redevient cependant reine aussi de temps à autre lorsque Paris veut bien lui laisser une part de sa souveraineté. C'est Versailles, la « cité morte, » comme l'appellent ceux qui ne la connaissent point, Versailles qui garde encore, avec le rayonnement de son passé, une existence très particulière, avec sa population de soldats en uniforme et de vieux officiers retraités, — Versailles qui, depuis le siècle dernier, ne semble plus vivre que des miettes de la vie de Paris, redevient capitale quand la Capitale émigre, se peuple de politiciens, de nouvellistes et de télégraphistes lorsque le Parlement se réinstalle là, comme à l'auberge, pour quelques mois ou quelques heures, — Versailles, qui reste la ville du Roy, Paris étant la cité du Peuple, et qui n'a pour attirer ses admirateurs et ses hôtes que le prestige des Grandes Eaux et des Grandes Séances, procès illustres ou nominations solennelles.

C'est de Versailles que partent, certains soirs, entre deux haies de dragons aux lances flamméolées, les chefs d'État élus que Paris attend et qu'il acclame. C'est à Versailles que du grand conclave des Chambres réunies sortent les noms des premiers magistrats de la République. Ces jours-là, Versailles a la fièvre, Versailles semble retentir encore des clameurs d'autrefois, lorsque les fers des chevaux des mousquetaires frappaient au galop le Pavé des Gardes. Ce temps est loin. Le Versailles étincelant, Mecque des carrosses dorés, est devenu depuis longtemps le Versailles du Jeu de paume, et la ville découronnée attend quelque *actualité* dramatique pour redevenir, à de certains jours, ce qu'elle fut autrefois.

Je la regardais, sous l'éclatant soleil d'un dimanche de juillet. Se préparait-elle à la journée du lendemain? Avait-elle l'anxiété du procès de lundi? Quelques groupes stationnaient bien devant le Palais de justice, attendant auprès des kiosques les journaux pour savoir, par eux, ce qui se passerait *là*, connaître *la carte* de l'avenir. Mais la foule était ailleurs, aux abords du Musée, auprès des bassins, attendant les jets d'eau, — dans les rues pavoisées où l'on célébrait — trois jours après Paris — la Fête nationale, post-scriptum du 14 Juillet; des Anglais en *mail coach* venaient voir les faisceaux de drapeaux tricolores de la ville de Louis XIV. L'avenue de Paris, où presque chaque demeure, aux vieux balcons de fer, est une demeure historique, était pleine de bicyclettes, sillonnée d'automobiles dont les *chauffeurs* ou les *chauffards*, se souciaient aussi peu de savoir les légendes de ces logis, hantés de souvenirs, que de lire les noms de candidats encore placardés sur les troncs des ormes, *affiches-réclames* du Suffrage universel.

Versailles fêtait le 14 Juillet sans fracas, comme il convient à une cité noble où les tramways semblent un anachronisme, et où l'on ne s'étonnerait presque pas de rencontrer des chaises à porteurs. Mais qu'on ne s'y trompe point : ce n'est là que l'apparence. La vie intellectuelle est intense à Versailles, et l'on y lit et l'on y pense et l'on y *existe*. Ma mémoire y retrouve plus d'un souvenir encore charmé : c'est dans une de ces maisons du boulevard de la Reine qu'habitait Émile Deschamps, le poète, si accueillant aux générations nouvelles, contant à ceux qui le venaient visiter dans son ermitage les grandes batailles romantiques, *Hernani*, *Antony*, *Clotilde*, évoquant tout un passé dont il avait été un des témoins, — un des acteurs. C'est dans un appartement plein de livres — près du parc, — en la maison même d'Edmond Scherer, que je passai, partageant le logis de Pierre Tirard, quelques journées de la Commune, alors que les grondements des canons des forts emplissaient de bruit les claires nuits de mai.

Versailles est un refuge artistique aussi. Un des maîtres de la danse — de l'élégante danse française, — M. Petipa (nom prédestiné pour un maître de ballets), y vivait encore il y a quelques jours. Le comédien Lafontaine y a fini sa vie, aux côtés de la chère femme qui partagea son existence après avoir partagé ses succès. Et, rue des Missionnaires habite encore M. Delaunay, qui semble, avec, ses cheveux blancs, un marquis de l'ancien régime — Perdican devenu *marquis de Perdican*, — et qui, s'il le fallait, ferait encore à pied, comme par le passé, le voyage de son jardin à Paris pour assister aux prochains concours du Conservatoire.

Oui, Versailles a sa vie cérébrale, active, profonde. On n'a pas toujours besoin d'un Congrès pour sentir là les artères battre.

Et Versailles a eu sa journée.

Les hôteliers de la ville ont été, un moment, aussi heureux présentement que s'ils avaient eu un Congrès en perspective. Ce procès Zola leur était une espérance et une aubaine. Leur unique pensée, la veille du 18, était celle des directeurs de théâtre à l'heure d'une pièce nouvelle : « *Aurons-nous du monde ?* » L'affaire en elle-même semblait subordonnée à ce point d'interrogation, et l'on pourrait écrire un curieux chapitre, un peu ironique, sur les rapports des restaurateurs avec la politique et les causes célèbres.

On connaît l'aventure de ce gentilhomme, entré à Paris sous un déguisement, en janvier 1793, et voulant essayer — avec quelques autres — de sauver Louis XVI. C'est le 20 au soir qu'il franchit la barrière. Il erre par les rues, étudiant les moyens de tenter un enlèvement, d'ailleurs impossible, puis, la nuit, il entre chez un traiteur-logeur des environs de la rue Saint-Honoré, et demande un lit.

Il trouve tout l'établissement sens dessus dessous, les tables empilées les unes sur les autres, et le traiteur et les garçons occupés à tout balayer.

— Qu'y-a-t-il donc, et pourquoi ce remue-ménage ?

— Ah ! citoyen, répond le logeur. Ce n'est pas une petite affaire ! Demain, songez donc, nous aurons un rude coup de feu. Je fais de la place pour les clients.

— Demain ? Pourquoi demain ?

— Dame ! On guillotine le Roi ; il passe devant chez nous et, vous comprenez, nous aurons du monde !

L'hôtelier et le restaurateur ont ainsi leurs opinions particulières sur les événements de cet univers terraqué. Tels les cafetiers voisins des théâtres qui jugent les opérettes ou les drames sur le nombre de leurs entr'actes et la quantité des spectateurs éprouvant le besoin de se rafraîchir.

— A la bonne heure, parlez-moi de M. d'Ennery, disait un buvetier du boulevard du Temple. « Voilà un homme qui pousse aux verres de bière ! » Ce qu'il écrit est si émouvant « qu'on en a chaud », et alors...

L'appréciation, qui en vaut une autre, n'était point faite pour déplaire à l'auteur de la *Grâce de Dieu.* Le *caffé*, du temps de Beaumarchais, avait bien aussi ses façons de juger. Son esthétique était plus relevé sans doute ; mais à interroger Procope on eût recueilli des opinions analogues. Et je crois bien que M. Zola et le commandant Esterhazy intéressaient moins les restaurateurs versaillais que la quantité de clients accourus par le railway ou les mails de Cook and C°.

D'ailleurs, à leur avis, l'intermède a été trop court.

Nous nous plaignons souvent que le temps présent manque d'éléments romanesques. J'ai dit et redit qu'il en avait trop. Et, pour laisser là Versailles, on a ramassé, l'autre jour, rue de Moscou, une jolie jeune fille de vingt ans qui, debout dans une voiture, venait de se tirer cinq coups de revolver en pleine poitrine, *un peu théâtralement*, dit un reporter qui raconte le fait divers. Tout suicide est un peu « théâtral », qui recherche le « plein air » aimé des peintres. Mais quand on veut en finir avec la vie, on en finit comme on peut.

Noble de nom, séduite ou hypnotisée par un jeune comte étranger, allemand et, disaient même certains journaux, attaché à l'ambassade d'Allemagne, officier, ajoutaient quelques autres, la pauvre fille n'a pas voulu survivre à une déception. Elle aimait trop violemment; *lui*, apportait un certain flegme dans le roman à deux, et l'idylle a bientôt pris fin. Alors Noële a voulu mourir. *Noële*, un nom qui fait songer aux romans aristocratiques de Louis Enault. Elle a voulu mourir le visage entouré d'une voilette épaisse — nouvelle « dame voilée » ajoutée à tant d'autres, — et elle a donné ce spectacle violent et détonnant à quelques passants, par un beau soleil de juillet, dans l'après-midi.

Le prologue du roman mondain s'était déroulé dans un salon, un jour de bal. L'épilogue, qui ne sera point mortel, a pour décor une salle de l'hôpital Beaujon. Après l'idéalisme de la valse, le réalisme de l'hospice. Et ne dites plus que les grandes amoureuses sont finies, et que les femmes de ce temps ne savent ni aimer ni mourir !

Elles meurent parfois de la maternité, comme cette princesse dont l'aventure emplit le monde, et qui, nous disait-on, venait de disparaître dans une fièvre de lait, comme amnistiée et rachetée par ce martyre.

La nouvelle était-elle vraie? On l'a cru un moment, puis on a douté. Le dénouement était trop beau. Il me semble entendre Dumas fils, si on lui eût appris une telle fin :

— Cela prouve, eût-il dit sûrement, que certaines femmes ne sont pas faites pour être mères. La maternité les tue!

Mais il est maintenant acquis que le télégraphe avait, une fois de plus, fait du roman, non de l'histoire, et et à la dépêche annonçant la mort de la princesse, une autre répondait qui nous montrait M. Rigo et miss Ward sablant le champagne au bord du Danube bleu. Adieu le drame! L'opérette continuait.

A cette annonce funèbre, celle qui fut une grande dame authentique aura du moins gagné de rencontrer un brin de pitié. Elle gardera, même vivante, un peu de cette auréole que donne la mort. Sans doute, on se sentira plus ému aux récits déchirants ou touchants des survivants de la *Bourgogne*, à ces drames incroyables, faits d'héroïsme et d'épouvante. Mais la *survivante* aura bénéficié de l'heure solennelle où il n'y aura de place que pour le pardon.

A vrai dire, on a vu que ce cœur de femme était surtout — et seulement peut-être — un cerveau pathologique, et l'opinion a un peu désarmé.

L'opinion avait, du reste, été sévère pour cette femme qui, déclassée, est tout simplement une déséquilibrée, une détraquée, et que la science seule peut équitablement juger. Inconsciente sans nul doute, irresponsable, fière de sa beauté jusqu'à l'étaler comme un objet d'art et de luxe, bravant le monde avec une sorte de violence gouailleuse, *téléphonant* ou recevant les reporters pour télégraphier ses confidences à travers l'espace, avide de poser devant l'objectif des photographes et d'incarner quelque Diane en maillot ou quelque Napolitaine en jupon court, elle ressortit de la chronique et appartint, un moment, aux tribunaux, alors qu'avec un peu de compréhension et de pitié on eût pu deviner qu'elle est seulement tributaire d'un Charcot ou d'un Gilles de la Tourette.

Malheureuse femme! Elle fut, du moins — j'en parle comme si la nouvelle funèbre eût été vraie — elle fut la Beauté dans toute sa splendeur. Il y a d'elle un portrait photographié — précédant toutes les scandaleuses cartes-albums — qui la représente dans sa gracilité de jeune fille, en waterproof de voyage, simple et charmante, telle qu'elle dut monter à New-York sur le transatlantique amenant cette absolue *beauty*, cette fleur d'Amérique à l'ancien monde. Rien n'est plus joli que cette créature jeune, élancée, liliale, avec une limpidité de regard délicieuse. Oui, la science vous dirait le secret de cet être d'aventures et de folie, et son indulgence aurait eu déjà pour la vivante le pardon que la mort laissait tomber sur le blond visage, qu'on s'imaginait immobile et froid, de Clara Ward.

Les journaux avaient déjà exposé dans leurs salles des dépêches, et les papetiers à leurs devantures la *dernière* photographie de l'ex-princesse de Chimay à côté du portrait-carte de Mlle Ernestine Curot, la *Muse de Paris*, inventée par M. Georges Montorgueil et élue par le Suffrage universel. Il paraît que cette Muse a reçu, parmi des monceaux de vers, une demande en mariage. Un négociant d'Amiens aurait offert à Mlle Curot de l'épouser.

O triomphe de la photographie et prestige de l'élection! Toute personnalité mise en scène rencontre immédiatement des admirateurs. C'est bien ce qui pousse tant de gens à la fois à se bousculer pour obtenir un bout de tréteau. Parfaitement ignorée il y a quelques jours, Mlle Ernestine Curot est une personnalité parisienne. On la biographie, on la photographie. Elle ramasse des sonnets et des fleurs, et les étudiants se proposent de lui offrir un banquet. Notez que Mlle Curot n'est pas encore officiellement couronnée. Elle attend. Elle n'est Muse que dans la coulisse. Que sera-ce après le triomphe de la place de l'Hôtel-de-Ville?

Miss Clara Ward en serait jalouse. Cette Muse ou Musette parisienne n'a rien à voir avec la belle Américaine. Elle est née du ciel de Paris.

Et elles sont rares, les Muses et les *nouvelles* essentiellement parisiennes. C'était de Budapest que nous arrivait le récit de la mort de la princesse étrangère; c'est de Santiago qu'on guette les télégrammes; ce sont les quais du Havre avec les passagers ramenés par la *Touraine*, qui ont attiré l'attention publique; c'est du côté de Versailles que la curiosité, pour un jour, s'est tournée. Paris n'a eu, cette fois, pour lutter contre ces dramatiques *attractions*, que les concours du faubourg Poissonnière.

Ainsi se déplace — et s'étend un peu partout — la *Vie à Paris*. Vie internationale, à dire vrai, cette vie parisienne du XIXe siècle :

Nous venons, arrivons
De tous les pays du monde.

Il vient de se fonder, portant le titre même de nos causeries familières, un journal spécial, *la Vie à Paris*, et, tout naturellement, parce qu'il est parisien, ce journal est imprimé en plusieurs langues. C'est en anglais qu'il donne des nouvelles de la santé d'Éléonora Duse : « *The eminent artist will not appear in public before next autumn* », et qu'il décrivait les baraques de la foire de Neuilly.

Il m'est agréable de voir ce titre, *la Vie à Paris*, popularisé ainsi par une publication hebdomadaire. Ce n'est pas moi qui l'ai trouvé et, avant de donner au *Temps*, sous cette rubrique, ses chroniques d'une bonhomie narquoise et d'une philosophie si profonde, Auguste Villemot — un des maîtres de cette causerie cursive que les pédants méprisent (et qui le leur rend bien), — avait publié deux volumes devenus rares, tout à fait excellents, gais, spirituels, vivants encore en dépit de l'actualité disparue, et qu'il baptisait : *la Vie à Paris*.

Que ceux-là les cherchent — et les gardent — qui veulent avoir un livre agréable à ouvrir au hasard et à relire, sous les arbres ou sous la tente, à la campagne ou au bord de la mer. Le premier annaliste de la *Vie à Paris* ce fut Villemot, le bourgeois de Paris. On n'a fait ici que lui prendre son titre, qu'on nous reprend pour en faire une publication hebdomadaire.

Il n'est pas facile de trouver un cadre, un coin personnel dans ce journalisme au terrain chaque jour labouré, fouillé, drainé par tous les socs et bouts de fer des causeurs quotidiens. Un philosophe boulevardier, qui a le verbe preste et le tour alerte, a inventé un genre, s'est taillé un jardinet particulier dans le grand domaine : c'est M. Alexandre Hepp, l'auteur des *Quotidiennes*. De ces notes au jour le jour il a tout récemment fait un livre, et le volume porte le nom de ses pages brèves : *les Quotidiennes*. Nous sommes avec elles, loin, bien loin, de la *Quotidienne*, la vieille douairière du temps passé !

Et M. Hepp, qui est un novateur, a rajeuni ses *Quotidiennes* de toutes les lettres anonymes et de toutes les injures *pseudonymes* ou autres qu'elles lui ont valu. Nous devrions tous en faire autant lorsque nous réunissons par le fil de la reliure nos feuillets d'actualité. Si toute jolie fille, que l'acclamation populaire désigne à l'attention, comme Mlle Ernestine Curot, reçoit inévitablement des pièces de vers et des demandes en mariage (hélas! Mme Lafarge, en sa prison, en recevait aussi!), tout homme de bonne foi qui exprime ses idées sur les hommes et les choses est destiné à la lettre anonyme des méchants et à l'attaque mesquine des jaloux.

Il existe, de par le monde, une race spéciale de gens — fort malheureux sans doute — dont la destinée est de haïr. Ceux-là traduisent leur haine par quelqu'une de ces grossières — ou tristes — insultes anonymes que M. Hepp imprime avec un gai courage au bas des articles qui les lui ont attirées, — ou par quelque attaque niaise dans tel recueil voué à la poussière, et tel volume promis à l'humidité des quais.

— Mais, monsieur, interrompra quelque *anonyme*, on a toujours le droit de dire ce qu'on pense de ceux qui occupent la scène! Et s'il me plaît de vous faire entendre, par lettre souvent non affranchie, que vos articles sont absurdes, n'en ai-je point le droit? N'ai-je même pas le droit de perdre quelques rames de papier pour le dire, en tout un long volume?

— On a toujours le droit de jalouser, répondrai-je, et on a toujours assez de talent pour écrire (et même pour imprimer) que les autres n'en ont pas. Seulement il ne suffit point de prononcer de tels arrêts, il faut encore montrer qu'on a l'autorité de les rendre. *Ohimé!* Prouver qu'on a du talent, voilà le difficile, et je n'ai jamais lu (comme l'auteur des *Quotidiennes* sans doute) le froid écrit de quelque haineux sans me sentir pris d'une certaine pitié et sans me dire : Le pauvre homme! comme il doit souffrir!

C'est ce qui fait qu'on rejette au panier les lettres anonymes — quand on ne leur inflige pas la publicité comme un pilori — et qu'on envoie aux bouquinistes les pamphlets informes et sans valeur, alors qu'on envoyait à la reliure les étincelantes invectives d'un Veuillot. C'est que Veuillot avait du talent. Tout est là. Il avait le droit de parler. Il était un maître. Les sous-Veuillot ressemblent à des cuistres qui veulent jouer les premiers rôles. On les sifflerait en province. On les néglige à Paris.

Mais pourquoi attacher même quelque importance à des anonymes? M. Hepp les réimprime : c'est ce qu'il pouvait faire de spirituel. Il est des gens dont on mesure le génie de la plus simple façon du monde : en les citant.

XXXI

Paris hors Paris. — Paris l'été. — Un coin où l'on travaille. — Préparatifs d'Exposition. — Les *écoles* buissonnières. — La *Prune* et la *Pomme*. — De Toulouse à Honfleur. — Décentralisons ! — Le chapeau de Mistral. — Charles Garnier. — *Masaccio*. — Souvenirs d'une candidature. — Les *Mémoires*. — *Souvenirs* de M. de Bismarck, de Mac-Mahon et de Canrobert. — Une *revue* des *Mémoires*. — Lettres de Berthier à Joséphine. — La première lettre de *Buonaparte* à Berthier. — De Nice. — Un autographe de Grosbois. — M. Ludovic Halévy. — Hors Paris : André Theuriet à Montreuil-Bellay. — Deux monuments angevins : A. Toussenel et Charles Dovalle. — Les *contemporains oubliés*. — La sœur d'un poète mort. — Le maire de Montreuil-Bellay. — Les cadets de Paris.

11 août 1898.

En dehors de l'affaire Dreyfus, de l'affaire Picquart, de l'affaire Esterhazy, de l'affaire Judet et de l'affaire Zola — tant d'affaires qui n'en font qu'une, — Paris n'a pas de nouveauté à se mettre, comme on dit, sous la dent. C'est ailleurs que les actualités se déroulent. La *Prune* d'Agen et la *Pomme* de Honfleur redoublent de sonnets, de stances et de discours ;

les Cadets de Gascogne discourent aussi éloquemment que les Félibres ; des bustes surgissent, qu'on inaugure en vers, en prose et en musique ; Ingres et Michelet fraternisent ; Jasmin sourit à Chateaubriand, et ses *papillottes* font autant de bruit que la vague bretonne autour du rocher du Grand-Bé ; Toulouse resplendit ; les gorges du Tarn deviennent le spectacle à la mode, et la pièce la plus intéressante s'est jouée autour de la rade de Brest, où nos *cols bleus* ont fait de leur mieux pour attaquer les forts et pour les défendre.

Comment voulez-vous qu'on reste plus longtemps acoquiné à son coin d'habitude et qu'on ne laisse point là brusquément et les fortifications, et le Bois, et le boulevard, lorsque la vie vivante est ailleurs et que tout concourt à vider Paris comme un flacon qui a donné jusqu'à sa dernière goutte ?

On n'a qu'une idée : suivre les Gascons à Toulouse en Toulousain, ou aller écouter les Normands chanter leur cidre sous les pommiers de la Côte de Grâce.

> Adieu donc, ville de village,
> Seigneur Paris en Badaudois !

comme disait Claude Le Petit, qui fut, ce *plaisant*, brûlé en Grève pour une chanson.

Si l'on veut se rendre compte de ce qu'est Paris un jour d'été, il faut — par un clair soleil — traverser a place de la Concorde. On se croirait à Cordoue. La lumière intense donne une blancheur de sable au sol incandescent sous les rayons crus. Pas une ombre. Les cochers et les passants qui se hasardent *sub Jove crudo* semblent se risquer dans un Sahara. Tout est blanc dans ce paysage éclairé comme par une flambée oxhydrique : seuls les arbres au fond mettent là une tache verte, et sur les têtes le ciel d'un bleu pâle étend une coupole métallique comme une voûte de zinc.

C'est là qu'on a le sentiment absolu du vide que l'été fait dans Paris. Le soir, les Champs-Élysées et le Bois se réveillent ; il y a des chars et des musiques par les allées. Mais, le jour, quoi de plus triste que ces grandes avenues aux maisons neuves dont les persiennes sont fermées comme des paupières closes ? Le Cours-la-Reine paraît sommeiller. Comptez les fenêtres ouvertes ! Il semble que tout soit endormi. Et cependant, de ce côté de Paris, quelle activité et, derrière ces palissades de planches, que de labeur accumulé déjà !

Des constructions déjà colossales s'élèvent. On aperçoit, dans une clarté aveuglante, des tas de pierres blanches, çà et là, autour de hautes colonnes rondes déjà dressées. C'est un amas de moellons, un vaste chantier de pierres. On sent, on devine, on voit qu'une sorte de cité nouvelle va surgir derrière ces arbres, que des palais vont grandir là, que c'est comme la *pose* du grand décor de l'Exposition de 1900 préparée déjà par des machinistes à l'œuvre. Oui, tandis que les Parisiens du *Tout-Paris* s'éparpillent à travers les plages, il y a un Paris qui peine et travaille, taille la pierre, remue les fûts de colonnes, monte les madriers ou les arceaux de fonte, se préoccupe peu de l'*heure du bain* ou de l'*heure des petits-chevaux*, et prépare pour la réception universelle les palais des œuvres d'art et des merveilles industrielles.

Ce Paris-là, *Paris-fourmilière*, semble ne plus compter en cette saison estivale, et pourtant il continue sa tâche. La vision de cette cité en construction, de cette ville naissante, a vraiment sa grandeur. Où l'on démolissait naguère, on édifie. Il y a là une activité prodigieuse. On sent que quelque chose d'inattendu va se dresser avant peu. C'est de l'inconnu qui sort de terre, un inconnu de pierre, un rêve solidifié. Et quel bourdonnement humain, dans deux ans et demi autour de ces coins de ville — aujourd'hui poudreux et seulement visités des ouvriers faisant leur œuvre — qui verront la foule accourir, et deviendront le centre même de la curiosité de Paris !

J'ai connu le temps où l'on donnait à ce *seigneur Paris*, des premières représentations en été. Pièces d'été, souvent elles sauvaient l'hiver. Il y avait alors des Parisiens à Paris pendant la canicule. Aujourd'hui, les *premières* sont affichées en province, et c'est *Tout-Béziers* qui s'apprête à écouter la *Déjanire* de Saint-Saëns. La décentralisation se fait estivale et caniculaire. Puisque Paris est déserté, vite, qu'on se partage çà et là un peu de ses miettes ! Et l'on joue des drames sur le théâtre du Peuple, en pleine forêt, dans les Vosges. Et l'on va représenter un mystère du bon vieux temps, quelque part sur la lande bretonne. Chaque coin de France a son spectacle quand vient août, et ce n'est plus la représentation banale de quelque pièce usée à Paris et offerte par un impresario au public du casino de la ville d'eaux, non, c'est une manifestation locale, intéressante, curieuse, et — au grand détriment du pauvre Paris d'été, de ce Paris décapité pendant les *temps chauds* — le mouvement de décentralisation provinciale s'accentuera d'année en année. Chaque contrée réclamera ses fêtes.

Les Picards auront leurs *cadets* ; les Limousins n'oublieront pas de rappeler qu'ils virent naître les premiers troubadours ; les Bourguignons chanteront leurs *noëls*, et quant aux Provençaux, depuis longtemps ils suivent, au signal du tambourinayre, ce chapeau de Mistral qu'un rédacteur de l'*Almanach du Midi* compare au petit chapeau de Napoléon Ier, en sacrifiant, bien entendu, le feutre de l'*imperator* au populaire chapeau du poète, coiffure des paysans de Provence.

Ce mouvement provincial remplace, pour le moment, le mouvement parisien annuellement ralenti, et ces escapades à travers la Patrie, ces écoles buissonnières par les sentiers divers du pays de France, sont comme le dessert mis en action de tous ces *Dîners* provinciaux dont la comédie a bien pu se moquer, mais qui ne sont ni sans utilité ni sans charme. *Les races font les races*, a dit Mistral. *Raço recejon.* Et c'est par vaux et par chemins, en saluant les ruines du passé, les morts d'autrefois et d'hier, en évoquant les vieilles légendes, en relisant les chansons oubliées, que « les races » se retrouvent, rajeunissent, reverdissent et se continuent !

Seulement, Paris est terriblement déserté par ses

hôtes d'hiver, qui, au contraire des hirondelles, s'enfuient vers leurs terres natales au premier rayon de soleil. Et quand c'est en été qu'on y meurt — comme Charles Garnier, — on n'a pas derrière son convoi toutes les amitiés sincères; il en est, sans le vouloir, d'infidèles et qui laissent partir le disparu sans lui donner le dernier adieu.

Garnier, du reste, a eu ce qu'on appelle « une bonne presse ». Je n'ai pas lu sur cet artiste de haute race et de cœur vaillant une ligne qui ne fût un éloge. L'homme et l'ouvrier méritaient également cette sympathie, et je dirai ce respect. Je n'ai point connu de créateur plus convaincu et plus modeste. Ce grand inventeur, remueur d'idées, d'ors et de marbres, cet érudit, ce chercheur, était le plus simple et le plus cordial des camarades ; et qui ne l'a pas entendu chanter des chansons — fût-ce au dîner annuel anniversaire de la fondation de l'Institut — ne sait pas quelle gaieté d'enfant gardait encore ce militant, cependant éprouvé par la vie !

Autrefois, comme je le rencontrais aux *premières* du théâtre de Cluny — son théâtre, disait-il, car il habitait tout près de là, — je le regardais à côté de son vieil ami Sarcey, et, avec sa chevelure noire retombant sur son front, son profil fièrement sculpté ; il me rappelait un de ces Florentins des fresques de Ghirlandajo que je venais de voir. Ou plutôt il ressemblait, d'une extraordinaire façon, à Masaccio en personne, et c'est *Masaccio* que je l'appelais, en riant.

— Quand me joueras-tu *Patenbois?* me disait-il alors en manière de plaisanterie. Je signerai *Masaccio!*

Patenbois était une de ses plaisanteries, une des distractions de son esprit en belle humeur, quelque chose comme le *Bothriocéphale* de M. Camille Saint-Saëns, qui, lui aussi, laissant là *Samson et Dalila*, se plaît parfois aux plaisanteries débridées du vaudeville.

Patenbois avait amusé Garnier, comme aussi telle pièce de vers monorime à laquelle Théophile Gautier répondit autrefois, en se divertissant à son tour. Mais dans les dernières années de sa vie, Charles Garnier las, et son beau visage creusé et fatigué, ne parlait plus de *Patenbois*. Il s'angoissait des siens, de son fils dont la maladie l'inquiétait ; le profil de Masaccio devenait soucieux, ravagé. Il savait bien qu'il avait fait son œuvre, *bâti son monument*, — mais où était le temps où il contait si bien ses visites académiques? Sa visite, entre autres, au sculpteur Lemaire, l'auteur du fronton de la Madeleine, devenu sourd.

— Ah ! vous êtes architecte ! lui disait le vieux statuaire. Alors vous devez connaître Garnier, Charles Garnier, oui, celui qui a bâti le nouvel Opéra ?

— Si je le connais !... C'est moi.

— Est-il jeune encore ? demandait, tendant avidement l'oreille, le statuaire. Comment est-il, ce Charles Garnier ?

— Mais c'est moi !

— Il a du talent, beaucoup de talent. S'il se présentait, je voterais volontiers pour lui !

— Mais c'est moi !

— L'architecture a besoin de se renouveler. J'aime beaucoup la Madeleine. Mon fronton est une des belles choses de Paris. Seulement, il faut du nouveau. Il a fait du nouveau, ce Garnier. Je voudrais bien le voir!

— Mais c'est moi! c'est moi! c'est moi!

— Enfin, j'espère bien qu'il se présentera un jour et que je pourrai voter pour lui!

Alors, Charles Garnier, grossissant sa voix et prenant congé du sculpteur :

— Eh bien, votez pour Garnier dès maintenant, monsieur Lemaire, je ne vous demande pas autre chose!

— Et, ajoutait en riant Garnier, s'il n'a pas voté *pour moi*, et si je lui ai déplu, j'espère pourtant qu'Hector Lemaire a donné sa voix à *Charles Garnier*. Je ne pouvais vraiment espérer mieux de quelqu'un qui n'a ni voulu m'écouter ni pu m'entendre!

Le livre de Garnier sur l'Opéra, son Opéra, est aussi intéressant qu'un chapitre de *Mémoires*. Et nous allons bientôt, en fait de *Mémoires*, avoir ceux du prince de Bismarck. S'ils sont sincères, ils seront farouches, spirituels à la fois et impitoyables. Les propos de table recueillis déjà sentent le tabac, la bière et le sang. Les amis du maréchal de Mac-Mahon poussent aussi la famille de Magenta à publier les *Souvenirs* que le soldat a laissés. Il faut savoir gré à M. Bapst d'avoir recueilli les conversations alertes du maréchal Canrobert et de nous les avoir rendues avec une vivacité si pittoresque.

Saisissant le moment favorable, un éditeur, M. Gougy, lance une revue tout à fait spéciale, consacrée seulement aux documents autobiographiques, aux correspondances dont le public actuel est si friand, et il lui donne ce titre à la mode : *Souvenirs et Mémoires*. Lisons-la pendant qu'elle est d'actualité. « Prenez ce remède pendant qu'il guérit, » disait le docteur.

Je trouve dans le premier fascicule une suite de lettres fort curieures, écrites par Berthier à Joséphine pendant la campagne d'Italie. Joséphine est jalouse de Bonaparte, aussi jalouse de lui que le jeune général put l'être d'elle. Et le futur prince de Neuchâtel la rassure, lui donne des nouvelles du héros, conte à « l'aimable citoyenne » que le capitaine victorieux ne songe qu'à elle entre deux batailles. « Sur tout ce qu'il y a de plus sacré, je vous jure qu'il a toujours été occupé de vous. Non, il n'est pas de femme plus aimée, plus estimée que vous. Combien de fois il m'a dit : « Avoue, mon cher Berthier, que je suis bien malheureux ! Je suis fou de ma femme, je ne pense qu'à elle ; et juge comme elle est injuste à mon égard ! »

La lettre était datée d'Ancône, pluviôse an V, le 11 février 1797. Alexandre Berthier est déjà « mon cher Berthier » pour le futur empereur. Quelques mois auparavant, à Nice, en germinal an IV, le 30 mars 1796, il savait à peine le nom de Berthier, à en juger par un très curieux et précieux autographe conservé dans le beau château de Grosbois dont la galerie est comme une page encore récente de l'histoire de l'Empire. Le bibliothécaire de Grosbois avait bien voulu prendre pour moi copie de cet autographe, avec l'assentiment de M. le prince de Wagram, et, l'ayant perdu — je veux dire trop bien serré — j'ai prié mon ami

35.

M. Ludovic Halévy de vouloir bien m'en adresser une copie nouvelle, ce qu'il a fait, autorisé par la bienveillance des châtelains.

Nous sommes à la veille des premières batailles d'Italie. Le 30 mars, c'est la disette, cette disette dont parle la *Gazette nationale* ou *Moniteur universel* annonçant au public que l'armée d'Italie a besoin, pour ses transports, de tirer ses mulets d'Espagne et que, par conséquent, les opérations ne commenceront pas avant *un mois*. Le journal vante d'ailleurs l'*ordre* et l'*économie* du commandant en chef.

Je ne crois pas qu'on en puisse trouver une meilleure preuve, plus décisive, plus étonnante, que la lettre de *Buonaparte* à Berthier, du 30 mars 1796, — la première victoire, Montenotte étant du 11 avril, bien avant le *mois* d'attente annoncé par le *Moniteur*.

Pour tout trésor, Bonaparte, au moment de conquérir l'Italie, semble avoir en son quartier de Nice *six cents francs*, dont il règle l'usage comme on va voir :

LIBERTÉ — ÉGALITÉ

N° 155. — *Au quartier général de Nice, le 10 germinal, l'an quatrième de la République française une et indivisible.*

Le général en chef de l'armée d'Italie au général divisionnaire Gauthier.

(Le nom de *Gauthier*, écrit d'abord de la main de Bonaparte, est effacé et remplacé par celui de *Berthier*).

Vous trouverez ci-joint, citoyen général, une ordonnance de six cents livres en numéraire sur le payeur ; vous garderez dix louis pour vos dépenses particulières, vous distribuerez dix louis aux officiers et adjudants généraux attachés à l'état-major, et vous garderez les cinq derniers louis pour dépenses extraordinaires dont vous me rendrez compte.

BUONAPARTE.

Et voilà quelles libéralités pouvait faire le général en chef en marche pour Millésimo, Lodi, Arcole, Rivoli ! « Vous garderez *cinq louis* pour dépenses *extraordinaires* dont vous me rendrez compte!... » Ce document historique, d'un intérêt capital, est encadré, à Grosbois, dans une petite pièce qui contient les uniformes, décorations et sabres de Berthier.

Et cette lettre d'un vieil ami, longtemps souffrant en sa maison de campagne voisine de Grosbois, m'a fait grand plaisir, en me prouvant que le charmant confrère que nous aimons tous, que nous regrettions, l'autre jour, aux concours du Conservatoire, a repris la plume et va nous revenir spirituel, alerte, militant, — et entraînant comme toujours !

Halévy reste, tout l'été, à *Haute-Maison*, le logis qui fut celui de Mme de Brette au temps de la Fronde et qui n'est séparé que par une rue de la maison habitée durant la Terreur par Mme de Sainte-Amaranthe; il y reste comme Sardou demeure à Marly-le-Roi, comme André Theuriet habite *Boisfleury* à Bourg-la-Reine.

C'est de Boisfleury qu'il se rendra dimanche dans la jolie petite ville de Montreuil-Bellay, en Anjou, pour y présider à l'érection du monument élevé là à Alphonse Toussenel. L'auteur de *Sous bois* saluera

l'image de l'auteur du *Monde des Oiseaux*, et le bon forestier qu'est Theuriet parlera en poète de l'homme qui montra, avec tant d'esprit, l'esprit des bêtes et écrivit l'ornithologie passionnelle. « Le monde des animaux, avait dit Lamartine, est un océan de sympathies dont nous ne buvons qu'une goutte, quand nous pourrions en absorber par torrents. » Ce fut ce *torrent* que Toussenel nous fit connaître, trouvant que les oiseaux sont les précurseurs et les révélateurs de l'Harmonie, règne de Dieu, et qu'il n'est pas de sectateurs plus fervents et plus enthousiastes de la loi d'amour — réclamée par notre infortuné globe — que le Moineau franc, le Canari et l'Hirondelle.

Il faudrait notre vieil ami Cherville pour évoquer dans toute sa vitalité charmante, son éloquence singulière, sa verve de prophète aimable, la figure du *bon*, et Michelet eût dit du *grand* Toussenel. Je ne l'ai point connu, ce causeur merveilleux, et moi qui ai entendu les plus brillants improvisateurs de mon temps, j'aurai passé à côté de deux des plus illustres d'entre eux : Toussenel et Chevanard, sans avoir pu les écouter !

Cherville adorait Toussenel. Le gentilhomme campagnard saluait le naturaliste exquis comme son maître. Il y a dans les pages inoubliées, classiques en leur genre, de la *Vie à la Campagne*, l'écho des causeries de l'écrivain que célébrera, dimanche, André Theuriet. Ce même jour, à Montreuil-Bellay, on rendra également hommage à un doux enfant du pays, un poète, Charles Dovalle, l'auteur du *Sylphe*, qui fut tué dans un duel à vingt ans (par un obscur directeur de théâtre) et dont quelques amis réunirent les œuvres éparses en un volume dont Victor Hugo écrivit la préface — parlant de la « figure pâle de ce poète, souriant comme André Chénier et sanglant comme lui ».

Dovalle a son tombeau au cimetière Montmartre, trentième division, deuxième ligne, numéro 38. Mais rien, à Montreuil-Bellay, où il est né, dans l'ancienne rue des Bancs, ne rappelait son souvenir. Désormais, il aura là son buste, et M. G. de Grandmaison, maire de Montreuil et député de Maine-et-Loire, voulait bien me faire l'honneur de m'inviter à célébrer le poète qui fut une des sympathies de ma jeunesse, alors que, d'instinct, en un petit livre disparu, j'allais droit aux tombes oubliées de ceux que j'appelais les *Contemporains oubliés*.

J'avais évoqué Dovalle comme j'avais voulu faire revivre Elisa Mercœur, la Marvonnais, Alphonse Rabbe, Pétrus, Borel, Charles Lassailly... J'éprouvais une joie mélancolique à arracher la mousse qui rongeait ces noms sur les pierres. J'eus pour salaire l'affection de la sœur de Dovalle, Mme Clara Dovalle, que je n'ai pas eu l'honneur de saluer vivante et que je révère morte. Elle écrivait pour moi les souvenirs de son enfance, m'envoya un dessin de Dovalle — des roses dessinées par lui pour la fête de sa mère, — en me priant de garder cette relique toujours, en souvenir d'un poète de vingt ans qu'une balle, perçant un portefeuille bourré de vers avant d'aller trouer la poitrine, arrêta dès les premiers pas, dès les premiers rêves.

Qui dira, dans quatre jours, à Montreuil-Bellay, tout

ce que ce drame coûta peut-être de beaux vers à la génération de 1830 ? Ils paraîtraient bien hésitants aux ciseleurs d'aujourd'hui, les poèmes du pauvre Dovalle ! Il n'est rien que cette « bergeronnette » qu'il a chantée, le « pauvre oiseau des champs » que son compatriote Toussenel a aimé :

> Bergeronnette, vole, vole,
> Bergeronnette, devant moi !

Mais il y a du sang sur sa lyre brisée, et sa destinée est de celles qui attendriront toujours. Combien j'aurais été heureux d'accepter l'hospitalité si aimablement offerte par M. de Grandmaison ! Le château était accueillant ; la petite ville, à en juger par les dessins dont M. Léon Séché a fait illustrer une excellente réédition des poésies de Charles Dovalle — l'*édition du monument*, — la douce cité angevine est délicieuse, avec des coins pittoresques. Et puis, ce Dovalle que je n'ai point connu, il me semble que c'est un vieil ami !... On ne fait pas tout ce qu'on veut, on n'accomplit pas tout ce qu'on rêve. Je ne serai pas à Montreuil-Bellay. André Theuriet ne sera-t-il point là, du reste, pour parler en poète, encore une fois, du chantre de la *Bergeronnette* ? Moi, je porterai des fleurs — en souvenir de sa sœur — à la tombe du cimetière Montmartre, une de ces tombes dédaignées devant lesquelles passent les générations nouvelles en se disant :

— Charles Dovalle ?... Qu'est-ce que cela ?

Victor Hugo l'avait dit : un poète qui n'a besoin maintenant de qui que ce soit pour réussir, car « en littérature le plus sûr moyen de réussir, c'est d'être mort ».

Pas toujours. Il faut encore que de pieuses affections veillent sur votre mémoire. Et c'est en quoi les amis des lettres doivent être reconnaissants aux fidèles de Dovalle et au dévoué maire de ce Montreuil-Bellay « *où il fait si bon naître* » et où Dovalle rêvait peut-être de mourir :

Oh ! ne quittez jamais le seuil de votre porte !
Mourez dans la maison où votre mère est morte !
Voilà ce qu'à Paris avait déjà chanté
Un poète inconnu qu'on n'a pas écouté.

Oui, Brizeux a raison.

Mais Paris est le grand fanal, la grande lumière. Tous les papillons y accourent, et les sylphes aussi comme les papillons. On s'y bat, on s'y écrase. Et les plus tristes fins ne sont pas encore celles qui se terminent, comme la courte vie de Dovalle, par une balle de pistolet. Tous les *cadets* de tous les pays se précipitent vers les débouchés étranglés comme le goulot de la bouteille. Et les provinciaux qui succombent n'ont de revanche qu'à l'heure où leurs compatriotes dressent leur image sur la place d'une mairie de chef-lieu ou de village.

Quant aux Parisiens, ceux-là se perdent innombrables dans la foule, et les *cadets de Paris* ne pourraient faire aucun bruit dans le mascaret parisien. Ils sont ignorés, oubliés, emportés, roulés, enfouis, enfoncés... Ils sont trop ! Les provinciaux, plus malins, demandent la vie à Paris et l'immortalité à leur province.

XXXII

Un mot de Voltaire. — Peuples ennuyeux et peuples ennuyés. — Un drame. — Les coups de théâtre successifs. — Le désarmement. — Nicolas II. — Les joujoux de la vieille Europe. — L'*inauguration* de la reine de Hollande. — Un mot exact. — Un peu de dictionnaire. — La petite fiancée. — Cartes postales. — Une mode nouvelle. — Le parti qu'en tire l'Allemagne. — Cartes militaires, cartes *marines*. — L'industrie allemande. — Félicien Rops. — Le Baudelaire du burin. — Aux Pays-Bas. — La couleur orange. — Les cartes de Mesdag et d'Israëls. — Paris en septembre. — *Retours* de la mer, départs pour la chasse. — Une opinion de M. Grévy sur les événements. — La *vie mensuelle*.

8 septembre 1898.

« Heureux, disait Voltaire, les peuples dont les annales sont ennuyeuses! » A ce compte, nous ne serions pas un peuple heureux. Tout ce qui se passe est poignant comme un roman judiciaire, mais tragique comme un mélodrame sanglant. A quel régime se trouvent ainsi soumis les cerveaux de nos contemporains! Quelles secousses subissent nos nerfs! Quelles angoisses connaissent nos consciences! Je regardais, l'autre jour, en traversant le Bois où déjà l'automne met sous les arbres ses jonchées de feuilles sèches, le Mont-Valérien qui détachait sur le ciel du dernier jour d'août sa silhouette géante. Le soleil faisait comme un nimbe de lumière à ses murailles, et je me demandais s'il était vrai qu'un colonel de l'armée française fût étendu là-haut, la gorge ouverte, tandis que les reporters, les curieux et les voisins accourus se pressaient devant l'entrée du fort comme à la porte d'une morgue.

Oui, c'était vrai. C'était, ce cauchemar, une réalité! Tout ce que l'imagination d'un Ponson du Terrail ou d'un Montépin eût imaginé avec peine, ce qu'on eût taxé d'exagération insensée et d'impossibilité, c'était ce qu'on appellera, ce qu'on appelle de l'*histoire*! Hélas! elles ne sont pas, comme eût dit Voltaire, ennuyeuses, nos annales, mais elles sont amèrement inquiétantes, et il est temps que le mauvais rêve cesse. Quand on pense que la proposition de désarmement, ce grand fait à la fois plein de rayons, si je puis dire, et gros de nuages, n'a pris que le second rang dans la préoccupation publique! La veille, on ne parlait que du Tsar et de la paix; le lendemain, il n'était plus question que des coups de rasoir du colonel Henry. Que la lecture des journaux sera donc ironique, un jour! Vous rappelez-vous l'heure récente, où, poussant un soupir, la plupart s'écrièrent : « Enfin, *l'Affaire* est donc enterrée! »

Jamais le mot de Ludovic Halévy ne m'a semblé plus vrai : « C'est le *collier de la reine* du XIXe siècle ».

Oui, *l'Affaire* a projeté son ombre sur ce beau projet

de désarmement général qui inspirait, l'autre jour, au *Graphic*, un dessin railleur : le jeune empereur jouant du pipeau, comme Tityre, au pied d'un hêtre, tandis que Guillaume II *flirte* avec une jeune femme coiffée du bonnet phrygien, et qu'une petite Espagnole sourit à un grand Yankee qui la presse tendrement sur son cœur. Évidemment, l'universelle paix est un beau rêve. Mais c'est un de ces rêves qu'il est encore plus beau d'avoir fait.

J'ignore ce qui sortira de la proposition. Le souverain qui a trouvé le moyen de flétrir si hautement la haine n'en a pas moins droit, dès à présent, à la reconnaissance. Ce mysticisme pacifique n'est point sans grandeur. L'Europe était une sorte de vieille enfant, jouant, depuis vingt-cinq ans, avec des millions d'allumettes. Le feu était inévitable. Nicolas II a voulu fermer la boîte. Il a été, à lui seul, toute une commission d'incendie. Mais les allumettes — j'entends les fusils — subsistent. Chargés, ils peuvent partir tout seuls. Tout ce que je demande aux membres de la Conférence future, s'ils se réunissent, ou si elle se réunit jamais, c'est de ne pas presser la gâchette.

Il est certain qu'il serait temps d'inaugurer une ère de paix, et qu'on ne saurait longtemps se ruiner comme avec joie pour le plus grand plaisir de s'entre-tuer quelque jour. Et ce mot d'*inauguration*, qui ne s'applique pas seulement à des statues, est à l'ordre du jour depuis que la Hollande — qui est heureuse, bien que son histoire présente ne soit pas ennuyeuse — *inaugure* sa nouvelle reine.

Le mot a semblé même assez curieux à un savant

docteur néerlandais pour qu'il ait demandé à l'Académie française si l'expression était bien orthodoxe : *Inauguration solennelle de S. M. la Reine des Pays-Bas!* Les rédacteurs du protocole se trouvent, en se servant du mot, parfaitement d'accord non seulement avec les habitudes du latin, mais avec l'usage même de notre langue. On *inaugure* un roi, un pape, un sultan, un prélat. C'est le mot propre, et le savant hollandais pourrait lire dans Mably : « Jusqu'à Pépin, l'*inauguration* des rois de France n'avait été qu'une cérémonie purement civile ». Et, dans Voltaire, que je citerai beaucoup aujourd'hui, mais qui est toujours bon à citer : « Jamais pontife ne fut *inauguré* plus pompeusement ». (*Essai sur les Mœurs.*) Et encore, dans le même : « Soliman s'était fait *inaugurer* royalement dans Bagdad ». C'est la *consécration*, la *dedicacion* d'autrefois.

Et la Hollande, avec une fièvre heureuse et glorieuse, aura *inauguré* sa reine, cette charmante jeune fille, instruite, gracieuse, très simple, très séduisante, qui fut, pendant des années, la délicieuse petite poupée de tout un peuple, et que voici maintenant la souveraine acclamée d'une nation entière. Jamais immense kermesse ne fut plus complète et plus joyeuse. Le *Wilhelmus lied* passe sur les fronts, et toute une légende de liberté et de vaillance semble se lever des polders pour faire cortège à cette reine de dix-huit ans, *inaugurée* dans les acclamations.

— A qui est-elle fiancée? demandais-je à un Hollandais de mes amis.

— A qui ? me répondit-il. Mais à son peuple !

Le monde entier est présentement sillonné de cartes postales représentant, avec sa couronne royale ou sa coiffure de Frisonne, la jeune reine des Pays-Bas. C'est une mode qui devient universelle, ces cartes postales illustrées qu'on s'empresse de jeter à la boîte dès qu'on accède à un endroit pittoresque quelconque, que ce soit le haut du Vésuve ou un coin de forêt du Tyrol. Et, à tout prendre, c'est charmant ce petit paysage qui vous arrive avec un mot rapide, — le bout de carton vous disant à la fois : « J'ai pensé à vous, et voici devant quel site admirable ou quel monument j'y ai précisément pensé ! »

Les Allemands, gens très pratiques, ont d'ailleurs singulièrement développé l'usage — et l'art — de la *Postkarte*. Ils ne se contentent pas, comme nous, de débiter sur ces cartons de petites photographies assez banales, en somme — ou, ce qui est moins ingénieux encore, des portraits de ballerines ou des femmes en déshabillé, — ils se servent de la *postkarte* comme d'un moyen de propagande ou locale ou patriotique. Les contrées admirables de la Forêt-Noire ou de la Souabe sont *illustrées* ainsi par des artistes de talent, et les cartes postales ont, avec leurs chromolithographies admirablement tirées, la valeur de petites aquarelles. Il en est d'exquises. Impossible aux touristes de résister à l'envie de visiter ces *points de vue*. Puis c'est l'armée allemande qui se trouve en quelque sorte célébrée dans une série de *Postkarten* imprimées, pour la plupart, à Stuttgart, et ornées de dessins coloriés par le peintre C. Becker, qui a souvent la précision et l'allure d'un Detaille.

J'en ai la collection. Tous les uniformes de l'armée allemande, tous les détails curieux de la vie du soldat, y sont traités avec un soin infini. Voici les tirailleurs couchés à plat-ventre, les dragons sonnant le boute-selle, les artilleurs en batterie, les uhlans qui chargent, les pionniers qui jettent un pont. Et les fantassins en permission et les cavaliers traversant un village et souriant aux jolies filles ! Tout cela, très vivant, élégant, agréable, répandant à travers l'Allemagne, par la boîte du facteur, le rayonnement même et le goût et le respect de l'uniforme.

C'est par centaines de mille que se débitent et s'expédient ainsi ces *Postkarten*, et l'empereur Guillaume II, qui est de son temps et connaît l'utilité des choses, a fait servir ces *cartonnets* à ses projets d'agrandissement, et je dirai de popularité, de la marine allemande. Il a voulu donner au public une idée de ce qu'est la *Kriegsmarine*, et on me dit qu'il a vu avec grand plaisir — s'il n'a pas dirigé lui-même — le tableau de la marine impériale tracé, bateau par bateau, par le peintre Willy Stœwer, et publié à Berlin en petites cartes.

Et rien n'est mieux fait, je l'avoue, que ces tableautins, ces *marines* tout à fait supérieures, pour mettre en valeur, aux yeux de la foule, la flotte et les vaisseaux allemands. Voici le *Friederich-Wilhelm*, énorme et menaçant, le *Fürst-Bismarck*, blanc, avec un éperon doré, arrivant devant les blanches falaises de Douvres ; voici le *Hohenzollern*, le yach impérial, et le *Gefion*, tels que je les rencontrai devant Gœtteborg, l'an dernier. Le bon public allemand, tout fier de contempler ces navires, se dit que l'Empire d'Allemagne peut aussi prétendre à la domination des mers, et Hermann a des fiertés inattendues de gabier, en écrivant : *Ich liebe dich*, à Dorothée, — sur carte postale.

J'imagine que M. Lockroy ne serait pas fâché que la carte postale vînt en aide à ses patriotiques efforts en faveur de la marine française. Mais nous n'en sommes pas en France aux cartes utiles. Je regardais, l'autre jour, à la gare de Versailles, l'étalage des cartes postales offertes à la curiosité des acheteurs. C'était la collection des artistes chorégraphiques du Moulin-Rouge, le *Joyeux Moulin-Rouge* ; c'était l'annonce de quelque *Palais de Glace*, ou le portrait de M. Fragson. Bien surpris encore que je n'eusse pas à contempler le spectacle de la collection des « couchers de la Parisienne ». Mais elle est, je pense, réservée aux seuls libraires et papetiers des rues de Paris.

Ainsi, de cet admirable moyen de propagande patriotique — connaissance des paysages de la terre natale, des armées qui la servent ou des flottes qui la défendent — nous faisons une série d'annonces des bouis-bouis à la mode et des danseuses de bals publics. Il y a bien, çà et là, je le répète, quelques photographies de Paris ou des autres villes, sans doute. Elles sont, malheureusement, sauf exceptions, fort médiocres d'ordinaire et — chose plus inattendue — elles viennent souvent, pas toujours mais souvent, je le répète, de cette Allemagne même qui a semé à profusion les *Postkarten* en tous pays et fabrique les vues de l'étranger à l'usage de chaque contrée.

C'est ainsi que j'ai là des vues de Trouville et des

coins du Havre avec inscriptions en caractères visiblement allemands, et des vues de Versailles représentant tour à tour le *Bassin de Neptune*, le *Bassin de Latone*, la *Maison du Seigneur* ou la *Maison du Bailli* à Trianon, et portant loyalement cette indication : « *Importé* ».

Nous nous laissons ainsi déposséder, chez nous-mêmes, de notre commerce le plus simple pourtant et le plus facile. Autre exemple : il n'est pas un de ces *souvenirs*, en buis la plupart du temps, que rapportent les touristes — visitant le Mont-Saint-Michel ou Fontainebleau, les gorges de Franchard ou, encore un coup, le Petit-Trianon, — qui ne vienne de Suisse ou d'outre-Rhin ; et il est piquant de garder précieusement, en mémoire d'un lieu quelconque, une image faite à deux cents lieues de distance, par quelqu'un qui n'a jamais passé par là.

— Tout ce qui est *essentiellement* parisien se fabrique hors de Paris, disait Félicien Rops, cet enamouré de *parisine*, qui, comme on sait, était Belge.

M. Ramiro a consacré tout un volume à cet artiste dont l'œuvre considérable est d'une originalité attirante. Je ne crois pas qu'il fût populaire ; son talent était à la fois d'un grain trop fin et d'une cruauté trop profonde pour *faire foule ;* mais il avait ses fanatiques. Je connais des *collectionneurs de Rops* passionnés comme jadis les amateurs des eaux-fortes de Rembrandt. Nul mieux que Rops n'exprima certaines souffrances de la vie moderne, certaines élégances féroces, les attirances morbides. Il fut tout naturellement le peintre de ces *fleurs du Mal* dont un autre maître avait été le poète. Lui aussi par ses types usés et amaigris, ses femmes aux yeux creux, le teint plombé, belles encore dans leur déchéance navrante et perverse — vendeuses d'amour ou buveuses d'absinthe, — oui, lui aussi, selon le mot de Victor Hugo, créa un *frisson nouveau*. C'est tout un côté maladif et sinistre de notre vie moderne qu'il a exprimé. Il y a de la douleur dans le vice qu'il burine, un charme d'épouvante, à la Poë, dans le monde damné qu'il a étudié. Et ce dessinateur implacable et impeccable savait avec talent manier la plume. Il avait jadis, dans l'*Indépendance belge*, publié des notes de voyage en Norvège, d'une acuité de vision et d'une curiosité de traits tout à fait exquises, et je me rappelle le portrait *écrit* qu'il faisait, en quelques traits, d'une voyageuse rencontrée là-bas et dont l'élégance et la grâce parisienne séduisaient son œil de peintre : Mlle Camille Doucet, aujourd'hui Mme René Brice. On devrait réunir ces *notes* en volume. Avec des croquis de l'auteur lui-même, ce serait le meilleur souvenir élevé à ce très original et curieux Félicien Rops, un des indépendants de l'Art, — le Baudelaire du burin.

Rops rendit avec un infini talent cette Hollande dont toutes les maisons, tous les canaux, toutes les fenêtres sont en ce moment pavoisés au tricolore néerlandais et ornés de la couleur *orange*. Orange partout : enfants coiffés de bonnets *orange*, femmes et jeunes filles aux ceintures et aux rubans *orange*, cravates *orange* pour les hommes. C'est une joyeuse explosion d'*orange!*

Et les *poste-cartes* dont je parlais! Elles ont aussi la couleur nationale. Les peintres hollandais se sont piqués d'honneur, et W. Mesdag et Israëls ont fait, en ce genre, des chefs-d'œuvre. On me dit que la *carte postale* de Mesdag, devenue introuvable, se vend déjà douze florins. Les collectionneurs sont des Mécènes.

Et c'est d'un coin de Prinsengracht que j'écris ces notes, regardant sur le canal passer les bateaux pavoisés à l'*orange*. Le comité de réception de la Presse a réservé un accueil charmant à ses hôtes, et une lettre autographiée de son président nous dit :

— A côté des représentants des gouvernements, vous êtes *les ambassadeurs des peuples.*

Le compliment est bien tourné et fera plaisir à plus d'un chroniqueur. M. Jacques Deen et M. Elout l'ont contresigné par leur bonne grâce, et me voici pour un moment trop court dans cette Hollande où l'exposition présente de Rembrandt, roi actuel des Pays-Bas, mériterait d'attirer le monde entier. Mais la foule est assez grande qui, dans ses poussées de kermesse, acclamera sa jeune reine.

En attendant, on me demande des nouvelles de Paris.

— Comment l'avez-vous laissé?

On croit toujours que ce *diantre* de Paris (comme Mme de Sévigné disait ce *diantre* de Rhône) est un volcan en éruption. J'ai l'air, pour les bonnes gens d'Amsterdam, d'arriver du Vésuve. Que de fausses nouvelles on fait sur nous, à l'étranger! Et tous les pays ne sont pas amis, comme celui-ci, cette terre libre de la Pensée.

J'ai fort étonné un ou deux Hollandais de ma connaissance en leur disant que la seule poudre qui dût parler, c'était celle qu'on tirait en ce moment aux lapereaux et aux moineaux. Mais il faut avouer que l'instant est assez dramatique et porte à toutes sortes de suppositions ceux qui ne nous connaissent pas ou qui, nous connaissant, nous calomnient.

Paris, ai-je répondu, a même repris une physionomie nouvelle. Il est moins vide. On y aperçoit, en leurs toilettes de la plage, les *rentrants*, en bottines jaunes et en petits chapeaux. La Parisienne, qui faisait sonner hier son talon sur les planches d'Houlgate-Beuzeval ou de Trouville, les pose lestement sur l'asphalte. On se retrouve entre deux départs nouveaux pour la campagne ou pour la chasse. Les fiacres transportent, d'une gare à l'autre, des chasseurs, leurs fusils dans la gaine et leurs chiens à leurs pieds, braques, épagneuls ou *gordon setters*. Les théâtres rouvrent en partie. C'est la préface ou « la préface de la préface » de la *season*. Et, qu'il soit désert ou encombré, qu'il soit indifférent ou surexcité, que la saison d'hiver batte son plein, ou que nous n'ayons qu'un demi-Paris (comme au théâtre on n'a souvent qu'une demi-salle), il est toujours intéressant à étudier.

Or, je vois bien, par les questions de mes amis de Hollande, qu'il passionne toujours le monde. Et pourtant, si l'on veut le peindre, il vaut mieux un dessin réfléchi qu'une *instantanée*.

Je me rappelle une entrevue charmante avec

M. Grévy causant, après déjeuner, dans un salon de l'Élysée et, avec sa bonne humeur calme, un peu narquoise de vieux bourgeois jurassien, me disant qu'on avait toujours le temps de tout faire, et qu'il était inutile, fort inutile, de multiplier les tâches qui se font à leur heure.

— Au début de ma présidence, me disait-il, accompagnant ces mots d'un sourire, je recevais tous les jours et je recevais tout le monde. Je me suis aperçu assez vite que je n'avais à écouter le plus souvent que des inutilités, et ce que voyant j'ai « reçu » une fois par semaine. C'est presque encore trop, à voir le défilé de gens qui n'ont à m'entretenir que de leurs petites affaires et à me demander une infinité de choses que je ne peux pas leur accorder. Il faut se limiter en tout. Chaque jour n'apporte pas un événement.

Chaque jour ni chaque semaine. Peut-être bien que parfois les événements aussi se multiplient et affluent, débordent, se font cataractes, comme aujourd'hui. Peut-être pour un philosophe sans autre parti pris qu'une habitude de moraliste curieux, et à tout prendre indulgent, peut-être pour un spectateur légèrement attristé et voyant passer comme emportés par un torrent les hommes et les choses, peut-être pour quelqu'un qui cherche à dégager comme à distance le « fin mot » de la fable, est-il utile de prendre aussi son temps et de se donner, avant de juger, un peu de répit. Assez de nouvellistes apportent au jour le jour les renseignements comme à la brassée, dépêches et racontars bientôt jetés à la corbeille, à cette corbeille d'oubli qui contient autant de petits papiers que celle de M. de Schwarzkoppen. Assez de télégrammes et de coups de téléphone nous secouent les nerfs à toute heure, à tout moment. Laissons passer les *historiens de la minute*. Et prenons du temps pour trouver dans les faits qui passent et les bruits qui courent — rapidement, en une course de vertige comme à *pétrolette* — les réflexions qu'ils comportent.

Je voudrais être certain de pouvoir relire dans quelques années les polémiques, les *racontars*, les inventions, les romans, les mensonges, les accumulations d'insultes et de calomnies qui sont la pâture à liseurs des Français d'aujourd'hui !

— Quoi ! me dirais-je, c'est cela qui fut notre vie ? Nous avons vécu parmi ces tombereaux d'injures !...

On ne le croira pas. La *mal'aria* aura passé. En attendant, quels que soient notre conviction et nos préjugés, humbles et braves gens sans intérêt ni haines, combien, hélas! nous en aurons souffert !

XXXIII

L'automne et Cyrano de Bergerac. — Les petits chapeaux d'été. — On rentre. — Fin de saison. — Mélancolies d'octobre. — Alceste. — Les vieux livres. — Un sermont de Bossuet. — *Chrétiens!* et *Citoyens!* — Les paroles de gens de cour. — Le prince et le peuple. — Un coup de revolver. - Le désarmement. — En Chine. — Paris et l'étranger. — Un wagon de voyageurs en octobre 1898. — Les prophètes et les prophéties. — J.-J. Ampère en Égypte. — Un homme qui sait où sont les crocodiles. — Où allons-nous?

6 octobre 1898.

L'automne arrive, le frileux automne, la saison qu'entre toutes ce Cyrano de Bergerac, qui fait aujourd'hui le tour du monde, n'aimait pas, et qu'il accusait d'indécence. L'automne dénude les arbres, et Cyrano lui reproche, en son style tout particulier, il l'accuse, dans une lettre à son ami Lebret, de maltraiter ces pauvres arbres en leur disant adieu :

« Cette horrible saison les charge de vers, d'arai-
« gnées et de chenilles, et tout chauves qu'elle les a
« rendus, elle ne laisse pas de leur mettre de la ver-
« mine à la tête. »

Si l'automne dépouille les arbres, il remplit les villes. Les théâtres rouvrent. La vie reprend. Molière, directeur de théâtre, n'eût certes pas, comme Cyrano, maudit l'*horrible saison*. Cependant il faut tout dire, la *rentrée* n'est pas complète : on se promène encore à Paris en petit chapeau. Ce simple fait, qui ne semble pas très important, montre que la « vie parisienne » n'est pas commencée. On traite Paris comme une station balnéaire. On y use les jaunes bottines de la plage, et, pour un peu, on y risquerait ces casquettes blanches de *chauffeurs* qui ont été la mode de l'année.

Et cependant, si le Paris mondain hésite à reprendre son *collier de plaisir*, l'autre Paris a la fièvre et s'agite, et passe par des alternatives inquiètes.

Il est des moments où volontiers on irait fort loin pour échapper aux anxiétés ambiantes, ou plutôt on se retirerait en quelque coin avec de vieux livres, noyant le présent sous le flot des souvenirs, et laissant passer la caravane en marche, — une caravane où pleuvent les insultes et les horions, où les colères s'exaspèrent, où il semble déjà qu'on voie reluire des armes cachées. Que dis-je! On les a entendues ! Par ces matins d'octobre — détesté de Cyrano, — lorsque le soleil dissipe la fine brume d'un gris léger qui argente les dessus des bois, il est doux en cette paix qui descend sur les choses, de regarder les arbres à peine jaunis, les parterres fleuris encore, l'herbe où la rosée met ses gouttelettes. Les champs et les jardins ne se préoccupent guère de nos polémiques. Seuls les lièvres et les perdreaux s'inquiètent avec raison de ce que font les hommes; et les hommes tuent, en passant, pour se distraire, et parce qu'à tout prendre ce sont des carnassiers et, en leur genre, des fauves.

Je crois bien que la raison finira, au siècle futur (ou dans le suivant, ou plus tard), par avoir raison, comme dit l'autre; mais, en attendant, le sang-froid est une qualité qui perd du terrain, et la haine est une maladie qui en gagne. Il faudrait être terriblement optimiste pour ne pas reconnaître que parfois Alceste est un sage lorsqu'il souhaite d'être enfin abandonné

Dans ce petit coin sombre avec *son* noir chagrin.

Du moins y peut-on, en ce coin, laisser les partis se battre à coups de colonels — tandis que les chers petits pioupious font l'exercice, — et, solitaires, a-t-on la joie de trouver dans quelque livre ouvert par hasard, une pensée répondant à l'idée qui vous hante.

Silvestre de Sacy a publié jadis chez Techener une édition des *Sermons choisis* de Bossuet, de Bourdaloue et de Massillon. C'est un de ces volumes que je prenais, l'autre jour, sur le rayon, le premier volume, celui qui contient les *Sermons* de Bossuet. J'avais déjà eu naguère l'occasion de me convaincre que le redoutable Louis Veuillot, celui que nous regardions jadis comme un forcené, était un modèle de douceur évangélique, comparé à ceux qui lui ont succédé. Voici qu'il m'a été donné de trouver que les leçons de Bossuet, lui-même, pourraient être utiles et pratiques à l'heure où nous sommes. Je ne parle point de son *Sermon sur l'Honneur* qui, cependant, est à relire, mais je voudrais que ceux qui le combattent aussi bien que ceux qui l'admirent méditassent un peu son *Sermon sur la Justice.* Je ne prétends pas que Bossuet s'y montre — comment dire ? — aussi libéral que Voltaire ; mais il semble jeter là, et de très haut, dans la discussion éternelle, quelques paroles bonnes à retenir.

En vérité, les puissants de ce monde écouteraient-ils aujourd'hui ce que Louis XIV entendait sans se fâcher ? Nous sommes très fiers des conquêtes de notre démocratie. Avouons entre nous qu'elles sont fort limitées. *Chrétiens!* disait Bossuet; on dirait maintenant *Citoyens!* Mais les *citoyens* accepteraient-ils sans protester ce qui faisait réfléchir les *chrétiens*?

Il est admirable d'un bout à l'autre, ce *Sermon sur la Justice* prêché devant le roi, et peut-être devrait-on le relire. Il tonne, il combat, il avertit :

« Dans cette corruption presque universelle, que l'intérêt a faite dans le monde, si ceux que Dieu a mis dans les grandes places n'appliquent toute leur puissance à soutenir la Justice, la terre sera désolée et les fraudes seront infinies. »

Et parlant de ces gens de cour dont les railleries, les paroles malicieuses, les demi-mots « qui donnent tant à penser par leur obscurité affectée » sont si dangereux en ce milieu « où tout est si délicat et si important » :

« Infecter, dit-il, les oreilles du prince, c'est quelque chose de plus criminel que d'empoisonner les fontaines publiques et que de voler les trésors publics, car le vrai trésor d'un État, c'est la vérité dans l'esprit du prince... Et il n'y a rien de plus criminel que de vouloir couvrir de nuages le siège de la lumière, ou altérer tant soit peu la source de la bonté et de la clémence. »

Bonté! clémence! mots familiers à ce grand cœur de Michelet, dont on a célébré le centenaire dans l'année où tout ce qu'il a le plus aimé est le plus méconnu, voilà pourtant ce qu'avec « la justice » Bossuet demande au prince. Aujourd'hui, le Prince c'est le Peuple, et ses courtisans ont aussi pour « infecter ses oreilles » des paroles malignes et des demi-mots obscurs ou de gros mots sinistres qui tarissent toute pitié.

« Prenez donc garde, messieurs, comme vous parlez ! dit Bossuet. »

Et est-ce bien à des familiers de l'Œil-de-Bœuf ou à des publicistes d'aujourd'hui — à ces journalistes reçus comme des rois dans les assises qu'ils tiennent à travers le monde — que l'orateur semble s'adresser?

Il faut le relire, le *Sermon sur la Justice*, il nous peut être fort utile. Adoucira-t-il nos violences? Changera-t-il nos façons de dire et de penser? Ni les sermons ni les comédies n'ont jamais converti, quoi qu'on dise, ou corrigé personne, « car qui ne sait, chrétiens, que les hommes, pleins d'intérêts et de passions, veulent qu'on entre dans leurs sentiments? » Mais il n'en est pas moins piquant de trouver là Bossuet pour nous donner des leçons de tolérance.

Jamais nous n'avons eu plus besoin de calme, jamais nous n'en avons moins montré. Il a fallu, l'autre semaine, le coup de revolver d'une femme, pour nous faire voir que les brutalités mènent droit à la barbarie. Que de larmes déjà, que de sang, que de tristesses! N'est-il point temps de songer à un désarmement moins platonique que celui du Tsar?

Les Parisiens — en petit chapeau — donnent, en se rendant, par les trains du soir, à la maison de campagne, un spectacle significatif. Je recommande ce sujet de croquis particulier à un de nos dessinateurs à la mode : *Un compartiment de voyageurs pendant l'automne de 1898*. Le compartiment des fumeurs surtout est caractéristique. Si ce compartiment est au complet soyez certain qu'il y a huit voyageurs lisant un journal. Du livre, il n'est plus question. Quel roman nous donnerait les sensations, les secousses nerveuses du drame aux complications multiples qui se déroule, se noue et s'embrouille sous nos yeux?

Une révolution a lieu en Chine, un coup d'État qui peut avoir sur les affaires de l'Occident sa répercussion. On n'y songe guère.

Je me rappelle Villemessant me disant, de sa grosse et grasse voix railleuse :

— Un potentat qui se casse la tête hors de Paris intéresse moins *mon* public que le chien de Mme Ugalde, si on l'écrasait devant le Gymnase!

Cette fois, le public a une cause d'émotion autrement puissante.

— Nous assistons, me disait hier un homme politique éminent, à des drames de Shakespeare revus par Ponson du Terrail et mis en scène par Vidocq.

Non, pas un des voyageurs ne lit un livre. Tous ont le nez dans un journal. Avidement penchés sur le papier déplié, ils dévorent les nouvelles. Et regardez bien leurs physionomies. Le sourcil est froncé, l'œil est inquiet, la bouche sévère. Pas un ne parle. C'est un des traits caractéristiques du moment. On n'oserait plus échanger une impression ou une idée avec un voisin. Le Français, tout naturellement causeur, devient renfermé et refrogné. Il semble qu'une inquiétude vague plane sur lui. Tous ces coups de théâtre le stupéfient. Il attend. Il replie son journal lentement, sans laisser, par un mouvement quelconque, deviner sa pensée. Et, l'œil à la vitre de la portière, il rêve. Il n'est pas gai. Il sait où le train qu'il a pris tout à l'heure le conduit ; il ignore où l'autre train — celui des choses — l'emporte, lui et ses compagnons de voyage. L'avenir ne donne pas de ticket portant un nom de débarcadère certain.

Peut-être la saison qui commencera lorsque les Parisiens auront cessé de se promener en petit chapeau balnéaire sera-t-elle plus souriante que l'été si dramatique, traversé parmi les crises de nerfs. Il faut l'espérer. Mais qui l'affirmerait aurait quelque audace. J'ai souvent accusé Mlle Couédon, qui perdait naguère son père, d'être une prophétesse de malheur. La pauvre fille aurait paru d'humeur macabre si elle nous eût annoncé tout ce qui arrive.

On a toujours intérêt à sembler deviner les catastrophes. Elles sont, dans la vie, plus fréquentes que les bonheurs. Les météorologistes nous avaient prévenus que l'été finirait par des chaleurs atroces, et les chasseurs en plaine, foulant aux pieds des mottes de terre plus sèches que les sables du Sahara, ont dû se dire que les savants ne s'étaient point trompés. Par hasard sans doute. Je ne crois pas beaucoup à ces prévisions d'almanach qui sont ce que ce bon M. Jourdain demande pourtant à son maître de philosophie de lui enseigner : « Apprenez-moi l'orthographe. — Très volontiers. — Après vous m'apprendrez l'Almanach, pour savoir quand il y a de la lune et quand il n'y en a point ».

Au fond, M. Jourdain n'est pas si sot, et c'est une grande science que cette science-là.

J.-J. Ampère racontait un jour à M. Joseph Bertrand comment en Égypte il avait rencontré un vieil homme qui savait à n'en point douter non pas s'il y avait de la lune, mais (chose plus intéressante peut-être pour un voyageur en Égypte) où l'on pouvait se baigner dans le Nil sans craindre les crocodiles.

— Ici, disait-il en désignant un endroit du fleuve, il y a des crocodiles ; là il n'y en a pas !

Et Ampère avait une foi profonde dans la perspicacité du vieil homme, basée sans doute sur de longues et sûres observations, et il se baignait avec volupté et sans crainte dans les endroits désignés par l'oracle.

— Mais enfin, demanda un beau jour le voyageur, pourriez-vous me dire comment vous savez ou devinez qu'il y a ou qu'il n'y a pas de crocodiles ?

L'homme hocha la tête d'un air entendu :

— C'est bien simple, dit-il, j'interroge l'horizon et la rive, et partout où, au bord du Nil, j'aperçois le tombeau d'un saint, je suis sûr qu'il n'y a pas là de crocodiles !

J.-J. Ampère devint, à partir de cette réponse, un peu sceptique sur la science du vieillard, et il se baigna avec moins de confiance dans les eaux du fleuve sacré.

Les marabouts qui déterminent la présence ou l'absence des crocodiles me font tout justement penser aux observateurs qui annoncent le temps à venir, et aux hommes politiques aussi qui nous voudraient faire prendre leurs idées, leurs préjugés ou leurs fantaisies pour des prophéties. Le plus prudent est peut-être de se dire qu'à se baigner, comme à vivre, on risque fort les coups de dents, et qu'en dépit des tombeaux des saints on rencontre des crocodiles partout. Il en est même qui, après leurs coups de crocs, ne se donnent même pas la peine d'avoir des larmes.

— Où allons-nous? disait il y a un peu plus de cent ans une femme d'esprit à un philosophe.

Il répondit :

— A la bêtise !

Ce ne serait qu'un minimum, si l'on n'allait que là.

XXXIV

L'histoire quotidienne et les romans de tous les jours. — « L'Affaire » et les affaires. — Souvenir de 1870 : les *goums* d'Abd-el-Kader. — Le commandant Marchand. — Les Abyssins. — Un mort : Puvis de Chavannes. — Un vivant : Carolus Duran. — Le buste d'un poète : Gustave Le Vavasseur, et M. Jules Buisson. — Cause célèbre inaperçue : le berger Vacher. — Les gueux des champs. — Une fondation pour les *chemineaux*. — La maison de refuge de Fontenay. — Le *Jour des Morts*. — Mme Carnot. — Souvenirs. — Montretout et M. Dupont-White. — Chapelle funèbre.

3 novembre 1898.

Je m'explique très bien ce qu'on a appelé la *crise de la Librairie*. Quels romans nous peuvent donner les émotions de ce mélodrame aux cent actes divers qui se joue depuis une année, sous nos yeux? Quelles inventions de dramaturges pourraient lutter contre ces coups de théâtre et ces coups de tonnerre? Et comment, encore une fois, nos nerfs, nos pauvres nerfs, y résistent-ils?

Et l'on ne sort d'une anxiété de conscience que pour retomber dans une inquiétude de patriotisme.

On est cahoté de Dreyfus à Fachoda. Le spectre rouge de la guerre apparaît à l'horizon, marchant sur les eaux, comme le Christ, mais point du tout fraternel comme lui. Et je constate que le Parisien n'a pas changé depuis vingt-huit ans et qu'il a toujours des façons à lui d'envisager les surprises de la politique et des batailles. Il parle aujourd'hui de Ménélik et des Abyssins comme il parlait autrefois d'Abd-el-Kader et de ses goums!

Ah! l'arrivée de l'émir et de ses *goums*! Ce fut une des consolations, des joies et des illusions folles du siège de Paris!

— Nous sommes sauvés : Abd-el-Kader accourt à la tête de ses *goums*!...

Ce mot, les *goums*, retentit, un moment, comme un coup de gong, un signal de victoire. Les *goums*! Nous allions, avec nous et pour nous, avoir les *goums*! Je crois bien que la plupart des gens — presque tous — ignoraient ce que sont les *goums*; mais il faut aux Français des illusions, des mots et des chimères.

A vrai dire — et pour être exact — le Parisien ne se soucie présentement ni des *goums* d'un nouvel émir ni des manœuvres des *ras* abyssins. Si j'osais, j'ajouterais même qu'il ne sait trop quel est le point précis où se trouve Fachoda sur la terre d'Egypte. Les cartes de géographie pour bicyclistes ne le lui ont pas encore appris. Le sirdar Kitchener lui assure que c'est un marais qui ne vaut pas les os d'un caporal soudanais, et le Parisien en est persuadé. Mais la figure du commandant Marchand lui apparaît, à ce spectateur ami des romans d'aventures, comme celles d'un héros de Dumas ou de Jules Verne, et il lui plaît, en ce temps de tristesse, d'avoir quelqu'un à applaudir et à admirer.

On l'étonnerait beaucoup, pourtant, ce Parisien, bien qu'il ait, s'il a des nerfs, du sang dans les veines, en lui disant que la guerre peut sortir de cette admirable succession d'étapes d'une poignée d'hommes à travers le désert. Tandis que les Anglais célèbrent Trafalgar et en refont une *actualité*, enguirlandant de lauriers la statue de Nelson, je ne dis pas que les Parisiens se préoccupent surtout de la grande querelle de M. Sarcey et de Mme Yvette Guilbert, mais j'assure bien que les souvenirs d'Aboukir leur semblent — ce qu'ils devraient être — purement historiques, classés dans le passé comme des armes glorieuses des vieilles guerres sous les vitrines du Musée de l'Armée.

Depuis un mois, Paris, qui porte aujourd'hui des fleurs nouvelles à ses morts, a eu d'ailleurs d'autres sujets de causeries souvent assez tristes. Puvis de Chavannes est mort ; et la Société qu'il présidait a choisi M. Carolus Duran pour lui succéder. Il y a comme un contraste voulu entre ces deux artistes de race : Puvis poursuivant son rêve de vie idéale, Carolus préoccupé de la vie vivante, actif, laborieux, ardent, enthousiaste, épris de couleur, né hidalgo — comme Puvis de Chavannes qui, fièrement campé par Bonnat auprès de sa table, semblait un grand d'Espagne teinté de huguenot ; — et ce n'est pas au hasard que je dis de Carolus Duran qu'il est un hidalgo ; ce Lillois a du Velasquez en lui.

Mais qu'il est Français d'esprit, de verve, de crânerie sympathique ! Je le rencontrai à Londres, cet été, en ce banquet du lord-maire où l'on n'échangeait que des paroles d'art, d'amitié et de paix : il n'a pas vieilli depuis le temps où nous faisions, jeunes et pleins de foi, des projets d'œuvres nouvelles. Les intérêts de ses confrères sont en bonnes mains, il est toujours actif et militant. Il a toujours cette vertu d'optimisme et cette vaillance de cavalier d'épée qui sont les qualités, les défauts parfois de notre race. Mais je l'ai vu mélancolique aussi et pensif ; et te rappelles-tu, mon vieil ami, ce matin de janvier 1871, où nous errions, sur les hauteurs et sous les bois de Buzenval, en nous heurtant à des cadavres ?

En regardant ces soldats morts, Allemands en capotes noires ou Français en pantalons rouges, Carolus me dit, la voix étranglée :

— Je ferai de cela un tableau sinistre, et je l'appellerai *la Gloire* !

Il m'a souvent rappelé que, ce jour-là, sous un arbre, à demi caché par un tas de feuilles sèches tombées depuis quelques heures, nous vîmes — tordu et crispé — un cadavre de garde national tout pâle avec sa barbe noire :

— Je suis certain maintenant que c'était Henri Regnault.

Nous ne savions pas alors que Regnault avait disparu. Sans cela Carolus l'eût cherché, — et reconnu.

Depuis, Carolus Duran a multiplié les portraits et les œuvres. Il a conquis l'Amérique, au printemps dernier, tout comme M. Benjamin Constant il y a deux ans, et ce fut merveille que ce maître de cinquante ans passés, jetant à profusion sur la toile des figures de femmes, avec l'alacrité, la verve d'un jeune homme.

Carolus Duran a eu l'honneur de servir de modèle à un roi. Le père du roi de Portugal actuel, Carlos, si artiste lui-même, paysagiste de premier ordre, était peintre aussi. Carolus lui donna des leçons. Le souverain fit de son professeur un portrait singulièrement vivant, d'une touche libre et mâle, et il écrivit au-dessous : « *Après avoir tâché d'être un maître chéri de mes sujets, j'ai pris pour sujet mon cher maître* ».

J'ai peut-être oublié le texte exact de la dédicace royale ; mais elle est jolie et originale.

L'art français, que Carolus Duran honore, a toujours à l'étranger son prestige, et comme on voit, rien n'est plus vrai que le mot de Dumas fils : « La postérité?... Elle commence à la frontière ! »

Elle avait, chez nous, commencé depuis longtemps pour Puvis de Chavannes. Il semblait que cet évocateur de formes exquises se promenât déjà parmi ces ombres heureuses que fait passer et repasser devant nos yeux le coup d'archet de Glück. C'est dans ce pays inconnu qu'il aura rejoint, avec Gustave Moreau, E. Burne Jones, cet autre poète du pinceau que la mort a pris quelques semaines avant lui. Les grands peintres de la génération précédente disparaissent ainsi, et leur dernier cri est celui que jetait, l'autre jour, devant le buste du poète normand Gustave Le Vavasseur, son vieil ami M. Jules Buisson (de l'Aude) :

— Vivent les jeunes !

M. Buisson, Gascon du Midi fidèle au Gascon du Nord — le Raisin n'oubliant pas la Pomme, — avait fait mille kilomètres à peu près, pour aller, de la Bastide-d'Anjou à Argentan, saluer le compagnon de ses jeunes années, et c'est avec beaucoup de bonne grâce et d'éloquence qu'il a célébré le compagnon de sa jeunesse, l'ami des Baudelaire et des Banville :

— Seulement le voyage a été triste, me disait-il. J'ai bien, en chemin, serré la main de Philippe de Chennevières, l'auteur des *Contes de Jean de Falaise*; mais, quant à mon cher Puvis de Chavannes, je n'ai pu arriver que pour suivre son convoi !

A écouter l'ancien député à l'Assemblée nationale, l'auteur de ce *Musée des souverains* qui est un véritable musée au crayon, j'ai vu combien s'aimaient ces camarades d'autrefois. Nous sommes loin de ces sentimentaux, avec les *arrivistes* ! La vie pour eux, était, du reste, plus facile et, semble-t-il, plus heureuse. Soyons justes : notre horizon a trop de points noirs à la fois pour nous laisser le temps d'être bien joyeux.

En tout autre moment, la capture de notre terrible et tenace adversaire Samory eût causé dans le pays une satisfaction bruyante. A peine en a-t-on parlé. L'attention est ailleurs. *L'Affaire* et les affaires, voilà ce qui occupe et ce qui inquiète. Le monomane Vacher, ce misérable affolé de meurtre, eût été, à une autre heure, un acteur en vedette, plus sinistre qu'un Lacenaire, plus horrible que Dumolard ou que Troppmann. On l'a jugé comme un comparse. Le chemineau féroce n'a pas fait recette.

Le *Chemineau* poétique de M. Richepin avait été

plus heureux. Il serait, du reste, imprudent de les trop poétiser, ces errants des routes poudreuses. Certes, parmi eux, l'épouvantable Vacher est une exception. Ce sadique, pris de folie ambulatoire, appartient à la catégorie des monstres malades. Mais le *chemineau* — chose facile à comprendre — est, dans les campagnes, l'agent le plus actif de propagation des maladies épidémiques. C'est un colporteur de microbes. Les poètes peuvent le chanter, les hygiénistes le redoutent. Dans son *baluchon* marche et chemine le bacille de la petite vérole ou du choléra. On a remarqué, dans nos départements du Nord-Ouest notamment, que les juges d'instruction qui interrogèrent les vagabonds ramassés sur les grandes routes, furent les premières victimes de la dernière épidémie de petite vérole. Les chemineaux leur avaient offert ce post-scriptum inattendu d'interrogatoires.

Est-ce raison pour leur refuser asile ? Et la fondation d'un homme de bien anonyme de Ferrières-Fontenay ne mérite-t-elle point d'être signalée ? Elle offre aux chemineaux un *asile de nuit*. Chemine, chemineau, et entre dans la petite maison de refuge :

Perds pas courage, et garde l'espérance :
L'égalité n'arrive qu'à la mort!

Les morts et principalement le *Jour des Morts* ont fourni aux chroniques leur contingent d'articles habituels. *Tout est inédit*, disait Théophile Gautier. Nous avons relu, cette année, sur les visites aux tombes de gens célèbres, ce que nous avions lu déjà l'an dernier. Il est pourtant des tombes neuves où l'on a porté des fleurs nouvelles. Il est des deuils d'hier dont le 2 novembre n'est pas encore l'anniversaire !

J'étais en Portugal lorsque Mme Carnot est morte, et j'ai eu la douleur de ne pas suivre le convoi de cette admirable femme de bien, si simple dans le pouvoir, si noble dans la souffrance, si intelligente toujours, si bonne, dévouée avec une sorte de piété au culte du grand honnête homme dont, avec une juste fierté, elle portait le nom. Je n'oublierai jamais avec quelle émotion et quelle dignité elle m'ouvrit, un jour, la porte de cette sorte de sanctuaire caché où elle avait, dans la pièce qui devait être la bibliothèque du Président, lorsqu'il aurait résigné ses pouvoirs, réuni tous les souvenirs de celui qui n'était plus : livres et albums revêtus de signatures, couronnes mortuaires, portrait d'Alexandre III signé de la main du Tsar, drapeaux, insignes, statuettes, et l'épée de l'*Organisateur de la victoire*, non loin de la photographie de cette voiture découverte où, à Lyon, sur le marchepied, à ras de terre, Caserio s'était appuyé pour frapper le malheureux président Carnot.

Elle vivait là, dans cet appartement de l'avenue de l'Alma que M. Sadi Carnot avait loué pour y venir en quittant l'Élysée, et dont il avait dessiné lui-même certains ornements, certains meubles ; elle vivait parmi ces souvenirs de deuil, qui lui disaient l'affection perdue et la gloire conservée. Gloire chèrement payée, gloire du martyre. Quand Mme Carnot s'enfermait dans cette sorte de chapelle mortuaire, toute sa vie de bonheur lui revenait comme enveloppée d'un crêpe.

On ne pénétrait pas dans cette pièce close ; mais la noble femme savait quel respect je gardais à la chère mémoire du père, quel dévouement j'avais pour les fils si dignes du mort vénéré. Elle me faisait l'honneur de me montrer ce qui, dans sa demeure, lui était le plus douloureux à la fois et le plus doux.

J'avais, chez Jules Levallois, à Montretout, connu le père de Mme Carnot, beau caractère, âme virile, visage austère et bon, M. Dupont-White. Je crois bien même avoir entrevu chez notre ami Mlle Dupont-White encore jeune fille. Elle n'oubliait pas cet *autrefois*. « Ce bon M. Levallois !... » me disait-elle en en parlant.

Elle n'oubliait rien, ni personne. Elle avait une rare activité d'esprit et de cœur. Elle portait avec une noblesse toute naturelle cette coiffure de veuve qui était comme le diadème des réceptions de jadis devenu mélancolique. Toutes les respectueuses affections qui avaient entouré la Présidente saluaient encore cette charmante femme au sourire exquis, et dont la conversation, très avertie, très nourrie de faits et d'idées, avec des finesses spirituelles, charmait délicieusement. Une Française dans toute la force du terme, bonne, accueillante, gaie autrefois, — supérieure, je répète le mot, en toutes choses.

Et ç'a été un chagrin pour moi de n'être pas là pour apporter mon dernier et profond hommage à celle qui, sachant bien l'émotion que j'en ressentirais, avait bien voulu m'honorer de cette confiance en me montrant ce salon historique paré comme une chapelle funèbre, avec tous ces témoignages de regrets et de respect qui navraient mais qui consolaient..

XXXV

UNE CAUSE PARISIENNE ET UNE CAUSE NATIONALE.

14 septembre 1898.

Amédée Rolland, un auteur dramatique dont le nom n'évoque plus peut-être aucun souvenir précis — hélas! elles sont fugitives les gloires du théâtre! — donna jadis à l'Odéon un drame en vers qui eût mérité de rester. C'était un poète, ce Rolland, et un dramaturge. *L'Usurier de village*, le *Parvenu*, les *Vacances du Docteur*, pour ne citer que trois de ses pièces, sont des œuvres fortes, et il a laissé un petit volume de vers intitulé : *Au fond du verre*, d'une inspiration amère très puissante.

Le sujet des *Vacances du Docteur* était poignant. Un médecin, en villégiature dans un ménage ami, s'aperçoit que le mari dépérit singulièrement. Il se sent anémié et douloureusement étreint. Le docteur l'étudie; l'état du malade lui paraît inexplicable, lorsqu'un jour, dans un verre d'eau apporté par la femme, le médecin découvre une liqueur toxique. La femme est jalouse d'une amie, et elle empoisonne son mari. Et c'est alors que s'engage une lutte émouvante entre l'épouse qui veut se venger sans rien dire, et l'homme de science qui veut sauver, — sans dénoncer.

Le drame était vigoureux. Le docteur se posait à lui-même la troublante question que le vaudeville a prise au comique et qui s'est posée, tragique, devant un colonel de l'armée : *Doit-on le dire?* Il ne disait rien. Il rendait le mort à la vie ; il ramenait au devoir, par le plus profond des remords, la femme un moment criminelle et maintenant dévouée, humblement repentante, prête à racheter une semaine d'épouvantable horreur par toute une existence de dévouement et de sacrifice. La rivale disparaissait, s'exilait, et le bon docteur n'avait pas perdu ses *vacances*.

L'amour aura bientôt effacé sa blessure...
Unissons ces enfants bien vite, il est sensé
De leur ôter le temps de se faire un passé.
Le passé, trop souvent, réclame ses créances,
Et qui sait si j'aurai tous les ans des vacances?

Il semble que nous venions, avec l'affaire Bianchini, d'assister à une reprise du drame en vers du pauvre Amédée Rolland, mort trop jeune. Voici ce qu'on appelle un *procès parisien*. La victime — s'il y eut victime, ce que nul n'a le droit de dire — est un artiste aimable, ingénieux érudit, très spirituel et très alerte, qui a dessiné pour nos théâtres de pimpants et de savants costumes. C'est moi qui lui ai ouvert ces portes, et M. Bianchini dessina les premières maquettes des costumes, demeurés célèbres, d'*Hamlet*, lorsque je donnai la pièce à la Comédie-Française.

Le dessinateur attitré de M. Perrin quittait le théâtre à l'heure même où j'y entrais, et je me trouvais assez embarrassé, n'ayant devant moi que les croquis de l'*Hamlet* autrefois monté à l'Opéra, et quelques rares dessins de costumes déjà exécutés : le Roi, entre autres, et son fameux manteau de six mille francs, plus les délicieux costumes des pages en bonnets fourrés. Ce fut alors que M. Blau, le collaborateur d'Ernest Reyer pour *Sigurd* (non pas M. Édouard Blau, l'excellent librettiste, mais Alfred Blau, son cousin, celui que Reyer appelait familièrement *Baül*), m'adressa, porteur d'une lettre, un jeune homme qui venait, me disait-il, de faire exécuter à Bruxelles des costumes tout à fait pittoresques, très artistiques, précisément pour ce *Sigurd* joué tout d'abord en Belgique.

— Voyez et jugez, me disait Blau.

Le jeune artiste me soumit quelques aquarelles, des prix d'étoffes aussi. Il était de Lyon, et connaissait le commerce des soieries. Il me parut à la fois très averti en art et très pratique. Ce fut lui qui dessina les costumes d'*Hamlet*, dont M. Got me disait : « Ils sont trop riches ! » et qui firent sensation lorsque le public put les juger.

— Le spectre d'*Hamlet* ? Diable, répétait le doyen de la Comédie, mais c'est un *spectre en or* !

M. Got trouvait, avec raison, que le jeu d'un acteur

fait plus pour le succès d'une pièce que le plus merveilleux des décors. Mais pour avoir été admirablement encadré (quelques-unes des toiles de Lavastre et de Rubé — Elseneur, le Cimetière — dataient de mon prédécesseur), M. Mounet-Sully n'en fut pas moins acclamé. Et, pour son début sur une scène parisienne, M. Bianchini eut le bonheur et le talent de dessiner des costumes dignes du beau spectacle que je voulais offrir au public pour ma première grande pièce de *début*.

Depuis, M. Bianchini a multiplié ses travaux, cherché la fortune dans toutes les voies. Il se fit, un moment, couturier pour dames; il s'improvisa directeur de théâtre, et monta luxueusement des revues et des féeries à l'Eldorado. Il eut raison de ne jamais abandonner son crayon et de rester le dessinateur attitré de certaines scènes solides, le plus « Parisien » des costumiers ; comme le drame auquel il est mêlé, malgré sa volonté d'oubli, est, je répète le mot dont on abuse si étrangement, une cause toute « parisienne ».

Au surplus, et pour faire contraste, ne peut-on dire que d'autres causes sont essentiellement *nationales*?

J'ai toujours, dans ces causeries, évité de parler des angoisses personnelles que pouvait me faire éprouver l'affaire « qui nous divise le plus », et dont la conclusion, si l'on voulait — si l'on avait voulu — était si simple! Je reviens de loin, en cette aventure. J'ai assisté à la dégradation du capitaine Dreyfus; j'ai entendu la clameur de mort le poursuivre, et, en dépit des recommandations de l'officier passant devant la haie des spectateurs et répétant : « Le plus grand silence, messieurs, devant le condamné ! » j'ai eu (et j'ai encore) dans les oreilles les cris et les injures souffletant cet homme, dont les yeux se sont, un moment, arrêtés sur les miens.

— *Lâche ! Iscariote ! Judas !*

Ces cris, je les trouvais épouvantables ; mais l'homme qui passait ne m'inspirait alors aucune pitié. Je ne voyais en lui qu'un traître. J'étais certain que sept officiers français n'avaient eu, ne pouvaient avoir eu qu'une idée : trouver, prouver qu'il n'y a pas de traître dans l'armée française.

Et j'ai vécu comme tant d'autres sur ce que j'appelais un bon oreiller de certitude : le Verdict.

— S'il était innocent?... me disait, tout pâle, un ami — qui est officier d'artillerie, — après la parade d'exécution.

— Comment voulez-vous? répondais-je.

Oui, les braves gens qui tenaient le sort de l'accusé entre leurs mains, le pesaient dans leur âme et conscience, avaient un intérêt moral à rassurer la France en lui disant que ce soldat était innocent...

De là la conviction que l'arrêt faisait passer en nous.

Aujourd'hui, le drame s'assombrit, la tragédie se complique. Ce n'est plus un traître, c'est deux traîtres que l'état-major de l'armée compterait dans ses rangs, et, après un capitaine, ce serait un colonel !

Un colonel faussaire, un colonel livrant à un avocat les secrets de la défense nationale !

— Et pourquoi pas ? N'y a-t-il pas eu déjà, sous le même toit, dans le même bureau, un colonel qui s'est ouvert la gorge parce qu'on l'avait convaincu d'avoir fait un faux ?

Ainsi, bons Français de France, voilà ce qu'on trouve pour donner confiance aux troupes, imposer le respect au peuple, défendre le prestige de cette armée dont l'honneur, l'honneur sans tache et qui est notre honneur à nous tous, n'a jamais été en cause, quoi qu'on dise ! « Vous croyez qu'il n'y avait qu'*un* Judas ? Il y en avait *deux* (le colonel Henry étant un héros, le Curtius du faux document !); et le second le voici : c'est le lieutenant-colonel Picquart ! »

Vraiment, il faut que la passion aveugle étrangement les hommes. Mais qui s'en étonnerait quand on a lu l'histoire ? J'ai sous la main les *Causes politiques célèbres du dix-neuvième siècle*, publiées en 1826, et c'est là qu'on peut voir ce qu'est, dans le présent, la vérité que connaîtra et saluera l'avenir. On entend, au procès du maréchal Ney, le maréchal Davout, duc d'Auerstædt, prince d'Eckmühl, déclarer que, dans sa pensée, lorsqu'il signait la capitulation de Paris, c'était à la condition que la sûreté des personnes et des propriétés seraient garanties, — et le maréchal ajoutait : « J'avais vingt-cinq mille hommes et quatre cents canons. Si cette convention n'avait pas été accordée telle que je la demandais, j'aurais livré bataille ! »

Ainsi, Ney, resté en France sur la foi de la capitulation, devait être sauf. Le chancelier, qui présidait la cour des Pairs, n'en répondait pas avec moins de netteté que « le Roi, n'ayant eu aucune participation à ce traité, la convention était nulle ».

M. Dupin invoquait alors le traité du 20 novembre, en vertu duquel Sarrelouis, ville natale du maréchal Ney, ne faisait plus partie de la France : « Je suis Français ! je mourrai Français ! interrompit fièrement Michel Ney, l'*annexé*. Je ne veux pas de cette défense ! »

Le général anglais Wilson, deux fois battu par le maréchal Ney, oubliant les victoires de son ennemi, s'offrait à la maréchale pour plaider la cause de l'accusé. On ne l'écoutait pas. Mais on écoutait les adversaires politiques accusant le héros de Waterloo, dont le crime avait été de ne pas résister à l'enthousiasme de ses soldats allant d'instinct vers l'Empereur, et qui disait à ce moment même : « Je ne puis arrêter l'eau de la mer avec la main ! »

On sait le dénouement : Ney levant son chapeau, disant en montrant le coin obscur du Luxembourg, vers la grille du côté de l'Observatoire : « C'est encore ici le champ d'honneur. Vive la France ! » J'ai longtemps vu ce mur au bas duquel on ramassa le cadavre. Le bal Bullier est là tout près. Il y a eu du sang près de la guinguette où l'on danse.

Le livre de 1826 que je feuillette raconte ce qui suit : la piété de la famille fit élever, au cimetière de l'Est, un modeste tombeau au vainqueur de la Moskowa, une tombe sans inscription sur laquelle, plusieurs fois, on essaya de graver à la hâte le nom du maréchal. Toujours des mains habiles se hâtèrent d'*effacer*, de biffer, comme indigne même d'une inscription tumulaire, ce nom chargé de gloire. Il y avait en 1826 des fanatiques à qui le nom de Ney semblait celui d'un traître.

L'avenir a tout réparé. Pour Ney comme pour le colonel Labédoyère, même pour le général Berton, qui conspira à Saumur, et dont le bourreau prit la tête, les juges ayant condamné comme un assassin vulgaire ce soldat jadis emprisonné à l'Abbaye pour avoir, à Waterloo, conduit la charge des 14e et 17e dragons.

Le fils du général ayant remis à un officier quelconque, nommé Champion, un ruban des ordres que Berton avait gagnés sur le champ de bataille et qu'il voulait arborer devant la Cour d'assises, recevait en ce temps-là cette réponse :

— Je ne sais pas si ce *monsieur* a encore le droit de le porter !

Fermons ce livre. Il est effrayant. Aussi bien l'*actualité*, comme on dit, est plus douloureuse encore. Nul plus que moi n'aime, ne respecte, n'honore, n'acclame du fond de l'âme l'Armée, cette France en marche. Toute ma vie a été vouée à son culte. J'ai défendu les vaincus de 1870, j'ai pleuré de rage devant nos vieux drapeaux captifs, j'ai acclamé les drapeaux vierges de malheurs de l'armée nouvelle. Le jour où, dans une patriotique acclamation, je voyais défiler, après les manœuvres de Châteaudun, il y a quatre ans, les admirables soldats en tenue de campagne, plus beaux que des Raffet dans la poussière qui les enveloppait comme des fumées de la poudre, — en cet inoubliable jour j'avais pour voisin de table, au mess des officiers où l'on m'avait fait l'honneur de m'inviter, un homme jeune, élancé, blond et nerveux, avec un léger reste d'accent alsacien — notre chère Alsace! — un officier portant les galons de commandant, et dont un de ses chefs — et dont ses camarades, fiers de lui, me disaient alors :

— Vous pouvez lui parler de toutes choses, et dans six ou sept langues. Il sait tout. C'est le plus jeune et sans doute le plus remarquable officier supérieur de l'armée!

Et je passai — parlant de tout, en effet, et de Strasbourg, et de Sedan, et des leçons d'hier, et des espoirs de demain, et de la défaite, et de la Revanche, — je passai toute une soirée, et la journée du lendemain, avec cet officier, dont les propos simples, solides, élevés et profonds, allaient des *Commentaires de César* et des instructions du maréchal de Saxe à la musique de Beethoven ou aux opéras de Gounod, de Napoléon ou de M. de Moltke à Paul Bourget ou à Dumas fils.

C'était le commandant Picquart. Hier, le colonel Picquart. Aujourd'hui, M. Picquart. Demain...

Et, respectueux de la grande famille militaire qui, muette et intacte, assiste à ce drame dont s'effrayent nos consciences, et dont à l'étranger gémissent ceux qui nous aiment, et se réjouissent ceux qui nous haïssent; confiant en ces soldats qui vont juger un des leurs dans la droiture de leur conscience et sous la responsabilité de leur honneur — j'en connais parmi eux et je les salue, — je veux cependant témoigner ici, comme devant un tribunal, de l'impression inoubliable produite sur moi par le brillant officier de 1894 devenu le prisonnier de 1898.

Qui eût pu prévoir, ce jour-là, que ce jeune commandant, alors que, visitant l'Hôtel de Ville, nous nous sentions encore émus, lui et moi, au ressouvenir du carnage de Châteaudun devant le tableau de F. Philippoteaux suspendu dans la grande salle ; qui m'eût dit que cet officier, célébré par tous, honoré visiblement, aimé et respecté comme un vivant espoir, serait écroué, quatre ans après, à la prison du Cherche-Midi, — et poursuivi sous l'accusation de faux ?

Un faussaire?... Savez-vous ce qu'était le commandant qui vous laissait boire à la fontaine, sur la route de Courtalain, et vous regardait, soldats poudreux, pauvres lignards harassés mais superbes, avec des regards attendris, paternels et bons ? C'était un faussaire ! Savez-vous ce qu'était ce svelte officier portant si crânement son uniforme, et dont son chef, qui s'y connaît, me disait : « *C'est un chef!* » C'était un faussaire ! Un faussaire !... comme cet autre commandant — depuis colonel aussi — le colonel Henry !

Vous ne le croirez pas, soldats qui l'avez vu, turcos qui ne l'avez pas oublié, et pourtant c'est ainsi ! Le colonel Picquart a commis un faux, perdu son avenir, renoncé à ce rêve d'Alsacien *annexé* — annexé comme Ney : — rentrer vainqueur à Strasbourg ; il a inventé, rédigé, gratté, tripoté, maquillé je ne sais quel *petit bleu* — pourquoi ? — pour perdre un honnête homme sans tache et sans défense à qui les soldats présentaient encore les armes il y a peu de mois, et qui s'appelle — le nom est illustre : — le commandant Walsin-Esterhazy !

— Allons, bon ! Encore un traître ! Encore un faussaire !

C'est ce qu'on pourrait dire, hélas ! dans les chambrées, c'est ce qu'on dit peut-être dans les faubourgs. Est-ce donc qu'on veut, après avoir promené, sous les colères hurlantes, un homme en uniforme déchiqueté d'officier d'artillerie, en promener un autre, quelque matin de janvier, sombre comme celui où j'écris ces lignes, dans le brouillard froid et sous le ciel noir, un autre en veste bleue de tirailleur algérien — l'uniforme de Turbigo et de Magenta ! — dont on aurait arraché les galons de colonel?

Non, ce n'est pas possible. Non, tout le respect que nous avons ressenti depuis notre jeunesse, depuis Vigny et *Servitude et Grandeur militaires*, pour cet uniforme sous lequel on meurt, se dresse devant la pensée effarée. Je n'ai vu qu'une séance de ce procès Zola où l'atmosphère était si effroyablement chargée d'électricité, de haine et de colères. A un moment donné, la séance étant finie, un grand bruit s'éleva du fond du couloir par où l'on sortait, et, dans le brouhaha qui suivit, quelqu'un dit : « — On vient d'insulter et de frapper Picquart ! »

J'étais placé à côté d'un officier supérieur à figure honnête et mâle, et par les quelques propos échangés avec lui pendant la déposition du lieutenant-colonel, j'avais pu voir qu'il était loin d'être convaincu par l'attitude ferme et sereine de Picquart. Cependant, à ces mots : « On vient de frapper... », le brave homme devint pâle, bondit sur les bancs des témoins, et courant vers la porte du couloir :

— Ah ! non, par exemple, non, on ne l'insultera pas devant moi !... C'est un colonel de l'armée française !

J'ignore le nom du soldat qui eut ce geste et ce cri d'honnête homme. Mais, d'instinct, il venait là de résumer la question, et c'est cette pensée qui eût dû, qui devrait arrêter toute représaille. Oui, pour l'officier dont je parle et qui jeta ces mots, comme pour le premier passant venu, comme pour le dernier paysan de France, c'est « un colonel de l'armée française » qu'on fait juger, qu'on accuse et qu'on va flétrir. L'opinion, souveraine maîtresse, au bout du compte, ne verra pas autre chose dans cette nouvelle *cause célèbre*.

On ne lit pas assez aujourd'hui. On ne lit que les journaux. Le *Dictionnaire de la Conversation* n'est pas un livre de lettres et d'intellectuels. Qu'on l'ouvre, cependant, et l'on y trouvera ce qu'un général, le général de Vaudoncourt, dit des conseils de guerre de la première moitié du siècle. Il n'est pas bon, il n'est pas sain pour l'esprit et l'âme d'un peuple, que la discipline qui fait les armées puisse être confondue — fût-ce même une minute — avec la politique ou avec la vengeance.

Ce que j'écris ici, je le dis simplement, et parce qu'aujourd'hui le devoir est, pour tous, de parler.

L'avenir nous jugera. L'Histoire est la suprême Cour deCassation.

J'écoutais hier un étranger qui aime profondément la France. Il porte un grand nom. C'est un philosophe. Il a sur tout ce qui se passe une opinion supérieure qui peut se traduire ainsi : « Ne vous plaignez pas trop de toutes ces passions déchaînées. Au total, cette fièvre prouve que votre chère nation, qu'on disait indifférente, n'est point morte. Votre Tocqueville, dont s'amusent les comédies, a écrit : *La plus terrible maladie de l'âme, c'est le froid!* Eh bien, vous n'avez pas froid, vous prenez feu, tout au contraire, les uns et les autres, pour deux idées très nobles et très généreuses : les uns pour le Drapeau, les autres pour la Justice! C'est un beau spectacle ».

Un beau spectacle, oui peut-être pour un spectateur qui n'est pas « de la paroisse », — qui n'est pas de la Patrie. Un spectacle affreux pour un patriote qui, dans sa pensée, enveloppe l'idée même de justice dans les plis sacrés du drapeau, et qui s'est habitué à incarner le soldat — c'est-à-dire ce qu'il y a de plus noble en son quotidien sacrifice — dans un Hoche combattant pour la Patrie, et s'inclinant devant la Loi.

Hélas! non, le spectacle n'est pas beau, et s'il devient plus tragique encore — si le bagne ou la prison ouvre ses portes au colonel Picquart — est-ce que la sentence n'aura pas, pour bien des gens, dont je suis, *tué le sommeil*? J'oublie un moment la vie de Paris, le bruit du jour, tout ce qu'il y a subalterne et de passager dans l'existence, pour ne penser qu'à cette actualité lancinante. Puis je songe au théâtre, le souvenir me vient aussitôt de cette scène de l'*Étrangère*, où se trouve un des beaux mots, le plus beau mot peut-être de Dumas :

— Rappelez-vous, dit Rémonin à mistress Clarkson, la parole d'un vieux philosophe : « Le bien est plus fort que le mal ».

Le bon docteur, membre de l'Institut, est un intellectuel en cheveux gris, un chimiste qui trouve — ainsi que les anciens — que le monde moral est régi par les mêmes lois que le monde physique, avec la même logique ici et là, l'intervention finale des dieux devenant la conséquence visible, la fatalité inévitable des actes humains.

— Pourquoi alors, répond l'Américaine, voit-on si souvent le mal l'emporter sur le bien ?

Et le bon docteur, très doucement, avec certitude :

— Parce qu'on ne regarde pas assez longtemps !

XXXVI

En Angleterre. — La nouvelle humeur anglaise. — Les Fragonard de Grasse à Londres. — Un souvenir de M. Victorien Sardou.

15 décembre.

Je ne peux laisser vide, dans cette histoire cursive de l'année, la page à laquelle a droit l'Angleterre, ce grand peuple libre qui me paraît, hélas! pris comme l'Amérique de la fièvre des conquêtes et de la folie des grandeurs. N'est-elle pas supérieure, l'Angleterre, parce qu'elle est forte par le labeur et la paix?

Cette année de *l'Affaire* sera, aussi, l'année de Fachoda. Fachoda a étonné. Moi, je m'y attendais.

Il y a eu, cet été, à Londres, à Earl's Court, une exposition, qui ressemblait à toutes les exhibitions, où s'entassaient les bibelots des pays d'Orient et les marbres de l'Italie. Elle était amusante comme tous les grands bazars bien organisés. Mais elle avait cette originalité d'offrir au public comme distraction — sur un théâtre nautique assez grand pour donner l'illusion de la réalité — la vision d'un combat naval réglé d'une façon tout à fait extraordinaire.

Et ce combat naval n'était pas seulement un merveilleux joujou où les petits bateaux — qui étaient d'ailleurs d'une taille fort présentable — évoluaient avec une étonnante précision grâce à des fils électriques; c'était aussi (comment dirai-je ?) un spectacle destiné à caresser la fibre patriotique britannique, et le programme le disait tout net. Nous avons eu de ces spectacles aussi, qui n'étaient point des naumachies mais des mimodrames militaires où les *figurants* prenaient des drapeaux et enlevaient des redoutes pour la plus grande joie des *titis* du *paradis*.

A Earl's Court, le public assistait — il assiste sans doute encore — à un spectacle qui ressemble aux combats de Manille et de la baie de Santiago vus par les yeux d'un habitant de Lilliput. On a donné, je l'ai dit, en l'honneur de Nelson et pour l'anniversaire de Trafalgar, ce spectacle gratuit aux vieux invalides et aux jeunes mousses de Greenwich. Ces cuirassés nains, portant des noms fameux dans la marine anglaise (miniatures des bateaux formidables qui s'appellent *Iron-Duke*, *Sans-Pareil*, *Collingwood*, *Camperdown*), ces navires manœuvrent comme à Spithead, et lancent ou semblent lancer des boulets comme les croiseurs de l'amiral Sampson.

Il fallait voir ces simulacres de combat, qui ne sont pas du tout la caricature mais, sur une petite échelle, la réalisation même de la réalité. Je les revois ; et les cuirassés évoluent avec une science rare, les torpilleurs lancent des torpilles minuscules qui font jaillir des trombes blanches de cette immense nappe liquide où se reflète le pittoresque décor d'une ville qui ressemble à quelque cité française, Saint-Malo, par exemple.

Et les feux électriques de la petite ville éclairent, sur l'eau qui tremble, les navires assaillants. Les phares-signaux sont allumés. Il semble qu'une garnison invisible veille sur ces murailles que les cuirassés bombardent et démantèlent. Les canons grondent, les navires prennent feu, les croiseurs sautent. Ce qui était tout à l'heure un bateau élégant et rapide découpant sa silhouette blanche sur l'horizon, n'est plus qu'une épave, une carcasse noire flottant au gré du courant.

Toutes ces flottes — la victorieuse et l'anéantie — semblent vivre d'une vie réelle et intense. Ces canons à tourelles paraissent mobiles. On cherche dans les flancs de ces petits bateaux de guerre — portraits en miniature des monstres d'acier qui règnent sur la mer ; on fouille de la lorgnette, on croit découvrir l'équipage qui s'agite et fait mouvoir la machine armée. L'illusion est complète, et lorsque, l'ennemi étant vaincu, les orchestres des vaisseaux jouent, dirait-on, le *Rule Britannia*, puis *God save the queen*, les spectateurs transportés se lèvent et se découvrent avec une émotion plus grande encore que de coutume. Cette petite bataille, ce combat naval qui serait peint par un Meissonier plus que par un Turner, surexcite visiblement le public (le contraire serait étonnant), et je suis bien certain que ce spectacle — ce tableau mouvant de la destruction d'une flottille, a fait dire à plus d'un bon citoyen, venu là en famille :

— Tout de même, c'est une noble aventure, la guerre navale où l'on peut réduire ainsi en morceaux tant de navires en quelques minutes, et mettre en miettes aussi joliment des cuirassés et leurs matelots!

Pour moi, je songeais surtout aux épaves des pauvres croiseurs de l'amiral Cervera et aux navires incendiés, là-bas, dans la baie de Cavite.

Je ne crois pas que le sentiment d'un peuple se doive étudier dans les panoramas et les petits théâtres. Dieu merci, la fière et vieille Angleterre a d'autres guides que les faiseurs de mimodrames ou les auteurs d'opérettes. Cependant, je dois noter l'accueil fait, dans une amusante facétie américaine, jouée au théâtre de Shaftesbury Avenue, au drapeau étoilé des États-Unis marié aux couleurs de l'Angleterre. Lorsque, dans la *Belle de New-York* (c'est le titre de l'opérette), l'étendard de l'Union Yack apparaît, ses plis tricolores se confondant avec ceux du drapeau américain, les bravos éclatent, — et c'est au milieu d'un fracas d'enthousiasme qu'un des personnages de la pièce, jusque-là peu qualifié pour les manifestations politiques (c'est le président de la *Ligue de l'Anticigarette*), s'écrie et chante :

Oh! let the lion wear the eagle's feather;
For it's brother, now, and brother
It's the loyal child and mother...

« Oh! laisse le lion porter la plume de l'aigle, car ils sont frères... »

Et en attendant que le lion anglais veuille disputer au coq gaulois ses colonies — et tenter *le coup des Philippines*, — un Anglais vient d'annexer, en toute justice et par le droit des guinées, un trésor artistique français. Oui, moyennant un million deux cent cinquante mille francs, un grand collectionneur étranger, M. Charles Wertheimer, emporte en Angleterre les fameux Fragonard de Grasse.

M. Victorien Sardou nous contait — comme il sait conter — la légende ou plutôt l'histoire de ces *Fragonard* de Grasse que vient de perdre la France, et qui ont failli être une des gloires de notre Louvre.

Voici comment.

Ces admirables compositions, d'une dimension inusitée dans l'œuvre de *Frago*, le peintre les avait exécutées pour la maison de la du Barry à Louveciennes; mais il ne les avait pas encore livrées lorsque la comtesse fut dénoncée et traduite devant le tribunal révolutionnaire. Fragonard, peintre galant et exquis, n'était point une âme romaine. Il eut peur et, bien qu'il eût été nommé par l'Assemblée nationale l'un des conservateurs du *Musée*, il quitta Paris, se réfugia à Grasse où il était né, et, pour détourner de lui les foudres républicaines, décora du haut en bas sa demeure provençale d'emblèmes civiques, bonnets phrygiens, lacs tricolores et cocardes, qu'on voit encore dans les escaliers et sur les murailles, paraît-il. Peintre de la Volupté, des Amours et des Grâces, il se faisait, par occasion et par terreur, peintre de fresques patriotiques. L'Empire une fois proclamé, Honoré Fragonard quitta Grasse et revint à Paris. Il y vécut dépaysé, vieilli, et, à soixante-quatorze ans, il y mourut, très pauvre. Son fils, qui avait alors seize ans et qui avait étudié chez David, Évariste Fragonard qui fut sculpteur comme il fut peintre, raclant des *radis blancs* et faisant de la peinture d'histoire, des Reine Blanche, de Connétables de Bourbon, des François Ier et des Mazaniello dans le goût des illustrations « cavalcadour » de la *Henriade*, ne s'inquiéta guère des panneaux que son père avait transportés à Grasse et, pour tout dire, lorsqu'il les vit, il les trouva exécrables. Cette peinture délicieuse lui paraissait tout à fait rococo, et Honoré Fragonard, son père, maître exquis, lui semblait un petit peintre, pour ne pas dire un pauvre peintre.

A la mort d'Évariste Fragonard, survenue en 1850 — de ce Fragonard fils qui, soit dit en passant, a sculpté le fronton de la Chambre des députés, — les *Fragonard* destinés à la du Barry, étaient toujours à Grasse, poudreux et encombrants, retournés contre la muraille. L'héritier d'Évariste fut M. Malvilan, et lorsque ce vieux Malvilan, l'ami de *Frago*, mourut à son tour, les trois héritiers du défunt — deux fils et une fille — firent le partage des biens paternels, à l'amiable. Ce ne fut pas sans contestations. Un ami de la famille, Blaise Sardou, parent de Victorien Sardou et juge de paix à Grasse, fut désigné d'un commun accord comme arbitre. Le point le plus délicat était l'adjudication des Fragonard dont personne ne voulait. L'aîné des frères, à qui était dévolue la maison paternelle, n'accordait aucune valeur à ces vieilles toiles pendues dans le salon. Vainement Blaise objectait qu'elles cachaient la nudité des murs aussi bien que le ferait un papier de tenture ; que le cadet et la sœur ne sauraient où les accrocher ; qu'elles avaient été placées là par les mains vénérables de leur vieux père. Et il faisait vibrer la corde filiale. Elle vibrait mal, et Malvilan faisait la sourde oreille. Finalement Blaise Sardou impatienté fit trois lots, — l'un pour la sœur, de vaisselles, linge et menus objets de toilette ; — l'autre pour le cadet, d'instruments de jardinage, bassinoires, tournebroches et lèchefrites ; — le troisième pour l'aîné, de tous les Fragonard du logis, y compris d'admirables miniatures enfouies dans des tiroirs : chaque lot estimé 500 francs. J'espère que l'aîné ne lui en garde pas rancune.

— Tel est, me disait Victorien Sardou, le récit qui me fut fait, un jour, à Grasse, en déjeunant chez mon cousin Blaise, aujourd'hui défunt.

Mais un jour arriva où quelque amateur et connaisseur, visitant par hasard la maison de Grasse, vit les *Fragonard*, poussa des cris d'admiration, et dit au propriétaire :

— Vous avez là des chefs-d'œuvre !

Des chefs-d'œuvre et une fortune. M. Sardou, dont la famille est provençale, accourut, lorsqu'on lui parla de ces *Fragonard* de Grasse. Il en fut ébloui. C'est, dans les plus merveilleux des décors, une suite de scènes galantes, élégantes, d'une coloration supérieure. Le propriétaire des *Fragonard* en devint tout fier et, peu à peu, s'éprit de ces panneaux, orgueil de son logis. On lui offrit de les acheter, il refusa. On lui proposa des sommes énormes. Peine perdue. M. Marcelin Desboutin grava pour quelques amateurs ces *Fragonard* inconnus, et sa magistrale pointe sèche nous en rendit toutes les grâces. C'est tout ce qui restera en France de ces *Fragonard* incomparables : les gravures de Desboutin !

Et Victorien Sardou avait eu une idée, ou plutôt son parent Blaise l'avait eue. Le propriétaire des *Fragonard* de Grasse, ne voulant pas vendre ses chefs-d'œuvre, pouvait les donner. C'est un homme généreux et original. L'auteur de *Patrie*, qui le connaissait bien, alla trouver Agénor Bardoux, alors ministre, et lui dit :

— On accorde souvent un bout de ruban rouge, pour *services exceptionnels*, à des gens dont le mérite ne peut passer pour une exception. Que diriez-vous d'une décoration donnée à un brave homme qui, refusant un million pour une œuvre d'art, gloire de la peinture française, léguerait après sa mort cette œuvre admirable à notre Louvre ?

Et il lui conta l'histoire, la légende provençale des Honoré Fragonard, méconnus d'Évariste Fragonard et devenus si célèbres à Grasse, convoités des amateurs, adorés et couvés jalousement par leur propriétaire.

— L'homme qui donnerait de telles toiles au musée du Louvre, répondit Bardoux, rendrait au pays un *service exceptionnel*.

Sardou partit enchanté. A son premier voyage à Nice, il irait tout droit au possesseur des *Fragonard* de Grasse et, avec son entraînante éloquence, il lui montrerait quelle gloire peut acquérir un homme qui sait donner une telle fortune à la France. Malheureusement, Bardoux tomba du pouvoir. Et les *Fragonard* de Grasse demeurèrent à Grasse, leur propriétaire refusant toujours de les vendre et répondant obstinément :

— Je veux les garder pour moi !

Il a changé d'avis. Il a cédé, puisque les gazettes anglaises nous annoncent que M. Wertheimer a acquis les *Frago*, les incomparables *Frago* (ignorés du bon Diderot) pour un million et demi, — et je sais qu'un des vœux de Gambetta était de réaliser la pensée de Blaise Sardou et de donner à M. Malvilan la décoration, en lui laissant jusqu'à sa mort la jouissance de ces toiles admirables que pouvait espérer le Louvre.

Adieu, les *Fragonard* de Grasse ! Adieu, Fachoda et le drapeau tricolore du commandant Marchand ! — Fachoda, du reste, ne valait pas la guerre entre deux grandes nations ; et quand je voudrai voir les *Frago*, je n'irai pas à Grasse, j'irai à Londres. C'est moins loin (1).

(1) Ces *Fragonard* ont été mis en loterie au prix de 100 livres (2500 francs) le billet. J'ignore le nom du gagnant de ce trésor d'art.

XXXVII

Une année qui finit. — L'almanach François Coppée. — Calendrier en cendres. — Les petites boutiques. — Autrefois, aujourd'hui. — Soldats de plomb. — Une poésie latine du pape Léon XIII. — « Vive le Christ qui aime les Francs ! » — Le Grand Muet. — La messe de minuit de 1898 à Saint-Eustache.

29 décembre.

Fin d'année, en attendant la fin de siècle.

Je l'avais, au début de l'an nouveau, accroché devant moi, à la muraille du cabinet de travail, l'almanach de 1898 entouré de faveurs roses et qui portait le nom d'un ami que j'appelais un « bon parrain » de la jeune année. *Calendrier François Coppée !* « Nous verrons, disais-je au poète, si votre almanach était *bon*, et si vous lui avez porté chance heureuse ! »

Hier, en voyant ces boutiques blanches que nous ramène la fin de décembre, j'ai repris, avant d'en faire des cendres, le calendrier baptisé, voici douze mois, du nom de Coppée :

> Et pendant toute la journée,
> Pensif, je suis resté devant
> Le vieil almanach de l'année
> Où nous nous sommes *haïs* tant !

Non, le poète du *Passant* n'a pas porté bonheur à l'année qui passe. Année de polémiques, de colères, d'insultes et de haines. Année de menaces lointaines où le nom de Fachoda retentit comme un grondement d'orage. Année de tristesses et de dramatiques inquiétudes, année de ténèbres où cependant luit, à la fin, l'espoir de l'apaisement et de la lumière. *Calendrier François Coppée !*... Du vieil almanach maintenant fini, j'avoue que j'attendais mieux.

Mais on attend toujours trop de l'avenir. Les pessimistes seuls peuvent avoir des surprises heureuses. Les autres, trop confiants, illusionnés, se préparent souvent des déceptions brutales. L'année est une terrible ironiste. Donc, tout est dit, 1898 va disparaître comme une méchante fée de féerie, par une trappe, — et les petites boutiques ont fait leur apparition annuelle. *De profundis !*

Les petites baraques blanches sont les cercueils où l'on cloue les vieilles années. Tombées en enfance celles-ci s'en vont avec leurs jouets, leurs poupées, leurs flûteaux et leurs tambourins.

Ces baraques encombrent les boulevards. Les boutiquiers les trouvent détestables : c'est la concurrence ; les Parisiens les déclarent maussades : c'est l'encombrement. Mais supposez qu'une telle *frairie* ait lieu dans une capitale voisine, de quelles descriptions pittoresques les touristes ne la salueraient-ils pas !... Les joujoux entassés, les couleurs bariolées, les cris amusants, la fièvre, la poussée, la cohue, on trouverait cela charmant chez les autres. La foire de Séville, la foule anglaise aux jours de Christmas, les violentes kermesses de Hollande, ont leurs amoureux et leurs poètes. Les *petites baraques* n'ont guère que leurs contempteurs. Il est encore des Parisiens pourtant, des Parisiens traditionnels, si je puis dire, qui invitent obstinément, comme à une partie de plaisir, leurs proches à « *aller voir les boutiques* ».

— Allons voir les baraques !

On n'aurait pas bien fini l'année si l'on n'avait pas vu les baraques du jour de l'an. C'est l'amusement des enfants et le rajeunissement des vieillards. On songe devant les baraques nouvelles aux baraques passées, aux joujoux entrevus jadis sous la lumière des lampes à huile, aux polichinelles éclairés par des quinquets, aux soldats de plomb dont on rêvait et qui, sortis de leurs boîtes de bois blanc, nous représentaient Masséna, Bessières, Murat, et les grenadiers à bonnets à poil et à culotte blanche, et Napoléon en redingote grise !... Je ne parle pas des zouaves de Crimée et des chasseurs à pied et des chasseurs d'Afrique !... J'ai conservé (quelques-uns ont perdu des jambes et des bras) ces soldats de plomb de mon enfance, et je les regarde quelquefois encore dans la boîte qui leur sert d'Invalides.

Où sont les baraques d'antan ? J'ai vu parmi les nouvelles une baraque belliqueuse où l'on vend de petits modèles des *nouveaux canons*. On me dit que, parmi les baraques d'aujourd'hui, il en est qui offrent aux passants des jouets spéciaux ayant trait aux questions pendantes, à *l'Affaire*, des « jouets-polémiques », comme il s'en fabrique tous les ans. Je n'en suis pas étonné. Le *bimbelotier* de Paris est un journaliste en son genre. On fabrique aussi de *l'actualité* rue des Gravilliers et rue Vieille-du-Temple. Et comment le joujou parisien ne s'intéresserait-il point à ce qui passionne tout le monde ?

Et qui nous sortira d'affaire ? Le Dieu des bonnes gens peut-être.

— Vive le Christ qui aime les Francs ! s'écrie le pape Léon XIII en écrivant les vers latins que M. Théodore Dubois a mis en musique et qui seront chantés à Reims, au printemps prochain, en mémoire de Clovis : *Vivat Christus qui diligit Francos !*

C'est un hymne à la France que ce chant du pontife, un hymne à la France catholique, et aussi une attaque à « l'hydre du calvinisme », *monstra Calvini* ; et Léon XIII nous montre la France victorieuse à Tolbiac déposant aux pieds de Rome « trois fois heureuse » les « lauriers de ses victoires ».

Il y aurait pour ce poète latin qu'est le pape Léon XIII un beau rôle à jouer, et le *Grand Muet* — quand il ne fait point de vers — pourrait jeter dans la mêlée une parole suprême, la parole de paix et de charité que le monde attend. L'archevêque de Paris agitait une branchette d'olivier au-dessus des fronts en sueur des combattants de Juin, sur la barricade. Je m'imagine le maigre vieillard en robe blanche laissant tomber de ses lèvres, touchées bientôt des doigts osseux de la mort, le mot décisif que seul peut prononcer le vicaire de Jésus : *Pitié!* Plus de haines de races, plus d'appels sinistres aux vieilles rancunes séculaires. Amour! Concorde! Charité! Aimez-vous les uns les autres! Michelet n'eût pas hésité, ni Hugo.

Il est un peu ironique que la voix qui domine le fracas et le râle de l'année agonisante, le bruit des armes et l'exercice du canon — des canons nouveaux, plus redoutables que ceux de la petite baraque du boulevard, — ne soit pas celle d'un pontife chrétien, mais celle d'un autocrate, et que le Tsar et non le Pape ait jeté à travers le monde un cri — inutile peut-être, mais touchant et admirable, — le cri de paix.

Le parrain du calendrier dont les derniers jours sont biffés, François Coppée, qui a trouvé le repos d'esprit à travers « la bonne souffrance » (il en est de plus terribles), devrait bien nous expliquer le secret de ces contradictions et la raison de ces silences qui troublent plus d'une conscience fervente.

Je sais des chrétiennes qui, l'autre soir, à minuit, tandis que les orgues jouaient à Saint-Eustache la musique de la messe exquise de M. Laurent Léon, ou les vieux noëls dont la voix semble sortir du fond des âges, priaient, agenouillées dans quelque stalle, pour que l'esprit de pitié refleurît en ce pays de France. Les cierges coloraient de rouge les piliers de la vieille église où la lune entrait, froide, étincelante et pâle, par les verrières hautes. Et, tandis que le prêtre officiait en étole blanche, devant l'autel illuminé qui laissait plus obscures les chapelles latérales où de vagues reflets d'or brillaient, là, sur ce coin de terre même où jadis les pastoureaux du moyen âge prêchaient leur croisade sanglante, où les bouchers de Paris se réunissaient pour fourbir leurs couteaux aux heures sombres du XVe siècle, le *Noël* d'Adam s'élevait, comme un *lamento* terminé par un *alleluia* et chantant la délivrance, la charité, l'oubli des vieilles haines du passé.

Quoi qu'il en soit, tout est dit, et voici donc l'année achevée. Le poète de *Bruges la Morte*, Georges Rodenbach, qui tombe à quarante-trois ans, rejoint ces grands vieillards emportés par 1898 comme de vivantes pages d'histoire : Gladstone, Bismarck, — et l'impératrice d'Autriche, la souveraine de la Douleur. Je ne sais quel publiciste, dont je cherche le nom, appelait naguère le siècle finissant le *siècle des dupes*. Mot cruel, injuste peut-être. On n'est pas dupé par un Pasteur, un Édison, un Nanssen, pour ne citer que trois découvreurs d'inconnu. Mais peut-être mériterait-elle le nom que le siècle ne mérite pas tout à fait, l'année qui s'en va.

L'*année des dupes !*... Qui sait ?... Nous verrons plus tard.

L'année des colères, des suspicions, des accusations, des drames, des scandales, sans nul doute. Et pourtant il faut avoir confiance dans le clair bon sens, la santé d'esprit, la bonhomie du pays de France, et espérer, espérer obstinément. Il est impossible que dure l'état d'animosité intime qui fait dire à un étranger, aimant notre pays, un Anglais, M. J.-E. Courtenay Bodley, dont le livre : *France*, est pour la France de la fin du XIXe siècle ce qu'est celui d'Arthur Young pour la fin du XVIIIe :

— Ce que les Français semblent haïr le plus, ce ne sont ni les Allemands ni les Anglais, ce sont les Français !...

Mais l'âme de la France, éprise de fraternité, est immortelle comme la France elle-même : la *mal'aria* ne durera pas.

FIN

TABLE ALPHABÉTIQUE DES NOMS

C

D

I

J

K

L

N

Q

R

S

T

X

Y

Z

3962-98. — Corbeil. Imprimerie Éd. Crété.

12941. — L.-Imprimeries réunies, rue Saint-Benoît, 7 Paris.

www.ingramcontent.com/pod-product-compliance
Lightning Source LLC
LaVergne TN
LVHW011257110826
845149LV00001B/168

* 9 7 8 2 0 1 9 9 7 8 5 5 6 *